LA CAGE

En pages 151-152, la chanson chantée par Théo est *Mr Cellophane*,
de la comédie musicale *Chicago*, 1975, Fred Ebb et John Kander.
En page 275, la chanson dont se rappelle Éléa est *1 000 moi-même*, 2004, Déportivo.

24-32, rue des Amandiers, 75020 Paris – France

Correction : Camille Lazare, Catherine Rigal

Loi n° 49-956 du 16 juillet 1949 sur les publications destinées à la jeunesse,
modifiée par la loi n° 2011-525 du 17 mai 2011.
Dépôt légal : septembre 2022
Imprimé en Lettonie. Printed in Latvia.

Produit conçu et fabriqué sous système de management
de la qualité certifié AFAQ ISO 9001.

FSC
www.fsc.org
MIXTE
Papier issu de
sources responsables
FSC® C084698

EMMA SEGUÈS

LA CAGE

Elles n'en sortiront pas indemnes

AUZOU

Ce roman est le lauréat 2022
du Concours du Premier Roman Auzou.

PARTIE I

Chapitre 1

J'ouvre les yeux.

Un plafond blanc, immaculé, lisse, sans la moindre imperfection. Neuf. D'ailleurs, l'odeur que je respire est celle du neuf. Ce n'est pas le plafond de ma chambre. Ce n'est pas l'odeur de ma chambre.

Ce n'est pas… ma chambre.

Je veux me lever. Un larsen me vrille aussitôt le crâne, m'immobilisant net. Je dois me contenter de tourner la tête : elle est lourde, comme lestée de plomb. Le fait de bouger active le reste de mon corps qui se trouve, tout à coup, parcouru de dizaines de picotements, comme autant de décharges électriques. Mes mains, mes bras, mes jambes se mettent à bouger tout seuls. Je tremble, la douleur s'intensifie. Je veux crier, je veux hurler, j'ai si mal, je ne peux pas, ma bouche est paralysée.

J'ai à peine le temps de comprendre que je vais mourir qu'une sirène retentit, puissante, assourdissante, inquiète. J'ai mal, Dieu que j'ai mal, aidez…

Chapitre 2

J'ouvre les yeux.

Le même plafond blanc, immaculé, lisse, sans la moindre imperfection. Le même plafond neuf.

La même odeur.

Alors je ne suis pas morte.

Je n'ose pas bouger. Je déglutis, j'humecte mes lèvres. Jusque-là, tout va bien.

J'essaye de ressentir le poids de mon corps, le contact de chacun de mes membres, de mes fesses, de mon dos avec le lit sur lequel je suis étendue. Je tente de bouger mes doigts, mes orteils ; j'y parviens sans difficulté.

J'avale encore un peu de salive et me risque à tourner la tête. Un léger étourdissement, cette fois. Je ferme les paupières quelques secondes, les rouvre. La sensation s'est estompée.

Mes yeux tombent sur une table de nuit épurée en bois blanc, sur laquelle repose une lampe de chevet allumée qui dispense une faible clarté. Juste derrière elle, un mur tout aussi immaculé que le plafond.

Une certitude enfle en moi, grandit, devient énorme et avec elle, quelque chose de plus grand encore, quelque chose de sauvage, affolé, incontrôlable : la panique. Ce n'est pas ma chambre.

Ce.

Ma poitrine se soulève de manière frénétique…

N'est.

… comme si la mécanique de mes poumons déraillait…

Pas.

… s'emballait au rythme de mon cœur…

Ma.

… qui cogne, qui cogne…

Chambre.

… à en faire mal.

Ce n'est pas ma chambre.

Hier, je me suis endormie chez moi, dans mon lit, en regardant comme chaque nuit les étoiles phosphorescentes que Nanou a collées au plafond, il y a de ça des années. Lorsque j'ai fermé les yeux, j'ai remonté comme d'habitude ma couette ornée de petites fleurs sur mes oreilles. À mes côtés dormait encore ma peluche, mon teddy-bear, vestige d'une enfance que je n'ai jamais pu me résoudre à remiser au placard. J'ai dormi d'un trait, d'un de ces sommeils pleins et opaques qui ne laissent aucune place aux songes.

Et je me réveille dans une chambre qui n'est pas la mienne, dans un lit qui n'est pas le mien, dans des draps qui ne sont pas les miens.

Je déglutis. Et remarque que mes doigts ont disparu dans mes poings, ces poings qui serrent le tissu sous lequel je suis encore à demi enfouie.

Lentement, je les ouvre. Lentement, je souffle. Lentement, je tente de calmer ma tempête intérieure. Et observe les lieux qui m'entourent : la salle dans laquelle je me trouve doit mesurer une soixantaine de mètres carrés. La superficie laisse la place à trois armoires, six autres lits et autant de tables de nuit éclairées de lampes de chevet. Au-dessus de l'unique porte de la pièce, une pendule numérique affiche quatorze heures quinze. Des murs blancs, un plafond lumineux diffusant un éclairage tamisé, un parquet flottant blond, des tableaux au mur représentant des formes abstraites dans des tons pastel, tout ici évoque un cadre apaisant, presque chaleureux.

Mais les apparences sont de toute évidence trompeuses : lorsque je parviens à concentrer mon attention sur un point fixe, je m'aperçois que les lits sont occupés.

Nouveau sursaut dans mon cœur.

Immobiles, six autres personnes sont étendues sous leur couette. Dorment-elles ? Sont-elles… mortes ?

— Hé, oh ! Réveillez-vous !

J'ai crié. Je me suis entendue dire ces mots. Pourtant, ma voix a sonné comme celle d'une étrangère à mes oreilles, à la fois trop aiguë et pas assez stable.

Les corps n'ont pas bougé. Ils n'ont même pas frémi.

— Hé ! Vous m'entendez ?

Aucun mouvement.

Je clos mes paupières, j'ai la tête qui tourne à nouveau, mes tempes pulsent comme si mon cœur avait quitté sa cage thoracique pour venir se loger dans mon crâne et le marteler à coups de burin.

Il faut que je me lève.

Je repousse les couvertures et m'assieds sur le bord du lit. Je porte une chemise de nuit longue, à bretelles. Blanche, elle aussi. Mes pieds sont nus. Je les pose par terre : la sensation de fraîcheur qui me gagne instantanément me fait du bien, m'ancre au sol, me raccroche au réel, au tangible.

Vais-je réussir à me mettre debout ?

Je me redresse, vacille, tente de me rattraper au matelas derrière moi. Trop tard : je chute à terre.

Surprise, j'essaye à nouveau de me remettre sur pied en m'agrippant au lit. Ce simple geste me demande un effort immense, impression que mes os sont écrasés par une gravité décuplée, mais je parviens à me relever.

Je fais un pas. Puis un autre. C'est curieux, cette sensation d'étrangeté ; comme si mon corps redécouvrait l'usage de la marche ; comme s'il avait oublié la faculté de se maintenir debout, en équilibre, et de se déplacer. Que... Que m'est-il arrivé ?

Les yeux braqués sur le lit le plus proche, je réussis à avancer malgré les tremblements dans mes jambes. En atteignant le couchage, je pose mes mains sur le drap et, incapable de lutter plus longtemps, m'effondre à genoux au niveau de la tête de lit.

Mes yeux se trouvent à la hauteur du visage d'une jeune fille qui, étendue sur le dos, semble dormir d'un sommeil apaisé. Ses cheveux blonds et courts s'étalent autour de sa figure pâle, évoquant une couronne d'épis balayés par le vent, tandis que sa poitrine se soulève imperceptiblement au rythme de sa respiration régulière.

Je ne sais pas quoi faire. Je jette un coup d'œil autour de moi, mais ne perçois toujours aucun mouvement en provenance des autres lits.

Je reporte mon attention sur la jeune femme devant moi :

— Je... Euh... Vous m'entendez ?

Aucune réaction.

Je répète ma question, un peu plus fort cette fois. Toujours aucun effet. Je pose une main sur son épaule et secoue, doucement d'abord, puis avec un peu plus d'énergie.

— Réveillez-vous... On est... On est... Je sais pas où on est...

Je secoue toujours, mais rien n'y fait. Ce n'est pas possible. Je dois être en train de rêver. Ce lieu que je ne connais pas, ces personnes que je n'ai jamais vues, qui sont… inanimées, ce ne peut être la réalité. Un cauchemar, je suis dans un horrible cauchemar.

Et je secoue, toujours, comme si je ne savais faire que ça, comme si ma vie en dépendait, comme s'il s'agissait de l'unique chose à faire, la seule envisageable. Sa tête est ballottée de droite à gauche, molle et comme désossée, mais ses paupières demeurent inertes.

— Hey ! Réveille-toi ! je crie.

Je m'appuie sur le rebord du matelas et, poussant sur mes bras, me remets debout. J'observe les lits alentour et les personnes allongées, et crie à nouveau :

— Réveillez-vous, tous ! S'il… S'il vous plaît… réveillez-vous…

Mon ton devient suppliant. Je ne veux pas être toute seule. Je ne peux pas. Qu'elles se réveillent, elles aussi, qu'elles partagent ma panique, mon angoisse. Et mon désespoir. Pourquoi suis-je la seule à avoir ouvert les yeux ?

Puis tout se passe très vite. J'aperçois un mouvement. Un geste vif et précis.

Soudain, je me retrouve la gorge entravée et le corps plaqué au mur. J'en ai le soufflé coupé. Cette main, qui s'enroule autour de ma trachée et qui serre, et ces pupilles noires et haineuses qui me fixent.

— T'es qui, toi ? Tu fous quoi ?

Elle a parlé en anglais, avec un fort accent américain.

Et sa voix est une lame. Froide et tranchante. Son regard me cisaille tout autant. Ils appartiennent à la jeune fille blonde qui reposait sur le lit, les paupières closes, quelques secondes plus tôt.

La main serre un peu plus.

— Alors ? T'attends quoi pour répondre, bordel ? T'es qui ? On est où ? Un foyer de merde, c'est ça ? Tu pensais pouvoir me dépouiller pendant que je dors ?

Elle ricane avant d'ajouter :

— Tu vas être déçue, j'ai que dalle.

Elle serre toujours plus fort. Mes talons décollent.

— Je… Je…

Je ne peux pas répondre. Non seulement ces doigts m'en empêchent, mais la terreur s'est engouffrée en moi par toutes les ouvertures : elle remplit ma gorge, me réduisant au silence, elle me noue le ventre et les tripes.

— Putain, tu vas parler, oui ?

Son visage n'est plus qu'à quelques centimètres du mien, son souffle chaud s'écrase contre mon nez. Ma vision se brouille derrière mes yeux embués tandis que mon cœur rue dans ma poitrine, une vraie cavalerie, ça cogne, ça cogne, je n'entends plus que ça, ce roulement sourd qui prend toute la place dans ma tête.

Je voudrais dire quelque chose, tenter au moins, mais c'est comme si mon corps tout entier avait arrêté de fonctionner : je ne parviens plus à respirer, je ne sais plus penser, plus réfléchir. Plus me retenir : un liquide chaud mouille mon entrejambe.

Elle me lâche aussitôt et fait un pas en arrière, les traits déformés par le dégoût.

— Tu t'es pissé dessus, c'est dégueulasse !

Instantanément, en même temps que la honte, je sens affluer une vague d'oxygène qui gagne ma gorge, inonde mes poumons. J'avale cet air salvateur, à moitié pliée en deux.

Ma tortionnaire m'observe, méprisante. Je la vois ouvrir la bouche, probablement pour m'aboyer à nouveau dessus, mais une autre voix la devance :

— Non, mais c'est quoi ce délire ? Vous faites quoi, là ? On est où ? Et puis… c'est quoi ces fringues de merde ?

Chapitre 3

Vite.

Une échappatoire. Une porte de sortie. Une issue, une solution, quelque chose. Je dois trouver un moyen de m'enfuir d'ici. De m'éloigner de cette folle, dont je sens encore les mains autour de ma gorge.

La nouvelle s'est avancée vers nous en totale confiance. En totale inconscience.

« Cours ! » ai-je envie de lui crier. « Sauve-toi, elle est tarée, ne t'approche surtout pas ! » Mais la peur – toujours elle – me réduit au silence : profitant de la diversion, je ne peux que ramper vers mon lit et me recroqueviller contre lui, mes pieds nus serrés l'un contre l'autre. Ma chemise de nuit est trempée et des frissons me secouent. Froid ? Angoisse ? Honte ? Tout ça à la fois ?

— C'est quoi, cet endroit ? Vous êtes qui ?

Sa voix sonne claire et assurée. Et elle aussi parle anglais. Alors… où sommes-nous ? Est-il possible que… nous ne soyons pas en France ?

Elle rabat son carré châtain derrière ses oreilles avant de tourner sur elle-même pour embrasser la pièce du regard. L'autre – mon bourreau – reste silencieuse et se contente de l'observer, le corps raide, comme une chienne aux aguets. Toutes deux portent une chemise de nuit blanche similaire à la mienne.

Finalement, au bout de quelques secondes, la nouvelle venue lève les mains en l'air dans un geste d'apaisement.

— Je m'appelle Alice. Je… Vous êtes qui ? On est où ?

De manière presque imperceptible, les membres de la fille blonde se relâchent. Son ton reste néanmoins méfiant lorsqu'elle lui répond :

— Je sais pas… Dans un foutu foyer, sans doute.

Puis elle s'avance vers Alice.

— Kim. Ils ont dû nous ramasser dans la rue. Tu te souviens de rien, toi non plus ?

Dans la rue ? Qu'est-ce qu'elle raconte ?

Alice fait écho à mes interrogations :

— De quoi tu parles ? Dans la rue ? Qui ça, « ils » ? Hey, c'est quoi ce plan ?

— Oh, on se calme de suite ! Moi non plus, j'y comprends rien ! Je parle de ces putains d'associations. Je leur ai dit que je voulais pas aller dans un foyer de nuit avec tous ces SDF dégueulasses, je préfère encore dormir dehors… Ils ont dû me ramasser quand même ! Toi aussi, certainement ! Mais je comprends pas pourquoi je me souviens de r…

— Moi ? l'interrompt la nouvelle. Non, mais je dors pas dans la rue, moi, hein ! Je me suis couchée hier soir, chez moi, dans mon lit et je me réveille ici !

Puis, semblant se souvenir de ma présence, elle pivote dans ma direction.

— Et toi, tu t'appelles comment ? Tu sais quelque chose ?

Ma tortionnaire me fusille aussitôt du regard et je ne peux m'empêcher de baisser les yeux en secouant la tête, terrifiée.

— Oh, t'as perdu ta langue ? rugit la furie. Tu peux pas répondre quand on te pose une question ?

— Hey, intervient Alice, on est toutes dans le même bateau. Ça sert à rien de se hurler dessus. Il doit bien y avoir une explication ! Et puis… il y a d'autres gens dans les lits…

Kim balaie la pièce des yeux.

— T'as raison. Allez, on les réveille, ils savent peut-être quelque chose.

Elle joint aussitôt le geste à la parole et gagne le lit à côté du sien. Alice en profite pour se diriger vers moi et s'accroupit à ma hauteur.

— Ça va ? demande-t-elle d'une voix douce.

J'acquiesce.

Ses yeux cherchent à accrocher les miens et me sourient. Elle a un visage d'enfant, rond et malicieux. Puis, elle incline la tête et fronce son petit nez en trompette.

— Viens, dit-elle, on doit pouvoir trouver de quoi te changer dans ces armoires.

Elle se redresse et me tend la main, avant de me guider vers le meuble qui fait face à mon lit. J'ignore comment elle fait. Comment arrive-t-elle à garder son sang-froid dans un moment aussi surréaliste ? Comment parvient-elle à effectuer des gestes aussi banals qu'ouvrir un tiroir, y trouver un pantalon de toile blanc, un T-shirt de la même couleur et me les tendre ? Comment fait-elle pour ne pas céder face à l'absurdité de la situation ? Et à la panique ?

Au lieu de ça, elle m'aide à me déshabiller et à enfiler ma nouvelle tenue.

— Tu t'appelles comment ? me demande-t-elle.

Je me racle la gorge.

— É… Éléa.

— OK, Éléa, est-ce que tu te souv…

Un hurlement l'empêche de terminer sa phrase. Une longue plainte, agonisante et déchirante. Une des personnes – une jeune fille aux cheveux roux en bataille – s'est redressée dans son lit. Le regard fixe et braqué devant elle, elle reste figée, le visage fendu en deux par le cri qui sort d'elle, comme une urgence impossible à contenir. Elle me fait penser à un animal, blessé et hurlant à la mort. Elle s'interrompt aussi brutalement qu'elle a commencé, porte les mains à ses tempes et se roule en boule dans son lit en poussant des gémissements. Elle enfouit son crâne dans le matelas et se met à ruer dedans, donnant l'impression de vouloir le pénétrer et se fondre dans l'épaisseur de son couchage.

Horrifiée, je recule autant que je le peux, me plaquant contre l'armoire, tandis qu'Alice reste statufiée sur place.

Kim se précipite vers elle, mais à peine arrive-t-elle à ses côtés que la demoiselle hurlante s'effondre dans les draps, silencieuse et inerte, le corps dans une position presque contre-nature. Kim s'approche avec prudence et repousse de ses mains les longs cheveux roux et emmêlés pour dégager son visage.

— Elle s'est évanouie, observe-t-elle, inquiète.

J'ose jeter un regard à l'endormie : les paupières closes et les traits sereins, elle paraît enfin détendue. Que lui est-il arrivé ?

Mais je n'ai pas le temps de m'interroger plus avant que deux autres corps émergent de leur sommeil : une jeune fille à la peau mate et coiffée d'une longue tresse brune se redresse lentement, le regard agrandi par l'effroi ; une autre s'assied sur le bord de son lit et, calme, comme abrutie, détaille la pièce de ses yeux bridés en s'attardant sur chacune d'entre nous au passage.

Aussitôt, Alice et Kim les rejoignent.

Moi, je ne sais pas quoi faire. J'ignore même ce que je ressens. Une impression d'irréalité. Comme si je ne vivais pas vraiment les événements, que je me trouvais à l'intérieur d'un corps qui n'est pas le mien, d'une vie qui n'est pas la mienne. Peut-être que si je ferme les paupières très fort, tout cela cessera ? Peut-être que si je me pince, je pourrai m'extraire de ce cauchemar ? Je suis en train de rêver. Ce n'est pas la réalité. Je rêve, je rêve, je rêve, je rêve, je rêve, je r…

— Hey, la belle au bois dormant, tu pionceras une autre fois ! Bouge tes fesses !

La voix de Kim sonne à mes oreilles comme un impitoyable électrochoc. Je ne rêve pas, donc. Je rouvre les paupières et la vois penchée sur le corps de la jeune fille rousse, qui s'était effondrée dans son lit en hurlant quelques minutes plus tôt. Celle-ci, les yeux révulsés vers l'arrière, est agitée de violentes convulsions. Alice et Kim peinent à la maîtriser.

La jeune Asiatique, si léthargique quelques instants plus tôt, se précipite à leurs côtés.

— Il faut la poser par terre ! s'écrie-t-elle. Elle risque de se blesser, sinon. Vite, aidez-moi à la déplacer !

D'un même mouvement, les trois filles empoignent le corps de l'épileptique et l'installent à même le sol.

— Il faut attendre que ça passe, il n'y a rien d'autre à faire, déclare ensuite la fille aux yeux bridés dans un anglais calme et posé.

Devant nos mines perplexes, elle ajoute :

— Je m'appelle Sarah, je suis interne en médecine.

Puis, nous observant tour à tour :

— Et vous ? Vous êtes qui ?

Chapitre 4

Les convulsions de l'épileptique ont cessé aussi brutalement qu'elles avaient commencé et, placée en position latérale de sécurité par Sarah, elle gît, inconsciente. Les paupières closes, elle semble presque apaisée. Pourtant sa respiration, profonde et bruyante, ainsi que le filet de sang s'écoulant de la commissure de ses lèvres – probablement une morsure de la langue, nous a expliqué l'interne en médecine – nous rappellent sans aucun doute possible la crise qu'elle vient de subir.

Je jette un coup d'œil à la pendule numérique au-dessus de la porte : quinze heures trente. Voilà déjà plus d'une heure que j'ai ouvert les yeux sur cet enfer.

— C'est quand même dingue, ce bordel ! s'exclame Kim. Je comprends pas ce qu'on fout là !

Maltraitant l'unique porte de la pièce, elle tente de l'ouvrir. Sans succès.

— Putain, vous y pigez quelque chose, vous ? Pourquoi on est enfermées ? Et ces chemises de nuit blanches qu'on porte toutes ? Où sont nos affaires, bordel ?

Délaissant la porte, elle fait volte-face, puis se dirige vers une curieuse plaque métallique située sur le mur opposé ; de forme carrée et mesurant environ cinquante centimètres carrés, je ne l'avais pas remarquée jusque-là.

— C'est quoi ce truc ? marmonne-t-elle en l'examinant. Ça ressemble à une trappe…

Elle tente de glisser ses doigts dans les interstices, mais la plaque ne bouge pas.

Alice intervient dans un filet de voix :

— Vous avez vu, y a pas de fenêtres… On pourrait se trouver n'importe où…

Sarah porte deux doigts à ses sinus pour les presser durant quelques secondes avant de prendre la parole :

— Est-ce que quelqu'un se souvient de quelque chose ? N'importe quoi, quelque chose qui pourrait nous expliquer pourquoi on est ici ? À part s'être endormie dans son lit comme d'habitude, évidemment.

Échange de regards muets. Et désespérés.

Je n'ose pas intervenir. Je maîtrise l'anglais moi aussi, mais là, je… Je n'y arrive pas ; pas tout de suite, du moins. Je n'ai rien d'important à dire, du reste.

Comme moi, la fille à la longue tresse brune se tait. Elle n'a pas émis un seul son, pas même son prénom. Seuls ses grands yeux noirs dévorant son visage laissent imaginer la frayeur qu'elle ressent.

— Putainnnnn ! rage Kim. C'est un truc de fou ! C'est… C'est…

— Surréaliste, complète Alice, la mine dépitée. On n'a rien en plus : ni nos papiers d'identité, ni nos téléphones…

— On fouille les meubles ! propose Kim.

Tandis qu'elle se dirige à grandes enjambées vers la table de nuit la plus proche, la jeune fille à la tresse se lève et s'approche du lit situé dans le coin à proximité de la porte. Sa longue natte noire et épaisse, qui descend jusqu'au creux de ses reins en ondoyant au rythme de ses pas, contraste étonnamment avec sa petite taille.

Quand je la vois s'incliner vers le couchage, je comprends immédiatement ce qu'il se passe.

Kim aussi :

— Putain ! s'écrie-t-elle. Il y a encore quelqu'un ! Qui a vérifié ce lit ?

Les filles échangent des regards interrogateurs.

— Avec la crise d'épilepsie, on a dû... On a dû passer à côté ? avance Alice.

Aussitôt, elles se précipitent aux côtés de la fille à la tresse ; celle-ci, qui a repoussé les couvertures jusqu'à la taille de la jeune femme étendue, est en train de la secouer avec douceur.

Je les rejoins également. Et le tableau fait froid dans le dos : Sarah, le visage concentré, a posé son index et son majeur sur le cou de l'endormie... qui, les traits atones et les pupilles fixes, a l'air de tout sauf de dormir... Sans compter la trace de sang écoulé depuis sa bouche et qui macule sa joue ainsi que le drap...

Je frissonne.

— Poussez-vous ! nous ordonne soudain Sarah.

Nous nous écartons pendant qu'elle positionne la jeune fille à plat sur le dos, renverse sa tête en arrière avant de pratiquer un bouche-à-bouche, puis d'effectuer une série de pressions de sa poitrine. Elle enchaîne les mêmes gestes précis plusieurs fois d'affilée tandis que nous assistons, impuissantes, à ce spectacle morbide.

Quelque chose commence alors à me nouer le ventre, comme des doigts dans mes entrailles qui fourragent, qui serrent et tordent, très fort. Je les connais bien, ces doigts, ce sont ceux de l'angoisse, cette amie amère qui depuis toujours m'accompagne. Non. Pas ça. Pas ça, *en plus*.

Sarah s'acharne, toujours aussi déterminée.

— Elle… Elle est morte ?

Ma voix a jailli hors de ma bouche comme dotée d'une vie propre.

Tous les regards se braquent sur moi en même temps, tous sauf celui de Sarah qui ne lâche pas, qui insiste, insiste. Elle persiste encore quelques secondes – quelques longues et interminables secondes –, puis elle s'immobilise. Je la vois hocher la tête plusieurs fois, comme si elle essayait de se convaincre elle-même.

— Oui, dit-elle. Il n'y a plus rien à faire.

Elle clôt les paupières de la jeune fille.

— Merde ! C'est pas vrai ! s'écrie Alice.

Sa voix tremble, ses pupilles brillent. Elle n'est donc pas aussi forte qu'elle en a l'air… En silence, elle part s'isoler sur son lit.

Kim ne dit rien. C'est sans un mot qu'elle se saisit de la lampe posée sur la table de nuit de la morte, sans un mot qu'elle la brandit en l'air, sans un mot qu'elle la fracasse sur le sol. Et qu'elle recommence. Une fois, deux fois, trois fois.

Personne n'intervient. Personne ne semble capable de le faire. Nous nous contentons de la regarder mettre en pièces sa rage, balancer son impuissance.

— Fait chier ! se met-elle soudain à hurler, en jetant des regards haineux autour d'elle. Y a quelqu'un ? Putain, y a quelqu'un ? Vous êtes là, à nous observer, hein, c'est ça, bande de sadiques ? Bande de putains d'enfoirés !

Je suis interdite. Clouée sur place. Elle est morte.

Je suis enfermée dans cette pièce avec un cadavre. Ainsi qu'une psychopathe, hystérique et violente. Que m'est-il arrivé ? Qu'ai-je fait pour mériter ça ?

Je n'ai pas le temps d'y réfléchir : des gémissements attirent mon attention et celle de mes camarades. Même Kim s'est arrêtée de crier et de malmener la lampe – il n'en reste plus que des débris de toute façon.

Mon regard, comme celui des autres filles, est braqué sur l'épileptique qui vient de s'éveiller. Les mains plaquées sur ses oreilles, les yeux fermés, elle se balance d'avant en arrière en poussant des couinements qui ressemblent à ceux d'un chiot affamé.

Rectification : je suis enfermée dans cette pièce avec un cadavre, une psychopathe hystérique et violente, et une folle à lier.

Chapitre 5

Assise sur le bord de mon lit, je contemple mes mains que je tords l'une dans l'autre. Puis, je m'étends et clos mes paupières. Peut-être qu'ainsi, je pourrai oublier où je me trouve. Peut-être que je pourrai faire abstraction de la nouvelle éveillée qui ne cesse de répéter en boucle les mêmes mots incompréhensibles : « Mais où sont-elles passées ? Où sont-elles passées ? » Les paumes toujours plaquées sur ses oreilles, les jambes repliées, elle serine cette rengaine sans discontinuer, telle une litanie sans fin, une invocation mystique qui aurait le pouvoir de la rassurer. Assise sur le sol, à l'endroit où elle a repris conscience, elle se balance d'avant en arrière, les yeux dans le vide. Les yeux emplis de vide.

Sarah et la fille à la tresse ont bien essayé de lui venir en aide, de l'apaiser. C'était comme si elle ne les voyait pas, comme si elle ne les entendait pas. Comme si elle n'était pas là, avec nous.

— Où sont-elles passées ? Où sont-elles passées ? Où sont-elles passées ?

Qu'allons-nous devenir ? Que vais-je devenir ?

Je pense à Nanou, à mon père. À Théo. Ils ont dû se rendre compte de ma disparition, à présent. Ils doivent me chercher. J'imagine ma Nanou, paniquée, éperdue de tristesse. Comme j'aimerais qu'elle soit là pour me rassurer, comme j'aimerais qu'elle me prenne dans ses bras. Elle rabattrait mes cheveux derrière mes oreilles, doucement, tendrement, elle me bercerait et tout irait mieux, j'en suis sûre. Tout irait mieux.

— Où sont-elles passées ? Où sont-elles passées ? Où sont-elles passées ?

Mon père ? Il doit probablement être affecté, lui aussi… Peut-être qu'il ne sait pas encore ? Qu'il n'est pas encore rentré de son voyage d'affaires ? Nanou a au moins dû lui apprendre la nouvelle par téléphone. Qu'est-ce qu'il se dit ?

Et Théo. Théo… Mon troubadour. Que va-t-il penser ? Va-t-il partir à ma recherche ? Remuer ciel et terre pour me retrouver ? Va-t-il jouer les héros romantiques comme dans ces romans qu'il affectionne tant ? Il me manque. Il saurait quoi faire. Il saurait comment agir. Sans doute qu'il me prendrait par la main, me dirait que tout va bien. Il dédramatiserait avec son sarcasme habituel, comme il le fait même dans les pires moments. Surtout dans les pires moments.

Je visualise ses yeux bleus, doux et malicieux, ourlés de longs cils. Ses sourcils épais. Sa bouche toujours figée dans un demi-sourire, comme si la vie n'était qu'une vaste blague, comme si rien n'était grave et que tout était dérisoire. J'aimerais tellement qu'il soit là… Mon Théo…

Un bruit sourd me tire de mes pensées. Je rouvre les yeux. Kim. Elle vient de donner un coup de pied rageur dans la porte.

— Je propose qu'on tente de l'enfoncer avec l'un des lits, dit-elle. Qui est partante ?

Mon regard croise celui de la fille à la tresse. Elle reste aussi silencieuse que moi.

— Moi ! s'écrie Alice. C'est une bonne idée.

Kim s'approche du lit le plus proche et le tire d'un geste sec. Il ne bouge pas d'un millimètre.

— Qu'est-ce que…, commence Kim.

Elle s'accroupit, la mine perplexe, et examine le pied du meuble.

— Bordel ! s'écrie-t-elle en se redressant.

Sans un mot et les sourcils froncés, elle se dirige à grands pas vers l'une des armoires. Elle se baisse à nouveau.

— C'est quoi, le problème ? demande Alice.

— Les meubles, répond Kim après s'être relevée. Ils sont tous scellés au sol. Impossible de les bouger.

Sa voix est étonnamment calme. Trop calme, semble-t-il, car soudain, elle serre les poings avant de pousser un cri de rage.

— Ils ont tout prévu ! rugit-elle.

— Tu es sûre ? s'enquiert Sarah en se levant pour vérifier à son tour.

Je la vois faire le tour de la chambre mais, à sa mine sombre, je comprends que Kim a vu juste.

— Bordel, répète Kim entre ses dents.

Puis elle reporte de nouveau son attention sur l'armoire.

— Et puis, y a quoi là-dedans d'ailleurs ? grogne-t-elle.

Elle l'ouvre et entreprend de la fouiller, avec toute la discrétion et l'élégance qui la caractérisent.

— Putain ! Y a que des fringues ! Et faut voir lesquelles ! Que des pantalons et des T-shirts blancs ! Mais où on est tombées ?

Soudain, avec des gestes brusques et désordonnés, je la vois se débarrasser de sa chemise de nuit. Elle commence ensuite à enfiler, non sans jurer, une nouvelle tenue par-dessus ses sous-vêtements.

— C'est toujours mieux que ce foutu torchon de bourgeoise…

Ellc passe la tête, un bras, le deuxième.

— Non, mais je rêve, c'est… C'est trop petit ! tempête-t-elle, les deux bras en l'air, coincés dans l'encolure.

Avec rage, elle retire le T-shirt trop étroit qu'elle lance dans un coin, puis jette son dévolu sur un pantalon. Elle souffle avec force en essayant de se glisser dedans, mais elle a beau se tordre dans tous les sens, tirer, sauter, il reste impossible de l'enfiler. En d'autres circonstances, elle me ferait presque rire.

— Où sont-elles passées ? Où sont-elles passées ? Où sont-elles passées ?

— Putain, quelqu'un peut lui dire de la fermer ?

Sarah jette un regard noir à Kim avant de se diriger vers la fille à la chevelure rousse. Elle attrape ses poignets avec douceur avant de les abaisser et de découvrir ses oreilles. Depuis mon lit, je peux voir qu'elle lui chuchote quelque chose, mais je ne parviens pas à entendre. Elle semble avoir trouvé les bons mots en tous cas, puisque son interlocutrice se tait et l'écoute en la fixant avec intensité.

Les autres, Alice et la fille à la tresse, restent prostrées dans leur lit, apathiques.

Il faut que je me lève. Que je fasse quelque chose pour m'occuper l'esprit. Je me dirige vers l'armoire la plus proche, en évitant soigneusement de laisser traîner mon regard du côté du lit situé près de la porte d'entrée – celui où se trouve le cadavre –, l'ouvre et constate que les étagères regorgent de jeans et autres T-shirts, noirs pour la plupart. J'en saisis un, le déplie devant moi avant de me le faire arracher par une Kim en furie qui, de nouveau en sous-vêtements, s'est approchée de moi sans un bruit.

— Ah ben voilà, enfin des fringues dignes de ce nom !

Elle enfile le T-shirt.

— Et à ma taille, en plus !

Elle me pousse sans ménagement et fouille le meuble, sans se soucier de la pagaille qu'elle occasionne.

— C'est dingue ! Ce sont... Ce sont mes fringues ! Exactement celles que j'avais l'habitude de mettre lorsque... je vivais encore chez moi.

Perplexe, elle extirpe des jeans, un pantalon en cuir, des débardeurs noirs et même un blouson de motard.

J'entreprends d'examiner une deuxième armoire. Sur les étagères du haut, j'y trouve d'autres vêtements, très colorés : des tuniques, des jupes et des robes longues, des pantalons larges en toile. Je sens une présence dans mon dos et me retourne pour constater que notre colocataire à la tresse noire se tient derrière moi, la mine interloquée. Elle m'adresse un sourire poli avant de venir explorer le contenu du meuble à mes côtés. Quand je me penche vers les compartiments inférieurs, ma gorge se serre lorsque je découvre mes blouses brodées, mes T-shirts marinières et mes jeans fétiches.

— Les filles, commence Alice, le nez dans la troisième armoire. Vous pensez ce que je pense ?

— Quoi donc ? interroge Sarah, demeurée près de l'épileptique qui s'est calmée.

— Ce sont nos habits, répond Alice. Vraiment les nôtres, je veux dire, pas des modèles identiques. Regardez ce top, c'est moi qui l'ai customisé avec des perles.

L'air intrigué, Sarah examine à son tour les armoires et il ne lui faut pas longtemps pour se ranger à notre avis : elles contiennent très précisément nos vêtements. *Nos* vêtements. Comment est-ce possible ?

Il semble que je me sois vêtue avec les habits de Sarah mais peu m'importe : basiques, ils font tout aussi bien l'affaire que les miens.

— Je ne comprends vraiment rien à tout ça, déplore Alice en enfilant un jean.

— Devine quoi ? T'es pas la seule, rétorque Kim du tac au tac.

Puis, tournant sur elle-même, aux aguets, elle se met à crier :

— Vous cherchez quoi ? À nous faire péter les plombs ?

Alice grimace – une sorte de torsion de la bouche qui fronce son nez – avant de rétorquer :

— Tu t'adresses à qui, là ? Tu crois… Tu crois que quelqu'un peut nous entendre… nous observer ?

Kim lui jette un regard agacé.

— Évidemment. Pourquoi on serait là, sinon ?

Elle poursuit en balayant les murs des yeux.

— Ceux qui nous ont enfermées ici ont une idée derrière la tête et je suis sûre qu'ils nous surveillent ou, au moins, qu'ils ont placé des micros.

D'une démarche énergique, elle s'approche de l'un des murs.

— Peut-être même derrière ça, déclare-t-elle en s'acharnant sur l'un des cadres qui y est fixé et qui représente des plumes de couleur pastel tombant en cascade.

Mais celui-ci ne bouge pas d'un millimètre.

Je me rends compte que notre camarade à la tresse dévisage Kim d'un air horrifié. Je la comprends : les propos de Kim et ce qu'ils impliquent ont tout d'effrayant.

Sarah aussi semble l'avoir remarqué puisqu'elle prend la parole à son tour :

— Les filles, je propose qu'on se calme et qu'on réfléchisse sereinement à la situation.

— Sereinement ? Tu plaisantes, j'espère ? aboie Kim.

Sarah lui jette un regard sombre mais ne se laisse pas démonter :

— On pourrait commencer par s'asseoir et faire un tour de table pour se présenter.

— Ouais, bien sûr, et puis, tant qu'on y est, on pourrait aussi parler de nos hobbies et dire quel métier on veut faire quand on sera grandes !

Aussitôt, je me tourne vers Sarah pour guetter sa réaction et je ne peux qu'admirer sa maîtrise d'elle-même et son tact :

— Et pourquoi pas ? Peut-être arrivera-t-on à détecter un point commun, une raison, quelque chose qui fait que nous, très précisément nous, sommes enfermées ici, ensemble, dans cette pièce ?

Kim la fixe, interdite. Je suis tentée de féliciter Sarah pour lui avoir cloué le bec avec autant de panache. Mais je me retiens : je n'ai pas envie de me retrouver, une nouvelle fois, plaquée au mur, la gorge à la merci de cette psychopathe.

— J'en vois un de point commun, intervient Alice. On est que des filles.

— Bravo, Sherlock Holmes, ironise Kim.

Sarah réprime avec peine un soupir en se tournant vers Alice :

— Tu as raison, en effet. Allez, venez, peut-être que l'on peut identifier autre chose.

Elle donne l'exemple et s'assied sur le sol, aux côtés de l'épileptique qui n'a toujours pas bougé. Cette dernière se tourne vers elle en pouffant et en tournicotant une mèche de son ample chevelure rousse, avant de s'adresser à nous d'un ton enthousiaste :

— Venez, venez ! Venez vous asseoir avec nous ! On va pouvoir faire un jeu !

Et elle ponctue sa tirade d'un rire de gamine.

Je la dévisage, interloquée : elle parle, donc. Et en anglais, elle aussi.

Kim lève les yeux au ciel avant de s'asseoir en maugréant. Après un échange de regards, Alice et moi faisons de même. La jeune fille à la tresse est la dernière à nous rejoindre.

— Bon, qui veut commencer ? demande Sarah. Celles qui ne l'ont pas encore fait pourraient déjà donner leur prénom.

— Moi, moi, moi ! s'enthousiasme la fille rousse en levant le doigt en l'air.

Ses cheveux s'agitent autour de sa tête comme s'ils étaient montés sur ressorts. Sarah l'invite gentiment à poursuivre.

— Je m'appelle Amber, dit-elle d'un ton appliqué. J'ai vingt-deux ans et je viens de Détroit, dans le Michigan.

— C'est très bien, Amber, approuve Sarah.

Cette dernière se tourne ensuite vers la fille à la tresse.

— Il me semble que tu es la seule ici dont on ne connaît pas le prénom. Comment tu t'appelles ?

La jeune fille ouvre des yeux craintifs tout en redressant son buste. Puis elle secoue la tête en désignant sa bouche du doigt.

Sarah fronce les sourcils, mais c'est Alice qui pose la question la première :

— Tu ne peux pas parler ?

La jeune fille acquiesce.

Kim s'apprête à dire quelque chose mais un bruit de moteur nous fait toutes sursauter d'un même élan. Il provient de la trappe. Le grondement métallique monte autour de nous, comme si des rouages gigantesques s'étaient mis en branle, lourds et massifs, dans les entrailles du mur. Puis, centimètre par centimètre, la trappe s'ouvre, coulissant vers le haut et dévoilant une cavité équipée d'une sorte de passe-plat.

Sarah se redresse aussitôt et, d'un pas prudent, se dirige vers les objets qui s'y trouvent. Après quelques secondes d'observation, elle s'en saisit, puis la trappe se referme. Elle fait ensuite volte-face, exposant, en même temps que sa mine perplexe, ce qu'elle vient de récupérer : une ardoise blanche, munie d'un crayon effaçable et d'un chiffon.

La jeune fille à la tresse se précipite sur elle pour s'en emparer. Nous la voyons décapuchonner avec frénésie le crayon avant de se mettre à écrire d'un mouvement rapide sur l'ardoise. C'est avec un sourire rayonnant qu'elle la brandit, ensuite, à notre attention.

Nous pouvons y lire : « Je m'appelle Mira, j'ai 17 ans et je viens de Dubaï. »

Chapitre 6

— Ils nous écoutent, ces enfoirés ! Ils nous observent ! Je vous l'avais dit ! fulmine Kim en faisant les cent pas.

Puis, elle se campe sur ses pieds :

— Oh ! Vous voulez quoi à la fin ? Pourquoi vous nous retenez ici ?

Les joues empourprées et les yeux aussi noirs que du charbon, elle me paraîtrait presque plus folle qu'Amber en parlant ainsi dans le vide, s'adressant à des oreilles et, probablement, des yeux invisibles. Pourtant, je sais qu'elle a raison : après ce qu'il vient de se passer, cela ne fait plus aucun doute. Je clos les paupières dans une tentative désespérée de tenir cette idée effroyable – et complètement surréaliste – à distance : mon Dieu, qu'ai-je à voir avec tout ça ?

— Kim, calme-toi, ton attitude est contre-productive, déclare Sarah.

Son sang-froid m'épate. Si j'avais le courage d'être aussi expansive que Kim, si j'étais capable d'avoir autant de caractère qu'elle, je m'insurgerais avec elle.

— À qui elle parle ? demande Amber d'une voix fluette.

Sarah secoue la tête et se tourne vers Mira :

— Mira, je ne comprends pas, tu es muette ? Mais pas sourde ?

Celle-ci opine avec vigueur, avant de se mettre à écrire sur son ardoise : « J'ai eu un accident, enfant. Traumatisme crânien. Je souffre d'une aphasie de Broca. Mais j'entends tout, je comprends tout. »

— D'accord, acquiesce Sarah dans un sourire. Bon. On continue notre tour de table ? ajoute-t-elle en se tournant vers nous.

— Pour ce que ça sert ! enrage Kim. Et elle, vous allez lui demander comment elle s'appelle aussi ?

Du menton, elle pointe le cadavre que j'ai réussi à éviter du regard jusque-là.

— Tu veux bien te présenter ? demande Sarah, ignorant son intervention.

Elle me fixe droit dans les yeux. Son ton est bienveillant et encourageant.

— Euh… Je… Je…

Je déglutis en jetant un rapide coup d'œil sur notre cercle : Mira m'observe de ses yeux immenses, Alice, également, les sourcils infléchis et la mine intéressée, tandis qu'Amber fait papillonner son regard autour d'elle, manifestement incapable de le fixer sur un point précis. Kim, elle, paraît s'être mis en tête de démonter les lits.

— Ignore-la, me conseille Sarah.

J'approuve d'un mouvement furtif de la tête.

— Je… Je m'appelle Éléa, j'ai dix-sept ans et je suis française.

— Ah ! s'exclame Alice. Tu parles drôlement bien anglais, dis donc !

J'opine en baissant le visage.

— C'est… mon père. Il tenait à ce que je maîtrise l'anglais. J'ai fait toute ma scolarité dans une école bilingue.

— En parfaite petite bourge qui se respecte ! crache Kim.

Je sens que mes pommettes s'échauffent.

Sarah soupire, puis se tourne vers Alice.

— OK ! s'exclame celle-ci comprenant que son tour est venu. Alors, je m'appelle Alice, j'ai dix-huit ans et je suis anglaise.

Sarah approuve d'un hochement de tête avant de se lancer :

— Sarah, comme vous le savez toutes, vingt-sept ans et j'ai la double nationalité : américaine et sud-coréenne.

Puis, levant son visage :

— Kim ?

— Mouais, marmonne celle-ci en explorant le dessous d'une armoire. Kim, vingt-cinq ans, américaine. Putain ! Ils sont où, ces fichus micros ?

— Tu veux pas arrêter un peu ? Ça sert à rien ce que tu fais…

Kim jette un regard absent à Sarah.

— À moins que ce ne soit dans cette bouche d'aération là-haut, continue-t-elle, imperturbable. Il faut que je trouve un moyen de l'atteindre.

Elle plisse les paupières, concentrée, avant de continuer son exploration méticuleuse.

— Quand est-ce qu'ils vont se manifester, vous croyez ? demande Alice.

Sarah hausse les épaules.

— Ils vont nous laisser crever de faim et de soif avant ! s'écrie Kim.

— Arrête de hurler, Kim, s'il te plaît.

Sarah a prononcé cette phrase, une main rassurante sur l'épaule d'Amber qui commence à montrer des signes d'agitation.

— Je fais ce que je veux ! Je sais pas comment vous faites pour rester tranquilles, là, aussi calmes, sans bouger, sans tout foutre en l'air ! On est enfermées dans cette pièce avec un cadavre, bordel !

— Kim…, gronde Sarah entre ses dents.

À ses côtés, Amber semble de plus en plus fébrile. Bientôt, elle brandit ses bras devant elle en les examinant d'un air effrayé avant de plaquer ses mains sur ses oreilles et de se recroqueviller, l'air souffrante.

— Où sont-elles passées, où sont-elles passées, où sont-elles passées ? se remet-elle à psalmodier.

Mira se lève et va se réfugier dans son lit tandis qu'Alice se rapproche d'Amber et commence à lui murmurer des paroles apaisantes à l'oreille.

— Où sont-elles passées, où sont-elles passées, où sont-elles passées…

De nouveau, elle balance son corps d'avant en arrière.

Je sens la tension lourde, pesante, me gagner, m'envahir, comme une onde presque solide qui me traverserait de bout en bout. Il ne faut pas que je la laisse me submerger. Je dois me reprendre. Je commence à inspirer et expirer lentement, comme me l'a appris Nanou lorsque j'étais enfant, et que la peur, terrible, immense, me gagnait. Elle prenait mes mains dans les siennes et soufflait avec moi, sans me quitter du regard. Je revois ses yeux gris, si doux, emplis de tendresse, m'accompagner, m'encourager.

Inspiration, expiration.

Je réussis à me détacher de ce qui m'entoure, à faire le vide.

— J'ai soif, j'ai soif, j'ai soif, j'ai soif…

Ces considérations plus terre à terre, toujours débitées d'un ton monocorde par Amber, me ramènent dans la pièce. Mais je me sens mieux à présent, plus sereine.

Je me lève et entreprends de poursuivre ma fouille des armoires : peut-être trouverai-je de quoi satisfaire sa demande ?

Mais le grondement de rouages en action m'interrompt aussitôt : la trappe commence par trembler avant de coulisser lentement vers le haut. À l'intérieur, une bouteille d'eau et six verres en carton.

Je l'ouvre, verse un peu d'eau dans l'un des gobelets et m'approche d'Amber, en espérant que ces quelques gorgées parviendront à la calmer. Mais c'est sans compter sur Kim qui, comme un chevreuil sur une route de campagne en pleine nuit, fait irruption devant moi et envoie valser le verre.

— Tu fous quoi ? explose-t-elle. On sait pas ce qu'il y a là-dedans. Si ça se trouve, y a de quoi nous faire crever !

Je reste pétrifiée, incapable de réfléchir, encore moins de trouver une répartie à la hauteur de sa hargne.

— N'importe quoi, dit Sarah en ramassant le verre. S'ils voulaient nous tuer, ça fait longtemps que ce serait fait. Et de toute façon, c'est ce qui t'arrivera si tu ne t'hydrates pas.

Elle tend le gobelet devant moi. Après une hésitation, je le remplis à nouveau.

Son aplomb et sa placidité semblent tenir Kim en respect puisque celle-ci n'émet aucune objection. D'un air méfiant, elle se contente d'observer Amber qui boit si goulûment qu'elle en trempe ses vêtements.

— Encore !

Je lui verse à nouveau un peu d'eau tandis que toutes les autres, sauf Kim, se précipitent sur moi, avides : la bouteille passe de bouche en bouche. Le liquide est frais dans ma gorge, presque réconfortant. Je n'avais pas réalisé à quel point mon corps était déshydraté. D'ailleurs, je meurs de faim. Je jette un regard plein d'espoir vers la trappe, mais celle-ci s'est de nouveau refermée.

Amber a fini son verre et paraît apaisée à présent. Mutique, elle s'est rassise sur le sol et, les yeux absents, contemple ses mains.

— Ce ne sont pas mes doigts, dit-elle.

Je fronce les sourcils tandis que les autres se tournent vers elle.

— Ce ne sont pas mes mains, pas mes bras !

Elle se lève d'un mouvement brusque, le visage déformé par l'effroi, les yeux toujours braqués sur ses membres. Sa bouche se met à trembler.

— Ce n'est pas mon corps, ce n'est pas mon corps, ce n'est pas mon corps ! hurle-t-elle.

Elle tourne sur elle-même, si paniquée que ses prunelles semblent avoir gagné en volume.

Kim prend les choses en main. À sa manière.

Je la vois se diriger d'un pas rapide vers Amber, puis, enserrant son visage, l'obliger à la regarder droit dans les yeux.

— Amber, écoute-moi.

Sa voix est étonnamment calme et posée.

Mais Amber s'en moque, elle se débat, elle s'agite, essaye de se dégager de son emprise en roulant des pupilles folles.

— Amber ! crie Kim en affermissant sa poigne. Il faut que tu te calmes ! Écoute-moi, quelle est ta couleur préférée ?

Cette question, pour le moins incongrue, a le mérite de capter l'attention de la jeune fille rousse : elle l'observe, la mine toujours torturée, mais elle a cessé de lutter.

Après quelques secondes de silence, elle lui répond sur un ton hésitant :

— C'est… Je crois que c'est le vert… Oui, c'est ça, c'est le vert. Le vert, le vert, le vert…

— Le vert, OK. Pourquoi ?

— Parce que… Parce que ça me fait penser… à l'herbe, aux prairies, le soleil, doux et chaud… aux arbres et au printemps aussi… Le vert…

— D'accord. Ferme les yeux et imagine ce vert, tout ce vert, imagine l'herbe et les prairies, imagine le vent qui agite les feuilles des arbres, imagine et respire.

Tandis que Kim continue à lui parler, Amber obéit : le visage reposant toujours entre les mains de son interlocutrice, elle clôt ses paupières et demeure ainsi, silencieuse, tranquille et oublieuse de ce qui l'entoure.

Je me trouve presque dans le même état. Nous le semblons toutes. Soufflées par la surprise, nous sommes comme suspendues à l'instant, aux mots de Kim. Voyons-nous toutes ce vert éclatant, irradiant de lumière et de vie ? Courons-nous ensemble dans ce pré embaumant l'herbe fraîchement coupée ? Visualisons-nous ce champ de maïs ondoyant et bruissant, caressé par le souffle tiède du vent ?

Sans un mot et avec une étonnante sollicitude, Kim prend Amber par les épaules et la conduit à pas lents vers son lit dans lequel elle l'aide à s'allonger.

Puis elle fait volte-face :

— Bon, les meufs, vous dormez ou quoi ? C'est pas le moment, allez, on se bouge le cul !

Je sursaute, arrachée douloureusement à cet état de grâce : la Kim telle que nous l'avons rencontrée est de retour.

Amber s'est endormie aussitôt. Mira l'a suivie peu après.

Kim, elle, s'est remise à la tâche : élucider le mystère de la trappe est devenu sa mission du moment. Les doigts insérés dans l'interstice, elle tente tant bien que mal de la remonter en tirant dessus.

Je trouve ses manœuvres inutiles, mais m'abstiens de faire le moindre commentaire. Même si l'épisode avec Amber nous a démontré qu'elle peut se comporter avec humanité, je ne la considère pas moins comme dangereuse. Et parfaitement psychopathe.

Sarah, Alice et moi, après avoir poursuivi la fouille de chacun des meubles présents dans la pièce et constaté qu'ils ne contenaient rien d'autre que des vêtements et des chaussures, sommes de nouveau assises à même le sol.

— On… On va faire quoi avec elle ? je demande.

Sarah et Alice n'ont pas besoin de suivre mon regard pour savoir que je fais référence à la morte.

— Je sais pas, répond Sarah d'un ton las.

— Quand est-ce qu'elle va commencer à… sentir ? interroge Alice.

Sarah baisse la tête, en se mordant les lèvres.

— Un à deux jours, assène Kim. Elle va commencer à pourrir et virer au vert et, d'ici trois jours, l'air deviendra juste irrespirable.

Ces informations sont accueillies par un silence total et la mine sombre de Sarah, l'interne en médecine du groupe, n'augure rien de bon.

Je déglutis avant de poser la question suivante :

— On va faire comment ?

Alice m'avoue son impuissance d'un regard tandis que Sarah reste figée, les lèvres pincées.

— On va trouver un moyen de sortir d'ici avant, qu'est-ce que tu crois que je suis en train de faire ? réplique Kim.

Nouveau silence.

Et… vous pensez qu'il lui est arrivé quoi ?

C'est Alice qui a posé cette question d'une voix mal assurée, en fixant Sarah. Cette dernière soupire avant de répondre du bout des lèvres :

— C'est difficile à dire… Je l'ai examinée, il n'y a pas trace de blessure à part ce sang qui s'est écoulé de sa bouche. Peut-être une embolie pulmonaire ?

— On l'a peut-être placée là alors qu'elle était déjà morte, intervient Kim d'un ton glacial.

— Quoi ? s'exclame Sarah en sursautant. Mais pourquoi quelqu'un ferait une chose pareille ? Ça n'a aucun sens !

Kim tourne un visage implacable vers elle avant de rétorquer :

— Au contraire de nous enfermer toutes ici, tu veux dire ?

Sarah baisse le regard.

— C'est peut-être une expérience, poursuit Kim, imperturbable. Une putain d'expérience faite par des putains de tarés.

À ces mots, l'air s'échappe de mes poumons.

— Une expérience ? s'affole Alice. Comment ça ? Pour quoi faire ?

— J'en sais foutrement rien, soupire Kim d'un ton soudain las. Je cherche des explications.

Un nouveau silence malaisant tombe sur nos mines abattues.

Je voudrais pouvoir le briser, dire quelque chose pour alléger l'atmosphère, mais c'est finalement Alice qui reprend la parole :

— Sinon, je pensais… Et si c'étaient les extra-terrestres ?

Kim expire avec force pour exprimer sa consternation.

— Ben quoi, c'est pas plus ridicule que ta théorie des savants fous ! se défend Alice. J'ai lu plein de trucs à ce sujet et notamment des témoignages de gens disant avoir été enlevés pendant leur sommeil. Ça expliquerait pourquoi nous avons été kidnappées pendant que nous dormions.

Je me racle la gorge avant d'intervenir :

— Tu veux dire que tu as lu des histoires similaires à la nôtre ?

— Pas vraiment, répond Alice en tordant la bouche. Dans ce que j'ai pu lire, ils ne se réveillaient pas ailleurs comme nous, c'était plutôt comme s'ils avaient vécu un rêve et qu'il leur restait des souvenirs de l'expérience vécue : certains se rappellent un vaisseau, d'autres un laboratoire ou une salle médicalisée.

Elle s'interrompt pour balayer la pièce du regard.

— Ça pourrait très bien être un endroit comme celui-ci.

— Foutaises ! réplique Kim. Ce ne sont que des histoires à dormir debout. Rien n'a jamais été prouvé. L'existence d'extra-terrestres est plausible, et même probable, mais aucune preuve matérielle d'un contact avec notre planète n'a jamais été rapportée, et encore moins celle d'un enlèvement !

Du coin de l'œil, je vois que Mira s'est réveillée : redressée dans son lit, elle nous écoute.

— J'envisage toutes les hypothèses, rétorque Alice en haussant les épaules. On la tient peut-être, cette preuve d'enlèvement ! On est peut-être en plein dedans, dans ta fichue preuve. Et d'autres l'ont peut-être été avant nous mais… n'en sont jamais revenus pour apporter leur témoignage.

Sarah s'éclaircit la gorge :

— Je vois une explication plus simple : un enlèvement en échange d'une rançon. Ça me paraît l'hypothèse la plus logique et la plus probable. Ceux qui ont fait ça ont voulu nous garder vivantes. Ils ont tout prévu pour qu'on puisse subsister ici : des lits pour dormir, cette trappe qui va vraisemblablement servir à nous fournir des denrées alimentaires et des boissons, et même des habits pour se changer. Je pense que l'on va bientôt en savoir plus : d'une manière ou d'une autre, ils vont finir par se manifester. Sinon… Sinon, tout ceci n'aurait aucun sens.

— Tu oublies que nous ne disposons pas de toilettes, je fais remarquer.

Kim tourne un visage intéressé vers moi.

— C'est vrai, ça, renchérit-elle. On pisse où ?

Je réprime une grimace.

C'est ce moment que choisit Mira pour se joindre à nous. Ses yeux inquiets et ses pas précipités n'augurent rien de bon. Arrivée devant nous, elle tend son ardoise d'un geste vigoureux.

Ce que j'y lis me coupe la respiration : « J'ai entendu un déclic. Je crois que la porte est ouverte. »

Chapitre 7

Nos regards ont convergé en même temps vers la porte.

Un instant, nous restons coites de surprise. L'effroi revient torturer mon ventre.

Puis Kim réagit et s'élance d'un pas décidé. Arrivée devant la porte, elle se retourne vers nous et, apposant un index sur ses lèvres, nous intime le silence. Avec une infinie précaution, elle actionne ensuite la poignée et tire le panneau vers elle.

La porte s'entrebâille.

Je retiens mon souffle. La sensation de malaise gagne ma poitrine et mon cœur se met à pilonner mes côtes. L'instinct me pousse à me relever et reculer d'un pas.

Je vois les filles se mettre debout à leur tour et se concerter du regard, hésitantes. Même Sarah, qui affiche d'ordinaire un calme à toute épreuve, paraît inquiète tant son visage est contracté comme sous l'effet d'un effort. Finalement, Kim se décide à avancer une tête prudente dans l'ouverture.

— Attends ! murmure Sarah. On devrait peut-être…

Mais elle n'a pas le temps de terminer sa phrase : d'un geste furtif, Kim se faufile à travers l'ouverture à peine entrouverte et disparaît de notre champ de vision, avalée par l'inconnu qui se tapit derrière la paroi.

— Kim ? s'écrie Sarah.

Pas de réponse.

— Tu nous entends ? Tout va bien ? renchérit Alice, la voix tremblante.

Silence.

L'angoisse crispe les traits des filles. Seule Amber – qui dort toujours dans son lit d'un sommeil calme et apaisé – demeure parfaitement hermétique à la tension qui règne autour d'elle.

D'un même élan, Mira, Alice et moi nous groupons autour de Sarah. Puis, Alice déglutit avant de poser la question fatidique :

— On y va ?

Sarah se mord les lèvres avant de hocher la tête d'un mouvement lent. Elle amorce un pas, quand soudain :

— Bon, les meufs, vous attendez quoi ?

Je crois n'avoir jamais été aussi heureuse d'entendre la voix gouailleuse de Kim. L'atmosphère devient aussitôt plus respirable et je vois très distinctement le soulagement détendre les visages de mes camarades. Nous avançons vers la porte, groupées tel un essaim de passereaux.

Derrière, pas de grand méchant loup, pas de monstre tapi dans l'obscurité. Mais un simple couloir. Blanc, plutôt large et illuminé par des spots au plafond, il dessert plusieurs pièces dissimulées par des portes fermées.

Le cœur palpitant toujours de manière déraisonnable, je retiens ma respiration alors que Kim est déjà sur le point d'ouvrir la plus proche d'entre elles.

— Ah ! Enfin, je vais pouvoir pisser, Dieu merci ! s'écrie-t-elle.

À sa suite, nous nous engouffrons dans ce qui se révèle être une salle de bains : deux lavabos minimalistes à la faïence blanche et surplombés de miroirs font face à un cabinet de toilette et une douche aux lignes fuselées et modernes. Avec soulagement, je me rends compte que je vais enfin pouvoir me laver.

— Tournez-vous les meufs, j'peux pas me retenir, annonce Kim qui, sans même attendre que nous nous exécutions, commence à déboutonner son pantalon.

Je me détourne, un peu gênée, tout en croisant le regard d'Alice qui m'adresse une moue exaspérée. J'en profite pour examiner la salle. Dans d'autres circonstances, je crois que je pourrais la trouver agréable. Presque chaleureuse. De couleur crème du sol au plafond, elle est éclairée par des spots identiques à ceux du couloir. Sur les étagères qui la meublent reposent des serviettes épaisses ainsi que tout un arsenal de produits cosmétiques dignes des filles les plus en vue de mon lycée.

— Qu'est-ce que c'est que ça ? s'exclame Alice en attrapant un flacon. C'est fou, c'est l'après-shampoing que j'ai l'habitude d'utiliser… et là, mon nettoyant pour le visage… et… même mon dentifrice à la pomme. Je déteste tous les autres, ils me piquent la langue !

Je m'approche aussi de l'un des meubles et ne tarde pas à découvrir que tous les produits qui constituent ma routine de soins s'y trouvent : mon savon surgras, mon baume à lèvres fétiche et même mon eau de toilette à la verveine.

Mon regard est alors attiré par mon reflet dans le miroir. Je ne peux retenir un mouvement de recul tant j'ai du mal à me reconnaître. C'est moi et, pourtant, ces traits fatigués, ces cernes violets, ce teint blanchâtre, tout me donne la sensation de ne pas m'appartenir complètement. Je me trouve amaigrie également, les joues creusées. Au milieu de ce visage presque fantomatique, mes yeux ressortent comme deux billes d'un bleu délavé, tandis que mes cheveux, retenus par une barrette et échoués sur mes épaules, me paraissent plus fins et fragiles qu'à l'accoutumée. Et… plus longs ?

Cette dernière réflexion fait tressaillir mon cœur : depuis combien de temps sommes-nous enfermées ici ?

Les autres filles semblent à des années-lumière de ces interrogations : Mira, Alice et Sarah explorent – presque avec frénésie – chaque recoin de la salle de bains tandis que Kim nous bouscule pour atteindre le lavabo et se laver les mains.

— C'est dingue, j'hallucine, à quoi ils jouent ? Hey, les filles, réjouissez-vous, raille-t-elle, vous allez pouvoir vous faire des masques et vous vernir les ongles !

Elle soupire avant d'ajouter :

— La bonne nouvelle, c'est qu'au moins, on n'aura pas à passer la nuit en compagnie d'un cadavre... On pourra le déplacer ici.

Je suis secouée d'un rire nerveux. Tu parles d'une bonne nouvelle.

— Bon, on continue la visite ? demande Kim en sortant de la pièce.

Après une légère hésitation, mes camarades lui emboîtent le pas, se serrant les unes contre les autres, tandis que je ferme la marche.

Dans la salle voisine, ma surprise est décuplée. De taille plutôt conséquente et aménagée avec les mêmes matériaux que notre dortoir, elle abrite une longue table pourvue de sept chaises dans son coin gauche tandis que l'espace devant nous est occupé par divers équipements : un chevalet muni de grandes feuilles de papier blanc, de pinceaux et de tubes de gouache, une étagère débordant de livres et surplombant quatre fauteuils moelleux et massifs et, un peu plus loin, un violon trônant de toute son élégance sur son trépied.

Quand elle le voit, Mira se précipite dessus, le visage rayonnant, avant de s'en saisir avec des gestes délicats et de l'observer, le regard empli d'une respectueuse dévotion.

Moi-même, je ne peux ignorer que le nécessaire à peinture m'est destiné : je ne comprends pas… Que cherchent ceux qui nous retiennent ?

Alice et Sarah sont déjà en train de lire les titres sur les dos des livres, tandis que Kim s'est saisie d'une boîte de jeu de société pour l'examiner, comme si… tout était normal et notre situation naturelle. L'exaspération et la panique me font oublier ma réserve habituelle :

— Vous… Vous faites quoi, là ? Vous vous rendez compte ou pas ? On est prisonnières, je vous signale ! Tout… Tout ça est complètement incohérent !

Kim me jette un regard renfrogné avant de reposer le jeu sur l'étagère.

Mira se met à griffonner sur son ardoise avant de la brandir devant elle : « Peut-être qu'ils ne nous veulent pas du mal, finalement ? »

— C'est possible, renchérit Alice. Regardez, ils semblent bien nous connaître, je vois là certains de mes livres préférés. Peut-être qu'on est ici pour… être protégées ?

— Protégées ? Protégées de quoi ? j'explose. Et pourquoi ils ne nous disent rien alors ? Pourquoi ne se manifestent-ils pas, pourquoi nous laissent-ils dans l'ignorance et la peur comme ça ? Tout à l'heure, en me regardant dans le miroir, je me suis à peine reconnue ! Je… Nous sommes peut-être enfermées ici depuis… Depuis longtemps !

Alice et Mira m'observent, interdites ; Sarah demeure silencieuse, une expression concentrée sur le visage.

— Pour une fois, je suis d'accord avec la princesse, assène Kim en passant devant moi sans un regard.

Elle sort dans le couloir, puis un léger grincement nous informe qu'elle a ouvert la pièce suivante.

— Waouh ! entend-on soudain.

Tout le monde se précipite derrière elle. Agacée, je me résous à faire de même. Nous la trouvons dans une petite salle de sport meublée d'un rameur, d'un vélo elliptique, d'un tapis de course ainsi que de divers poids et autres barres de traction.

— Ça a l'air d'être du bon matos, constate-t-elle.

Son ton est neutre : impossible de savoir ce qu'elle pense. Sa méfiance commence-t-elle à être endormie par toutes ces attentions personnalisées, comme l'est celle des autres filles ?

Je jette un coup d'œil à Sarah qui, depuis le début, incarne la voix de la maturité et de la sagesse. Mais, les sourcils froncés, elle reste mutique.

— Tu en penses quoi ? je lui demande.

Elle hausse les épaules.

— Je ne sais pas, répond-elle, après quelques secondes de réflexion. Tout ce qu'on peut en déduire, c'est que, vu les installations, notre vie n'est pas en danger. Tout ça n'aurait aucun sens, sinon.

— Pour l'instant, j'ajoute.

— Mais comme tu le dis, poursuit-elle, je m'étonne que nous n'ayons aucun signe de la part de… de ceux qui nous retiennent ici, aucune information. Je… Je suis…

Elle secoue la tête.

— Je suis confuse.

Une insulte fuse depuis le couloir, interrompant notre discussion. Kim.

— Qu'est-ce qu'il se passe ? demande Sarah lorsque nous la rejoignons.

Alice, déjà sur place, pivote vers nous.

— C'est la dernière porte. Elle est fermée.

La porte en question ne ressemble en rien aux autres : massive, blindée et sans aucune poignée pour l'actionner, elle représente sans aucun doute possible notre potentielle issue.

Kim donne un coup de pied rageur dans le panneau métallique.

— Vous avez vu ? questionne Alice. Il n'y a aucun moyen de l'ouvrir depuis l'intérieur.

Je déglutis.

Des rats. Nous sommes enfermées comme des rats de laboratoire dans une cage.

Soudain, un bruit de roulement mécanique nous raidit toutes sur place. Il provient de la pièce la plus spacieuse que nous avons visitée, celle visiblement destinée à nos « loisirs ». Comme à son habitude, Kim prend les devants et, à sa suite, nous découvrons qu'une trappe vient de s'ouvrir dans la grande salle ; bien que plus large que celle de notre chambre, je ne l'avais pourtant pas remarquée. Elle contient trois plateaux comportant six assiettes garnies, autant de gobelets en carton et trois bouteilles d'eau.

Sarah s'en approche et commence à se saisir des plateaux.

— Je meurs de faim, dit-elle.

Elle dresse la table et les filles, considérant sa démarche comme une invitation à s'asseoir, se précipitent sur les chaises avec des mines avides.

— Vous ne venez pas ?

Cette question de Sarah s'adresse à Kim et à moi : nous sommes les seules à ne pas avoir bougé. Devant notre silence, elle ajoute :

— Après les bouteilles d'eau, c'était prévisible que nous recevrions de la nourriture par ce canal. Je pense qu'on n'a rien à craindre. Ce… Ce ne serait pas logique qu'ils cherchent à nous empoisonner après tout ça, ajoute-t-elle en effectuant un large geste de la main pour désigner le « tout ça ».

Elle n'a pas tort, mais je me demande comment va réagir Kim qui, les mâchoires contractées et les poings serrés, fixe les plateaux d'un air mauvais. J'imagine la bataille qui fait rage en elle : la faim va devoir déployer l'artillerie lourde pour espérer l'emporter face à sa méfiance. Finalement, son ventre semble décrocher la victoire : sans un regard pour moi, elle tire l'une des chaises avant de s'y laisser tomber.

Après quelques secondes de réflexion, je l'imite. Je n'ai pas la force d'agir autrement de toute façon.

Nos ravisseurs nous ont gratifiées d'une espèce de bouillie à l'aspect immonde, d'un œuf dur et de pain blanc, le tout accompagné de couverts et verres en carton. J'observe un instant les filles : toutes sont déjà en train de dévorer leur mixture à grandes bouchées, comme si elles ne s'étaient pas nourries depuis une éternité.

Et après tout, qu'en savons-nous ? Depuis combien de temps n'avons-nous rien avalé ? Depuis combien de temps sommes-nous retenues ici, inconscientes ? Depuis quand sommes-nous prisonnières de cet endroit étrange ? À défaut de pouvoir nourrir mon cerveau de réponses, je décide de satisfaire mon estomac. Je mange : c'est toujours ça de pris. Comme l'ont prévu nos « aimables » geôliers, il sera toujours temps ensuite de dépenser les calories ingurgitées sur le tapis de course.

Après tout, quoi de plus normal pour des souris enfermées dans une cage ?

Chapitre 8

J'ai avalé mon repas en vitesse : dès que j'ai commencé à manger, j'ai réalisé à quel point mon corps avait faim. La bouillie avait un goût étrange, presque écœurant, mais peu importait. Et puis, la possibilité de prendre une douche ensuite, de laver les traces de ma faiblesse, était une perspective presque aussi motivante.

Lorsque l'eau chaude se met à couler sur moi, je me sens reconnaissante de redécouvrir une sensation si familière et réconfortante. Mais je ne m'autorise que quelques minutes de répit, peu rassurée par le fait de me retrouver seule et isolée des autres. Je me lave et me sèche rapidement, avant d'enfiler un jean, des baskets et une blouse récupérés dans ma garde-robe. Cette blouse… Je soupire : c'est mon père qui me l'avait ramenée de l'un de ses voyages d'affaires en Italie. L'un de ses nombreux cadeaux parmi d'autres : mon père a toujours pensé que de beaux vêtements suffisaient à mon bonheur.

En sortant de la salle de bains, je croise Sarah, Mira et Alice dans le couloir et nous rejoignons le dortoir ensemble.

— Kim est restée dans la salle commune, elle continue de chercher ces fichus micros, m'informe Alice d'un ton morne.

Je hoche la tête en silence tandis que nous pénétrons dans la chambre.

Dès qu'elle nous voit, Amber se rue sur nous, manquant de faire tomber à terre le plateau que Mira lui a rapporté.

Elle sautille, le visage pimpant d'excitation.

— Elles ont disparu, elles ont disparu !

Elle danse autour de nous, une farandole un peu saccadée, presque primaire, répétant en boucle ces trois mots comme un mantra. Ses cheveux cuivrés galopent autour d'elle, tel un cheval fou et incontrôlable. C'en est… déconcertant. Déconcertant de la voir ainsi passer d'un extrême à l'autre, du plus profond désespoir à l'enthousiasme le plus enfantin. Comment peut-on être lumière et obscurité à la fois ?

Sarah tente de la maintenir par les épaules en lui demandant de quoi elle parle. Mais elle pouffe et lui échappe, mouvante et insaisissable. Comme un rayon de soleil.

— Elles ont disparu, elles ont disparu.

Sarah secoue la tête, manifestement confuse.

Les autres se contentent de gagner leur lit : après avoir déposé le plateau sur le couchage d'Amber, Mira s'allonge sur le dos et se met à fixer le plafond d'un air abattu tandis qu'Alice s'étend sur le côté, la mine défaite. L'excitation de la découverte des lieux retombée, c'est comme si un voile s'était posé sur leurs yeux, se déployant autour d'elles jusqu'à les recouvrir tout entières et estomper leurs images, leurs visages, leurs présences : perdues dans leurs pensées, accablées par la situation, elles me semblent à des lieues de cette pièce.

Je les comprends : que faire d'autre ? Que dire ?

Que penser ?

Rien. Juste attendre un signe qui ne viendra peut-être jamais.

Après avoir jeté un coup d'œil à Amber qui, sous le regard bienveillant de Sarah, dévore son plat avec l'enthousiasme d'une enfant se gavant de bonbons, je m'étends à mon tour.

Ce plafond. Ce plafond blanc et lisse. Aussitôt, une sensation me gagne, une de ces sensations à la fois tangibles et impalpables, réelles mais floutées, comme ces rêves évanescents, presque transparents, qui précèdent les réveils. Elle est là, à la lisière de ma conscience, je le sais, je le sens. Elle bourdonne, tel un bruit de fond grésillant dans l'ombre, à peine perceptible, mais dont il est impossible de faire abstraction. À l'affût. Sensation si infime mais si désagréable. Et tenace.

Je frissonne et clos les paupières dans une vaine tentative de chasser mon trouble. Mais des images viennent s'y mêler, confuses et éprouvantes : une paroi vitrée, des yeux froids et anonymes, coupants comme une lame de rasoir. Un visage d'homme aux traits abrupts, taillés au silex. Un battement chaud et humide. Lancinant. Il tape, tape, tape, inlassablement. Et du blanc. Encore et toujours. Du blanc, partout, du blanc qui envahit, qui remplit. Qui suffoque.

Je me redresse d'un geste vif. Ai-je crié ?

Assise sur son lit, les jambes repliées sur le côté, Alice m'observe d'un air entendu et plein d'empathie. Alors, je sais qu'elle aussi. Elle aussi est hantée par ces pensées.

— Tu l'entends, hein ? souffle-t-elle.

Je déglutis. Je n'ose pas répondre.

— Moi, je l'entends, poursuit-elle, imperturbable.

Son regard me traverse.

— Cette pulsation. Entêtante, obsédante. Ça pulse dans ma tête dès que je ferme les yeux, ça se fracasse contre mon crâne jusqu'à faire mal…

— De quoi vous parlez ? l'interrompt Sarah.

Alice hausse les épaules, commc absente.

Comprenant qu'elle est trop bouleversée pour lui répondre, je m'en charge et lui raconte cette sensation troublante, ce lieu perturbant et presque… familier.

— Et toi ? je demande ensuite. Tu vois ces images aussi ?

— Non. Je ne me souviens de rien. J'ai juste… un trou noir dans la tête, répond-elle d'un air grave.

Elle se masse les sinus.

— Et j'ai mal au crâne.

Alice soupire.

— Je… Je vais essayer de dormir, dit-elle d'un air las, en se rallongeant.

Je me retourne contre le mur, dans une tentative désespérée d'échapper – pour quelques secondes au moins – à tout ce qui m'entoure.

Puis je ferme les yeux.

D'autres images se greffent sur mes paupières.

Je le vois, lui. Théo. Il ne faut pas qu'elles s'échappent, ces images, il ne faut pas qu'elles laissent la place aux autres. Je m'y agrippe le plus fort possible. J'épingle ses yeux doux et clairs, ses sourcils en bataille, son sourire en coin.

Et puis, je visualise son dos. Pendant des mois, je n'ai eu droit qu'à ça : son dos.

Il s'asseyait toujours au premier rang en classe. Populaire et intellectuel : l'un de ses nombreux paradoxes.

Moi, je m'installais au fond, loin au fond, sauf en cours de philo où ma place se trouvait juste derrière la sienne. Vue parfaite sur son dos. Sur ses pulls larges. Sur ses cheveux faussement décoiffés. Longtemps, je me suis contentée de ça, de ces moments un peu à part – presque exceptionnels à mes yeux – auxquels j'avais droit deux fois par semaine.

Parfois, je faisais preuve d'audace. Parfois, j'osais. Je poussais imperceptiblement mon bureau vers l'avant. Centimètre après centimètre, sans bruit, avec la délicatesse d'une danseuse avançant sur la pointe des pieds. Je m'inclinais ensuite par-dessus et avançais au maximum mes coudes en appui sur la table tout en m'efforçant de conserver une position naturelle. J'étais tout proche de lui, alors. Je pouvais humer son odeur, un mélange de sous-bois parfumé et de gouttes de rosée. Je pouvais sentir la chaleur dégagée par son corps, son aura invisible et pourtant si distincte, presque palpable. J'avais l'impression qu'elle m'enveloppait, cette bulle transparente, qu'elle nous rapprochait. Comme un secret.

De temps en temps, il s'enfonçait au plus profond de son assise, son dos plaqué contre le dossier, les jambes tendues devant lui et les chevilles croisées. Et j'avais la folie d'y voir un signe. Un geste de sa part. Il savait que j'étais là, juste là, à un effleurement de doigt de sa peau. Il ne pouvait l'ignorer, cette sensation particulière. Ce lien mystérieux. Lui aussi devait le sentir.

Je ne me suis jamais autant investie dans un autre cours qu'en philosophie. Dans sa bouche à lui, avec ses mots à lui, chaque fois qu'il intervenait en classe, cette matière me semblait tout simplement passionnante. Lui-même l'était, passionné. Exalté, presque. Parfois, j'apercevais le contenu de son sac : un livre de poche, racorni et esquinté, usé par ses yeux et ses mains, y traînait toujours. Il semblait avoir un faible pour Nietzsche. Boris Vian y avait aussi ses quartiers. Et, presque toujours, des recueils de poèmes.

Une fois, une seule fois, j'ai pris la parole. Tremblante, sans doute rougissante, j'ai parlé de la solitude. Notre professeur avait acquiescé avec un sourire bienveillant, plus par souci de ne pas décourager cette soudaine bonne volonté de la discrète de la classe que par réelle conviction en mes propos. Mais lui s'était retourné. Et m'avait regardée droit dans les yeux. Un regard intense et intéressé. Et un peu amusé. Mon ventre avait frissonné.

Je n'ai jamais su si cette prise de risque avait changé quelque chose. Il m'avait semblé que oui : son dos ne formait plus un mur infranchissable devant moi ; parfois, son corps faisait comme un pivot, laissant une ouverture, un passage qui me permettait d'apercevoir son profil si bien dessiné, ses cils curieusement longs pour un garçon, ses lèvres charnues. Il m'avait semblé aussi que son crayon tombait au sol un peu plus souvent. Peut-être était-il très maladroit… ou peut-être espérait-il que nos doigts s'effleurent quand, après l'avoir ramassé, je le lui tendais, les gestes encombrés de timidité.

— Les meufs, y en a une qui vient se bouger les fesses ou bien ?

La voix de Kim me fait sursauter.

Je n'ai pas le temps de saisir de quoi il retourne que Sarah a déjà bondi sur ses pieds pour la rejoindre devant le lit situé près de la porte. Le lit de la morte. Toutes deux la contemplent, la mine sombre.

Kim retire ensuite la couette d'un geste brusque. Aussitôt, je les vois froncer le nez et je comprends pourquoi quelques secondes après : une odeur âcre me saute au visage. L'odeur de la mort… Je ne l'avais jamais respirée de si près.

Sarah et elle échangent un regard entendu, puis Kim se dirige vers la tête du cadavre pour passer ses mains sous ses épaules tandis que Sarah s'occupe des jambes.

— Dans la salle de sport ? interroge Kim.

Sa partenaire opine en silence.

Les autres ne bronchent pas lorsqu'elles extirpent le corps du lit. Une planche. Horriblement raide. Je n'aperçois qu'une mèche de cheveux blonds, presque blancs, avant de détourner les yeux.

Alice, elle, s'est redressée : elle fixe le cadavre, interdite, presque statufiée. Avec ses joues potelées, ses grands yeux et son teint d'opaline, on dirait une poupée de porcelaine dont le visage inexpressif serait figé pour l'éternité. Mira, quant à elle, n'a pas bougé d'un millimètre, le regard toujours braqué sur le plafond au-dessus d'elle. Amber paraît s'être calmée : elle chantonne, tout en caressant ses bras.

Sarah et Kim reviennent moins d'une minute après.

— C'est bon, les filles, on va pouvoir dormir tranquilles, dit Sarah d'un ton qu'elle veut réconfortant.

Comme pour souligner ses propos, la lumière diffusée par les plafonds s'amoindrit. Je tourne la tête vers la pendule : vingt heures quinze. Déjà six heures que nous nous sommes réveillées dans cet endroit. Je voudrais le noter quelque part, tenir un décompte des heures passées, des jours. Des semaines ? Je n'ose même pas l'envisager…

Je décide d'utiliser ce que j'ai sous la main, à savoir la barrette qui retient mes cheveux. J'appose le côté le plus pointu sur le panneau latéral de ma table de chevet, qui se trouve juste à hauteur de mes yeux et, le poing crispé, tente d'entamer le bois. Ce n'est pas aussi facile que je l'imaginais, mais j'y parviens : une ligne verticale. Une première ligne pour un premier jour.

Je demeure quelques secondes absorbée par ce trait blanc, captivée, presque hypnotisée. À elle seule, cette fine encoche symbolise tant de choses : ma captivité, mon incertitude, mon incompréhension. Ma… peur.

— Je vous préviens, les meufs, pas question que je ferme l'œil.

Kim, assise sur son lit, affiche toujours une mine renfrognée.

— Tu veux qu'on se relaye ? On met en place un tour de garde ou un truc comme ça ? propose Alice.

Kim lui jette un regard noir.

— Vous faites ce que vous voulez, moi, je dors pas.

— C'est ridicule, on peut essayer de veiller à tour de rôl…

— Je te dis que je resterai réveillée ! réplique Kim d'un air agacé. Je préfère ne faire confiance qu'à moi-même. Si ça te branche de m'accompagner, libre à toi.

Je vois les narines d'Alice se dilater, ses lèvres se pincer, mais, après quelques secondes de silence, elle se contente de se retourner dans son lit en marmonnant.

— Si tu sens que tu fatigues trop, réveille-moi, je prendrai le relais, propose Sarah d'un ton calme.

Kim fait claquer sa langue.

— J'en aurai pas besoin, j'ai fait ça des milliers de fois dehors. Mais merci.

Puis, comme pour signifier la fin de la discussion, elle ouvre le livre qu'elle avait disposé sur sa table de nuit.

Sarah soupire avant de s'étendre, les bras croisés derrière la tête. Mira s'est de nouveau recroquevillée sur elle-même, pensive, tandis qu'Amber continue à fredonner une mélodie à voix basse.

J'imagine que je suis censée dormir. Comment y parvenir ? Comment arriver à fermer l'œil en pareilles circonstances, en pareil endroit ?

Je tente de me raccrocher à quelque chose. Ma Nanou. Que fait-elle en ce moment ? J'imagine son angoisse et sa détresse depuis qu'elle a découvert ma disparition. Ma pauvre Nanou… Comme j'aimerais me blottir contre elle. Et qu'elle me serre fort, si fort, de ses petits bras maigres. Je fais une bonne tête de plus qu'elle maintenant mais ça ne l'a jamais empêchée de me cajoler.

Je ferme les yeux pour ne pas pleurer. Dérisoire barrage : les larmes me submergent avec les remous qui les accompagnent. Le poing fermé sur mes lèvres, je me contrains pour ne pas faire trop de bruit.

J'éteins ma lampe de chevet.

Comment vais-je réussir à m'endormir ?

Chapitre 9

Cette question n'a pas tourné longtemps dans ma tête. Il y a bien eu cette force, ce ravage, ce chagrin immense contre lesquels j'ai lutté durant quelques minutes. Il y a bien eu ces souvenirs qui ont enfiévré mon esprit : Nanou d'abord, puis Théo et même mon père ; puis ces images qui l'ont torturé : les doigts de Kim, ma respiration oppressée, le regard vide de la morte, les cris d'Amber ; il y a eu le blanc, le blanc partout, le blanc envahissant laissant seulement la place à cette pulsation régulière, ce battement entêtant. Et à ces yeux qui dissèquent, à ce visage d'homme, dur et acéré, paraissant sculpté au scalpel.

Et puis, j'ai sombré. Comme dans un néant immense. Je n'ai pas rêvé. Je ne me suis pas réveillée. J'ai juste… dormi. Miraculeusement.

Quand je me suis redressée, Kim était toujours assise dans son lit, sa lampe de chevet allumée. Pensive, elle restait là, immobile. Jusqu'à ce qu'elle me voie et se lève sans un mot pour quitter la pièce. Un bruit de chasse d'eau lointain a ensuite rompu le silence.

Les autres semblaient dormir à poings fermés. Toutes sauf Mira : dans le lit à côté du mien, je pouvais voir ses paupières serrées, sa bouche tordue, sa poitrine qui se soulevait à une cadence irrégulière.

Alors, doucement, je me suis levée et me suis agenouillée devant elle. Elle a dû sentir ma présence puisqu'elle a ouvert les yeux, découvrant des pupilles inondées. Je lui ai souri, l'ai prise dans mes bras. Je crois que je l'ai accompagnée. Nos chagrins se sont rencontrés, ont fini par s'additionner mais, curieusement, le mien m'a paru s'alléger après ça : je me sentais mieux, moins désespérée, moins seule également. Même si nous n'avons échangé aucun mot, je crois que les yeux de Mira m'ont dit la même chose : elle aussi semblait réconfortée.

Kim est revenue peu après, faisant voler en éclats le relatif apaisement dans lequel nous avions trouvé refuge. Puis la lumière diffusée par les plafonds s'est intensifiée : l'heure pour toutes de se réveiller, sans aucun doute.

— Hey ! s'est écriée Kim. Le p'tit dej est servi !

Les autres filles encore endormies se sont extirpées de leur sommeil avec difficulté.

— Ça s'est bien passé cette nuit ? a demandé Sarah en s'étirant.

— Ouais, ouais, a éludé Kim d'un ton grognon, avant de sortir de la chambre.

Nous l'avons rejointe dans la salle commune : pendant notre réveil, la trappe s'était ouverte sur six plateaux garnis.

Nous mangeons sans rien dire. Seul le bruit de nos mastications trouble le silence pesant, désemparé, qui nous accable toutes. Nous remplissons ce vide par la nourriture, sans trop savoir pourquoi, sans doute un satané instinct de survie est-il à l'œuvre. Un bol de céréales, une bouteille d'eau. Et une pomme. Lorsque je l'ai vue, brillante et bien rouge, un stupide sentiment de joie m'a saisie. Une pomme juteuse et croquante. Je l'imaginais déjà éclater sous mes dents, son suc frais et sucré coulant dans ma gorge. J'étais… contente. Presque reconnaissante.

Je me suis reprise aussitôt. Un fruit, ce n'était qu'un fichu fruit. Nos geôliers nous accordaient une faveur ridicule et voilà que j'étais prête à m'en réjouir.

J'en peste encore intérieurement. Tout en savourant ma pomme.

Amber semble calme, un peu éteinte. En réalité, elle est mutique depuis son réveil, ses cheveux roux formant un halo lumineux autour de son visage laiteux, presque livide. Lorsque je croise son regard, je distingue très nettement les remous qui l'agitent, qui ondoient au fond de ses yeux, comme une eau trouble. Ainsi silencieuse et les pupilles remplies d'angoisse, elle m'inquiète presque davantage que lorsqu'elle se laisse aller à ses lamentations obsessionnelles. Lorsqu'elle crie, elle paraît vivante, au moins.

— Vous avez remarqué ? dit soudain Kim. Des couverts en carton.

— Comment ça ? demande Alice, une moue suspicieuse sur le visage.

— Ils nous refilent que des couverts en carton. Pas de vraies fourchettes, encore moins de couteaux. Et j'ai vérifié : il n'y a aucun objet coupant nulle part. Même dans la trousse de secours de la salle de bains, je n'ai pas trouvé de ciseaux. Quant aux lampes de chevet… ce sont des lampes LED sans ampoule.

Alice se contente d'enfourner une cuillerée de céréales d'un air absent.

— Pourquoi cherchais-tu un objet coupant ? demande Sarah.

Kim tord la bouche.

— Un principe de vie : je préfère prendre mes précautions en toutes circonstances. Au cas où.

Le regard baissé vers ma gamelle, je me contente de mâchonner sans rien dire : il me semble plus sage de taire mon soulagement de savoir qu'aucune arme tranchante n'est susceptible de tomber entre les mains de cette psychopathe.

Le repas se poursuit dans un silence tendu jusqu'à ce que Kim termine son plateau et se lève pour le déposer dans la trappe. Sans prêter attention à notre tablée, elle sort ensuite de la salle.

— Elle me saoule, chuchote Alice. Qu'est-ce qu'elle croit ? Qu'on est contentes d'être là ? C'est déjà l'horreur, cette situation, mais si, en plus, on doit se taper sa gueule d'enterrement et ses délires paranoïaques ! Faudrait être taré pour lui laisser un couteau !

Je ne peux retenir un sourire.

Mais un cri de Kim le fait disparaître aussitôt.

— Les meufs ! Venez voir ça !

Sa voix provient de la salle de sport.

Alice m'adresse un regard inquiet tandis que Sarah se lève avec précipitation. Elle sort de la pièce à grandes foulées, suivie de près par les autres.

Moi, comme d'habitude, je traîne à l'arrière. Hésitante.

Mais un éclat de surprise étouffé d'Alice, suivi de murmures affolés, me décide à les rejoindre.

Les filles sont debout dans la salle de sport, les yeux écarquillés. Elles regardent… Je ne sais pas ce qu'elles regardent : je ne vois rien de notable.

— Qu'est-ce qu'il se passe ?

— C'est le corps, me répond Sarah. Il a disparu.

— Bordel ! s'exclame Kim. Je comprends pas !

— Tu n'as rien entendu ? demande Sarah.

La langue de Kim claque, mais c'est la seule réponse qu'elle consent à lui donner.

— Kim ? insiste Sarah.

L'intéressée soupire, porte les mains à sa tête, avant de larguer sa bombe :

— Je me suis endormie, putain !

— Quoi ? s'étonne Alice. Je croyais que t'avais fait ça des milliers de fois ?

Kim la tabasse du regard mais ne dit mot.

— J'hallucine ! reprend Alice d'un ton goguenard.

— Oh, c'est bon ! aboie Kim. Je t'ai pas interdit de rester réveillée !

— On se calme, les filles, intervient Sarah d'un ton anxieux. Quelqu'un a remarqué quelque chose ?

Toutes secouent la tête. Mira pose une main sur mon bras ; l'angoisse semble décupler la taille de ses yeux. Puis elle commence à écrire sur son ardoise – qu'elle ne quitte plus, désormais – avant de la brandir devant elle : « Vous croyez que quelqu'un est venu la chercher pendant qu'on dormait ? »

Kim fait de nouveau claquer sa langue.

— Je pense pas qu'elle ait pris ses petites pattes pour s'échapper, ironise-t-elle.

Elle marque une pause avant de reprendre, irritée :

— Putain, je comprends pas comment j'ai pu m'endormir… Et comment j'ai pu ne rien entendre ! C'est pas normal.

— Qu'est-ce que tu veux dire ? demande Alice d'un ton méfiant.

— Je te l'ai dit : je suis habituée à dormir dehors ou dans des squats ! À ne pioncer que d'un œil et rester sur mes gardes, à envisager le pire, toujours en alerte ! Un mec qui tente de me voler en dormant, je l'entends… Le moindre enfoiré qui s'approche de moi, je lui colle ma lame sous la gorge. Et là… Je ne comprends pas…

Elle serre son poing de son autre main avant de le fracasser contre le mur, me faisant sursauter malgré moi. Amber, relativement détendue jusqu'à présent, commence à gémir. Des geignements faibles, comme des petits couinements de souris, qui sont bientôt remplacés par ses plaintes habituelles.

— Elle a disparu, disparu, elle a disparu. Où est-elle passée ? Où sont-elles passées ? Disparu, disparu, disparu…

Mira recule de quelques pas, le visage fermé, avant de tourner les talons, faisant tournoyer sa longue tresse noire. Elle sort aussitôt pour gagner – je suppose – le dortoir.

Alice s'approche d'Amber et lui saisit les poignets avec douceur.

— Amber, regarde-moi, ne t'inquiète pas, calme-toi…

— Où sont-elles passées, où sont-elles passées, où sont-elles passées ?

— De quoi parles-tu ? Qu'est-ce qui a disparu en plus de… de la jeune fille ?

Alice me jette un regard désespéré. Mais je ne sais pas quoi lui dire, quoi faire. Je suis incapable de lui apporter une aide quelconque. Ils sont venus. Eux. Ceux qui nous retiennent prisonnières. Ils sont venus à quelques mètres de nous, ils ont pénétré ici, pendant que nous dormions, pour faire disparaître le cadavre. Qui sait ce qu'ils ont pu faire d'autre ?

Pourquoi ne nous disent-ils rien ? Pourquoi ne s'expliquent-ils pas ? Pourquoi ne se montrent-ils pas ? Pourquoi attendent-ils que nous dormions pour venir ici ? Pourquoi ?

Un goût de bile commence à assaillir ma gorge. J'ai la tête qui tourne tout à coup.

— Regarde, Amber, regarde ce que j'ai dans la main.

La voix d'Alice me ramène au moment présent, m'ancre au sol. J'inspire et expire. Une fois, deux fois, trois fois. Je tente de concentrer mon attention sur ses paroles.

Elle tient le bouchon de sa bouteille d'eau dans la main.

— Tu le vois, Amber ? Regarde-le bien… Il est là… Il est là… et… hop, il n'est plus là !

Alice, par un tour de passe-passe plutôt habile, a fait disparaître le capuchon de plastique. Elle tend ensuite la main vers la chevelure de sa camarade qui l'observe, fascinée. Et calme.

— Et… le voilà ! claironne Alice, en présentant le bouchon comme s'il avait été dissimulé derrière l'oreille de son interlocutrice.

Un sourire vient éclairer le visage d'Amber d'une joie tout enfantine. Elle se met à battre des mains.

— Bravo ! s'écrie-t-elle, radieuse. Bravo !

Alice lui rend son sourire, avant de m'adresser un clin d'œil malicieux.

— Encore ! demande Amber.

— Viens, lui dit Alice, on va voir ce qu'on peut faire. Tu ne veux pas que je te lise une histoire ? Il y a plein de livres, ici.

Pour toute réponse, Amber applaudit à nouveau avec enthousiasme.

Je suis admirative de voir que, malgré la situation, Alice pense d'abord à rassurer Amber. Je n'en serais pas capable, moi. Je ne suis capable de rien, de toute façon. Je ne peux pas penser à autre chose que… le fait qu'ils soient venus. Ils sont venus. Qui sont-ils ?

Soudain, j'entends des coups rageurs frappés contre une paroi qui font vibrer toute entière la cloison séparant la salle de sport du couloir.

— Kim, calme-toi, ça sert à rien ce que tu fais !

Lorsque je fais irruption dans le couloir, je constate que Sarah tente tant bien que mal de contenir Kim qui a jugé opportun de déverser toute sa frustration sur la porte blindée.

— Putain, fait chier, ce sont des malades ! Des malades !

— Kim, avance une nouvelle fois Sarah, si on en discutait tranquillement ?

Kim s'arrête aussitôt pour fixer sa camarade, droit dans les yeux.

— OK, déclare-t-elle. Allons discuter. Et décider d'un plan pour leur en mettre plein la gueule, à ces bâtards.

Chapitre 10

Il semble que Kim ait une définition toute personnelle du mot « discuter ».

Depuis une demi-heure que nous sommes assises sur nos lits, elle s'évertue plus à monologuer, fulminer et jurer qu'autre chose. Muettes, nous la regardons pester avec une hargne qui défigure ses traits. Seule Sarah ose une intervention de temps à autre, vite contrariée par les humeurs belliqueuses de la psychopathe.

Fort heureusement, Amber, occupée à feuilleter une espèce d'encyclopédie remplie d'images, reste hermétique à la tension qui règne.

C'est Alice qui trouve les mots pour désamorcer la situation explosive :

— On sait comment sortir d'ici, au moins : nous reste plus qu'à crever !

Kim, médusée par sa remarque, s'interrompt tout net au milieu d'une phrase pour dévisager sa camarade. Son expression est si grotesque que je me mords les joues pour ne pas laisser échapper un ricanement. Alice ne prend pas cette peine et éclate d'un rire naturel et sincère.

— C'est bon, c'est juste un peu d'humour pour détendre l'atmosphère.

À l'expression outrée de Sarah et Mira, j'en déduis que sa tentative n'a pas eu un franc succès. Mais elle a eu l'avantage de clouer le bec à l'hystérique et rien que pour ça, Alice mérite ma reconnaissance éternelle. Si *éternelle* a une quelconque signification en ce lieu…

Je profite de cette accalmie pour avancer l'idée qui me trotte dans la tête depuis que nous nous sommes rendu compte de la disparition du corps.

— Vous… Vous croyez qu'on a été droguées ?

Je prends grand soin de ne pas tourner la tête du côté de Kim, même si je sens son regard brûlant me carboniser.

— C'est une éventualité à envisager, acquiesce Sarah.

— C'est pas une éventualité, c'est une certitude, déclare Kim.

Alice ouvre des yeux ronds.

— C'était dans la pièce d'à côté, dit-elle, n'est-ce pas possible qu'on n'ait juste rien entendu ?

— Non, c'est pas possible. C'est pas possible que, moi, j'ai rien entendu. C'est pas possible que je me sois endormie et que j'aie pioncé d'un trait sans me réveiller une seule fois. Surtout dans ces circonstances.

La réponse de Kim est tombée âpre et affûtée comme un couperet. Puis elle se lève, avant de faire les cent pas dans le dortoir.

— Je bouffe plus leur merde, moi, c'est clair !

Elle jette ensuite un regard circulaire avant de crier dans le vide.

— Vous m'entendez ? Je bouffe plus, je préfère crever !

— Kim…, commence Sarah.

— Quoi ? hurle l'intéressée en se retournant vivement.

— C'est pas constructif, ça sert à rien de…

— Quoi, ça sert à rien ! Ouais, ça sert à rien, eh ben, je m'en cogne ! Je veux juste leur crier à la face, à ces connards, je veux juste qu'ils sachent que je vais pas me laisser faire ! Je vais trouver un moyen de sortir d'ici, je vais…

Des sanglots l'interrompent.

Les joues d'Amber sont inondées.

— Où sont-elles passées ? Où sont-elles passées…

Alice se lève et s'assied à ses côtés, sur son lit.

— Chut, c'est rien, la rassure-t-elle. Montre-moi ce que tu as vu de beau dans ton livre…

Mira se redresse d'un bond et quitte la pièce à pas décidés. Quelques secondes plus tard, des notes jouées au violon nous parviennent depuis la salle commune.

Sarah se met debout à son tour.

— Bravo ! siffle-t-elle à Kim. Bravo pour la discussion constructive !

Et elle lui tourne le dos avant de sortir de la pièce.

Kim pivote et reporte son attention sur moi qui me suis levée également.

— Quoi ? me crache-t-elle. Casse-toi, je veux pas voir ta petite gueule de princesse.

Elle s'approche de moi, imposante, menaçante. Glaçante. Ses billes noires et luisantes me pétrifient instantanément : je suis incapable de bouger tandis qu'elle me détaille de la tête aux pieds, un rictus ironique sur le visage.

— Tu veux pas essayer, toi ? Oh, pas de crever bien sûr… Juste une petite entaille là dans le bide ou dans la cuisse, histoire qu'ils soient obligés de t'évacuer… T'en dis quoi ?

Presque en apnée, je n'arrive pas à détacher mes yeux des siens, si sombres, si froids. Si hostiles.

— Hey ! intervient Alice depuis le lit d'Amber. Tu te trompes de cible, là.

Kim braque son regard sur elle avant d'émettre un claquement de langue. Elle s'éloigne alors et sort de la pièce, non sans me bousculer d'un coup d'épaule.

J'avale un peu de salive, encore sonnée. Comment parvient-elle à me mettre dans cet état ? À me tétaniser de la sorte, dans l'incapacité de raisonner, encore moins de lui tenir tête ou de lui rétorquer quelque chose d'un tant soit peu intelligent ?

— Ça va ? me demande Alice en s'approchant de moi. C'est une vraie tarée… S'ils pouvaient doubler sa dose de drogue, je serais pas contre, moi.

Elle a parlé d'un ton neutre, la mine impassible. Pense-t-elle vraiment ce qu'elle vient de dire ? Puis, elle me décoche un coup de coude, le visage rieur.

— Allez, je déconne ! Après tout… cette histoire de drogue, c'est qu'une hypothèse, pas vrai ? Si ça se trouve, ça lui fait juste trop mal d'admettre qu'elle n'a pas réussi à rester réveillée ! En même temps, ajoute-t-elle après quelques secondes de réflexion, brasser tant de haine à l'intérieur de soi, ce doit être épuisant.

Et elle éclate de rire. Un rire plein, un rire de gosse. Je la dévisage, abasourdie : comment fait-elle pour conserver sa bonne humeur en pareilles circonstances ? Pourtant, mon ventre semble recoller les morceaux : la panique se dissipe et, bientôt, je me sens mieux. Rassurée.

Elle m'adresse un clin d'œil, avant d'ouvrir une armoire pour en extirper un pull jaune or.

— Tu sais, dit-elle, plus j'y réfléchis et plus je pense que Sarah a raison et qu'on a été kidnappées pour une histoire de rançon… Ils nous soigneraient pas comme ça, sinon. Et regarde… toutes ces installations, ces équipements !

Elle enfile son pull, tandis que je jette un coup d'œil à Amber : celle-ci, roulée sur le côté, s'est endormie.

— Rien que le fait qu'on ait nos propres fringues… Et puis, il y a le violon aussi, les bouquins. Le chevalet et la peinture, c'est pour…

— C'est pour moi, je la coupe. J'ai toujours aimé peindre.

Je ne lui révèle pas que c'est le seul moyen que j'ai trouvé pour me calmer, pour calmer ma peine et mes angoisses après… qu'*elle* n'a plus été là.

Elle hoche la tête d'un air entendu.

— Tu vois, ils nous connaissent.

— Oui, je suis d'accord avec toi. Tout ça a été soigneusement pensé et préparé. Nous n'avons pas été choisies au hasard. Ils ont un plan… Mais lequel ?

Elle écarquille les yeux dans une mimique si exagérée que je ne peux réfréner un sourire.

— À moins que ce ne soient les extra-terrestres, chuchote-t-elle en s'asseyant sur son lit.

Je ricane.

— Je suis sérieuse ! rétorque-t-elle. Ça serait plausible. Pour… Je sais pas… Nous étudier ? T'as vu comment c'est ici ? C'est si… bizarre. Un peu futuriste. Tu trouves pas ?

— Je sais pas… Ça ressemble plutôt à une espèce de bunker.

Elle hausse les épaules.

— T'as peut-être raison…

Elle n'a pas le temps d'en dire plus : un bruit sourd d'engrenages, accompagné de vibrations, résonne dans la pièce. Amber se réveille dans un sursaut, les yeux emplis de crainte.

D'un même élan, nous tournons toutes trois la tête vers la trappe.

Lentement, elle s'ouvre.

Que nous ont-ils réservé, cette fois ?

Alice se lève et, à pas prudents, gagne la cavité pour se saisir de ce qu'elle renferme. Elle se retourne vers nous, la mine interrogative.

Avec, dans ses mains, plusieurs albums photos.

Chapitre 11

— Ce sont vraiment des psychopathes.

Kim, l'épaule appuyée contre un mur et les bras croisés devant elle, bougonne dans son coin. De temps à autre, elle dégaine une œillade-fusillade dans notre direction.

Mais personne ne semble s'en préoccuper.

Notre attention est accaparée par quelque chose de bien plus intéressant. De bien plus intrigant également. Assises autour de la table de la salle commune, nous n'avons d'yeux que pour les précieux albums photos délivrés par la trappe.

Théo, Nanou, mon père et même... maman. Ils sont là sous mes yeux, ils s'étalent en surbrillance, ils rient, me câlinent, prennent la pose devant des paysages, des monuments ou des gâteaux illuminés de bougies. Jeunes, vieux, seuls, avec des amis ou en ma compagnie, ils me sourient, me regardent avec bienveillance. Me réconfortent.

Les voir ainsi sur papier glacé me vrille le cœur. Le manque est terrible, vif, ravageur. Théo, mon troubadour... Ma Nanou qui me serre dans ses bras... Mon père qui figure sur quelques clichés et dont la réticence à se faire photographier transparaît dans son regard froid, son rictus crispé, son attitude empruntée. Distante. Cette façon qu'il a de mettre sa bouche de travers lorsqu'il se force à sourire, ses yeux qui se teintent d'un voile grisâtre lorsqu'il fait semblant d'être heureux, tout cela, je le vois ;

ça ruisselle de son visage, ça suinte par ses pores. Ça m'écorche. Encore aujourd'hui, après toutes ces années.

Et malgré les circonstances.

J'y trouve même les vieilles photos de maman. Ma maman… Je connais son visage, je connais la moindre ride qui frise le coin de ses yeux, je connais ce grain de beauté qui s'échoue sur sa joue gauche et ce sourire radieux, plein de lumière. Je les connais parce que je les ai vus dans ces albums. Ce sont les seuls souvenirs que j'ai d'elle. Si je clos mes paupières, si j'essaye de la visualiser, je ne vois rien d'autre que ces images à plat qui tournoient dans mon esprit. Son odeur, l'éclat de son rire, la chaleur de ses bras, la tonalité de sa voix, ses gestes, les expressions de son visage, tout ça, j'ai oublié.

Les photos que j'ai sous les yeux sont celles figurant dans nos vieux albums de famille. Mais ils ont également mis à ma disposition deux albums reliés d'impressions papier de certaines de nos photographies numériques.

— C'est fou, murmure Alice, les yeux rêveurs. C'est tellement bizarre de revoir les visages de mes parents. Et d'Abel, mon frère. Il y en a plein de mes amies, aussi, certaines que j'avais même accrochées au mur de ma chambre.

Je jette un coup d'œil dans sa direction et aperçois une série de tirages au format « photos d'identité » sur lesquels Alice et deux autres filles rivalisent de grimaces, tirant la langue, louchant ou tordant la bouche.

Sarah, qui n'a dit mot depuis qu'elle s'est plongée dans ses photos, laisse échapper un petit rire. Surprise, j'essaye de lorgner en direction de son album pour connaître la raison de son allégresse. Ma curiosité ne lui échappe pas :

— Ce sont des photos de la fête d'anniversaire de mes dix-huit ans, dit-elle. Ça fait une éternité que je ne les ai pas regardées. Mon père était un peu à côté de la plaque, il fait venir un magicien… Je vous laisse imaginer le fiasco souviens, j'avais tellement honte… alors que j'étais si heureuse, en fait.

Elle soupire.

— C'est vraiment n'importe quoi, tout ce bordel ! intervient Kim, toujours aussi énervée. Je comprends pas à quoi ils jouent ! Qu'est-ce qu'ils attendent de nous ?

Le dos rond et les mâchoires crispées, elle n'a pas quitté son pan de mur. Pour elle, pas d'album ; seule une chemise cartonnée peu épaisse l'attend sur la table. Pour le moment, elle n'a pas daigné s'en approcher : elle se contente d'y jeter de furtifs coups d'œil, comme si elle craignait de se brûler les rétines.

— Ça me fout en l'air que vous rentriez dans leur jeu ! Vous trouvez pas ça bizarre, vous ? Non, sagement, vous faites exactement ce qu'ils veulent, vous regardez vos putains de photos, comme des clébards dociles !

Le son de sa voix se tord et déraille dans les aigus. Elle émet un énième grognement avant de quitter la salle, à grands pas agacés.

Les autres, immergées dans leurs souvenirs, ne semblent pas remarquer son départ. Superposition de sourires vaporeux, de regards brillants et flopée de petits rires qui s'échappent parfois, au rythme lent du frottement des pages tournées.

Mais Kim n'est pas la seule à être perturbée par la situation : les pupilles d'Amber sautent avec nervosité d'une page à l'autre, d'une image à une autre ; ses doigts tremblent lorsqu'elle les porte à sa bouche pour se manger les ongles ; même sa poitrine se soulève de manière vive et irrégulière. Beaucoup trop irrégulière.

Aucun doute n'est permis : une nouvelle crise menace.

Je pose ce que j'espère être une main rassurante sur son avant-bras. Elle sursaute, comme si je venais de la piquer. Puis elle plante ses prunelles d'un vert presque surnaturel dans les miennes.

— Ça va, Amber ?

Elle essaye de maîtriser le frémissement de sa lèvre inférieure pour me sourire, mais elle ne réussit à m'adresser qu'une grimace grotesque.

— Je… Je… Je ne sais pas qui sont ces personnes, dit-elle presque en s'excusant. Je ne… Je ne les reconnais pas.

Elle infléchit les sourcils, secouée d'un rire nerveux.

— Je me vois sur les photos avec… avec ces gens que je ne connais pas…

Sarah relève la tête.

— Qu'est-ce que tu racontes ? Tu es sûre de toi, Amber ?

Un nouveau sourire-grimace, une nouvelle mimique gênée de ses sourcils comme pour dire « pardon, je ne comprends pas, pardon de ne pas comprendre ».

— Je… Oui.

Un rire nerveux, encore. Aigu. Inquiétant.

— Je suis… Je suis folle, hein ? C'est ça que vous pensez, toutes ? Je suis folle…

Alice repousse son album à contrecœur et se lève pour venir s'accroupir à ses côtés.

— Tu souffres sans doute d'amnésie à cause du choc.

Amber esquisse un sourire triste. Elle me paraît si chétive sur sa chaise, si fragile, son visage diaphane noyé au milieu de sa chevelure rousse. Puis elle se met à balancer son buste d'avant en arrière, dans un mouvement lancinant, qui semble obéir à une symétrie qu'elle seule maîtrise. Une façon pour elle de se calmer, sans doute.

— Et les autres ? Vous reconnaissez vos proches ? s'enquiert Sarah.

Hochements de tête.

— Je… Ça me fait plaisir de revoir ces photos, ces visages, intervient Alice. Mais je suis d'accord avec Kim : je ne comprends pas le but de la manœuvre.

Je m'éclaircis la gorge :

— Où… croyez-vous qu'ils aient pu avoir ces photos ? Vous pensez que ce sont nos proches qui les leur ont données ou… qu'il a pu arriver quelque chose à notre famille, aussi ?

Tout le monde se tourne vers moi, le regard horrifié.

Alice referme l'album d'Amber d'un geste sec, avant de se lever, le visage fermé.

— C'est n'importe quoi, tout ça. C'est de la torture. Qui qu'ils soient, ce sont des sadiques.

Puis elle attrape la main d'Amber.

— Viens. On va continuer de lire notre histoire.

Elles s'éloignent, les épaules tombantes, en emportant avec elles les albums. Mira se lève à son tour, serrant contre elle ses précieux objets. Son regard flotte, flou et mouvant. Ses paupières me semblent anormalement écarquillées, vacillantes. Je comprends qu'elle s'efforce de retenir ses larmes. Elle se mord les lèvres avant de m'adresser un sourire triste et de sortir de la pièce, les bras crispés autour de son trésor.

Je repousse ma chaise pour venir m'asseoir aux côtés de Sarah, toujours absorbée dans la contemplation de son album.

— Sarah… tu en penses quoi ? Pourquoi ils nous ont donné ces albums ? Tu dois bien avoir une petite idée ?

Elle hausse les épaules, sans quitter les photos des yeux. J'y jette un coup d'œil : Sarah est tout sourire, tenant dans ses bras un chaton roux.

Finalement, elle se décide à relever la tête vers moi :

— Je… Je ne sais pas. J'ose espérer que nous aurons bientôt une explication.

Je déglutis, décidée à aller jusqu'au bout de ma réflexion.

— Alice pense que… peut-être ce seraient des extra-terrestres. Selon elle, ça expliquerait cet endroit étrange… et pourquoi ils ne se montrent pas.

Le regard qu'elle m'adresse est implacable. Et presque empreint de pitié.

— Je n'y crois pas une seconde. Écoute, j'en ai discuté avec Alice et Mira : la mère d'Alice est une importante femme d'affaires anglaise qui a fait fortune dans le commerce de textiles, c'est elle qui détient notamment la chaîne de magasins M&L ; Mira est la fille d'un milliardaire émirati qui s'est enrichi grâce à l'immobilier et à la pétrochimie. En ce qui me concerne, ma famille n'est pas en reste… Mon père est à la tête des plus gros centres d'hébergement de données des États-Unis. Pour ce qui est d'Amber, je n'ai pas réussi à en savoir plus, elle dit tout et son contraire.

Elle marque une pause.

— Et pour toi, qu'en est-il ? Ta famille a de l'argent ?

Je la dévisage avant de hocher la tête. Mon père a de l'argent, oui. Il a réussi à amasser une fortune conséquente grâce à son talent de négociant en œuvres d'art qui l'amène à voyager dans le monde entier. Je ne le vois pas beaucoup, mais je n'ai pas le droit de me plaindre : en échange, j'ai tout ce que je désire – avant même de le demander. Je vis dans une splendide villa entretenue par une intendante, une cuisinière et un jardinier. Et je suis choyée par ma Nanou. Non, je ne peux pas me plaindre.

— Tu vois, continue Sarah, ça conforte l'hypothèse d'un kidnapping. Ils n'ont donc aucun intérêt à nous faire du mal, bien au contraire, s'ils veulent nous conserver comme monnaie d'échange. Et le fait qu'ils ne se montrent pas me laisse penser qu'ils envisagent de nous libérer, et qu'à cette fin, ils ne veulent pas mettre en péril leur anonymat. Et puis, vu les installations… ils ne doivent pas en être à leur coup d'essai.

Elle émet un petit rire condescendant.

— Des extra-terrestres… Vous regardez trop de films, Alice et toi.

Je serre les lèvres, déconfite. Et un peu piquée au vif.

— Oui, mais Kim ? je demande, en essayant d'adopter un ton plein d'assurance. Elle vit dans la rue, elle n'a pas d'argent.

— Ça, c'est ce qu'elle a bien voulu nous dire. Mais qui est-elle, d'où vient-elle ? Où vivait-elle avant de vivre dehors comme elle prétend ? On n'en sait rien.

Je m'adosse contre ma chaise, bien forcée de reconnaître qu'elle a raison, une fois de plus. Je crois que ses propos me… rassurent. Son sang-froid et son bon sens également.

— Courage, reprend-elle en se levant. On va s'en sortir, il faut y croire. On n'a pas d'autre choix, de toute façon.

Elle m'adresse un sourire qu'elle veut sans doute réconfortant avant de quitter la pièce.

Je soupire, pas vraiment certaine de ce que je ressens. Mon regard navigue jusqu'à mon album encore ouvert sur l'une des rares pages comportant des photos d'*avant*, celles sur lesquelles je n'ai guère plus de six ans : je souris, les yeux brillants de bonheur, entourée de mes parents qui se prêtent à l'exercice de la pose, la mine radieuse. Puis il bifurque vers la chemise cartonnée destinée à Kim, qui trône toujours au milieu de la table. Si j'osais…

Mon cœur se réveille tout à coup dans ma poitrine, mes mains deviennent moites. Je risque un coup d'œil vers la porte, je tends l'oreille, mais le couloir paraît désert : personne ne semble sur le point de faire irruption dans la salle commune.

Si j'osais…

Si j'osais…

J'ose.

Avec fébrilité, je saisis le porte-documents. Je le contemple quelques instants, mes tempes cognent au rythme des battements dans ma poitrine.

Je détache les élastiques, avant d'ouvrir la chemise et d'écarter les rabats sur le côté.

À l'intérieur, des photographies. Une dizaine, tout au plus.

Sur toutes figure le même homme.

Floues et approximativement cadrées, elles semblent être prises, la plupart du temps, à l'insu du principal intéressé. Sur les rares photos où il se laisse aller à prendre la pose, il porte, en plus de son air hautain et froid, un uniforme de l'armée décoré de nombreuses médailles. Un point commun à tous ces clichés : le regard noir, perçant, lacérant, qu'une coupe en brosse, des joues creusées et une allure athlétique et musculeuse sont loin d'adoucir.

Hypnotisée, je ne peux détacher mon regard de ces yeux si pénétrants, si vivants qu'ils paraissent me sonder au-delà de la frontière du papier glacé.

Ce regard, je le connais.

Ce regard, je l'ai déjà vu.

Ce regard, c'est celui qui m'obsède lorsque je ferme mes paupières et que je me laisse envahir par tout ce blanc pulsant d'un battement chaud et régulier.

Ce regard.

Il me terrifie.

Chapitre 12

J'ai regagné mon lit, le corps tremblant.

Je me suis allongée sans un regard pour Kim qui, un bras replié sur ses yeux, était étendue sur son couchage, immobile.

Cet homme, je ne l'ai pas inventé. Ce regard froid et cruel qui me hante, qui me glace, existe bel et bien. Et est lié à Kim d'une manière ou d'une autre.

Une fois le premier choc surmonté, je me suis rendu compte qu'une part de moi s'y attendait. Kim, l'hystérique. Kim, la psychopathe. A-t-elle quelque chose à voir avec ce qui nous arrive ? En sait-elle plus qu'elle ne veut bien nous l'avouer sur la situation improbable dans laquelle nous nous trouvons ? Ou, pire, peut-elle en être à l'origine ?

Je n'ai pas eu le temps de poursuivre mes interrogations que le mécanisme dans le mur de la pièce commune s'est activé, faisant vrombir les meubles et crisser la paroi.

Toutes les filles se sont pressées vers la grande salle. En les rejoignant, j'ai pu voir que la trappe s'était ouverte sur le déjeuner que nous sommes en train d'avaler.

Bien sûr, après notre discussion sur une drogue potentielle mélangée à la nourriture, j'ai hésité à m'alimenter. Mais, comme l'a fait remarquer Alice, dormir dans les prochaines heures ne figurait pas au programme. Et j'aurais eu tort de m'en passer : pommes de terre à l'eau, viande bouillie, banane, pain blanc et eau plate, nous avons été gratifiées d'un vrai festin.

J'essaye de me raccrocher à l'idée que cela signifie qu'ils veulent toujours nous maintenir en vie. Pour le moment, du moins. En essayant d'oublier qu'ils sont peut-être aussi en train de nous droguer.

— Putain, j'en ai marre de l'eau ! s'écrie Kim en balançant sa bouteille par terre. C'est pas possible d'avoir autre chose ? Du coca, ça serait trop demander ? Et des chewing-gums aussi, je rêve de chewing-gums !

Comme elle nous l'avait annoncé, elle n'a pas touché à son repas. Visiblement, en optant pour la curieuse discipline du lancer de bouteille, elle ne compte pas s'hydrater non plus.

Sans autre commentaire, elle soupire avant de quitter la pièce à grandes enjambées.

Aussitôt, c'est comme si un voile noir avait été levé de notre tablée, comme si un poids invisible avait quitté nos épaules et nos poitrines. Échange de regards complices avec Mira, sourire d'Alice, remarques enjouées d'Amber sur la qualité du repas. Même Sarah semble plus détendue.

Le déjeuner se poursuit alors presque avec bonne humeur.

Je ressens même un début de bien-être, une sorte de certitude qui m'apaise, celle de savoir que je ne suis pas seule, que nous sommes toutes dans la même galère, que nous partageons les mêmes angoisses, les mêmes craintes. La même horreur. Que, hormis Kim, ces filles ne sont pas mes ennemies.

La pendule indique treize heures lorsque le repas s'achève et chacune se lève pour vaquer à ses occupations : Sarah et Amber se dirigent vers la bibliothèque pour choisir un livre tandis que Mira se saisit de son violon. Seule Alice, qui a capté les signes discrets que j'ai tenté de lui adresser, est demeurée à table en ma compagnie.

Alors que les premières notes mélodieuses s'élèvent dans la pièce, je me rapproche d'elle.

— Tout à l'heure, est-ce que tu as remarqué que Kim était la seule à ne pas avoir regardé ses photos ? je chuchote.

Alice fronce les sourcils avant d'opiner.

— Quand vous êtes parties et que je me suis retrouvée seule ici, j'ai… Je n'ai pas pu m'empêcher d'y jeter un coup d'œil.

— Quoi ? s'exclame-t-elle bruyamment.

Aussitôt, je pose mon index sur mes lèvres :

— Chut ! Je ne veux pas en parler aux autres tout de suite pour ne pas les inquiéter… Je préfère en discuter avec toi, d'abord.

Alice hoche à nouveau la tête, avant de reprendre la parole – en murmurant, cette fois :

— Qu'est-ce que tu as trouvé ?

Je vérifie que personne n'a remarqué notre manège avant de lui répondre :

— Des photos, comme tu t'en doutes. Pas beaucoup. Mais, dessus, c'était toujours le même homme. Grand, musclé, le visage dur et… le regard noir, très… mauvais.

Je déglutis avant de poursuivre :

— Je crois… Je crois que je l'ai déjà vu.

— Hein ? Comment ça ? Où ?

— Dans… cet endroit blanc et chaud. Celui avec… ce bruit.

Alice en devient aussitôt livide. Je la vois se recroqueviller sur elle-même, comme un escargot rentrant dans sa coquille.

— Tu sais de quoi je veux parler, hein ? Tu m'as dit avoir ces images dans la tête, toi aussi.

Elle opine vivement et sans un mot.

— Tu… Tu l'as vu, toi aussi, cet homme ?

— Je ne vois personne, répond-elle, il y a juste ce battement fort, très fort, si puissant qu'il semble cogner à l'intérieur même de mon crâne… de mon cerveau. Comme si c'était mon cerveau lui-même qui se fracassait. C'est… C'est douloureux.

Consciente de son malaise, je lui accorde quelques secondes de pause, puis continue :

— Je suis sûre que c'est la même personne.

Alice m'adresse un regard horrifié lorsqu'elle comprend peu à peu où je veux en venir.

— Tu crois que… Kim est liée à tout ça ? Qu'elle nous cache quelque chose ?

— Je sais pas, mais…

— Oui ?

— La chemise cartonnée. Elle a disparu. Je l'avais laissée là, sur la table, comme si je n'y avais pas touché. Quand nous sommes revenues dans la pièce, elle n'y était plus.

— Tu crois que c'est Kim qui l'a prise ? Ou… que ce sont eux ?

Je hausse les épaules.

— Je l'ignore. Ce que je constate, c'est que tout ça est très bizarre. Et qu'il vaut mieux se méfier de Kim. Encore plus que d'habitude, j'ajoute, devant la mimique ironique d'Alice.

— Tu ne veux pas en parler aux autres ?

Je fais la moue.

— Je ne préfère pas… Pas encore, du moins. Je ne voudrais pas que mes soupçons s'ébruitent et qu'ils parviennent aux oreilles de Kim.

Elle ébauche un sourire.

— Je crois comprendre pourquoi.

Puis, prenant un ton soudain plein d'entrain, elle ajoute :

— D'accord. Ce sera notre secret à toutes les deux : on l'observe, on la surveille…

— Et si on surprend un comportement suspect, on en parle entre nous d'abord.

Alice réprime un rire.

— On risque d'avoir pas mal de choses à se dire, alors !

À mon tour, je ne peux retenir un sourire. Son regard est malicieux, son expression franche. Je sens que je peux lui faire confiance. Et je me rends compte que cela me fait du bien de partager mon inquiétude avec elle, de savoir que je peux me confier à quelqu'un. De me sentir moins seule.

Le cœur gonflé par cette toute jeune et frêle complicité, je me lève, entreprends de débarrasser les plateaux pour les déposer dans la trappe, avant de suivre Alice dans l'un des fauteuils et de me laisser aller à écouter la magnifique mélodie chantée par le violon de Mira.

Chapitre 13

Mira a fait danser son archet sur son violon pendant plus d'une heure. Je l'ai observée un long moment, fascinée : elle me semblait transfigurée. Belle dans son abandon total à la musique, elle affichait une sérénité que je ne lui avais jamais vue jusqu'alors. Comme si son instrument avait le pouvoir de la transporter ailleurs, loin d'ici, loin de ce lieu sinistre.

Je crois qu'avec son violon, Mira a parlé plus que n'importe laquelle d'entre nous. Sans son ardoise, elle ne s'est jamais autant dévoilée. Et je ne l'ai jamais autant écoutée.

À mes côtés, Sarah semblait pensive, préoccupée. Une première pour elle qui, jusqu'ici, a toujours témoigné un calme et une maîtrise d'elle-même à toute épreuve. Amber et Alice ont lu, parfois ensemble, parfois chacune de leur côté. Alice a également passé un temps infini à coller son oreille contre les murs de chaque pièce. « Tu comprends, m'a-t-elle expliqué alors que je l'observais, l'air amusé, si l'on se trouve dans un vaisseau extra-terrestre, on devrait entendre le bruit du moteur. » N'ayant rien décelé, elle en a déduit qu'ils utilisaient peut-être une technologie si avancée que leur appareil était complètement silencieux.

Kim, pour ne pas faillir à sa réputation, a ronchonné jusqu'au soir : isolée, maussade, elle n'a cessé de jeter des regards en forme de tirs de mitraillette à quiconque osait s'approcher de trop près.

La mission de veille, sur laquelle Alice et moi nous sommes accordées, s'est donc réduite à peau de chagrin. Impossible de savoir ce qu'elle avait vraiment derrière la tête. Impossible de déduire quoi que ce soit de son humeur massacrante, si ce n'était qu'il valait mieux se tenir à distance.

Quant à moi, j'ai bien été tentée de m'approcher du chevalet et du matériel de peinture pour laisser libre cours à mes pensées et à mes états d'âme. Mais quelque chose m'a retenue. Sans doute l'incongruité de la situation, le danger latent et la tension permanente qui ont empêché le laisser-aller propre à ces moments créatifs et en dehors du temps que j'aime tant. Sans doute était-ce aussi la volonté de ne pas leur donner satisfaction, de ne pas rentrer dans leur jeu, de ne pas me laisser… amadouer ?

Au lieu de ça, j'ai passé une partie de l'après-midi à inspecter les lieux : nos ravisseurs nous écoutent sans le moindre doute, peut-être même nous observent-ils. Reste à savoir comment ils s'y prennent. Certes, les tentatives vaines de Kim pour mettre la main sur les micros se sont avérées plus que décourageantes, mais si elle est liée à tout cela comme je le pressens, elle pourrait tout aussi bien avoir fait semblant de ne rien trouver ? J'ai préféré m'en assurer moi-même. Pourtant, après une heure de fouille dans toutes les pièces, j'ai dû me rendre à l'évidence : Kim ne s'était pas jouée de nous ; mes recherches se sont révélées aussi infructueuses que les siennes.

C'est l'ouverture de la trappe de la salle commune en fin de journée qui me détourne de ma tâche.

Au son vrombissant, nous nous précipitons toutes vers elle. Alice est la première à se saisir du paquet long et fin qui repose à l'intérieur du compartiment.

— Il y a un prénom écrit dessus, dit-elle d'un ton intrigué. C'est celui de Mira.

Elle le lui tend aussitôt, avec un air circonspect.

D'abord, Mira n'ébauche aucun mouvement : elle se contente de fixer la boîte, craintive, hésitante, comme si elle redoutait le diable à ressort qui pourrait en bondir. Puis, lentement, elle avance la main pour l'attraper.

D'un geste sec, elle en retire le couvercle, les mains tremblantes.

Je ne vois pas tout de suite ce qu'elle renferme. Mais à l'expression bouleversée de Mira, je sais immédiatement qu'il se passe quelque chose. Et que cette boîte – et son contenu – n'a rien d'anodin pour elle.

Avec des gestes délicats et des doigts toujours aussi frémissants, elle attrape l'objet. Je vois passer dans ses yeux – qui me paraissent encore plus grands qu'à l'accoutumée – plusieurs sentiments chaotiques et incertains, comme si une tempête opaque s'y déchaînait : de la joie, d'abord, de la reconnaissance, puis aussitôt de l'horreur, de l'incompréhension et de l'incrédulité.

Elle retire alors l'objet de son écrin, découvrant un archet. Un archet fin et élégant, constitué d'un bois rougeâtre et d'un métal brillant et doré.

Mira demeure immobile pendant ce qu'il me semble être de longues minutes.

Puis Sarah, avec précaution, s'approche d'elle. Lorsqu'elle pose une main sur son épaule, Mira sursaute, manquant de peu de lâcher son précieux trésor.

Le brouillard dans son regard s'évapore, elle secoue la tête, et pose l'archet sur la table avant de se munir de son ardoise.

Ses doigts volent sur la planchette, comme transportés d'excitation.

Quand elle nous la présente, ce que je peux y lire me déroute : « Cet archet est le mien. Offert par mon père pour mes 16 ans. Il est unique, fabriqué en bois de pernambouc et en or. »

Elle recommence à écrire, de manière encore plus saccadée : « Qu'est-ce qu'il fait là ? Comment ils l'ont eu ? Ils l'ont volé chez moi ? Il est arrivé quelque chose à ma famille ? »

Ses yeux noirs, immenses, dévorent son visage d'inquiétude.

Échanges de regards interloqués et impuissants, débuts de questions jetées en l'air qui ne trouvent pas de fin, coup de pied rageur de Kim dans la porte.

— C'est quoi ce bordel, encore ?

Alice m'observe avec un air consterné.

La panique est si palpable qu'elle me semble s'être solidifiée en parpaings échoués sur mes épaules.

Nouveau coup de pied de Kim.

Puis Amber se met à dérailler, une fois de plus : « Où sont-elles passées, où sont-elles passées, où sont-elles passées ? »

Alors je m'approche de Mira. Je la regarde droit dans les yeux et je crois qu'elle parvient à y déchiffrer mon désarroi, mais aussi ma solidarité. Je passe mon bras par-dessus ses épaules et nous nous éloignons vers la chambre.

Nous avons besoin de calme.

Nous avons besoin de calme pour comprendre.

Mira est catégorique : cet archet est le sien. Alors, que cherchent-ils à démontrer ? Quel message veulent-ils nous faire passer ? Quel est le sens de tout ça ?

— C'est un test. Ils nous observent et nous testent depuis le début.

Kim nous a rejointes, suivie de près par le reste des filles. Et sa voix sonne froide, dure, implacable. Elle entaille comme un couteau. Elle appuie là où ça fait mal.

— Comment ça, un test ? Qu'est-ce que tu veux dire ?

Celle de Sarah est moins assurée, comme si elle cédait à son tour, comme si le barrage commençait à se craqueler. Pourvu qu'elle ne sombre pas, elle aussi.

Kim hausse les épaules en guise de réponse.

— Ou alors..., commence Alice, ils cherchent à nous réconforter, à faire en sorte qu'on se sente chez nous. D'abord avec les photos, ensuite avec cet objet personnel destiné à Mira.

Elle adresse à cette dernière un sourire rassurant avant de poursuivre :

— Et puis, toutes ces choses qui font partie de notre quotidien : nos habits, nos produits de toilette et même nos activités de loisir...

— Fait chier ! s'écrie Kim en se levant. C'est n'importe quoi !

Son départ est suivi, quelques secondes après, d'un bruit de roulement mécanique : celui du tapis de course dans la salle de sport.

Je m'éclaircis la voix.

— Je ne comprends pas... Nous réconforter ? Sans rien nous dire, rien nous expliquer ? Sans même se montrer ?

Alice tord la bouche dans une mimique d'ignorance.

Amber, recroquevillée dans son lit, s'est remise à fredonner son interminable rengaine, mais plus doucement, cette fois, davantage pour elle-même. « Où sont-elles passées, où sont-elles passées, où sont-elles passées ? »

J'interroge Alice du regard qui secoue la tête avant de répondre :

— Elle ne veut toujours pas me dire ce qu'elle a perdu...

Je me tourne vers Sarah.

— Tu en penses quoi ?

— Je ne sais pas…, soupire-t-elle. Je ne comprends pas…

Elle affiche un visage las.

— À moins que j'aie raison depuis le début et que ce soient bien des extra-terrestres, fait remarquer Alice sur un ton malicieux, presque comme une boutade. Et… s'ils ne veulent pas se montrer, c'est parce qu'ils sont trop monstrueux ! Ils ne veulent pas nous effrayer !

Je ne sais pas comment elle fait pour conserver son humour dans la situation à la fois effrayante et déconcertante qui est la nôtre. J'ignore où elle va puiser cette dose d'optimisme, cette foi en l'avenir, cette manière de ne voir que le bon côté des choses. Peut-être a-t-elle raison ? Peut-être leurs intentions ne sont-elles pas mauvaises, après tout ?

Heureusement qu'elle est là : je crois qu'elle me fait du bien. Et pas qu'à moi, en réalité. Même Amber s'est calmée. Et Mira ne cesse d'admirer son précieux instrument avec un demi-sourire.

C'est ce moment que choisit Kim pour faire irruption dans la pièce. Transpirante et ses cheveux blonds formant des épis indisciplinés autour de son visage, elle paraît cependant apaisée.

— Hey, les meufs, le dîner est servi. Et cette fois, ils ont été plus sympas : y a du coca et des chewing-gums.

Chapitre 14

Il y a effectivement du coca et des chewing-gums. Mais pas seulement.

C'est soir de fête, manifestement : chaque plateau comprend une assiette généreusement garnie d'un plat de riz parsemé de légumes, morceaux de viande, amandes et raisins secs, et dont le parfum épicé embaume toute la pièce.

« C'est un kebsa », écrit Mira, avec précipitation.

Son visage affiche une expression en demi-teinte, un mélange d'étonnement et d'excitation.

Elle approche son nez du mets encore fumant avant de fermer les yeux et d'en humer les arômes. Puis elle rouvre les paupières et hoche la tête d'un mouvement déterminé.

« C'est un plat typique de chez nous. »

Voilà que nous avons droit désormais à de la cuisine dubaïote.

— C'est… C'est incompréhensible, je murmure.

— Tu l'as dit, princesse. Je vous préviens, j'en bouffe pas, moi. Pas question que je me fasse avoir une seconde fois et que j'ingurgite leur fichue drogue : ce soir, je dors pas.

— Je propose qu'on instaure un tour de garde ce soir, intervient Sarah. Dans l'hypothèse où ta théorie serait juste, Kim, il me paraît plus judicieux que tu commences : vu que tu es la seule à ne pas t'alimenter, nous pourrons voir si manger influe sur notre sommeil.

Elle plante ensuite son regard dans celui de Kim, attendant sa réponse. Cette dernière croise les bras avant d'opiner en silence.

— C'est une excellente idée ! approuve Alice avec un grand sourire. D'autant que ça a l'air délicieux !

Elle se saisit de son plateau et s'installe à table, avant d'attaquer son plat avec enthousiasme.

Mira fait naviguer son regard de Kim à Sarah, avant de le poser sur moi, la mine interrogative. Pour toute réponse, je hausse les épaules avant de me joindre à mon amie. Mira m'imite, suivie de Sarah et Amber.

— Je vais prendre une douche, déclare Kim en attrapant au passage le paquet de chewing-gums.

Puis, elle quitte la pièce.

— Merci pour les autres, marmonne Alice en levant les yeux au ciel.

À moi, peu m'importe : du moment que je passe le moins de temps possible en sa présence, elle peut réquisitionner tous les paquets de chewing-gums qu'elle veut.

Alice n'avait pas tort : le kebsa était délicieux.

Maintenant que je suis étendue dans mon lit, je guette la sensation. Est-ce que je vais la voir venir ? Est-ce que je vais sentir ce moment où mon esprit va décrocher, où mes pensées vont m'échapper ? Vais-je plonger dans le néant comme lors d'une anesthésie ou s'agira-t-il plutôt d'un doux endormissement, progressif et agréable, comme si je plongeais dans un bain chaud et réconfortant ?

Et cette sensation va-t-elle vraiment survenir ? Comme le dit Alice, il peut ne s'agir que d'un délire de Kim. Sans compter qu'elle est peut-être liée à ce qui nous arrive par cet homme figurant sur les photographies. Peut-être même a-t-elle inventé de toutes pièces cette histoire de drogue en concertation avec lui ? Peut-être nous manipule-t-elle depuis le début ? Mais dans quel but ? Et pourquoi s'infligerait-elle tout ça ? Comment feraitelle pour paraître aussi… aussi sincère, jusque dans sa façon de s'insurger et de se révolter ?

Je soupire : ça ne colle pas. Rien ne colle ici, de toute façon. Rien ne tient debout.

Les lumières s'assombrissent. Nos geôliers doivent bien s'amuser à rythmer nos journées comme ils l'entendent. À jouer avec nous comme avec de simples poupées.

Autour de moi, les filles semblent aussi peu fatiguées que moi. Mira, Alice et Amber lisent tandis que Sarah fixe le plafond d'un air inexpressif. Kim est en train d'installer son poste de garde pour les prochaines heures : une chaise devant la porte. Comme il a été décidé, c'est elle qui entamera le tour de veille – qui durera toute la nuit si une drogue est vraiment ajoutée à notre alimentation.

Je pousse un profond soupir avant de saisir la barrette que j'avais entreposée sur la table de nuit. Avec application, je m'emploie à graver un deuxième trait juste à côté du premier : un deuxième trait pour un deuxième jour… Combien vais-je devoir encore en tracer ?

— C'est quoi, ça ?

Kim, qui vient de récupérer sur son lit le livre qu'elle a entamé, observe le coin de son drap.

— Quoi donc ? demande Sarah.

— Ces initiales dans l'un des angles du drap : LAL. Je les avais pas remarquées…

Intriguée, je vérifie à mon tour le tissu qui me recouvre : j'y trouve les trois mêmes lettres, brodées dans le coin droit. Fil blanc sur fond blanc, elles pourraient presque passer inaperçues.

— Ça ressemble..., commence Alice. Ça ressemble à du linge marqué pour l'identifier et ne pas le perdre en cas de nettoyage effectué par un prestataire extérieur. Ils avaient ça à mon internat. Ça veut dire quoi à votre avis ?

Nous restons pensives quelques secondes et c'est Mira qui nous détourne de nos réflexions la première en levant son ardoise, avec un air malicieux : « Lieu Affreusement Laid ? »

Nous restons un instant sidérées par cette touche d'humour si inattendue qu'elle en paraît incongrue, puis Mira éclate de rire, un rire si pur, si naturel, si spontané, qu'il vient me réchauffer le cœur. Alice, tout sourire, en rajoute une couche :

— LOL ! plaisante-t-elle. Euh pardon, LAL !

Mira rigole tellement que des larmes pointent au coin de ses yeux et bientôt, je sens, moi aussi, un rire sourd monter de manière irrésistible. Mais c'est quand Sarah intervient pour nous dire qu'en fait, nous n'avions rien compris et qu'il ne pouvait s'agir que de « Luxe, Allégresse et Légèreté », que j'explose enfin, secouée tout entière de tremblements incontrôlés. Alice n'est pas en reste, peinant à respirer, tandis qu'Amber rit aussi, vraisemblablement sans comprendre pourquoi. Seule Kim, fidèle à son image de ronchonne de service, reste stoïque, nous observant tour à tour d'un air consterné.

— Vous êtes complètement tarées, dit-elle finalement, ce qui a pour effet de décupler notre fou rire.

Elle a sans aucun doute raison, mais, sur le moment, c'est le cadet de mes soucis : la seule chose dont je suis sûre, c'est que, dans ce climat anxiogène, rire – même avec l'énergie du désespoir – me procure un bien fou.

Nous aurions peut-être continué ainsi longtemps si un grondement soudain n'était pas venu nous interrompre.

Surprise, je me raidis aussitôt et, toutes, nous échangeons des regards affolés, contrastant avec la bonne humeur qui nous animait quelques secondes plus tôt.

Ils nous envoient encore quelque chose. À cette heure-ci ? Ne vont-ils jamais nous laisser tranquilles ?

La trappe coulisse vers le haut.

Je déglutis : le temps me paraît s'être figé tant nous sommes suspendues, comme en apesanteur, à ce morceau de métal s'ouvrant sur l'inconnu.

Puis l'objet apparaît.

Aussitôt, une chaleur inattendue irradie mes joues.

C'est ma peluche. Mon teddy-bear.

La conscience anesthésiée, je m'extirpe du lit et me dirige, à pas lents, vers la cavité. Je me saisis du nounours et le contemple, interdite, incapable de réfléchir, de faire le tri dans mes émotions et dans mes pensées. C'est bien le mien. C'est mon teddy-bear. Je le reconnaîtrais entre mille : pourvu d'un seul œil après une chute à vélo, il comporte également la cicatrice de tissu à carreaux rouges et blancs que ma Nanou a cousue pour le raccommoder. Je le porte à mon visage et plonge mon nez dedans. Déferlement d'odeurs si rassurantes, raz-de-marée de souvenirs : je vacille. Ça sent si bon, ça sent chez moi.

— Tiens, la princesse avait oublié son doudou, c'est ça ? T'es rassurée, tu vas pouvoir dormir tranquille maintenant ?

À ces mots, je crispe les mains sur ma peluche. Je ferme les yeux, inspire puis expire pour retrouver un peu de contenance, avant de me tourner vers les filles.

— Je… C'est mon nounours, oui. Je veux dire, c'est le mien, celui qui n'a pas quitté ma chambre depuis qu'elle est… Depuis mon enfance.

Je souris, confuse. Un sourire d'excuse.

— Je l'ai toujours gardé… comme une espèce de porte-bonheur. Je n'ai jamais pu me résoudre à m'en séparer.

Ricanement de la part de Kim.

Alice se lève et s'approche de moi, avant de me raccompagner à mon lit, un bras sur mes épaules.

— T'inquiète, déclare-t-elle assez fort pour que tout le monde l'entende, moi aussi, j'ai encore tous mes doudous de quand j'étais petite. Ils sont toute une bande de copains à se serrer sur mes étagères, au-dessus de mon lit.

Je lui adresse un hochement de tête reconnaissant. Elle s'assied à mes côtés, avant de poursuivre :

— Bon, le mystère s'épaissit… Ils cherchent vraiment à nous faire tourner en bourrique avec tous ces objets personnels. Sans compter cette inscription, LAL…

Elle croise les bras devant elle d'un air décidé.

— Moi, je maintiens ma théorie : ce sont des foutus aliens et nous sommes leurs cobayes ! Je vois pas d'autre explication !

Elle marque une pause, puis continue :

— On est sans doute en train de vivre une première… Les filles, on va marquer l'histoire !

Elle ponctue sa tirade d'un éclat de rire espiègle.

Je l'observe, médusée : en fait, elle aussi est complètement timbrée. Mais devant sa gentillesse non feinte et son innocence sincère, je me dis que je l'aime bien, en fait, sa folie pleine de fantaisie. Elle allège les cœurs et les pensées, elle fait du bien.

Sarah se rallonge sur son couchage sans un mot, en croisant ses bras derrière la tête, tandis qu'Amber s'approche de moi, le visage à demi baissé.

— Je… Je peux ? demande-t-elle avec une timidité surprenante.

Elle pointe du doigt mon nounours qu'elle lorgne avec avidité.

J'ébauche un sourire.

— Oui, vas-y, je te le prête pour cette nuit, si tu veux.

Son visage se dilate de joie tandis qu'elle s'en saisit et le serre contre elle avec l'enthousiasme d'une enfant.

— Oh ! Merci !

C'est en dansant, yeux dans l'œil de mon teddy-bear, qu'elle rejoint ses draps.

Cela m'aurait sans doute fait du bien de dormir avec lui, de pouvoir m'immerger dans cette odeur si réconfortante, de sentir contre mes doigts cette douceur maintes fois éprouvée. Mais je crois qu'elle en a davantage besoin que moi.

Mira m'adresse un clin d'œil tandis qu'Alice s'allonge, en formulant à voix haute la question qui trotte dans toutes les têtes :

— Je me demande qui sera la prochaine maintenant.

Chapitre 15

Je me réveille avec l'impression que ma tête est enfouie sous une montagne de coton. Appréciant la douceur de cet état de semi-conscience, je garde les paupières closes.

J'ai eu beaucoup de mal à trouver le sommeil : agitée, perturbée, je ne faisais que me retourner dans mon lit, incapable de trouver une position confortable. Découvrir ce vestige de ma vraie vie m'a bouleversée bien plus que je ne voulais me l'avouer.

Cet objet, ce simple amas de fourrure synthétique et de mousse, représente tant pour moi. Quand Nanou me l'a offert, il a été comme une bouée de sauvetage. Un refuge vers lequel me tourner alors que tout allait mal, que mon univers entier se trouvait ravagé, que ma vie venait de basculer dans une irrémédiable horreur. Un enfer sans flammes. Un enfer de tôles broyées et broyantes.

C'est mon père qui me l'a annoncé. Je n'avais que sept ans alors, mais je m'en souviens comme si c'était hier. Je revois très nettement son corps – d'habitude imposant – avachi dans son fauteuil, si avachi que ses membres semblaient avoir perdu de leur consistance, vidés de toute énergie, de toute tension. De toute vie. Il m'avait fait l'effet d'un arbrisseau malade, en manque d'eau et de lumière. Et c'était un peu ça : sa lumière avait disparu. Celle pour qui il souriait tous les jours, celle pour qui il respirait chaque matin, cette lumière-là, ma mère, s'était éteinte. Déchiquetée par la carcasse de métal de sa voiture.

« Elle n'a pas souffert », m'avait-il affirmé, la bouche tordue et le teint blafard.

« Ça va aller », avait-il même ajouté.

Je l'ai su instantanément, qu'il me mentait. J'ai su que rien n'était moins vrai et que plus jamais rien n'irait. J'étais trop petite alors pour appréhender l'ampleur des dégâts, pour vraiment prendre la mesure du caractère définitif de la chose, mais je pressentais déjà que ma vie ne serait plus jamais la même. Et que mon père ne serait plus jamais le même, non plus. Les événements qui ont suivi m'ont donné raison : ce jour-là, je n'ai pas seulement perdu ma mère ; mon père est mort avec elle, le cœur broyé, l'âme en morceaux.

Alors Nanou m'a consolée comme elle a pu. Elle m'a choyée de ses bras doux, de son amour débordant, de sa voix aimante. C'est elle qui se précipitait à mon chevet, la nuit, lorsque mes cris m'arrachaient enfin aux terrifiantes images qui peuplaient mon sommeil. Elle qui repoussait les mèches de mes cheveux sur les côtés de mon visage moite, en fredonnant une mélodie apaisante. Elle qui me serrait fort contre elle lorsque, me rappelant ce que dans quelque moment d'égarement j'oubliais – que jamais, plus jamais, je ne la reverrais –, je m'allongeais à même le sol, incapable d'agir, incapable de continuer à vivre.

Puis elle m'a offert mon teddy-bear.

« C'est ton ami pour la vie, m'a-t-elle dit, tu pourras lui confier tout ce que tu veux : tes peines, tes tracas ou même tes joies. Il sera toujours là pour te consoler et t'aimer. Il ne t'abandonnera jamais. »

Elle n'avait pas tort : aujourd'hui encore, dans ce cauchemar obscur, il est là, près de moi. Enfin, pour le moment, il est surtout dans les bras d'Amber.

J'ouvre les yeux : ça remue dans la semi-pénombre devant moi. À même le sol, une silhouette se redresse en position assise. Elle reste un instant immobile, avant de laisser échapper un juron.

— Putain ! Je me suis endormie !

À ces mots prononcés par Kim, je m'aperçois aussitôt que personne ne m'a réveillée pour que je prenne la relève cette nuit. Cette prise de conscience se propage dans mon corps comme un électrochoc : je m'assieds brusquement. Je risque un nouveau regard du côté de Kim : les fesses à terre, à côté de la chaise qu'elle avait installée près de la porte d'entrée pour l'occasion, elle se frotte le crâne.

Comment est-ce possible ? Comment Kim a-t-elle pu sombrer ainsi deux nuits de suite, sans pouvoir lutter ? Et au point de s'effondrer à même le sol ? À moins… qu'elle ne se joue de nous ?

— Les meufs ! râle Kim en se levant. Allez, on se réveille !

Avec des grognements, les filles s'extirpent peu à peu de leurs draps.

Alice se frotte les paupières.

— Qu'est-ce qu'il se passe ? demande-t-elle d'une voix encore lourde de sommeil.

Puis, semblant recoller tous les morceaux, elle s'écrie :

— Tu ne m'as pas réveillée !

Kim tourne un visage crispé vers elle.

— Je me suis endormie ! Je me suis écrasée à terre, bordel ! Et j'ai pioncé comme une masse, d'un seul trait ! J'ai pas bouffé de ce putain de curry, pourtant !

— Un kebsa, corrige Amber d'un ton très scolaire, ce qui lui vaut un regard noir.

— Ouais, ben, ça prouve que ta théorie, c'est n'importe quoi, raille Alice en s'étirant.

Sarah, amorphe, n'a pas encore dit un mot.

— Ça va ? je lui demande.

Elle opine, les yeux à demi ouverts.

Mira brandit son ardoise : « J'ai étonnamment bien dormi. »

Je dois concéder que, moi aussi, j'ai dormi « comme une masse » pour reprendre les termes de mon élégante camarade. Et que, pour autant, j'ai la tête lourde, comme si je portais un casque de ciment.

— J'ai mal au crâne, se plaint Amber.

Alice et moi échangeons un regard. Et je sais immédiatement qu'elle aussi trouve tout ça étrange ; quelque chose cloche.

— Je ne vois qu'une seule explication.

Kim a prononcé ces mots à voix haute, mais elle ne s'adresse à personne en particulier.

— Tu penses à quoi ? demande Sarah.

Cette question permet à Kim de revenir parmi nous : elle tourne un visage vif vers sa camarade.

— Vous avez toutes dormi d'un trait, non ?

Nous nous consultons du coin de l'œil avant d'acquiescer.

— Et vous avez l'impression d'avoir la tête à l'envers, comme après une bonne cuite ?

Nouveaux échanges de regards, nouveaux hochements de tête.

Un sourire triomphant se dessine sur les lèvres de Kim. Presque dément.

— Du gaz, dit-elle.

— Quoi ? laisse échapper Alice, la bouche arrondie par la surprise.

— Du gaz, répète Kim sur un ton calme. Ils nous ont droguées, mais pas avec la bouffe.

Simplement vêtue de son boxer et de son débardeur noirs, elle commence à examiner les hauteurs des murs. Elle s'arrête devant la bouche d'aération qui se trouve dans le coin, juste au-dessus de mon armoire.

— C'est ça, l'explication, poursuit-elle, les yeux flamboyants. Ils lâchent un gaz qui nous endort, ces bâtards !

Alice me jette un regard intrigué. Je sais qu'elle pense à la même chose que moi : si Kim est liée à tout ça, si cet homme sur les photos est bien celui qui hante mes cauchemars, alors elle joue rudement bien la comédie.

— Mais, tu crois que c'est possible ? tente timidement ma camarade.

— Oui, c'est possible, réplique Kim, l'air agacé. Si vous saviez tout ce qui existe comme armes chimiques, vous ne poseriez même pas la question.

Je fais la moue, ce qu'elle s'empresse de relever.

— Quoi, la princesse, tu me crois pas ? Tu veux que je te rappelle les chambres à gaz lors de la Shoah ? Ou l'attaque au gaz sarin dans le métro de Tokyo en 1995 ? Ou plus récemment en Syrie ? L'utilisation du chlore lors de la Première Guerre mondiale ? Sans compter le phosgène, qui se décompose dans les poumons pour y libérer de l'acide chlorhydrique. Le gaz moutarde ? Le skunk ? T'en veux d'autres, des exemples ?

Elle ricane.

— Crois-moi, un gaz pour endormir, c'est de la rigolade à côté. C'est tout à fait possible qu'ils aient réussi à fabriquer un truc pareil.

— Comment tu sais tout ça ? demande Alice.

Kim hausse les épaules, en faisant claquer sa langue.

— On s'en fout, je le sais, c'est tout.

Dubitative, je me tourne vers Sarah, l'interne en médecine.

— T'en penses quoi, Sarah ? Vous utilisez du gaz anesthésique pendant les opérations, non ?

Celle-ci prend quelques secondes avant de me répondre :

— Eh bien… il me semble que, jusqu'ici, l'utilisation de gaz anesthésique dans de gros volumes d'air n'a jamais été efficace, mais peut-être ont-ils trouvé un moyen ? Je suppose que si l'on en injecte suffisamment dans la pièce, cela pourrait nous endormir sans pour autant provoquer de séquelles. Alors… oui, pourquoi pas ?

Je secoue la tête, interloquée.

— Mais… pourquoi ? Pourquoi feraient-ils ça ?

C'est Kim qui répond, tout en continuant d'observer la bouche d'aération au-dessus d'elle :

— Ça… c'est la foutue question…

Elle braque son regard perçant, cuisant, dans le mien avant d'ajouter :

— L'une des foutues questions.

Chapitre 16

Nous petit-déjeunons toutes ensemble dans un silence de plomb. Après cette nouvelle découverte, Kim a finalement consenti à s'alimenter de nouveau.

Mais elle a d'abord tenu à vérifier sa théorie : avec notre aide, elle s'est donc hissée sur l'armoire afin d'examiner la bouche d'aération. Pour constater que la plaque, parfaitement scellée, ne pouvait être retirée. Évidemment, elle a râlé, juré, mais elle a surtout vu là un indice de plus confirmant son hypothèse.

— Je vous préviens, a-t-elle dit en réajustant son T-shirt, pas question que je reste dans le dortoir, cette nuit.

Alice a bien proposé de couvrir la grille avec un drap, mais Kim n'en a pas démordu : selon elle, cela n'aurait pour seul effet que de ralentir la diffusion du gaz, sans la stopper complètement. Elle a sans doute raison.

La machine dans le mur de la salle commune se met soudain en branle, interrompant le fil de mes pensées ; lorsque la trappe commence à s'ouvrir, je repousse mon assiette, l'appétit coupé. Que nous réservent-ils encore ?

— Où sont-elles passées, où sont-elles passées, où sont-elles passées ?

Amber est manifestement tendue, elle aussi. Dans le compartiment se trouvent deux objets.

C'est Mira qui s'en saisit : elle vient déposer sur la table un livre pour enfants, *Charlie et la chocolaterie*, et un bracelet de naissance en plastique, comme ceux que portent les bébés dans les maternités.

Alice se jette sur le livre et en feuillette les pages avec précipitation.

— Je crois que c'est pour moi, dit-elle avec un débit rapide.

Puis elle tend triomphalement l'ouvrage ouvert devant elle.

— Oui ! Regardez ! Il y a toutes mes annotations dans les marges !

Avec un sourire, je remarque que le papier est noirci d'une écriture de mouche et de minuscules dessins à l'ébauche maladroite.

— Je l'ai lu tant de fois quand j'étais petite ! Roald Dahl était mon auteur préféré !

Elle le retourne et entreprend de le lire à l'envers. Il s'agit de l'une de ces fameuses collections claironnant : « Et si l'on commençait par la fin ? »

— Vous voyez, les tests et les jeux à la fin, je les ai tous faits ! C'est mon bouquin !

Kim émet un claquement de langue qui sonne comme un coup de fouet frappé dans le vide. Sa façon à elle de nous faire entendre qu'elle désapprouve le comportement d'Alice.

Cette dernière s'en moque et continue à feuilleter avec enthousiasme son précieux ouvrage. D'un côté, je la comprends : dans l'enfer qui est le nôtre, le moindre objet qui nous raccroche à notre vie d'avant devient un cadeau inestimable ; mais en même temps… j'ai tellement de mal à me réjouir de quoi que ce soit, compte tenu des circonstances…

Amber, contaminée par l'énergie positive d'Alice, se met à danser dans un mouvement saccadé, presque spasmodique, autour de son amie. C'est surprenant, à chaque fois, d'assister à un tel revirement d'attitude, de la voir passer d'un extrême à l'autre, la panique et l'angoisse cédant leur place à une joie tout enfantine.

Sarah n'a pas prononcé un mot. Le visage fermé, elle déglutit, puis se dirige d'un pas lent vers l'autre objet.

Elle demeure un instant immobile avant de s'en saisir d'un geste vif. Elle reste ainsi, durant quelques secondes, le visage incliné vers ce bracelet qu'elle tient entre ses doigts.

Mira s'approche d'elle et pose une main réconfortante sur son épaule. Aussitôt, Sarah relève la tête d'un mouvement brusque et plante son regard dans celui de sa camarade. Un regard fixe. Intense. Je la vois ciller furtivement, avant qu'un léger sourire ne vienne remonter la commissure de ses lèvres.

D'un hochement de tête, elle remercie Mira avant de s'asseoir sur l'une des chaises qui entourent la table.

— C'est mon bracelet de naissance, dit-elle, les yeux braqués sur le minuscule objet.

Son ton semble, à première vue, aussi maîtrisé qu'à l'accoutumée, pourtant… En tendant bien l'oreille, j'ai cru y déceler un tremblement. Une fêlure. Telle une brisure sur un trait tracé à la règle.

Sarah s'éclaircit la gorge.

— Je l'ai toujours gardé précieusement dans une boîte. C'est… Ce bracelet est le seul vestige de mes origines.

Sa voix a déraillé sur le dernier mot. Elle s'est envolée un peu trop haut, un peu trop loin, comme si elle s'était arrachée à son emprise, à ce carcan que Sarah modèle en permanence.

Personne n'ose réagir : il règne dans la pièce un silence quasi religieux, tant chacune d'entre nous paraît suspendue à ses paroles, interdite. C'est si peu habituel de voir Sarah saisie d'une émotion, de la voir baisser les armes, tomber l'armure et retirer son casque de retenue.

Un nouveau raclement de gorge. Lorsqu'elle reprend la parole, les yeux toujours fixés sur le frêle bout de plastique, son timbre semble toutefois un peu plus affirmé :

— Je n'ai pas connu mes parents biologiques. J'ai été abandonnée sous X et adoptée par une famille américaine qui m'a aussitôt ramenée dans son pays. Ou plutôt, dans mon pays : pour autant que je me souvienne, j'ai toujours vécu aux États-Unis, à New York.

Elle marque une pause, le visage encore baissé sur le petit cercle qu'elle tord et retourne dans ses doigts.

— Je les ai toujours considérés comme mes parents, poursuit-elle. Je ne sais rien de mes géniteurs, je n'ai gardé d'eux que ce bracelet rose et le prénom qui figurait dessus, écrit à la va-vite par une sage-femme quelconque. Safeera… Je ne sais même pas qui l'a choisi, je ne sais même pas si c'est ma mère biologique… Mais c'est la seule empreinte de mon passé. La seule trace… Mes parents ont tenu à le conserver. Ça et ma double nationalité. Mais… plus tard, j'ai choisi de le transformer en Sarah.

Elle relève son visage et nous regarde tour à tour. Le noir de ses pupilles paraît avoir pris toute la place dans ses yeux en amande. Elles étincellent comme deux perles de nacre sombre.

J'ignore comment me comporter. Je ne suis pas douée pour ça : je n'ai jamais su comment réagir face aux déferlements d'émotions, aux étalages de sentiments ; comment recevoir ces boules d'intimité que j'ai toujours prises en pleine face, trop sonnée pour ne pas répondre à contretemps.

Alors je préfère rester là, inerte, fuyante, et guetter la réaction des autres. Elles agiront certainement mieux que moi.

C'est Amber avec son naturel désarmant qui se précipite sur Sarah. Elle se penche vers elle et l'enveloppe de ses bras, la recouvrant de sa tignasse flamboyante. On ne voit plus de Sarah que le corps raide, droit, tendu à l'extrême. Qui tout à coup lâche. C'est comme un château de cartes, jusque-là si méthodiquement construit, si parfait dans sa structure et son équilibre, qui s'effondrerait au ralenti, dans la douceur du papier qui se fracasse.

Alors Mira s'approche et pose ses deux mains sur Amber. Puis c'est au tour d'Alice de suivre et de faire de même.

Elles sont là, toutes les quatre, comme fusionnées. Comme de nouvelles fondations pour ce château de cartes, toujours un peu bancal, toujours un peu de guingois, mais plus soudé qu'auparavant.

Et moi, je n'ai toujours pas bougé. Je n'ose pas faire le pas, le geste qui m'unira à elles.

Mon regard tombe dans celui de Kim. Il m'aspire, me tire à lui. Et ce que j'y lis me fait peur : l'espace d'un bref instant, je crois sentir une connivence, presque un lien complice, l'espace d'un instant, je sais qu'elle et moi sommes pareilles et ressentons la même chose. L'espace d'un instant, je la comprends : nous ne savons pas *être* avec les autres.

Cette prise de conscience me coupe la respiration. J'inspire une énorme bouffée d'air et ce simple mouvement marque le déclic que mon corps attendait : il se met en branle et vient se joindre aux autres, tandis que Kim baisse la tête et détourne les yeux.

J'ai l'impression que ce moment dure longtemps, assez longtemps pour que Kim se mette à se dandiner sur place.

— Bon, les meufs, vous en avez encore pour longtemps ? Vous me donnez envie de gerber, là…

Son ton est hésitant, presque timide.

Le château de cartes se déploie et chacune s'éloigne, reprend sa place et son rôle.

Pourtant, quelque chose a changé. Quelque chose d'imperceptible. Les regards se croisent, les sourires s'échangent.

Les corps et les cœurs se sont rassérénés.

Un peu.

J'ai récupéré mon teddy-bear.

Assise dans mon lit, je le contemple. La bille unique au-dessus de sa truffe semble m'adresser un clin d'œil malicieux. Je passe mes doigts dans les poils de son ventre, les lisse vers le haut, puis vers le bas. Je l'ai accompli tellement de fois, ce geste. Vers le haut, vers le bas. Le haut, encore le bas. Son poil est rêche d'usure à force de caresses.

Comment ont-ils pu se le procurer ? J'ai tellement peur pour mes proches. Dans ma tête défilent des scénarios plus alarmants les uns que les autres dans lesquels ils ont été capturés, eux aussi, et où ils sont retenus, quelque part, dans un endroit aussi froid et impersonnel, dans un lieu aussi glauque que cette cage. Peut-être même sont-ils là, tout proches, dans le même bâtiment. Ou alors tous ces objets ont été volés. Je ne peux pas croire qu'ils aient été donnés volontairement. À moins que… À moins que des mensonges ne soient parvenus à les convaincre de s'en séparer ?

Quelle est l'explication ? Quel est le foutu sens de tout ça ?

Théo me dirait que ça ne sert à rien de vouloir donner un sens à tout. Théo, avec son humour teinté de cynisme, avec son flegme désabusé, me conseillerait de ne pas chercher à comprendre. « Mademoiselle », me dirait-il, ne perdant jamais une occasion de citer Shakespeare, l'un de ses auteurs préférés, « vous savez très bien que la vie est une histoire dite par un idiot, pleine de bruit et de fureur, et qui ne signifie rien. » Il accompagnerait sa déclaration d'une pirouette et d'un grand sourire malicieux sur les lèvres. Un sourire qui me ferait fondre. Alors, moi, comme d'habitude, je me sentirais mieux. Plus légère. Plus sereine.

J'ai tenté de peindre tout à l'heure. Je me suis plantée devant le chevalet et sa page blanche. Elle me semblait immense, cette page. Trop immense pour moi. Je suis restée à la fixer jusqu'à en avoir la tête qui tournait. L'impression de plonger dedans, d'être aspirée et de m'y noyer, d'être étouffée par toute cette blancheur immaculée. Il y a trop de blanc ici. Trop de lumière crue. Trop de ventres noués et de gorges serrées. Je ne peux pas peindre dans ces conditions.

Je ne peux pas et ne veux pas.

Pourtant, j'aurais aimé en être capable. Pouvoir prendre le pinceau et déverser ma rage sur le papier. Gribouiller, raturer, maculer. Ou même noircir. Tout plutôt que ce blanc immuable.

Sans doute, cela m'aurait fait du bien. Sans doute, faire jaillir la colère de mon bras m'aurait un peu libérée de son poids. Peut-être même que, pendant quelques instants, j'en aurais oublié ma situation : j'aurais peint et entraperçu les murs de mon atelier autour de moi, j'aurais vu la lumière du jour poindre par la fenêtre dépourvue de rideau et s'insinuer à travers le carreau fissuré.

La lumière du jour. Je tente d'imaginer quel effet ça me ferait de la revoir à nouveau. J'ai l'impression de ne plus la connaître… d'avoir oublié sa splendeur, son aura. J'essaye, mais je n'arrive pas à ressentir le souffle de l'air sur la peau de mon visage ; cette douce caresse, je l'ai oubliée. Et le soleil ? Je n'en ai qu'un vague souvenir : une boule de luminosité vivante ; je crois, du moins. Je… Je ne suis plus sûre. Je crois me rappeler, qu'en fermant les yeux, le soleil dessine des ombres mouvantes sur les paupières, il me semble que j'aimais bien les frotter pour voir ces ombres bouger et se piquer de petites étincelles.

Mon cœur se met soudain à battre plus vite : comment ai-je pu oublier si rapidement ? Comment est-il possible que ces images ne m'inspirent plus que des sensations floues, vagues, si peu tangibles ?

L'air semble disparaître autour de moi. J'ouvre la bouche pour l'aspirer à grosses lampées.

Sensation de vertige.

Troublée, je tente de me raccrocher à ce qui m'entoure, aux filles. Amber est prostrée dans le coin de son lit, les yeux rivés sur ses poignets qu'elle caresse avec douceur, presque avec tendresse.

Étendue sur son couchage, Alice lit, sans doute pour la énième fois, le livre de son enfance que nos geôliers ont choisi de lui délivrer. Sarah prend une douche. Kim semble avoir renoncé à dénicher les micros qui nous écoutent, les caméras qui nous épient : désormais, elle s'occupe à oublier la situation sur l'un des instruments de torture qui meublent la salle de sport. Au milieu de tout ça, la mélodie chantée par le violon de Mira se faufile et m'apaise.

Ma respiration se calme, mon cœur aussi.

Je n'ai pas le temps de savourer cette accalmie que la machinerie dans le mur s'agite, suivie du grondement qui monte, surgissant des entrailles du bâtiment. Le rituel habituel se met en branle : tremblement de la paroi de la chambre, trappe qui coulisse vers le haut. Finalement, deux nouveaux objets se dévoilent.

Amber bondit sur ses pieds.

— C'est pour moi, c'est pour moi, c'est pour moi !

Elle arrive à m'arracher un sourire. Kim et elle sont, en effet, les deux dernières d'entre nous à ne pas avoir été gratifiées « d'une attention personnelle ».

Elle se précipite vers l'ouverture et attrape, sans une once d'hésitation, ce qu'elle contient.

Je ne vois d'elle que son dos, mais, à ses gestes frénétiques, je devine qu'elle déchire quelque chose ; peu après, un papier blanc tombe sur le sol, probablement une enveloppe.

Lorsqu'elle se retourne, l'expression de son visage a changé : d'abord, il semble ne rien exprimer d'autre que le vide, comme si son cerveau avait décroché, comme s'il s'était mis en pause. Puis sa bouche se tord peu à peu, ses lèvres se retroussent sur ses gencives avant qu'elle ne pose sur nous des yeux désespérés.

De nouveau, elle baisse la tête sur l'objet qu'elle tient entre ses mains : un bracelet de fils colorés.

— Je… Je… Je ne le reconnais pas.

Sa voix est vacillante.

Alice se lève pour s'approcher d'elle et pose ses deux mains sur ses épaules.

— Tu es sûre que c'est pour toi ?

Amber hoche la tête plusieurs fois, faisant danser ses mèches indisciplinées.

— Il y avait mon prénom sur l'enveloppe. Je… Ils se sont trompés, ce n'est pas à moi !

— Chut, calme-toi, tente de l'apaiser Alice.

— Ce n'est pas à moi. Pas à moi, pas à moi, pas à moi, pas à moi !

Elle a prononcé ces mots avec un débit si rapide qu'ils paraissent se bousculer au bord de ses lèvres, se cognant les uns aux autres. Ses yeux roulent dans leurs orbites, se posant tour à tour sur le plafond, le sol, puis vrillant vers la droite, la gauche.

Alice prend son visage entre ses mains.

— Amber, regarde-moi.

— Pasàmoipasàmoipasàmoipasàmoi…

C'est ce moment que choisit Kim pour faire irruption :

— Qu'est-ce qu'il se passe ? La trappe s'est ouverte, c'est ça ?

Personne ne prend la peine de lui répondre.

— Oh, c'est quoi, ce bordel ?

— Pasàmoipasàmoipasàmoipasàmoi…

Je déglutis, avant de me tourner vers elle :

— C'est… C'est la trappe : il y a deux nouveaux objets.

Ma voix est si fluette, presque chétive. Je la déteste, cette voix. Je hais ce tremblement qui a gagné mes mains au moment où je me suis adressée à elle, je hais ce maudit cœur dans ma poitrine qui s'est soudain emballé. J'exècre cette faiblesse qui est mienne. Qui est moi.

— J'ai rien compris, t'as dit quoi ? braille Kim, tentant de couvrir le monologue d'Amber. Tu peux pas parler plus fort ou quoi ?

Sarah, qui est apparue sur le pas de la porte, intervient :

— Stop, Kim. Inutile d'en rajouter une couche.

Je l'observe, toujours aussi admirative : si le volume de sa voix n'est pas beaucoup plus fort que le mien, il est stable, calme et parfaitement audible. Il impose le respect.

Kim soutient son regard pour la forme, avant de détourner les yeux, les mâchoires crispées. En silence, elle s'approche de la cavité dans laquelle repose toujours l'autre objet. Probablement celui qui lui est destiné.

Après quelques secondes d'hésitation, elle se saisit de la boîte de taille moyenne qui y gît. Tout en pivotant vers nous, elle en retire le couvercle.

À peine en a-t-elle découvert le contenu qu'elle sursaute et laisse tout échapper : la boîte s'échoue sur le sol, ouverte, tandis que le couvercle, après avoir roulé sur quelques centimètres, s'immobilise un peu plus loin en tournoyant sur lui-même.

— Putain ! rugit Kim, d'un ton paniqué. C'est quoi, ce bordel ?

Chapitre 17

Surréaliste.

Voilà le premier mot qui me vient à l'esprit devant la scène qui se déroule sous mes yeux.

C'était bien la panique que j'ai décelée dans la voix de Kim. C'était bien la peur.

À l'instant où la boîte a touché le sol, Kim s'en est éloignée à grandes foulées, non sans cesser de hurler.

— Putainnn, c'est quoi, ce bordel ? C'est des malades !

Ses baskets aux pieds, elle a grimpé sur le lit inoccupé, celui de la morte, qui est situé le plus loin de la trappe. Les yeux exorbités, elle commence à trépigner sur place, en pointant du doigt l'objet de son angoisse.

— Des malades ! Attrapez-la, faut pas qu'elle s'échappe ! Putain, ils sont tarés !

Je ne comprends pas ce qu'il se passe et, aux regards écarquillés que nous échangeons toutes, j'en déduis que mes compagnes de galère ne sont pas plus renseignées. Amber s'est tue, elle aussi : figée sur place, elle observe Kim d'un air incrédule.

Je ne vois pas le contenu de la boîte : celle-ci est tombée sur le côté, ouverture côté trappe, dissimulant ce qui terrorise Kim. Et, quoi que ce soit, c'est resté à l'intérieur.

J'ignore comment réagir.

La seule chose dont je suis sûre, la seule chose que je connais se résume à cette vague qui enfle dans mon ventre. Elle grandit, elle s'élève. Je sais qu'il me faut la contenir sinon elle me dépassera et me submergera. Je ne veux pas. Pas encore. Je ne veux pas me laisser envahir par l'angoisse, je refuse de laisser la peur dicter ma conduite.

La seule chose que je sais, c'est que, pour une fois – pour cette fois –, je veux la maîtriser.

Alors, tandis qu'une partie de mon cerveau me hurle de faire demi-tour, de quitter la pièce et de me réfugier ailleurs, n'importe où, pourvu que je sois en sécurité, l'autre tente de lutter et de raisonner. Le paquet est petit, si petit, il ne peut décemment pas contenir quelque chose de dangereux. Kim est folle. Complètement folle. Et moi, je n'ai pas peur.

Mon corps prend alors le contrôle comme en pilote automatique. Je me vois amorcer quelques pas en direction de la boîte. Je ne réfléchis pas. Je n'ai plus conscience de la présence de mes camarades, je n'entends plus Kim qui s'époumone, jurant contre les tarés qui nous retiennent ici. Je suis seule. Seule avec cette boîte.

La peur est là, je n'essaye même plus de la retenir ou de la nier. Elle maltraite ma vessie et mes entrailles, elle emballe mon cœur. Mais je continue d'avancer. Imperturbablement.

Je suis tout à côté, désormais.

Je la contourne, sans la quitter des yeux. Avec prudence, je me penche en avant.

Et je vois ce qui inspire tant d'effroi à Kim.

Un rire nerveux monte en moi.

Les mains tremblantes, je plaque mes doigts sur ma bouche. Je voudrais pouvoir l'enfermer à l'intérieur de moi, mais il parvient malgré tout à se faufiler et mes épaules se mettent à tressauter.

Je lève la tête vers les filles qui m'observent d'un air ahuri. Kim, toujours debout sur le lit, s'en est même arrêtée de gesticuler et de pester.

— Éléa ? demande Alice. Tout va bien ? C'est quoi, là-dedans ?

Je souris. Mon corps me semble aussi souple qu'un élastique, tout à coup.

— C'est juste une…

— Putain ! m'interrompt Kim, les yeux écarquillés. Elle s'est échappée, je l'ai vue, elle a filé sous le lit !

Son doigt est pointé sur mon couchage. Amber se met à hurler.

— Éléa ! s'écrie Alice, de manière un peu vive. C'est quoi ?

La panique que je crois sentir dans la voix de mon amie suffit à me rendre la parole :

— Rien, c'est juste une araignée !

À ces mots, Amber sursaute en poussant un faible cri et court se réfugier sur le lit, aux côtés de Kim.

Les sourcils d'Alice se froncent tandis qu'elle se retourne vers cette dernière.

— Non, mais t'es sérieuse, là ?

Kim pince les lèvres, avant de détourner le regard pour le braquer sur moi :

— Attrape-la, toi, puisque ça te fait tant marrer !

Je hausse les épaules et m'accroupis sur le sol tandis que Sarah me rejoint.

— Une araignée comment ? marmonne-t-elle en s'agenouillant à mes côtés. Elle est grosse ?

Je laisse échapper un petit rire.

— Elle est… moyenne. T'inquiète, je m'en occupe, c'est bien l'une des rares choses qui me laissent de marbre.

Je glisse un coup d'œil sous le sommier.

Elle est là. Immobile, elle se tapit tout au fond, au plus près du mur.

Je dois reconnaître qu'il s'agit quand même d'un beau morceau. De la taille d'une paume de main de bébé, elle arbore un corps épais piqué de huit pattes velues.

Sarah et moi nous redressons.

— Alors ? demande Kim, d'un ton suraigu. Vous avez… Oh putain !

Elle ponctue sa phrase d'un glapissement si grotesque que j'en fais volte-face : l'araignée a surgi de sa cachette et se tient sur le mur, juste au-dessus du montant du lit.

Amber laisse échapper un cri de stupeur.

— Ah oui, bel engin ! ironise Alice.

Puis, sans cesser de se marrer, elle se retourne vers Kim, narquoise :

— Y a pas d'araignées dans la rue ?

Kim la poignarde du regard, mais elle s'abstient de toute réponse. Et reste perchée sur son promontoire.

La bête n'a pas bougé. Elle semble nous observer, méfiante et aux aguets.

Sarah me jette une œillade équivoque : visiblement, je vais devoir m'en occuper.

C'est amusant, cette inversion des rôles. Amusant de voir à quel point un événement anodin, un simple détail peut faire basculer l'équilibre du monde dans une autre dimension, celle où je ne suis plus l'éternelle trouillarde, celle où c'est moi qui domine la situation. Celle où Kim se comporte en fillette craintive. Et ridicule.

Pour autant, j'ignore quel sort réserver à cette araignée. Non pas qu'elle m'effraie vraiment, mais je n'envisage pas non plus de l'attraper à pleines mains.

Un livre vient s'échouer à mes pieds. Je me retourne vers Kim, la mine interrogative.

— Quoi ? se défend-elle. C'est pour l'écraser.

Nanou m'a toujours enseigné que toute vie, quelle qu'elle soit, est précieuse. Je n'ai donc pas envie de la tuer, mais, d'un autre côté, je ne vois pas bien comment me débarrasser d'elle dans cet environnement clos.

Je me saisis du livre et amorce quelques pas dans sa direction. J'avance lentement, espérant gagner du temps et ainsi me laisser l'opportunité de trouver une idée lumineuse pour me sortir de cette impasse.

Ses huit pattes la propulsent en une fraction de seconde dans l'angle du mur, qu'elle commence à gravir en direction de la bouche d'aération.

La voilà, ma solution. Ma porte de sortie. La sienne, plutôt : je vais la laisser s'échapper par cette ouverture tout en faisant mine de vouloir l'aplatir.

L'araignée s'est immobilisée, à deux mètres du sol environ. Je suis toute proche désormais et cette idiote demeure aussi figée qu'une mygale empaillée. Encore quelques secondes et ce sera trop tard pour elle.

Je brandis le livre, espérant que le mouvement suffira à provoquer une réaction de sa part.

Je suis sur le point d'abattre mon arme de fortune, quand elle se décide enfin à décamper le long du mur avec toute la vitesse de ses huit pattes.

En un instant, elle a disparu derrière la grille de la bouche d'aération.

— Putain, je rêve ! Tu l'as laissée filer !

Kim descend de son lit et se dirige à grandes enjambées vers moi. Elle s'immobilise à ma hauteur, son visage à quelques centimètres du mien.

— T'es vraiment trop conne ! siffle-t-elle.

Sa rage vient s'écraser contre ma poitrine et commence à m'oppresser, rendant ma respiration difficile.

C'est Alice qui s'interpose entre nous.

— Tes reproches me semblent mal appropriés, dit-elle.

Son ton est si calme. Elle paraît si sûre d'elle.

Kim fait claquer sa langue, recule, avant de faire volte-face et d'aller s'asseoir sur son lit. Non sans avoir lancé un dernier regard inquiet vers la bouche d'aération.

Chapitre 18

— Les salopards ! Une araignée !

Nous sommes toutes réunies, assises à la table de la salle commune.

Cette assemblée impromptue avait pour but de débriefer les derniers événements, essayer de comprendre, de rationaliser l'incompréhensible et l'inexplicable. L'absurde.

Comme d'habitude, nous sommes principalement occupées à écouter Kim pester. Elle jure et râle contre nos geôliers, mais, au fond, je la soupçonne d'être aussi et surtout en colère contre elle-même. Contre cette faiblesse qu'elle n'a su dissimuler. Contre cette faille qu'elle aurait voulu pouvoir garder enfouie.

Car je ne peux imaginer qu'elle faisait semblant. Avec cet épisode, je me pose de plus en plus de questions : se peut-il que je me sois fait des idées ? Est-il possible que, allergique à Kim depuis le début, j'aie cherché des explications là où il n'y en avait pas ? Après tout, cette ressemblance entre l'homme des photos et celui qui apparaît dans mes souvenirs n'est peut-être que le fruit de mon imagination. Et d'ailleurs, cet homme que j'entraperçois lors de ces flashs existe-t-il vraiment ?

— C'est n'importe quoi ! Pourquoi moi ? Vous avez toutes eu un objet qui vous appartient et, moi, une… araignée ?

Je l'observe, toujours à la recherche d'un signe potentiel, d'un éventuel geste qui la trahirait, qui me prouverait qu'elle n'est pas celle qu'elle prétend être. En vain.

Mais alors que cherchaient-ils à faire ? À démontrer ? Une certitude : la bestiole était destinée à la personne qui – à première vue – est la plus… réceptive.

— Kim, s'ils ont fait ça, c'est parce qu'ils savent que tu es… arachnophobe.

J'ai parlé très vite et sans réfléchir, sans quoi je ne suis pas sûre que j'aurais eu le courage de prendre la parole.

Elle me lance un regard renfrogné, couronné de sourcils froncés, mais ne dit mot. Alice étouffe un ricanement.

— Hey ! Ferme-la ! T'as pas de phobies, toi, peut-être ?

Alice s'apprête à lui répondre, mais Sarah la devance, coupant court à la querelle qui menace :

— Éléa a raison : ils savaient que tu avais une peur maladive des araignées, c'est très exactement pour ça qu'ils te l'ont adressée à toi…

Mira griffonne à toute vitesse sur son ardoise : « Dans quel but ? »

— Ça… je l'ignore, lui répond Sarah en haussant les épaules.

— Ce qui est sûr, c'est qu'ils nous connaissent parfaitement, renchérit Alice. À chacune de nous était destiné un objet ou une chose qui a trait à notre histoire, à notre vie.

— Peut-être qu'ils veulent tester nos réactions ? je suggère.

— Mais pourquoi ? demande Sarah, perplexe. Pourquoi envoyer une araignée à Kim ? Pour la faire souffrir ? Comme ça, gratuitement ?

— Je sais pas…, j'avoue.

— Ou alors, intervient Alice, pensive, c'est comme un système de récompenses et de punitions.

— C'est-à-dire ? demande Kim.

— Ben, explique Alice, on a toutes reçu un objet qui nous fait plaisir : l'archet pour Mira, le nounours pour Éléa, le bracelet de naissance pour Sarah, un livre pour moi… Alors que toi, tu as eu… une araignée. Et, vu ta phobie, ce n'est certainement pas un hasard.

Elle a prononcé ces derniers mots d'une toute petite voix, la mine faussement innocente.

La théorie d'Alice ne me semble pas dénuée d'intérêt. Elle me paraît même tout à fait logique. Je me tourne vers Kim pour guetter sa réaction.

Mais celle-ci se contente de faire rebondir sa langue contre son palais dans un bruit sec, les yeux dans le vide. Puis, elle les relève et les braque sur Alice.

— Donc, selon toi, ils voulaient me punir ?

— Ça me paraît évident.

Elle ajoute à mon attention, sur le ton de la confidence :

— Et, franchement, je les comprends presque.

Je n'ai pas le temps de m'interroger quant à la réaction la plus appropriée que la voix de Kim rugit :

— T'as dit quoi, là ? Tu peux répéter, qu'on en profite toutes ?

Alice déglutit. Avant de lancer un regard plein de défi à Kim.

— Si tu y tiens, rétorque-t-elle d'un ton empli de sarcasmes. J'ai dit : je comprends parfois qu'on ait envie de te punir. Non, pas parfois, à la réflexion, ajoute-t-elle après une pause. Souvent.

Ces paroles agissent comme une flamme sous une cocotte-minute : le visage de Kim s'empourpre entièrement tandis qu'elle garde ses yeux furieux fixés sur Alice. Pendant un bref instant, j'espère qu'elle va s'en tenir là. Pendant un bref instant, j'ai le fol espoir qu'elle se contente de se lever, de tourner les talons et de quitter la pièce.

Mais Kim douche toutes mes espérances en quelques mots :

— Putain, t'es aussi tarée que ces connards !

Elle se lève brusquement, faisant basculer son siège en arrière.

— Tu commences vraiment à me saouler, toi ! Toujours à la ramener !

— Ouais, et alors, tu vas faire quoi ? Tu veux me punir ? la nargue Alice, une moue dédaigneuse sur le visage. Me cogner ? Visiblement, tu sais faire que ça ! Ah non, pardon, tu sais aussi geindre comme une gamine… Vous avez pas une araignée sous le coude, les filles ? ajoute-t-elle en faisant courir un regard circulaire autour d'elle.

Le visage de Kim vire presque au violacé. Elle entreprend de faire le tour de la table à grandes enjambées pour venir se camper face à Alice. Cette dernière se lève sans une hésitation et plante ses yeux dans les siens, le regard flamboyant. Elle est si fière, si assurée et confiante.

Pendant quelques secondes, le temps paraît suspendu à leur duel silencieux. Sarah essaye bien de les ramener à la raison, Mira me lance des coups d'œil désespérés, mais elles semblent hermétiques à ce qui les entoure, comme enfermées dans une bulle impénétrable.

C'est la toute petite voix d'Amber qui la fait éclater :

— Et moi alors, ils ont voulu me punir aussi ?

Depuis le début de la conversation, elle est restée murée dans le silence, le regard absent, pinçant la fine peau de ses poignets de manière spasmodique.

D'un même mouvement, Alice et Kim tournent un visage médusé vers elle, mettant ainsi fin à leur duel de regards.

Qu'est ce que tu racontes ? demande Sarah.

Amber pose sur elle des yeux agrandis par l'angoisse. Je remarque la fragile ligne de ses sourcils qui vacille à la pointe de ses cils.

— Ils m'ont donné un bracelet qui n'est pas à moi, il n'est pas à moi. Pas à moi, pas à moi ! Pourquoi ? Pourquoi, pourquoi, pourquoi ?

Alice se précipite et s'accroupit à ses côtés. Ses traits ont retrouvé leur douceur habituelle.

— Calme-toi, Amber. Ça ne veut rien dire, ce sont des malades qui font ça, on ne sait même pas si on a vu juste…

— Il n'est pas à moi, ça m'a fait mal. Mal ! Ils ont voulu me punir. Me punir, me punir !

Alice pose ses mains sur les poignets d'Amber que cette dernière maltraite à coups de griffures désormais ; elle tente d'accrocher son regard mais Amber le garde braqué sur le sol, comme si elle voyait des choses qu'elle seule était capable de distinguer.

— Bien sûr que non, voyons, personne ne veut te punir, ici… Calme-toi, tout ceci n'a aucun sens…

Amber dégage ses mains de l'emprise d'Alice d'un geste sec.

— Pas à moi, pas à moi, pas à moi…

Assise sur sa chaise, elle continue son long monologue en balançant son buste d'avant en arrière. Alice, toujours accroupie près d'elle, tente de l'enserrer de ses bras pour l'apaiser, mais elle se contracte avant de lui jeter un regard menaçant. Celui d'un animal effrayé. Et effrayant.

Puis, sans crier gare, Amber projette ses ongles sur la joue d'Alice. Sous le coup de la surprise, mon amie en perd l'équilibre et tombe au sol, sur les fesses : la main sur sa pommette, elle observe Amber d'un air incrédule tandis que cette dernière se dresse sur ses pieds pour la toiser. Ses yeux flamboient. Puis, peu à peu, je vois très distinctement leur flamme s'éteindre : l'agressivité qui faisait étinceler ses pupilles quelques secondes plus tôt disparaît ; ne reste plus de l'animal que la crainte et la défiance. La détresse également.

Soudain, Amber fait demi-tour avant de détaler hors de la pièce.

Je me lève et m'approche d'Alice. Mira et Sarah se sont déjà précipitées à ses côtés.

— Ça va ? je lui demande.

Elle hoche la tête sans un mot, la main toujours collée à sa joue barrée d'une fine ligne rouge.

— Pauvre Amber, dit-elle finalement.

Oui, pauvre Amber qui n'a plus toute sa tête.

Et pauvre de nous qui risquons de la perdre à notre tour si nous ne réussissons pas à sortir d'ici.

À sortir de cette cage.

Trois jours.

Trois jours que je vous observe sur la façade lisse et froide de mon écran.

Trois jours que j'apprends à vous connaître sans que vous ne sachiez rien de moi, pas même mon existence. Vous êtes si proches et si lointaines à la fois.

Et puis, il y a toi.

Je t'ai remarquée tout de suite. Avec tes yeux couleur de brume et ta peau pâle, si pâle qu'elle semble sur le point de se dissiper comme une traînée de nuages, tu avais l'air d'un petit animal terrorisé, comme un lapin pris dans la lumière des phares un soir de brouillard. J'ai immédiatement aimé cette mélancolie qui hante chacun de tes gestes, chacun de tes regards. Cette fragilité délicate m'a bouleversé.

Pourtant, je n'avais pas vu cette force en toi. Toi non plus, tu ne l'as pas vue, pas encore, tu n'en es pas consciente. J'ai tant aimé ce court instant où tu as pris confiance, ce moment où tu as agi et pas elle, ce moment où elle a eu peur et pas toi. J'ai vu danser cette petite flamme dans tes yeux, j'ai su que tu pouvais y arriver. Que tu pouvais prendre le dessus sur elle.

Éléa, trois jours que j'apprends à te connaître.

Si proche et si lointaine à la fois.

Et trois jours que je m'interroge.

Que je doute.

Et si…

Et si j'avais pris la mauvaise décision ?

Alors, j'ai décidé d'écrire. De t'écrire. Pourtant, tu ne liras jamais ces lettres, tu ne lèveras jamais tes yeux couleur de brume sur moi.

La barrière entre nous est infranchissable.

Alors, je ne peux m'empêcher de me poser cette question, encore et encore : et si j'avais pris la mauvaise décision ?

Et si je m'étais trompé ?

Chapitre 19

La journée s'est écoulée sans aucun autre événement notoire : pas de nouveaux objets personnels, pas de boîte surprise, pas de nouvelles altercations. Rien. La trappe, quant à elle, ne s'est actionnée que pour nous délivrer nos repas.

Même ceux-ci ne présentaient rien de remarquable. Terminé, les spécialités exotiques : au déjeuner comme au dîner, nous n'avons eu droit qu'à une espèce de purée mélangée à de la viande, avec du pain, une orange et un peu d'eau. Seule concession à cette austérité, une bouteille de coca par personne que nous avons, d'ailleurs, délaissée ; sauf Kim qui a ainsi eu le plaisir de s'en offrir jusqu'à plus soif. Pourquoi lui ont-ils donné ce qu'elle voulait ? Nul ne le sait.

Je suis restée un long moment assise dans l'un des fauteuils de la salle commune, sans aucune autre occupation que celle d'observer mes camarades. Toutes se sont affairées à une activité quelconque. Comme si tout cela était normal. Comme si cet endroit clos, ces cinq pièces – couloir inclus – représentaient la limite logique et naturelle de notre univers. Comme si nous avions toujours vécu ici et que nous pouvions continuer à le faire encore longtemps.

Mira s'est oubliée avec son violon ; Alice et Sarah ont joué à *7 Wonders*, l'un des jeux de société mis à notre disposition ; Amber, les yeux dans le vague, les mains refermées autour de ses poignets, s'est évadée, elle aussi, par sa seule capacité à se mettre sur pause. Même Kim a fini par jouer le jeu de nos mystérieux hôtes : elle a bien tempêté un peu durant la matinée, examinant, sous tous les angles et pour la énième fois, la porte blindée ; elle a bien vociféré et juré dans le vide à l'attention de nos hypothétiques oppresseurs. Mais elle a fini par jeter l'éponge, se réfugiant dans la salle de sport et projetant toute sa hargne sur les appareils de musculation.

Je suis la seule à être demeurée immobile, inactive et pensive dans ce fauteuil. La seule incapable de faire abstraction de l'absurdité de la situation, de son incohérence. Le chevalet et ses outils me narguaient pourtant, ils me faisaient de l'œil. Mais je ne veux pas tomber dans le panneau et risquer de m'assoupir, risquer de les laisser m'endormir. Je préfère garder tous mes sens en éveil. Au cas où.

C'est assez fascinant quand on y pense, cette capacité de l'être humain à se résigner. À se raisonner. Et à endurer tout et n'importe quoi. Car il s'agit bien de ça : ce que nous vivons est aberrant et incompréhensible. Insupportable. Pourtant, nous supportons. Nous ne comprenons pas, mais nous encaissons. Nous savons que la situation est dingue, mais nous serrons les dents. Mieux, nous espérons. Quoi ? Aucune d'entre nous ne le sait vraiment.

La résilience : voilà le processus qui est à l'œuvre. C'est Nanou qui m'a appris ce mot. J'étais toute jeune alors, mais je m'en souviens comme si c'était hier, tant ses explications, avec des mots simples, m'ont marquée. M'ont rassurée aussi.

À l'époque, je me sentais si mal, si désespérée. Maman venait de partir ; elle m'avait quittée pour toujours. J'avais l'impression que mon père m'avait abandonnée aussi. Je n'avais que Nanou. Et mon teddy-bear.

Je me souviens de la sensation qui m'accompagnait en permanence à l'époque, cette impression que le sol s'était ouvert en deux, juste devant moi, ce vertige qui m'étourdissait comme si je marchais à la lisière d'un ravin. Je me trouvais là, au bord du précipice, contemplant le fond que mon père arpentait déjà de long en large. Je me sentais si seule là-haut, si fragile. Je me disais que je ne pourrais jamais continuer à vivre avec ce vide à mes côtés qui semblait m'aspirer, m'attirer vers le bas, cette déchirure qui paraissait se prolonger jusque dans mon cœur. Peut-être valait-il mieux que je saute ? Peut-être la souffrance passerait-elle plus vite ainsi ?

« Tout ira mieux, m'avait dit Nanou. Tu n'es pas toute seule, je suis là, moi, je te tiens fort, très fort, je ne vais pas te laisser tomber et je vais t'aider à surmonter tout ça. » Elle m'avait regardée avec des yeux emplis d'amour, son sourire était si doux et réconfortant. « Cette douleur que tu ressens, cette blessure, elle va s'apaiser, tu verras. Elle sera toujours là, bien sûr, mais elle deviendra supportable. Nous sommes ainsi faits, nous, les êtres humains, nous sommes tenaces. Nous résistons, nous luttons, nous nous accrochons et nous nous reconstruisons. Nous sommes des êtres résilients. Et tu feras pareil. C'est comme ça : tu n'y peux rien, ça se fera tout seul, ta nature humaine fait que tu vas te battre et je sais déjà que tu deviendras une belle et forte jeune femme, comme elle, comme ta maman. Je sais qu'elle sera fière de toi. »

Ses certitudes m'avaient tranquillisée, son amour m'a portée.

Et elle avait raison : l'entaille s'est refermée ; la plaie est devenue cicatrice. Une cicatrice qui m'a défigurée à jamais, mais qui m'a construite aussi, telle que je suis aujourd'hui.

Résignée, raisonnable, endurante. Résiliente. Les quatre maîtres mots de mon existence.

J'ai donc regardé la journée s'écouler avec cette torpeur un peu trop familière.

L'arrivée de la nuit est cependant venue bouleverser cette routine : cédant aux invectives de Kim, nous avons toutes trimballé nos matelas dans la salle commune pour y installer un camp de fortune. Dubitative quant à cette histoire de gaz, je n'ai pu m'empêcher de remarquer à voix haute la présence d'une grille d'aération dans chacune des pièces, mais Kim s'est contentée de serrer les dents sans mot dire. Je me suis donc efforcée de trouver le sommeil entre la table sur laquelle nous prenons nos repas et la bibliothèque, ce qui n'a pas été une mince affaire.

— Hey, réveille-toi !

Quelqu'un me secoue sans ménagement. J'ouvre les yeux et aperçois Kim, penchée au-dessus de moi : malgré la faible clarté prodiguée par l'éclairage de nuit, je distingue sans mal son visage à la mine bourrue.

— C'est ton tour, me dit-elle.

Encore ensommeillée, je m'assieds sur mon couchage tout en me rappelant que j'ai été désignée pour prendre le second tour de veille à la suite de mon aimable camarade.

Je me lève.

— Tout s'est bien passé ?

— Rien à signaler, opine Kim. C'est bon pour toi, tu t'en sens capable ?

Sa remarque me pique au vif, mais je me contente de lui adresser un regard appuyé, avant de confirmer d'un mouvement de tête.

— Bon courage, alors.

Et elle s'allonge sur son matelas.

Je m'installe à la table de la salle commune, les coudes en appui, puis jette un coup d'œil circulaire : les autres filles dorment à poings fermés.

Pour contrer mon ennui, j'ai prévu un livre – *La Route* de Cormac McCarthy – que je commence à feuilleter, l'esprit ailleurs. Pas sûr que cette histoire d'un monde apocalyptique, dans lequel ce qui reste d'humanité a sombré dans la barbarie, soit un choix des plus judicieux : je tente de lire quelques lignes, mais les mots s'entremêlent, leurs significations aussi, et j'ai beau insister trois fois d'affilée sur la même phrase, son sens m'échappe. Je bâille avant de me frotter les paupières. Mes deux heures de veille s'annoncent interminables.

Pour lutter contre ma lassitude, je me lève et commence à faire des allers-retours dans la pièce en m'étirant le dos et les bras. La faible luminosité confère une atmosphère un peu irréelle à ce lieu que je n'ai toujours connu que fortement éclairé, un peu comme si j'avais basculé dans un monde parallèle, celui des mots chuchotés et des ombres tapies.

Au bout de quelques minutes, je n'ai plus du tout sommeil et je décide de poursuivre ma lecture. Les deux heures s'écoulent finalement assez vite et le moment de réveiller Sarah afin qu'elle prenne le relais arrive même plus tôt que je ne l'avais imaginé. La passation de flambeau s'effectue dans le calme et avec quelques sourires en bonus.

Je retrouve mon lit de fortune, tandis que Sarah s'installe à son tour sur une chaise autour de la table. Rassurée par sa présence tranquille et pondérée, je m'abandonne aux bras de Morphée.

Jusqu'à ce que je me réveille en sursaut.

Quelque chose, un cri me semble-t-il, m'a tirée de mon sommeil.

Je me redresse sur les coudes et observe les alentours. Tout paraît calme : l'éclairage de nuit a cédé sa place à celui qui fait office de lumière du jour et le silence n'est troublé que par le souffle régulier de mes camarades.

Je m'assieds pour voir qui est de garde à cette heure-ci et mon cœur tressaille : Sarah est toujours à son poste, effondrée sur la table.

Je me lève, l'esprit encore embrumé, et m'aperçois immédiatement que quelque chose d'autre cloche : le couchage d'Amber n'est que draps froissés et oreiller roulé en boule.

Où peut-elle bien être ?

Sans perdre une seconde, je me dirige vers Sarah.

— Sarah ? Sarah ? Réveille-toi…, je chuchote, tout en la secouant avec douceur.

Un grognement me répond.

J'insiste et, bientôt, elle relève un visage à la fois interrogatif et embué de fatigue.

— Je me suis endormie ! s'écrie-t-elle en redressant son buste.

J'acquiesce.

— Et Amber n'est pas dans son lit, j'ajoute, un peu fébrile malgré moi.

Les sourcils froncés, Sarah jette un coup d'œil vers le matelas d'Amber avant de reporter son attention sur moi :

— Tu as vérifié qu'elle n'était pas aux toilettes ?

Je n'ai pas le temps de lui répondre que les autres têtes commencent à émerger.

— Qu'est-ce qu'il se passe, les meufs ? demande Kim en se frottant le crâne.

Je résume brièvement la situation.

— Bordel ! C'est pas possible, on n'arrivera jamais à tenir une nuit entière !

— Hey, intervient Alice, l'urgence, il me semble, est de retrouver Amber !

— Je comprends pas comment j'ai…, commence Sarah.

Elle est interrompue par un bruit d'eau qui coule : la douche est en train de fonctionner. Un seul échange de regards nous suffit : nous nous précipitons toutes vers la salle de bains.

C'est Alice qui ouvre la porte de la cabine, laissant échapper un nuage de vapeur chaude : Amber est là, avachie dans le fond, le jet d'eau brûlante coulant à flots sur elle. Sa chemise de nuit colle à sa peau, se confondant presque avec elle, et sa chevelure mouillée vient dissimuler son visage. Elle se griffe frénétiquement les poignets.

Alice pénètre dans la douche, ferme le robinet, puis s'agenouille aux côtés d'Amber avant d'écarter ses cheveux pour dégager son visage.

— Amber ? Qu'est-ce que tu fais ? Viens là, lui dit-elle d'une voix rendue vibrante par l'anxiété.

Mais Amber ne répond pas. Le regard fixe, elle ne paraît même pas s'être rendu compte de notre présence. Elle continue à maltraiter ses poignets, tout en psalmodiant à voix basse une litanie bourdonnante.

Alice approche son oreille de ses lèvres, écoute durant quelques secondes, puis recule, blasée.

— Que dit-elle ? je demande.

Alice secoue la tête.

— Où sont-elles passées…

Elle entreprend de glisser ses mains sous les aisselles de notre camarade pour tenter de l'extirper de la douche.

Amber, tel un pantin de bois articulé, se laisse faire, totalement apathique : ses mains lâchent ses poignets et dégringolent le long de son corps ; ses bras, ses jambes, tous ses membres paraissent aussi flasques que s'ils avaient été désossés ; seule sa tête reste droite et fixe, ses yeux grands ouverts et braqués devant elle.

— Venez m'aider ! s'énerve Alice.

Sarah s'introduit également dans la cabine pour lui prêter assistance.

Bientôt, toutes deux parviennent à tirer Amber par les bras et à l'adosser contre un mur de la salle de bains. Avec sa chemise de nuit mouillée, elle me semble encore plus frêle et évanescente que d'habitude, presque transparente ; elle me fait l'effet d'une apparition spectrale, ces dames blanches à l'apparence si élégante et délicate, et pourtant annonciatrices de malheurs.

— Amber ? s'exclame Alice en tapotant avec douceur ses joues. Amber, tu m'entends ?

Toujours aucune réaction, si ce n'est cette faible rengaine qui s'échappe de ses lèvres : « Où sont-elles passées, où sont-elles passées, où sont-elles passées ? »

Sarah se penche à son tour. Elle place ses pouces sous les paupières inférieures d'Amber avant de tirer vers le bas.

— Amber ? Amber ? répète Sarah.

Aucune réponse.

Kim, qui était demeurée silencieuse jusque-là, s'approche à distance respectable.

— Vous avez vu ses poignets ? Elle les a… ravagés…

J'y jette un coup d'œil et constate en effet que la peau à cet endroit n'est plus que zébrures et entailles écarlates, de petites perles de sang affleurant à la surface.

Ces mots agissent comme un électrochoc sur Amber : elle se met à papilloter des cils, en secouant la tête de gauche à droite, une expression confuse sur le visage. Puis elle incline le menton et pose ses yeux sur ses avant-bras.

C'est à ce moment-là que ses traits se transforment : ses lèvres s'étirent en un sourire radieux, son regard se met à pétiller ; en une seconde, elle semble revenue à la vie.

— Elles sont là ! Je les ai retrouvées ! s'écrie-t-elle en brandissant ses poignets devant elle.

Nous échangeons toutes des regards interloqués.

— Amber ? De quoi tu parles ? interroge Alice.

— Elles sont revenues ! Revenues ! Revenues, revenues, revenues !

— Quoi donc ? crie presque Alice.

Amber tourne un visage illuminé de folie vers elle.

— Mes cicatrices !

Nouvelle rafale de coups d'œil perplexes. Alice affiche une mine déconfite. Elle prend les mains d'Amber dans les siennes.

— Amber, quelles cicatrices ? Tu n'en avais pas, voyons…

— Mais si, j'en avais ! Je les ai cherchées partout, partout ! Elles avaient disparu, disparu et, maintenant, elles sont revenues !

Elle a dit ça sur un ton joyeux, presque enfantin, comme si elle nous annonçait qu'elle venait de s'offrir une barbe-à-papa. On dirait une petite fille. Une petite fille démente.

— Alice, ajoute-t-elle toujours aussi réjouie. Ce sont mes cicatrices, mes cicatrices à moi ! Mes cicatrices de quand j'ai voulu monter au ciel !

Chapitre 20

Sept entailles.

Ma table de nuit comporte sept entailles en tout.

Sept jours que nous sommes enfermées ici. Sept jours et sept nuits.

J'imagine que tout le monde doit nous rechercher à présent. Que mon père, Nanou, Théo remuent ciel et terre pour me retrouver.

Sept jours que nous sommes retenues ici et nous n'en savons toujours pas plus, ni sur nos geôliers, ni sur les raisons qui les poussent à nous garder emprisonnées dans cet endroit.

Notre expérience nocturne dans la salle de loisirs a conforté l'hypothèse des gaz diffusés la nuit. Du moins, durant certaines nuits, celles qui nous aspirent comme un trou noir anesthésiant et desquelles nous n'émergeons qu'avec des maux de tête et des vertiges pour le moins troublants. Sarah s'est montrée confuse, sans doute gênée d'avoir failli à sa tâche. Pour ma part, même si cette idée me donne des sueurs froides, je dois reconnaître que la théorie de Kim tient la route. Elle a quand même admis que, gaz ou pas, la situation ne différait pas en fonction de la pièce dans laquelle nous dormions : nous avons ainsi pu regagner notre dortoir.

Désormais, la question qui tourne en boucle dans la bouche de Kim – et dans toutes nos têtes, je suppose – se résume à :

pourquoi ? Pourquoi nous endormir ainsi ? Quelles sont leurs motivations ? Que… Que nous font-ils ? Alice a très justement fait remarquer que nous nous réveillons comme nous nous endormons, sans aucun changement notable. « Ça, c'est ce qu'ils veulent te faire croire ! », a répondu Kim, de façon très énigmatique.

Quant à l'épisode de la douche avec Amber, il a redonné du crédit à la thèse des extra-terrestres.

Du moins, aux yeux d'Alice.

À cause des stigmates. Ces fameux stigmates qui auraient disparu.

Alice a beaucoup discuté avec Amber, qui s'est montrée très agitée. Ses crises n'avaient jamais été aussi aiguës. Elle l'a bercée longuement, doucement. Avec une tendresse presque maternelle. C'est Alice également qui a pansé ses blessures, Amber ne supportant pas que quelqu'un d'autre qu'elle – pas même Sarah, notre « médecin » attitré – l'approche ; elle s'en est donc chargée, en appliquant les recommandations délivrées par Sarah, demeurée à leurs côtés tout au long de l'opération.

Après un temps de repos, Alice a voulu aborder à nouveau le sujet de ses cicatrices avec elle. Amber s'est empressée de lui répéter les mêmes propos en boucle, avec un enthousiasme inquiétant. Elle paraissait si heureuse, si soulagée d'avoir retrouvé ce qu'elle avait perdu.

Alice a choisi de croire que la vérité se cachait au milieu de la folie et qu'Amber disait vrai.

« Ça explique pourquoi elle est obsédée par ses poignets depuis le début… »

« Peut-être, mais c'est impossible. Des cicatrices, surtout quand on s'est entaillé les veines, ça ne disparaît jamais totalement », a aussitôt rétorqué Kim.

On peut difficilement lui donner tort.

Kim est persuadée qu'il ne s'agit que d'un énième délire d'Amber, qu'elle a tout inventé. Ou plutôt qu'elle confond la réalité et les images qui se débattent dans sa tête. Sarah, en bonne scientifique, partage son opinion.

Mira n'a rien écrit. Elle a plutôt fait parler son violon, dont la mélodie est devenue de plus en plus mélancolique au fil des jours.

Pour ma part, je suis partagée. J'ai envie de soutenir Alice, j'en ai vraiment envie, elle est ma seule véritable amie, ici, depuis le début ; la seule en qui j'ai réellement confiance ; la seule dont la présence m'aide à supporter notre situation. Pourtant, je suis forcée de le reconnaître : j'ai du mal à adhérer à sa thèse. Et le comportement d'Amber depuis cet épisode ne joue pas pour elle.

Elle semble avoir coulé en même temps que l'eau qui dévalait le long de ses cheveux, le long de son corps. Plus les jours passent et plus elle sombre. Je crains qu'elle finisse par ne plus pouvoir remonter à la surface, qu'elle s'enlise tout au fond. Et qu'elle se noie totalement dans sa névrose.

Elle reste prostrée sur son lit, roulée en boule, comme un animal sur le point d'hiberner. Ses yeux demeurent grands ouverts, fixant le vide. Souvent, ses lèvres sourient ou murmurent des mots qu'elle seule peut entendre. Elle passe aussi des heures entières à contempler ses pansements. Qu'espère-t-elle y trouver ? Sans doute est-elle rassurée de savoir que tout est à sa place, du moins à la place qui lui convient.

C'est tout ce qui lui reste, en réalité. Le seul élément qui la raccroche à sa vie d'avant. Le seul dont elle se souvient – ou croit se souvenir. Elle ne peut même pas se réfugier dans ses albums photos puisqu'elle ne se rappelle ni des personnes qui y figurent, ni des scènes qui s'y jouent.

Moi, je les regarde souvent, mes photos. Elles me font du bien. Au début, j'avais surtout mal mais, ensuite, j'ai décidé de ne retenir que le bonheur des souvenirs passés, de repousser la conscience de leur absence. De mon absence auprès d'eux et de ma présence ici.

— Je peux te parler ? chuchote Alice à mon oreille.

Je sursaute, arrachée à mes pensées.

Elle a le regard bas et méfiant, de ceux qui ont un secret à révéler. Nous sommes seules dans la pièce ou, du moins, avec Amber qui plane dans son lit, c'est tout comme.

— Bien sûr.

— Je voulais te parler de Kim, continue-t-elle sur le même ton de conspiratrice.

Je tourne un visage intéressé vers elle.

— Tu as appris quelque chose de nouveau ?

Elle ouvre de grands yeux affolés.

— Chut ! murmure-t-elle. Ils pourraient nous entendre…

Je plaque une main sur ma bouche, tandis qu'elle continue à voix basse, si basse que je dois tendre l'oreille pour saisir ses paroles :

— Je sais où est passée la fameuse chemise avec ses photos…

Elle déglutit avant de poursuivre :

— L'autre jour, vous étiez toutes dans la salle commune. Je suis revenue chercher mon livre au dortoir. Je pensais que Kim était encore en train de suer sur ses machines, mais non, elle était là… et elle replaçait discrètement quelque chose sous son matelas. J'ai fait comme si je n'avais rien remarqué, mais j'ai bien vu que c'était sa chemise.

Je fronce les sourcils.

— C'est donc bien elle qui l'a récupérée… Mais pourquoi tant de mystères ?

— Elle a sans doute quelque chose à cacher… ou quelqu'un.

Je fais la moue avant de lui répondre :

— Tu sais, j'ai réfléchi… Tout ça ne tient pas debout. À commencer par le comportement de Kim. Et puis… si Kim est liée à cet homme, et donc à tout ce qu'il nous arrive, je ne comprends pas pourquoi ces gens, ses complices donc, prendraient le risque de la compromettre…

— Je ne sais pas… Pour soigner sa couverture ? Peut-être aussi pensent-ils qu'aucune d'entre nous ne se souvient de ce type ? Et, il y a autre chose : je ne t'ai pas tout dit au sujet de cet homme. Amber.

Je tords la bouche.

— Quoi, Amber ?

— Elle l'a vu, elle aussi.

— Tu es sûre ? je rétorque vivement.

— Je crois… Elle m'a parlé d'un homme qui lui faisait peur. Il y avait d'autres gens d'après elle, mais lui, elle m'a dit que c'était « un méchant ».

— Comment tu sais qu'il s'agit de la même personne ?

— Elle a entendu le battement, comme nous, mais il ne l'effrayait pas. Elle m'a dit qu'elle était bien, tout était chaud, et il n'y avait que ce méchant homme qui la terrifiait quand il s'approchait. Elle ne se souvient plus très bien, mais elle se rappelle un dessin qui flottait devant elle, un rat d'après elle.

Ses propos me font l'effet d'un courant électrique qui traverse tout mon corps. En prenant bien soin d'électrocuter mon cœur au passage.

Une image d'un rat dessiné au trait grisâtre, irrégulier, presque flou, apparaît devant mes yeux. Moi aussi, je l'ai vu ; moi aussi, je le connais, cet animal. Il figurait sur le cou de l'homme, juste en dessous de son oreille droite, ça me revient maintenant. Un tatouage ignoble, répugnant. Aussi repoussant que celui qui le portait.

Alice remarque mon trouble :

— Quoi ? Tu l'as vu, toi aussi ?

Je hoche vivement la tête.

— J'avais donc raison, poursuit mon amie, plus pour elle-même. C'est le même homme.

— Reste à prouver que c'est bien lui qui figure sur les photos de Kim, maintenant.

Elle m'adresse un regard appuyé.

— Quoi qu'il en soit, dit-elle, que ce soit lui ou pas, Kim cache ces photos. Et rien que pour ça, je suis bien décidée à en savoir plus.

Je ne peux m'empêcher de sourire. Et de me faire à nouveau la réflexion que, sans Alice, la situation me semblerait encore plus désespérée. Cette horreur aura au moins permis ça : gagner une amie et, dans les circonstances qui sont les nôtres, cela tient lieu d'un joli miracle.

Lorsqu'arrive l'heure de dormir, cet optimisme me paraît cependant bien loin. Comme la plupart des soirs depuis que je suis enfermée ici, j'ai du mal à trouver le sommeil.

Je ne peux empêcher mon cerveau de cogiter, ressasser, imaginer le pire. De me demander ce que demain nous réserve. De m'inquiéter… de ce qui nous attend cette nuit.

La seule parade que j'ai trouvée pour penser à autre chose est de me souvenir. Des bons moments et des gens que j'aime, tant qu'à faire.

Me souvenir de ce qui m'a construite, ce qui m'a fait grandir. Et de ce qui me fait du bien. Bien sûr, Théo est au centre des images qui s'animent dans ma tête.

Je visualise chaque détail de son visage, ses lèvres charnues, ses yeux d'un bleu presque transparent, ses sourcils épais et toujours en bataille, sa peau blanche, si délicate.

Ce visage si parfait, j'avais du mal à le regarder au début. J'étais incapable de soutenir son regard. Il s'en rendait compte et s'en amusait. Je bafouillais en piquant du nez vers mes pieds, vers le lampadaire ou bien vers ce tourniquet qui, par un caprice du vent, tourbillonnait tout seul.

Je le revois, ce jardin d'enfants de la rue Erik-Orsenna, devant lequel je passais chaque soir en rentrant du lycée.

Ce square dans lequel rouillent un vieux tourniquet, une balançoire grinçante et un toboggan à la peinture défraîchie s'écaillant par lambeaux entiers.

Ce petit parc où il m'attendait chaque soir de ce mois de décembre.

La première fois, je ne l'avais pas remarqué tout de suite. Je ne me suis aperçue de sa présence qu'à proximité de la barrière qui délimite la zone des jeux d'enfants. À moitié avachi sur la balançoire, tanguant imperceptiblement, il avait levé le nez de son livre pour m'observer de son regard perçant, son éternel sourire amusé au coin des lèvres.

Mon cœur s'était mis à tambouriner, assez fort pour que je choisisse de ne pas m'exposer. De me replier sur moi-même. De baisser la tête, m'enfouir dans mon écharpe et faire comme si je ne l'avais pas vu. J'ignorais pourquoi il était là et, de toute façon, cela ne me concernait pas.

J'avais donc poursuivi mon chemin, dépassé le petit square et rejoint la sécurité de mon foyer. J'y avais pensé, ce soir-là, en m'endormant. Je m'étais dit que je me faisais sans doute des idées, mais, à un moment, j'avais eu l'impression qu'en m'apercevant, son regard s'était légèrement agrandi, ses sourcils s'étaient infléchis et son sourire était devenu plus franc. Comme s'il était content, et, peut-être, un peu nerveux. Comme s'il m'attendait. Ou comme si je prenais mes rêves pour la réalité. Je m'étais endormie, en tentant de me persuader que mon imagination me jouait des tours.

Le lendemain soir, il était encore là. Seul avec son livre à la main, presque immobile hormis la légère oscillation de son corps induit par le mouvement de la balançoire sur laquelle il reposait.

Mon cœur avait à nouveau fait des siennes. Je le suspectais d'être défaillant, ce n'était pas normal, un organe qui s'emballait ainsi à la simple vue d'un banal camarade de classe. Il dysfonctionnait, c'était sûr.

Mon cerveau, aussi, dysfonctionnait : une fois de plus, au lieu de le saluer, ou du moins de lui sourire, ne serait-ce que par politesse, j'avais fait semblant de lire quelque chose sur mon téléphone. Une fois de plus, j'avais feint de ne pas le voir.

Au bout de cinq jours à ce rythme, j'avais cependant fini par me détendre quelque peu : au prix de laborieuses négociations avec moi-même, je réussissais à lui adresser un léger hochement de tête en guise de salut.

Ce n'était pas grand-chose mais c'était mieux que rien.

Il me répondait de la même manière, un grand sourire sur les lèvres en plus. Je croyais y lire un léger sarcasme, mais je préférais ne pas trop y réfléchir. Je ne cherchais également pas à comprendre pourquoi, tous les soirs, il éprouvait cette subite envie de lire un bouquin en se balançant dans ce minuscule square à peine éclairé alors que les températures extérieures devenaient glaciales. De toute façon, cela ne me concernait pas. Cela ne pouvait évidemment pas me concerner. Le fait qu'il ait choisi spécialement ce parc ne pouvait forcément être qu'un hasard.

Un merveilleux hasard.

Et puis, un soir, j'avais cru être victime d'une hallucination.

Il était là, sur sa balançoire et avec son livre à la main, comme à son habitude depuis une dizaine de jours. Il se balançait légèrement comme à l'accoutumée, inclinant son buste avec nonchalance. La comparaison avec les fois précédentes s'arrêtait là.

Si je n'avais pas su qu'il fréquentait avec assiduité ce square, je ne l'aurais pas reconnu : son visage disparaissait sous des couches épaisses de maquillage blanc seulement rehaussé par deux pommettes maculées de rouge ; il était affublé d'un costume sombre beaucoup trop large pour lui qu'il avait égayé de deux fantaisies grotesques : un imposant nœud papillon noir assorti à un non moins imposant chapeau melon de la même couleur.

En l'apercevant ainsi fagoté, je n'avais pu m'empêcher de m'immobiliser sur place, frappée de stupeur. Un sourire taquin était alors venu compléter le tableau et il s'était levé avant d'entamer quelques pas de danse qui l'avaient dangereusement rapproché de moi.

Incapable de bouger, j'étais restée là, à le regarder exécuter son numéro.

Puis, il avait ouvert la bouche et s'était mis à chanter. Fort, très fort. Et faux, aussi. Assurément faux.

« *Un homme qui se lève dans la foule,*
Parle trop fort,
Agite les bras,
Trépigne sur place,
Ça se remarque, non ?
Et même sans attirer l'attention,
On se fait tous remarquer de temps en temps.
À moins, bien sûr, d'être

Invisible, transparent, moi !
Cellophane, Mister Cellophane,
Ça devrait être mon nom,
Mister Cellophane !
Parce qu'on peut voir à travers moi
Marcher droit sur moi
Comme si je n'étais pas là ! »

Bouche bée, je l'avais regardé incarner le drôle de personnage de la comédie musicale *Chicago*, dodelinant des fesses, sautant en l'air et tournoyant sur place.

À la fin de la chanson, il s'était planté devant moi dans une pirouette un peu ridicule, la barrière délimitant les jeux pour enfants comme seule frontière entre nous deux, et m'avait dit : « Je ne savais plus quoi faire pour que tu me remarques. Alors, je me suis dit que le message serait plus clair si je jouais les Mister Cellophane, l'homme le plus transparent du monde ! »

Il avait ri, je l'avais accompagné, nous avions discuté et, au bout de quelques minutes, il m'avait avoué avoir soutiré des informations sur mes livres et films préférés à ma meilleure amie, Anna, pour savoir de quelle façon attirer mon attention. Ça tombait bien, il adorait, lui aussi, cette comédie musicale.

Ça tombait bien, ce n'était pas la seule passion que nous partagions.

Depuis ce soir-là, il n'avait plus jamais eu à m'attendre sur la balançoire rouillée du petit square de la rue Erik-Orsenna.

Il n'avait plus eu à le faire puisqu'il marchait à mes côtés.

Chapitre 21

Je me réveille comme si je revenais à la vie. Je m'extrais du néant de ma nuit avec brutalité et sans la torpeur floue propre aux phases de pré-réveil.

Des bruits. Ce sont des bruits étouffés qui m'ont tirée de mon sommeil. Des cliquetis, des couinements de semelles en caoutchouc sur le sol et des murmures de respirations lentes et poussives, comme entravées.

Il ne me faut qu'une fraction de seconde après cette prise de conscience pour lever les paupières. Pourtant, lorsque je le fais, j'ai l'impression que l'instant dure une éternité, que le moment où je perçois ce qu'il se passe reste figé sur place tant mon cerveau engourdi ne parvient pas à saisir, puis analyser les informations visuelles qui lui parviennent.

Il y a des gens autour de nous.

Trois personnes exactement. Elles se déplacent et s'affairent au-dessus des corps immobiles d'Amber, Kim et Alice avec une lenteur et une maladresse induites par leur tenue : vêtues de combinaisons et de casques blancs, elles semblent tout droit issues d'un vaisseau spatial tant et si bien que je m'attends à les voir se mouvoir comme sous l'effet de l'apesanteur.

Mais, ancrées bien au sol et manifestement concentrées, elles poursuivent imperturbablement leur tâche qui consiste à examiner mes camarades sous toutes leurs coutures.

Aucune des silhouettes ne paraît s'être rendu compte de mon réveil et, avec effroi, je les vois manipuler les corps inconscients des filles : l'une semble prendre la tension d'Alice, tandis qu'une autre recueille des mesures grâce à un appareil placé sur le front de Kim ; le troisième intrus, une seringue à la main et penché sur le corps d'Amber, est en train d'agiter un flacon rempli de liquide. Comment est-il possible qu'elles ne se réveillent pas ?

Et, surtout, qui sont ces gens ? Que nous veulent-ils ? Pourquoi… Pourquoi font-ils tout ça ?

Tout à coup, je sens qu'elle arrive. La peur.

Tapie dans l'ombre, elle me guettait, murmurant avec douceur, me narguant, comme un charognard qui n'oserait s'attaquer à sa proie que lorsqu'il la sent suffisamment faible. Mais elle a pris en assurance, son murmure devient un grondement sourd qui roule à mes oreilles, qui bat contre mes tempes. Elle se jette sur moi alors, me prend à la gorge et serre.

Je suffoque. Ma poitrine se soulève avec violence.

Et alors, la peur se remet à chuchoter à mon oreille, de sa voix animale et inquiétante : « Ils vont découvrir que tu es réveillée, ils vont le voir et que vont-ils te faire alors ? Hein, que vont-ils faire de toi ? Vont-ils te blesser ? Vont-ils te… tuer ? »

Il ne faut pas que je l'écoute. Je dois me fermer, faire abstraction de ces pensées et de ce qui m'entoure.

Je clos les yeux et tente de retrouver une respiration normale. Du moins, discrète.

J'ignore comment réagir. Dois-je continuer à faire semblant de dormir ? Ou dois-je me manifester ? Intervenir ? Sauver mes camarades ? Les réveiller ? Mais… Mais comment ?

Soudain, une voix masculine s'élève sur ma droite ; elle semble venir de très loin, déformée par l'entourage de plastique qui la contient. Malgré tout, je parviens à discerner de l'anglais avec un accent roulant très prononcé.

— Où en êtes-vous ? Tout va bien ?

Je déglutis, en conservant mes paupières baissées. J'ai réussi à maîtriser mon souffle et me tiens aussi immobile que je le peux. Mon cœur, lui, ne s'est pas calmé et il cogne si fort contre ma poitrine, contre mes tempes et mes oreilles que j'ai l'impression qu'ils ne peuvent que l'entendre, que, forcément, ils vont me repérer.

— Rien à signaler pour le sujet trois, répond une voix féminine.

— Bien. Davis ?

Silence. Davis reste muet.

J'ai tellement envie d'ouvrir les yeux, je me fais violence pour ne pas le faire. Que se passe-t-il ?

Je me crispe, suspendue aux bruits autour de moi, attendant une réponse qui ne vient pas.

— Davis ?

Profond soupir.

— Je ne sais pas.

La voix, rocailleuse, est celle d'un homme.

— Ses blessures aux poignets ?

— Non, de ce côté-là, rien à signaler.

Une pause, avant la suite :

— Je dois faire des vérifications supplémentaires. Combien de temps encore ?

— Quinze minutes environ.

— OK, ça devrait suffire.

— Je passe au sujet cinq, annonce la voix féminine.

Le sujet cinq ? Le charognard se rapproche à nouveau de moi, je sens son souffle chaud contre ma gorge, j'entends le grondement sourd qui résonne tout à côté. Pourvu… Pourvu que ce ne soit pas moi, le sujet cinq.

— OK.

Bruits de pas et couinements de semelles sur le sol.

N'y tenant plus, j'entrouvre un œil pour le refermer aussitôt : d'une démarche rendue gauche par son équipement, la femme se dirige droit dans ma direction !

Ne pas bouger, ne pas ouvrir les yeux, respirer normalement. Ne pas bouger, ne pas ouvrir les yeux, respi…

Des mains ! Des mains gantées sur moi ! Elles retirent le drap, découvrent mon corps seulement revêtu d'un T-shirt et d'un short de pyjama. Elles se posent sur mon cou, patientent quelques secondes, disparaissent, reviennent sur mon bras.

Je dois faire tous les efforts du monde pour ne pas les repousser, ces mains étrangères, ces doigts répugnants, je dois me faire violence pour réprimer l'instinct primaire de mon corps qui me pousse à me crisper, et même, à me dérober. Car…

Non, ne pas bouger, ne pas ouvrir les yeux, respirer normalement.

J'entends comme un bruit de tissu qui se déchire, puis les mains enroulent quelque chose autour de mon biceps. Ça serre de plus en plus fort.

Mon cœur s'affole dans ma poitrine, comment peut-elle ne pas l'entendre ? Elle va se rendre compte que je suis réveillée, c'est sûr, et là… Et là… Que va-t-il se passer, que vont-ils me faire ?

Je sens un objet dur et froid contre mon front. Il y demeure quelques secondes, puis disparaît.

Une faible sonnerie retentit. L'entrave autour de mon bras se relâche. Les mains s'échappent de mon corps.

— Mais… ?

La voix est surprise. Tendue.

— Que se passe-t-il, Lin ?

— Je… Une minute, je revérifie.

À nouveau, mon bras est emprisonné dans un étau. Ça serre. Ne pas bouger, ne pas ouvrir les yeux, respirer normalement. La sonnerie se manifeste une nouvelle fois. Mon bras est libéré.

Puis, c'est le silence. Mais un silence différent : lourd, presque opaque. Paniquée, je réalise qu'il n'est pas naturel.

Que font-ils ? Échangent-ils des regards ? Communiquent-ils par gestes ? Mon Dieu, que font-ils ? Pourquoi ne parlent-ils pas ? Pourquoi ne se disent-ils pas que tout va bien, pourquoi ne s'en vont-ils pas ?

L'angoisse hurle dans mes veines : se sont-ils rendu compte que je suis réveillée ? Peut-être que je devrais ouvrir les yeux ? Que feraient les autres si elles étaient dans ma situation ? Kim, c'est certain, se serait déjà redressée et révoltée, elle aurait hurlé, frappé, combattu ; elle ne se serait pas laissé faire. Et Alice ? Elle non plus ne serait pas restée immobile et muette ; elle aussi aurait rué dans les brancards, sans doute avec plus de finesse et de ruse que sa consœur.

Et moi ?

Moi… je ne peux pas. J'ai l'impression qu'une chape de ciment a été coulée sur mon corps.

Puis j'entends la voix du charognard : le murmure glaçant de la peur, tout près de mon oreille, me tétanise. « Si tu bouges, ils vont s'intéresser à toi. Ils vont te faire du mal, susurre-t-elle. Reste immobile. Fais-toi oublier. Avec un peu de chance, ils vont te laisser tranquille, ils vont partir, se détourner de toi. Pense à toi. À toi, toi, toi… »

Cette dernière phrase résonne dans ma tête. Mon corps frissonne à l'intérieur.

C'est alors qu'un léger couinement, suivi d'un autre, me ramène dans la pièce : les semelles s'éloignent.

Que dois-je en déduire ? Pourquoi ne poursuivent-ils pas l'examen ? Ont-ils… Ont-ils compris que j'étais réveillée ?

Quelques sons étouffés, des bruits d'instruments, un clappement. Encore des couinements. Je crois discerner un lointain cliquetis et le claquement sonore d'une porte.

Enfin, le silence.

Un silence sourd et aveugle.

Même ma peur reste muette.

Que dois-je faire ? Puis-je ouvrir les yeux ? Bouger ?

J'inspire et expire avec une lenteur calculée. Je décide de patienter dix secondes avant de faire quoi que ce soit. Je compte dans ma tête : un, deux, l'absence de sons est si oppressante, trois, quatre, si inquiétante, cinq, six… Je ne peux pas attendre : j'ouvre les paupières !

Ils sont partis.

Aussitôt, je tourne la tête vers la droite, vers les filles, pour vérifier qu'elles vont bien. Mes yeux s'embuent immédiatement lorsque je constate l'inconstatable.

Le lit d'Amber est vide.

Le ventre en bouillie, je me redresse et laisse échapper un cri de désespoir.

Ils l'ont emmenée avec eux.

Chapitre 22

Panique. Peur panique.

Ce n'est pas possible. Ils n'ont pas pu faire ça. Ils n'ont pas pu la prendre. L'arracher à nous. Pourquoi ?

Je ne peux empêcher la scène de se jouer à nouveau dans ma tête : l'un des hommes a dit qu'il n'avait pas terminé ses vérifications sur Amber, il a dit qu'il avait besoin de temps supplémentaire. Quinze minutes.

Quinze petites minutes qu'il n'a finalement pas eues. À cause de moi. À cause de mon réveil.

Que vont-ils faire d'elle ? Amber… Qu'ai-je fait… Qu'ai-je fait ? Pourquoi ne suis-je pas intervenue ? Peut-être aurais-je pu… Aurais-je pu m'opposer à son enlèvement ?

Je m'assieds dans mon lit. Respirer. Calmer les tremblements de mes mains. Essayer de réfléchir.

Je tente de me lever, mais ma tête est engourdie, comme si elle avait été plongée sous la glace : le décor se met à tourner tandis que de minuscules points noirs et fourmillants apparaissent devant mon champ de vision.

Je prends appui contre le mur, me redresse et essaye de rejoindre le lit d'Alice. Il faut que je lui parle : elle seule pourra m'aider et saura quoi faire. Peut-être même pourra-t-elle me comprendre.

D'un pas incertain, je contourne le lit de Mira et m'approche de celui de mon amie. Une fois devant, je m'effondre à genoux.

Je crois que c'est douloureux, mais je n'en suis pas sûre. Tout me paraît si inconsistant, si flottant : les murs, les meubles et le visage d'Alice qui se trouble devant moi.

— Alice…

Je secoue son épaule.

— Alice… Réveille-toi… Il vient de se passer quelque chose de grave…

Son corps tressaute mais reste inerte. Les traits détendus, les paupières closes, elle dort dans une bienheureuse ignorance.

— Alice… Alice… S'il te plaît… Réveille-toi…

Je continue d'agiter son épaule, mais je sais que c'est inutile. Que leur arrive-t-il ? Comment se fait-il que je sois réveillée et pas elles ? Moi aussi, je veux dormir, moi aussi, je veux ne pas savoir. N'avoir rien vu, rien entendu. Ne pas être responsable de la disparition d'Amber.

Un mauvais goût de déjà-vu s'immisce dans ma bouche : la situation me rappelle mon premier réveil dans ce lieu sordide, ce moment où j'ai découvert l'horreur dans laquelle je venais de plonger ; comme à présent, j'étais seule ; comme à présent, je tentais de réveiller mes camarades d'infortune ; et, comme à présent, j'enviais leur inconscience.

À bout de force, je renonce et m'assieds sur le sol, dos contre le mur. Les bras reposant sur mes genoux recroquevillés devant moi, je ferme les yeux. Que se passe-t-il ? Je me sens si… lasse. Si faible. Le moindre mouvement me paraît solliciter une énergie démesurée, une énergie que je n'ai pas. Ma vision est étrange, hachée, comme si je ne parvenais à voir les éléments qui m'entourent que de manière saccadée, image par image, plan par plan. Et ma tête, bon sang ! Comment peut-elle pulser autant ? J'ai l'impression qu'elle va finir par exploser, qu'elle va se répandre en mille crépitements… Bouillie de cervelle écarlate sur les murs… Je ne peux plus penser… Je ne peux plus réfléchir… Je ne peux…

J'ouvre les yeux. Je me trouve toujours au pied du lit d'Alice, à moitié avachie contre le sol. Je me redresse, en essuyant le filet de salive qui macule ma joue gauche. Un élancement soudain dans le crâne me fait grimacer. Je clos à nouveau les paupières, en serrant les dents : la douleur se replie. Je reporte mon attention sur mes camarades et constate qu'elles dorment toujours. D'un sommeil moins lourd, cependant. Je vois Kim qui tourne et se retourne dans son lit tandis qu'Alice, à côté de moi, marmonne quelques phrases inintelligibles.

D'un mouvement vif – et douloureux –, je tourne la tête vers le lit d'Amber.

Vide.

Je tends un bras vers Alice. À peine l'ai-je effleurée qu'elle ouvre les yeux en grand : ses pupilles se posent sur moi, palpitant à la fois de surprise et d'incompréhension. J'ai la sensation qu'elle ne me voit pas, que son regard me traverse et s'échoue quelque part loin, très loin. Puis la mise au point s'opère enfin : elle prend conscience de la situation et de ma présence.

Quelques secondes après, elle s'assied sur son matelas, la mine déformée par l'inquiétude.

— Que se passe-t-il ? me demande-t-elle en frottant son front de sa main.

Je déglutis.

— Alice… c'est Amber. Elle a disparu.

— Quoi ! s'écrie-t-elle en se tournant vivement pour vérifier mes propos.

En voyant le lit vide, elle fronce les sourcils.

— Elle doit nous refaire le même coup que la dernière fois. Tu es allée voir dans la salle de bains ?

— Alice…

— C'est pas possible, continue-t-elle à marmonner en s'extirpant de son couchage, qu'est-ce qu'elle a encore inventé ?

— Alice, écoute-moi, il faut que je te dise quelque ch…

— Putain, les meufs, vous avez pas fini votre bordel ?

Kim se redresse en poussant un grognement de rage.

— Merde ! J'ai mal à la tronche !

Je la dévisage, comme glacée de l'intérieur. Elle est réveillée. Je n'ai plus la possibilité de me confier à Alice désormais, de discuter avec elle, seule à seule. C'est trop tard… Trop tard… Comment Kim va-t-elle réagir quand elle va savoir ? Que va-t-elle me faire ?

— Elle est où, Amber ? Me dites pas qu'elle est encore sous la douche à chialer !

Je reste silencieuse. Je n'ose pas faire autre chose que garder ce fichu silence. Peut-être… Peut-être pourra-t-il me protéger ? Peut-être que, si je me tais, elle me laissera tranquille ?

Sarah et Mira émergent du sommeil à leur tour : Mira s'étire en bâillant, tandis que Sarah, le regard fixe et les yeux gonflés, reste assise sans bouger au milieu de sa couette.

— Amber a encore fait des siennes, annonce Alice, amorçant quelques pas vers la sortie. Je vais voir dans la salle de bains.

Durant une fraction de seconde, j'hésite à prendre la parole, à lui dire que ce n'est pas la peine d'aller vérifier cette pièce, qu'elle n'y trouvera rien ni personne, mais c'est une hésitation de trop : Alice a déjà disparu dans le couloir.

— Quelqu'un a entendu quelque chose ? demande Sarah en enfilant un pantalon de toile.

Mira secoue la tête tandis que Kim hausse les épaules, l'air maussade.

Je ne réponds pas. Pourtant, je devrais. Il faudrait que je parle, que je leur dise ce que j'ai vu, que des hommes sont venus pour faire des choses sur nous, sur nos corps, sur leurs corps endormis, et que, s'ils ont pris Amber, c'est parce que je n'ai rien fait, rien tenté. C'est ma faute. Ma faute à moi si Amber a été enlevée.

— Elle n'est nulle part ! s'exclame Alice en faisant irruption dans le dortoir.

Ses yeux sont dilatés par l'affolement, comme si le noir de ses iris avait dévoré tout le reste. C'est le moment. Je dois le dire. Je dois prendre la parole.

— Tu es sûre ? demande Sarah. Ce n'est pas possible, elle doit bien être quelque part.

— Non, je vous assure, j'ai regardé partout et…

— Putain, c'est quoi ce bordel ?

Kim enfile un T-shirt en jetant des regards sombres autour d'elle.

— Amber ? hurle-t-elle. Amber ?! Putain, t'es où ? Je te jure que si…

— Hey, tu te calmes ! se dresse farouchement Alice. C'est pas en l'engueulant que ça va arranger les choses !

— Les filles…, tente de tempérer Sarah.

— Non mais, c'est vrai quoi ! Elle sait faire que beugler ! Si tu veux qu'elle ait une nouvelle crise, t'as raison, t'as qu'à continuer comme…

— Oh ! Tu vas la fermer ! C'est pas une petite conne comme toi qui va me dire quoi faire !

— Je sais où elle est.

J'ai prononcé ces mots d'une voix minuscule. Un ridicule et inaudible filet de voix.

Personne ne semble m'avoir entendue. Personne sauf Mira, qui s'approche de moi, la mine interrogative. La baston verbale a repris, solidifiant l'atmosphère autour de nous, autour de moi. Sur mes épaules. Je me tourne vers Mira qui m'encourage d'un sourire et d'un haussement de sourcils.

Je me racle la gorge.

— Écoutez-moi, j'ai quelque chose à vous dire. Je sais ce qu'il s'est passé.

Trois paires d'yeux, en plus de celle de Mira, pivotent vers moi. Trois paires d'yeux qui me brûlent. Je baisse la tête, les mains moites.

Je n'ai plus le choix désormais : je dois parler.

Avec, en fond sonore, comme un écho accusateur, les conseils soufflés par ma peur : « Reste immobile, fais-toi oublier. Pense à toi. »

Chapitre 23

Un silence aussi fragile que du cristal accueille la nouvelle. Je prends une profonde inspiration.

— Des gens étaient là pendant que… qu'on dormait.

Alice couvre la distance qui nous sépare en une fraction de seconde. Elle braque ses pupilles dans les miennes.

— Comment ça ? Qui ça ? De quoi tu parles ?

Je déglutis.

— Des gens. Ceux qui nous retiennent, j'imagine. Ils s'activaient autour de nous. Toi, ils prenaient ta tension, je crois.

Je tourne la tête vers Kim.

— Toi… Je sais pas… Ils prenaient des mesures avec un appareil posé sur ton front et…

La surprise me réduit au silence : Kim a fondu sur moi et maintient mon poignet avec fermeté. Elle serre en approchant un visage menaçant. Si son souffle brûlait autant que ses yeux, je serais calcinée à présent.

— Qu'est-ce que tu racontes, encore ?

Je n'ai pas le temps de reprendre mes esprits que Sarah rugit, débordant d'exaspération :

— C'est pas possible ! Vous pouvez pas la fermer un peu ?

Nous pivotons toutes vers elle, muettes de stupéfaction : il est si rare que Sarah perde patience.

— Laissez-la parler ! poursuit-elle, toujours aussi irritée. Elle ne peut pas en placer une !

Elle s'approche de moi tandis que Kim me lâche, saisit mes mains avec douceur et me conduit vers mon lit sur lequel elle s'assied face à moi.

— Raconte-nous tout, m'encourage-t-elle sans lâcher mes doigts.

Alors je m'exécute : j'inspire et expire, puis je raconte. Je leur dis presque tout ; quelque chose, l'instinct de survie probablement, m'incite à taire mon attitude. Ma passivité.

À la fin, quatre visages médusés m'observent.

— Attends, commence Alice, tu veux dire qu'ils étaient là, autour de nous, et que nous, on ne s'est même pas réveillées ?

J'opine.

— Tu penses qu'ils font ça tous les soirs, depuis que nous sommes là ?

— Je ne sais pas… C'est une hypothèse, je suppose.

Kim affiche une mine dégoûtée, la bouche tordue et les yeux réduits à des fentes.

— Bordel, les salopards. Je le savais… Ils nous droguent, nous endorment avec du putain de gaz !

Elle tourne son visage de hyène sur moi :

— Tu dis que tu avais des vertiges ? Mal à la tête ?

De nouveau, j'acquiesce.

— Oui… Je… Quand je me suis levée, j'avais beaucoup de mal à tenir debout. Je pense même que j'ai perdu connaissance au pied du lit d'Alice.

Elle se campe debout, la mine furieuse. Enragée.

— Qu'est-ce que vous voulez, hein ? hurle-t-elle en jetant des regards de folle autour d'elle. Qu'est-ce que vous cherchez à faire ? Putain, vous avez même pas le courage de vous approcher de nous quand on est conscientes !

Je jette un coup d'œil vers Mira qui m'observe d'un air terrorisé.

— Calmons-nous, s'écrie Sarah. Il ne faut pas… Il ne faut pas céder à la panique.

— Oui, ajoute Alice, la vraie question, c'est : pourquoi ils ont pris Amber ? Et qu'est-ce qu'ils vont faire d'elle, surtout ?

Les épaules basses, elle me fait peine à voir : je sais à quel point elle s'était attachée à Amber. Kim braque de nouveau ses yeux fous sur moi.

— Il y en a une autre, de vraie question. Deux, même.

Je me recroqueville devant l'intensité de son regard.

— La première, c'est : comment ça se fait que toi, tu étais réveillée ? Et la deuxième…

Elle retrousse ses lèvres avant de poursuivre :

— Pourquoi, si tu étais réveillée, tu n'as rien fait ? Pourquoi tu n'es pas intervenue pour sauver Amber ?

Morsure dans ma poitrine. Mais la hyène n'en a pas terminé : maintenant qu'elle tient son os à ronger, elle n'est pas décidée à le lâcher. Elle serre, elle enfonce ses crocs plus profondément encore.

— D'ailleurs… Comment ont-ils réagi quand ils ont vu que tu étais consciente ? Pourquoi ce n'est pas toi qu'ils ont enlevée à la place d'Amber ?

Volée de regards à la fois interrogatifs et accusateurs sur moi. Je pique aussitôt du nez. Je sais que mes pommettes s'empourprent.

— Je… Je…

— Alors, réponds ! rugit la prédatrice.

— Ils ne savaient pas que j'étais réveillée ! Je… J'ai fait semblant de… de dormir…

Silence accablé qui se rue sur moi et m'étouffe. Je n'ose pas relever la tête. Je n'ose pas les regarder, la regarder, elle, Alice, mon amie. L'amie d'Amber.

— Putain, tu déconnes, là ? Tu es restée sans rien faire, à jouer les belles au bois dormant, pendant que ces enfoirés nous faisaient Dieu sait quoi et qu'Amber se faisait enlever ?

— Je… Je n'ai pas osé… Je ne… Je ne savais pas comment réagir…

Ma voix est si ténue que je ne suis pas sûre qu'elles m'aient entendue. Ce sont les griffes de Kim qui m'obligent à redresser le menton.

— Tu n'as pas osé ? se déchaîne-t-elle. Tu ne savais pas comment réagir ? Putain, mais il fallait leur rentrer dedans, à ces connards ! Il fallait les cogner ! Les obliger à nous donner des réponses ! À nous dire ce qu'on fait ici, putain ! Il fallait les empêcher de prendre Amber !

— Kim, calme-toi, ça ne sert à rien de t'énerver, intervient Sarah. Elle t'a déjà dit qu'elle était à moitié consciente et qu'elle arrivait à peine à faire un pas devant l'autre…

Kim me lâche et recule, ce qui lui permet de me toiser de toute sa hauteur.

— Tu sais aussi bien que moi que ce n'est pas ça, le problème. Tu sais très bien que, si elle n'a rien fait…

Une pause avant qu'elle n'assène la suite :

— C'est parce qu'elle crevait de trouille !

Elle pousse un cri de rage.

— Cette putain de princesse de bourge n'est qu'une sale lâche !

Je rentre ma tête encore davantage ; si je le pouvais, je me recroquevillerais tel un hérisson, en attendant que ça passe ; que la hyène se lasse de moi et trouve une autre proie.

Et Alice qui reste muette, qui ne dit rien… Pourquoi ne vient-elle pas à mon secours ? Pourquoi ne s'interpose-t-elle pas ? Elle m'en veut, c'est sûr, elle ne me pardonnera jamais d'avoir fait ça à Amber.

Kim crache par terre.

— Putain de fille à papa !

— Kim, ça suffit maintenant !

Il me semble que Sarah s'est levée pour lui faire face. Je n'en suis pas certaine parce que cela n'a plus aucune importance pour moi. Non, ce qui compte, ce qui tournoie dans ma tête, en lettres capitales, en lettres énormes, écrasantes, ce sont les derniers mots de Kim. Que sait-elle de moi, de ma vie ? De quel droit se permet-elle de parler de mon père ?

Je sens que mon cœur palpite. Mais différemment : il ne s'agite plus sous l'effet de la peur. Non, c'est autre chose. Un bouillonnement. Un tumulte. Un embrasement. Comme une lave qui crépite en moi, et qui monte, monte… jusqu'à exploser :

— Arrête ça…

Ma voix est faible. Elle n'est pas à la hauteur, pas à la hauteur du tout, de ce feu qui brûle en moi.

— Pardon ?

Je relève la tête. Et serre les poings.

— J'ai dit : arrête ça. Arrête ça de suite. Arrête de parler de mon père.

Mon sang remue, comme s'il était entré en ébullition. Je le sens dans chaque veine de mon corps, dans la pulpe de mes doigts, dans mes tempes qui tambourinent, dans mes poignets qui palpitent, dans mon crâne qui pulse comme s'il allait éclater sous l'effet du stress. Dans mon cœur qui menace de défaillir.

C'est douloureux. Et en même temps, c'est… jouissif. Presque euphorisant.

Je me dresse sur mes pieds, je rejette mes épaules en arrière. J'ai bien conscience que ma poitrine se soulève un peu trop rapidement, un peu trop haletante. Peu m'importe. Je ne réfléchis plus.

— Tu ne parles pas de ce que tu ne connais pas. Tu ne me connais pas, tu ne connais pas ma vie et, surtout, surtout, tu ne sais rien de mon père. Alors, je t'interdis de parler de lui.

Dieu que ça fait mal ! Dieu que ça fait du bien ! Dieu que c'est dur, étrange, cruel, perforant, brûlant, excitant.

Excitant.

Galvanisant.

Les yeux de Kim s'agrandissent. De façon imperceptible, mais suffisante pour que je le voie. Que je comprenne : elle est surprise. Soufflée, en réalité.

J'ai à peine le recul pour le remarquer. Mon cerveau est sur pause, mes paroles se bousculent au-delà de ma bouche, elles sont totalement incontrôlables, cohue de mots qui s'échappent comme saisis de panique. Je ne maîtrise plus rien, je suis en pilote automatique.

— Tu ne sais rien ! j'explose. Rien de mon père ! Rien de ces gens ! Ce n'était pas toi qui étais réveillée alors que vous étiez toutes inconscientes ! Ce n'était pas toi qui les as vus sur vous, sur nous, sur moi… Pas toi qui as senti leurs mains… Je… Oui, j'ai paniqué, oui, j'ai mal réagi… Mais je ne pouvais pas savoir…

Je sens que ma voix vacille.

— … Pas savoir qu'ils allaient prendre Amber…

Alice s'approche de moi : sans un mot, elle pose une main sur mon bras. Une main amicale. Une main rassurante. Une main qui dit : « Je ne t'en veux pas, je te soutiens. »

Je suis au bord des larmes. Mais je ne veux pas leur céder. Je ne veux pas leur laisser la voie libre.

Les autres filles me dévisagent. Regard désolé de Mira. Regard soucieux de Sarah. Regard indéchiffrable de Kim. Mais elle ne dit rien. Elle se contente de tordre la bouche, de faire claquer sa langue, puis de tourner les talons pour rejoindre son lit sans un mot. Elle s'y laisse tomber, la mine sombre.

— Bon, s'agace Sarah, maintenant que les nerfs ont parlé, on peut peut-être avoir une discussion constructive ?

Chapitre 24

Mon corps tremble encore d'émotion et d'adrénaline.

Je sens leurs regards sur moi. Que pensent-elles ? M'en veulent-elles toutes comme Kim ?

— Tu n'aurais rien pu faire, finit par dire Alice. Seule, terrorisée, à moitié droguée, tu ne pouvais rien faire, c'était perdu d'avance…

Elle m'observe avec son visage d'enfant, mais qui aurait vieilli d'un coup. Le paradoxe entre ses traits et son expression est saisissant. Mira, également, me dévisage d'un air compatissant : elle ne parle pas, bien sûr, mais elle semble me dire qu'elle aussi aurait sans doute réagi pareil ; elle paraît presque reconnaissante de ne pas s'être trouvée à ma place.

— En tout cas, ça prouve bien qu'ils nous endorment avec un gaz, lâche Kim entre ses dents. D'où le masque à gaz. Par contre, la combinaison, je ne comprends pas…

Mira griffonne à toute vitesse sur son ardoise : « On est peut-être contagieuses ? »

Je déglutis. Contagieuses ? Que raconte-t-elle ?

— Tu veux dire, commence Alice, que nous serions malades ? Que ce serait pour cette raison qu'ils nous retiennent ici ?

Mira hausse les épaules, avant de lever les mains devant elle en un geste d'ignorance. Kim livre un nouveau coup dans le mur.

— Rah ! s'écrie-t-elle, espèce d'enfoirés, ça doit vous faire bien marrer de nous laisser mariner comme ça !

— Si c'était ça, poursuit Alice, après avoir jeté un regard agacé à Kim, pourquoi ils ne nous diraient rien ? Si ce sont des médecins, si on était en quarantaine, je sais pas, ils nous l'expliqueraient, ils ne nous retiendraient pas prisonnières !

Elle marque une pause, songeuse.

— Ou alors, poursuit-elle, ce sont eux qui seraient contagieux pour nous ? Genre, il y aurait une épidémie ou une invasion de zombies à la *Walking Dead* et ils ne voudraient pas prendre le risque de nous contaminer ?

Tandis que Kim fait de l'ironie en lui demandant si elle a pensé aux zombies extra-terrestres, j'observe Sarah : elle demeure silencieuse, les yeux dans le vague. Je commence à le connaître, ce regard, c'est celui qu'elle arbore lorsqu'elle réfléchit.

Ce qu'elle dit ensuite confirme mon hypothèse :

— Je ne comprends pas… Pourquoi toi seule étais réveillée ?

Elle se lève et, le nez en l'air, se dirige vers mon lit pour examiner la bouche d'aération au-dessus.

— Si le gaz est diffusé par cette ouverture…

— Pas « si », l'interrompt Kim. C'est par là, c'est sûr. Je vous rappelle que la plaque est scellée, je n'ai pas pu l'ouvrir… Ce n'est pas un hasard.

— Donc, puisque le gaz serait diffusé par cette ouverture, reprend Sarah d'un ton impatient, comment se fait-il que ses effets aient été moins forts sur toi ?

— C'est peut-être l'armoire à côté de laquelle se trouve le lit d'Éléa ? suggère Alice, les yeux levés vers le plafond. Elle est juste en dessous de la grille. Peut-être que ça la protège ? Peut-être que ça empêche une diffusion homogène du gaz ?

Sarah pince les lèvres.

— C'est possible…, admet-elle. On sait aussi que certaines personnes se remettent plus rapidement des effets d'une anesthésie. J'ai entendu parler de cas où les patients restaient même réveillés tout au long de leur opération. C'est peut-être une explication.

— Bon ! s'écrie Kim en claquant ses mains l'une contre l'autre. Quel est le programme, du coup ? On va pas rester sans rien faire et attendre que ces types reviennent nous tripoter cette nuit ? Le pire, c'est que ces bâtards ont vraiment tout prévu : avec ces meubles scellés au sol, on ne peut même pas bloquer la porte pour les empêcher d'entrer.

Elle n'a pas tort. Je n'y avais pas pensé.

— Et sinon, on fait quoi pour retrouver Amber ? renchérit Alice. Pourquoi ils l'ont prise, elle, et pas nous ?

Je déglutis. Je le sais, moi, pourquoi. Je sais que c'est à cause de moi. Kim ne se fait pas prier pour le faire remarquer :

— On sait très bien pourquoi : ils n'ont pas eu le temps de terminer leurs analyses parce que la princesse s'est réveillée, ils l'ont donc embarquée.

Je mords ma lèvre inférieure en baissant les yeux vers le sol : je sais qu'elle a raison ; tout est ma faute.

Kim émet un énième claquement de langue énervé, au moment où un bruit sourd provenant de la salle commune résonne. La mécanique dans le mur s'est mise en branle, grinçante et grondante. Le petit déjeuner est servi.

Tout est ma faute. Tout est ma faute. Tout est ma faute.

Ces mots tournent en boucle dans ma tête, comme un tourbillon de poussière qui obstruerait mon champ de vision, qui occulterait tout le reste, remplissant mes yeux, ma bouche, mes oreilles, mon nez, mes poumons.

Tout est ma faute.

Ça en devient irrespirable. Asphyxiant.

Intolérable.

Est-ce que si j'avais agi autrement, les choses se seraient déroulées de la même manière ? Si j'avais ouvert les yeux, crié, hurlé, si je m'étais débattue, l'auraient-ils prise, elle ? Est-ce qu'ils ne m'auraient pas emportée, moi ?

Je n'arrive pas à penser à autre chose.

Kim est en train de s'acharner sur la porte blindée. Qu'espère-t-elle ? Elle seule le sait.

Les autres filles sont à mes côtés, dans la chambre, et, pourtant, je ne me suis jamais sentie aussi seule. Même mon teddy-bear ne parvient pas à me réconforter.

Elles discutent de ce qu'il s'est passé. Encore et encore. Elles tentent de comprendre. De donner du sens. Sans doute un mécanisme de défense bien naturel est-il à l'œuvre : rationaliser pour ne pas perdre pied, ne pas sombrer dans la folie. Elles n'ont toujours pas compris que ce qui nous arrive est insensé, que tout ce qu'elles pourront dire et faire ne servira à rien.

Je le sais, moi. Je le sais qu'il est vain de chercher une logique et une explication à notre présence ici : nous n'en trouverons pas.

Tout comme je sais que nous n'avons rien à espérer, ni à attendre d'eux.

Nous ne sommes que des choses à leurs yeux, des objets. Des rats de laboratoire. Je l'ai entendu dans leur voix, je l'ai senti dans leur manière de nous toucher. De me toucher.

Et elles continuent de parler. Leur conversation sonne comme des bourdonnements d'insectes à mes oreilles : ça grésille, ça crisse à la limite du désagréable. Elles en sont à élaborer des stratégies pour récupérer Amber. D'une oreille distraite, j'entends Alice proposer une grève de la faim. Je ricane intérieurement.

Elle ne sait pas, elle. Elle n'a pas vu, pas entendu.

Moi, je sais que c'est inutile. J'ai acquis la conviction que ceux qui nous ont enlevées ne lèveront pas le petit doigt pour nous. À moins que…

À moins qu'ils n'aient vraiment pas le choix.

Une idée s'insinue en moi.

Une idée folle. Une idée dingue.

Mon cœur et mon corps tout entier se mettent à vibrer d'un même élan sous l'effet de cette lueur, d'abord faible et tremblotante, puis qui gagne peu à peu en intensité. Elle est fragile, cette flamme, mais elle existe. Elle risque de me brûler, aussi, de me cramer jusqu'aux os. Espoir et danger, elle représente tout cela à la fois.

En serai-je capable ? Oserai-je ?

Oui.

Car tout est ma faute.

Il ne faut pas que je réfléchisse. Je dois couper mon cerveau, le déconnecter de mon corps. Lui seul doit agir. C'est facile pour moi, je l'ai déjà fait par le passé : lorsque maman est partie, je me suis mise en pause. Les heures s'écoulaient, glissaient sur moi sans m'atteindre et moi, je restais là, passive, à attendre que ça passe, que la douleur cesse. Parfois, quand c'était trop dur de rester debout, je m'allongeais sur le sol. Seule Nanou était capable de me faire revenir à la réalité. Alors, je reprenais conscience de ce qui m'entourait, de ma situation, de son absence. Je voulais repartir, oublier, m'oublier, mais Nanou m'en empêchait.

Je me souviens de ce soir-là, ce soir critique, où je ne voulais plus m'alimenter, même pas boire. Allongée sur le sol, je n'aspirais qu'à une chose : m'enfoncer dedans, disparaître, devenir aussi froide et dure, aussi inanimée, que ces lattes de plancher.

Nanou ne l'a pas vu de cet œil. Elle m'a soulevée dans ses bras et m'a emportée dans sa voiture. J'étais encore en pyjama. La suite, je ne me rappelle plus très bien. Juste qu'on a roulé, roulé, roulé. Je me souviens de cette sensation de fuite, de laisser tout derrière soi. Dans la voiture aussi, je m'étais allongée sur le sol, à l'arrière. Nanou avait laissé faire. C'était agréable : le moteur vrombissait doucement à mes oreilles, un bruit uniforme, rassurant, enveloppant ; en levant la tête, je pouvais voir la nuit noire par la fenêtre ; la lune luisait par moments lorsque les nuages s'effilochaient en longues traînées grisâtres. Je la trouvais belle, cette lumière blanche qui brillait même quand on ne la voyait pas. Et puis, parfois, des éclaboussures de lumières orangées réveillaient mes yeux, lorsque nous traversions des villes ou des villages.

Plus on s'éloignait de la maison, mieux je me sentais. Comme si la douleur de son absence ne pouvait pas me poursuivre aussi loin.

Mais ce n'était qu'une illusion : quand nous sommes enfin arrivées, quand la voiture s'est arrêtée devant cet hôtel situé dans la banlieue de Turin, tous les souvenirs m'ont rattrapée d'un seul coup. C'en était suffocant.

Nanou m'a prise dans ses bras, elle m'a conduite à lui. Je revois encore le regard halluciné de mon père, sa bouche qui s'ouvre, mais qui reste muette.

« Elle a besoin de vous, a simplement dit Nanou. Bien plus que votre travail. »

Je crois qu'il m'a serrée contre lui. Je n'en suis pas sûre. J'étais restée si longtemps sans ressentir, si longtemps emmitouflée dans cette carapace, que j'avais l'impression que la suite n'était qu'un rêve. Un flot de sensations irréelles.

Ce que je sais, c'est qu'après cet épisode, je suis revenue à moi, peu à peu. C'était plus facile de tenir debout, d'avancer. D'espérer. De sourire. Même de me souvenir. Ça faisait un tout petit peu moins mal.

Alors, déconnecter mon cerveau, oui, ça, je sais faire, j'ai appris.

Je me lève.

Ne pas réfléchir.

Je sors de la chambre.

Ne pas penser.

Je pénètre dans la salle de bains.

Ne surtout pas revenir à moi.

Je fixe mon reflet dans le miroir.

Ne pas me regarder. Ne pas voir. Ne pas anticiper les conséquences.

Juste faire. Agir.

Alors j'agis.

La douleur est fulgurante. Sans pitié et pénétrante.

Mais elle n'est pas aliénante. Je la ressens, mais elle n'est pas mon ennemie. Au contraire, elle m'aide à ne pas réfléchir à mon acte, à ne pas penser aux risques. Elle muselle mon cerveau. Je ne suis plus que sensations physiques.

Curieusement, je n'ai presque pas peur. J'ignore pourquoi.

Je vois ce sang qui coule, qui s'échappe de moi, taches écarlates qui s'élargissent sur mon T-shirt, qui s'épanouissent comme des gouttes d'encre sur du papier buvard. Mais je n'ai pas peur.

Pour avoir peur, il faut avoir quelque chose à perdre.

Je sais que les filles, alertées par le bruit, ne vont pas tarder à arriver. J'espère qu'elles ne seront pas les seules.

Je m'assieds sur le sol, contre le mur du fond. Je suis presque à leur hauteur maintenant, à la hauteur de ces éclats tranchants, de ces reflets miroitants qui ne peuvent plus renvoyer aucune image désormais, sinon celles du plafond.

Je ne pensais pas que ce serait si facile. Je n'ai presque pas hésité : j'ai jeté mon poing dans le miroir, j'ai cogné – Kim aurait été fière de moi –, j'ai choisi le morceau le plus parfait, celui qui présentait les arêtes les plus merveilleusement acérées.

Je n'imaginais pas que la chair était si tendre à cet endroit-là du ventre. Je n'imaginais pas qu'il était si aisé de faire jaillir le sang hors de soi.

J'incline mon visage vers le bas : l'auréole grandit sur le tissu, elle s'étend, elle colore. Un peu de rouge dans tout ce blanc immaculé, dans toute cette blancheur aseptisée.

Je laisse échapper un faible ricanement. C'est presque une œuvre d'art, cette tache. C'est un peu la toile que j'ai toujours refusé de créer ici, de la peinture faite maison qui macule mes doigts et mon corps. Mon rire s'intensifie. C'est peut-être ça mourir : se moquer de tout, penser que rien n'est grave. Laisser aller, laisser tomber. Et renoncer.

Brouhaha de pas, cris affolés, regards écarquillés de terreur. Enfin ! Elles n'auront pas été rapides. À moins que ce ne soit moi qui souffre d'une perception déformée du temps… Ce temps qui semble prendre son temps, qui s'étire.

Elles sont sur moi. Des cris effarés, mortifiés, muets, c'est selon.

Et puis, elle retentit. La sirène. Puissante, assourdissante, inquiète. Un horrible goût de déjà-vu assaille ma gorge. À moins que ce ne soit celui du sang. Je l'ai déjà entendue, cette sirène, au tout début de ce cauchemar.

L'alarme hurle et élargit encore un peu plus les yeux égarés de mes camarades. Elles jettent des regards dans tous les sens, des regards qui s'entrechoquent, sans jamais se rencontrer, des regards rendus fous par la peur. On dirait de petits animaux pris en chasse. Même Kim s'affole.

Les pauvres. Tout est ma faute, une fois de plus. Je voudrais le leur dire, je voudrais les rassurer, je voudrais leur demander pardon, mais je ne peux pas.

Alice tombe la première.

La suite, je ne la vois pas.

Je n'ai que le temps d'apercevoir une dernière image, celle d'une silhouette se détachant dans l'encadrement de la porte. Une silhouette enfouie dans une combinaison et dont le visage est dissimulé sous un masque.

Éléa… Pourquoi ? Pourquoi as-tu fait ça ? Tout ce sang… Tout ce sang sur toi, sur ton ventre. J'ai eu si peur. J'aurais tellement voulu t'aider, te porter secours. Prendre ta douleur, t'arracher à elle.

Je n'étais pas là. Lorsque c'est arrivé, je n'étais pas devant mes écrans. Et, quand je suis revenu de ma pause, il était trop tard.

Tout ce rouge. Partout sur toi. Tu n'étais plus qu'une tache écarlate qui se détachait, criante, désespérée, dans ce tableau blanc. Tu n'étais plus qu'un appel à l'aide, une supplique muette.

Et là, je t'ai vue partir : tu étais assise, en appui contre le mur, et j'ai vu ton regard s'envoler, comme s'il cherchait une échappatoire à cette prison, une issue, n'importe laquelle. Tes traits paraissaient détendus, apaisés, et j'ai enfin pu voir ton vrai visage, celui qui avait tourné le dos à la peur.

J'ai cru, un instant, que tu avais abandonné. J'ai eu si peur.

Si froid.

Mon cœur s'est tétanisé.

Alors, ma main a appuyé. Avec l'énergie du désespoir, elle s'est acharnée sur le bouton d'urgence, elle a frappé, frappé, frappé, faisant hurler la sirène.

C'est tout ce que j'ai pu faire. J'aurais tellement voulu faire plus…

Éléa… Pardon.

Chapitre 25

C'est étrange, ce flou. Comme un brouillard blanc, chaud, qui m'enveloppe. L'impression d'être plongée dans une nappe brûlante et luminescente qui m'étourdit, qui oppresse mon corps et qui anesthésie tous mes sens en même temps. Une masse à la fois solide et évanescente, à la fois palpable et insaisissable, et qui semble… vivante. Elle circule autour de moi, mouvante et fuyante, m'entourant et me pénétrant, comme si elle s'immisçait en moi par toutes les ouvertures, la bouche, les oreilles, les narines. Je crois la voir, mais ai-je les yeux ouverts ? Je crois pouvoir la saisir, mais elle m'échappe.

Et je l'entends : le battement. Régulier, monotone. Obsédant. Il palpite, il envahit ma tête, il se répand dans mes membres, galopant, suivant la ligne de mes veines, s'immisçant dans mon sang.

Ce blanc m'aveugle soudain. Il est trop… blanc. Trop lumineux et envahissant. Il m'étouffe.

Je veux crier mais quelque chose entre mes lèvres m'en empêche. Je suis entravée : ma bouche, ma tête, mon corps tout entier. Je ne peux pas bouger. Je ne sais pas ce qui pèse sur moi, ce qui s'insinue dans ma gorge, je n'ai pas la force de regarder, de baisser les yeux. Je me sens si faib…

Je me réveille à nouveau. Ça fait mal, comme si, après une apnée trop longue, je retrouvais enfin le goût et l'odeur de l'oxygène.

Mes yeux tombent sur un plafond blanc, immaculé, lisse, sans la moindre imperfection.

Le plafond du dortoir.

Je n'ose pas bouger. Je n'ose pas vérifier si j'en suis capable. Je déglutis, humecte mes lèvres.

Jusque-là, tout va bien.

J'essaye de ressentir le poids de mon corps, le contact de chacun de mes membres avec le lit sur lequel je suis étendue. Je tente de remuer mes doigts, mes orteils ; j'y arrive sans difficulté.

Lorsque je me redresse sur mes coudes, le décor autour de moi chavire, mais je réalise tout de même que je me trouve à nouveau dans le dortoir. La pendule numérique affiche onze heures. Depuis combien de temps suis-je inconsciente ?

Je ferme les yeux, attendant que la sensation s'estompe, puis les rouvre.

Mes mains descendent jusqu'à mon ventre, soulèvent le tissu. Je fais courir mes doigts avec précaution, tente de trouver ma peau, mais ne sens que les sparadraps qui la balafrent. J'incline la tête vers ma blessure : le pansement est propre, la douleur à peine perceptible.

Je reporte mon attention sur la chambre autour de moi et constate qu'un seul lit est occupé. Et pas n'importe lequel : celui d'Amber. J'y aperçois une masse étendue, inerte, enfouie sous une chevelure rousse.

Amber. Ils nous l'ont rendue.

Je me lève : il faut que je vérifie. Je me dresse sur mes pieds, prends appui contre le mur. La chemise de nuit que je porte dévale jusqu'à mes chevilles.

Les pas qui me séparent du lit d'Amber se révèlent plus faciles que je ne l'imaginais. Je m'agenouille.

C'est bien elle qui dort, là, tout près de moi, sa poitrine se soulevant avec une régularité apaisante. Son visage de poupée est serein. Ses paupières, striées de minuscules lignes bleues, me semblent si fines, sa peau diaphane si délicate. Même endormie, elle paraît aussi fragile que de la porcelaine.

Mon plan n'a pas fonctionné comme je l'espérais, mais cela m'est égal. Amber est revenue. Ils nous l'ont rendue.

Il faut que j'annonce la nouvelle à mes camarades. Où peuvent-elles bien se trouver ?

— Où êtes-vous ? Les filles ? je crie.

Ma voix est celle d'une étrangère : rauque, grave, abîmée, on dirait celle d'une fumeuse.

C'est Kim qui émerge la première dans l'encadrement de la porte.

— Oh, putain ! Éléa ! Tu es là !

Elle s'approche de moi à petites foulées et plonge son regard dans le mien.

— Ça va ? Qu'est-ce qu'il s'est passé ? Putain, t'as foutu quoi ?

Je déglutis avec difficulté avant d'incliner mon visage.

— Amber… Elle est là.

Kim suit mon regard.

— Amber ! s'écrie-t-elle en se penchant vers elle.

Elle se redresse, amorce quelques pas en direction du couloir pour y passer la tête et lance à la volée :

— Les filles ! Oh ! Venez, Amber et Éléa sont ici !

Un brouhaha de pas mêlés d'exclamations surprises précède leur arrivée : lorsqu'elles nous aperçoivent, leurs bouches s'arrondissent autant que leurs yeux.

Bientôt, les filles s'agglutinent autour de moi ou d'Amber. Une cacophonie de questions, d'exclamations, une confusion de gestes amicaux et d'étreintes me submergent.

C'est trop, trop pour moi, tout ce bruit, cette agitation : je tends la main devant moi, à la recherche de quelque chose auquel me raccrocher. Je trouve une main, un bras, un corps qui me retiennent, puis qui me portent jusqu'à mon couchage. Ceux de Kim.

— Ça va ? me demande-t-elle avec un air bizarre sur le visage.

Un air bizarre ou… inquiet ?

J'opine avec lenteur.

— Laissons-la, OK ? s'écrie Sarah. Laissons-la respirer.

Mes camarades reculent, les yeux écarquillés par un mélange d'angoisse et de sollicitude. Alice demeure aux côtés d'Amber.

Lorsque le calme est revenu, Sarah se tourne vers moi, la mine tendue ; son sourire ne parvient pas à éclipser ses traits tirés et ses cernes sombres.

— Alors… Éléa…, commence-t-elle. Tu peux nous raconter ce qu'il s'est passé ?

Comment le leur dire ? Comment leur avouer que je ne me rappelle rien ? Qu'entre ce moment dans la salle de bains et celui où je me suis réveillée dans le dortoir, dans mon lit, ce n'est que le néant. Ou presque.

Je déglutis.

— Je ne sais pas. J'ai… J'ai été inconsciente, tout ce temps. Je ne me souviens de rien. Enfin… Enfin, si. Je suis revenue dans cet endroit, je crois. Cet endroit tiède, blanc, encore plus qu'ici. Il y avait ce battement, ce rythme régulier… comme celui d'un cœur.

Un cœur monstrueux, je pense.

Mira pose une main rassurante sur mon épaule avant de m'adresser un sourire plein de compassion.

Je la remercie d'un hochement de tête avant de poser la question qui me tracasse :

— Ça fait longtemps que je suis partie ?

Échange de regards perplexes.

— On ne sait pas, répond Alice. On vient de reprendre connaissance dans la salle de bains. Tu n'étais plus là. Ils ont même nettoyé toutes tes… hum… tes traces. Et ils… Ils ont retiré l'autre miroir.

— Pas plus de vingt-quatre heures, je dirais, reprend Sarah en jetant un regard à la pendule. Nous aurions été plus affamées sinon et, surtout, assoiffées.

— Pas plus de vingt-quatre heures…, je répète, abasourdie.

Je soulève ma chemise de nuit pour dévoiler mon ventre qui n'affiche, comme témoin de mes stigmates, qu'un mince sparadrap bien propre.

— Je… C'est possible que ma blessure soit aussi bien cicatrisée en si peu de temps ?

Nouveau dialogue de regards interrogateurs.

Sarah se lève aussitôt pour examiner mon abdomen.

— Non, admet-elle, les sourcils froncés. J'ai eu le temps d'apercevoir ta blessure avant qu'ils ne nous endorment toutes au gaz et ta plaie semblait profonde.

Elle marque une pause avant de poursuivre d'un air ébahi :

— C'est incroyable…

Kim fait claquer sa langue.

— Ils doivent avoir des techniques médicales avancées, suggère Alice. Est-ce que… Oh, Amber ! Elle revient à elle !

Elle s'agenouille au chevet de son amie qui émerge, grimaçante.

— Amber ! Tu vas bien ? Oh, Amber, je suis si contente de te voir !

Cette dernière ouvre des yeux rougis avant de porter la main à son front, visiblement en proie à un mal de tête conséquent. Elle trouve, néanmoins, la force d'esquisser un faible sourire. Puis elle s'humecte les lèvres.

— Que… Que s'est-il passé ? articule-t-elle avec difficulté.

Alice croise le regard de Sarah avant de lui répondre :

— Rien de grave. Tu as… Tu as dormi très longtemps, car tu étais un peu souffrante. Tu te sens mieux ?

Tandis qu'Amber acquiesce, je comprends aussitôt que mes camarades ont choisi de ne pas lui révéler la vérité pour la préserver. Et probablement lui éviter une nouvelle crise.

— Tu te souviens de quelque chose ? demande Sarah.

Amber tord la bouche.

— Je… Non… Juste, j'étais bien… Tout était tiède et doux. J'ai cru que j'étais morte et que j'étais au paradis.

Je hausse les sourcils avant de chercher Alice du regard : Amber et moi ne pouvons pas parler du même endroit, ce n'est pas possible.

— Tu es sûre que tu ne te souviens de rien ? insiste mon amie avec douceur.

Les prunelles d'Amber se voilent de panique.

— Non… Je… De quoi devrais-je me souvenir ? Je n'ai fait que dormir, vous m'avez dit… Je ne comprends pas, de quoi parlez-vous ?

Sa voix commence à se faire tremblante, pleine de cette urgence qui précède ses accès de folie.

— De rien, de rien, on demandait juste comme ça, la rassure Alice. Ne t'inquiète pas, tout va bien, là, tout va bien…

Elle la prend dans ses bras avant de la bercer avec tendresse. Et de nous lancer un regard entendu par-dessus la cascade de cheveux de son amie.

— Viens, lui propose-t-elle. Je vais t'aider à prendre une douche, ça va te faire du bien.

Un grondement monte alors, annonçant le petit déjeuner.

Sarah s'approche de moi et me saisit l'épaule. Avec la douceur, mais également la fermeté du message qu'elle souhaite me faire passer, elle déclare :

— Il faut qu'on discute.

Chapitre 26

La première partie du déjeuner s'est déroulée dans un silence étrange.

Captivées, nous avons surtout observé Amber dévorer son repas avec un appétit féroce, comme pleine d'une force que nous ne lui avions jamais connue jusque-là. Après qu'elle a eu terminé, elle est allée se réfugier dans l'un des fauteuils avec le livre d'Alice, *Charlie et la chocolaterie*.

— Éléa, commence Sarah après s'être assurée qu'Amber ne pouvait pas nous entendre, pourquoi tu as fait ça ?

Sa question provoque une volée de regards interrogateurs sur moi, ce qui suffit à accélérer la cadence de mon cœur.

— Je voulais… Je n'en pouvais plus de rester inactive. Je voulais tenter quelque chose. Provoquer quelque chose. J'ai pensé qu'en me blessant, ils chercheraient peut-être à m'évacuer. Je voulais aller de l'autre côté et voir ce qui s'y trouve, essayer d'en apprendre plus sur eux, sur cet endroit. J'espérais… Je ne sais pas ce que j'espérais en fin de compte…

Je soupire.

— J'espérais trouver une solution pour nous sortir de là.

Silence tendu. Je m'empresse de me justifier :

— Je suis désolée, je voulais vraiment faire quelque chose, mais… j'ai été droguée tout le temps passé là-bas, je n'ai rien vu, rien pu faire.

Je suis au bord des larmes. Mais pas des larmes de tristesse ou d'effroi. Des larmes de rage. Je la sens qui gronde en moi, cette rage, cette haine. Je les hais tous, eux, ce lieu, cette Cage. Je les hais pour ce sentiment d'impuissance qui me dévore le ventre depuis que j'ai ouvert les yeux sur ce plafond blanc. Je les hais de me pousser à haïr.

Alice et Mira posent une main réconfortante sur mon bras tandis que Sarah hoche la tête. Kim ? Kim reste là, immobile, silencieuse, à me dévisager ; je n'arrive pas à déchiffrer son expression. Elle me fixe d'un air… neutre, simplement neutre.

À tel point que j'en suis gênée.

Je secoue la tête. Et décide de fuir leurs regards. Inquisiteurs, compatissants, voire les deux en même temps, c'est du pareil au même : ils m'oppressent. Je ne veux plus penser.

— Je me sens… Je suis fatiguée. Si ça ne vous dérange pas, je vais aller me reposer, un peu.

Toutes – sauf Kim – acquiescent, une expression mitigée sur le visage. J'imagine qu'elles ont des milliers de questions à me poser. Mais je ne peux pas. Pas tout de suite.

Je rejoins l'un des fauteuils aux côtés d'Amber.

Elle est installée en travers de l'assise, ses jambes pendant par-dessus l'accoudoir. Elle lit son livre d'un air très concentré, faisant bouger ses lèvres au rythme des mots qui défilent sous ses yeux. Elle paraît si insouciante, si innocente. Presque heureuse.

Je sais pourtant que l'accalmie n'est que fugace, qu'une crise peut survenir à tout moment et la précipiter dans un état de désespoir absolu.

Alors j'en profite ; je l'observe comme je contemplerais une enfant, avec amusement et tendresse. De temps en temps, je la vois lever le nez de ses pages pour m'adresser un sourire de gosse avant qu'elle ne replonge aussitôt dans sa lecture. Bientôt, sa sérénité, sa fantaisie, son inconscience quant à la gravité de la situation me gagnent et je me détends.

J'entends les filles qui discutent entre elles. J'ignore ce qu'elles se disent, mais cela me convient : pour un instant, pour quelques minutes, je veux oublier. Juste oublier.

Je ne sais combien de temps je reste dans ce fauteuil : je me suis assoupie et ce sont des cris qui me tirent de mon sommeil.

Tandis que j'émerge, les cris repartent de plus belle. Je perçois deux voix féminines : l'une d'entre elles est celle d'Amber. L'autre ? Je l'ignore, je ne l'ai jamais entendue.

Guidée par les bruits de dispute, j'accours vers la salle de bains. Alice, Sarah et Kim arrivent en même temps que moi.

Lorsque nous pénétrons dans la pièce, la scène est saisissante d'effroi.

Amber et Mira sont en train de se battre. Dans la main de la première, maintenue en l'air par son adversaire, un éclat miroite, menaçant. Je comprends immédiatement qu'il s'agit de l'un des débris du miroir que j'ai réduit en morceaux. Comment a-t-elle pu le récupérer ? Elle n'était plus avec nous lorsque je l'ai brisé…

Amber hurle, se débat, les yeux révulsés et la bouche tordue par l'effort. Un filet de sang dévale de son poignet entaillé, inondant son bras et sa tunique.

Mais le plus stupéfiant se trouve ailleurs : Mira crie en retour. Mira, le visage déformé par la peur et maculé de sang – celui d'Amber, probablement –, n'est plus muette. Sa tresse épaisse voltige dans son dos tandis qu'elle essaye de désarmer Amber.

On se précipite pour lui venir en aide et, bientôt, Amber plie sous la poigne de tant de mains qui tentent de la protéger. Elle lâche le bout de verre et se recroqueville à genoux, à nos pieds ; tenant son poignet écarlate, elle se met à sangloter. Alice se baisse pour la prendre dans ses bras.

— Amber, calme-toi… Tout va bien, tout va bien…

Mais Amber semble inconsolable et reste enroulée sur elle-même, repliée sur sa souffrance.

Je reporte mon attention sur Mira qui, les yeux écarquillés, contemple ses mains ensanglantées. Je m'approche d'elle.

— Mira, ça va ?

Celle-ci relève un visage choqué vers moi. Elle hoche la tête, plusieurs fois, puis se rappelle qu'elle est désormais capable de me répondre d'une autre façon : un faible « oui » se fraye un chemin entre ses lèvres. Lorsqu'elle entend le son de sa propre voix, elle sursaute, puis, aussitôt, son regard s'embue. Elle répète : « Oui, oui ! »

Elle porte la main à sa bouche qu'un sourire vient étirer.

— Oui, répète-t-elle. Ye vais bien… Ambèè… Son poignneeet, elle était en tain de se… se… blessssser…

Kim fond sur elle et lui saisit le bras.

— Qu'est-ce que c'est, ce cinéma ? Tu peux parler, finalement ? s'écrie-t-elle en la dominant d'au moins une tête.

Mira lève des yeux terrorisés vers elle. Elle opine, de nouveau rendue muette par la peur que lui inspire Kim.

— Tu nous as baratinées tout ce temps ? Tu pouvais parler depuis le début ? Pourquoi ? Tu joues à quoi ? T'es là pour nous espionner ? T'es avec eux, c'est ça ?

Mira secoue la tête avec frénésie. Je la sens complètement paralysée par l'effroi. À ma grande surprise, je fais un pas en avant et m'interpose.

— Kim, laisse-la s'expliquer, s'il te plaît. Tu vois bien qu'elle est morte de peur…

Ma voix n'a même pas tremblé. Sans doute que voir la terreur s'incarner de manière aussi tangible chez quelqu'un d'autre, la voir prendre un autre visage que le mien, me permet de l'apprivoiser un peu.

Kim me lance un regard coupant comme du verre. Avant d'accepter – manifestement à contrecœur – de la lâcher.

— On t'écoute, assène-t-elle.

Mira pose des yeux affolés sur moi.

— Ye…, ânonne-t-elle. Ye… e compen pas…

Effarée, elle porte de nouveau une main à sa bouche. Son menton se met à trembler.

Nous la dévisageons toutes, bouche bée ou regard méfiant. Seule Amber, réfugiée dans les bras d'Alice, continue d'ignorer l'impact de cette nouvelle.

— Hey, les filles, intervient Alice, il y a une autre urgence ici. Son bras saigne beaucoup.

Ces mots suffisent à faire réagir Sarah qui, aussitôt, détourne son attention de Mira et se met à fouiller l'un des placards de la salle de bains.

— Je vais faire ce que je peux, dit-elle, je ne sais pas si ça suffira.

Elle attrape des compresses, un désinfectant et du sparadrap, puis s'agenouille auprès d'Amber. Lorsqu'elle s'approche pour lui saisir le poignet, Amber se dégage d'un geste sec et vient se blottir davantage dans l'étreinte d'Alice.

— Amber, intervient Alice d'une voix douce. Tu dois la laisser te soigner.

Amber ne dit mot, le visage toujours enfoui contre elle. Alors Alice lui saisit le bras et le tend à Sarah.

— J'examine ta blessure, prévient cette dernière.

Amber ne réagit pas.

— Bon sang ! s'écrie Sarah. Dans l'idéal, il faudrait des points de suture.

Pendant qu'elle s'attelle à la tâche, je remarque que Mira s'est assise dans un coin de la salle de bains, bras ballants sur ses genoux repliés devant elle. Ses lèvres s'ouvrent et se referment au rythme des mots qu'elle murmure. En tendant l'oreille, je peux percevoir sa langue maternelle, l'arabe. Kim n'a pas détaché son regard suspicieux d'elle : elle la surveille, tel un vautour guettant sa proie.

Je me dirige vers la jeune fille et m'assieds à ses côtés.

— Mira… Tu peux parler, alors ?

Elle relève son visage vers moi.

— Ye e compen pas…

Elle ferme les yeux, les rouvre et s'humecte les lèvres avant de répéter en articulant exagérément :

— Jjjje nnne compend pas…

Je lui adresse un sourire que j'espère réconfortant. Contrairement à Kim, je ne nourris aucun soupçon à son propos.

— Ne t'inquiète pas, je lui dis. C'est plutôt une bonne nouvelle.

J'accroche son regard avant de poursuivre :

— Mira ! Tu parles ! Tu te rends compte ?

Un sourire timide se dessine sur ses lèvres. Pour s'évanouir aussitôt lorsque la voix d'Alice résonne, encore tremblante :

— N'empêche, je vous l'avais bien dit ! Les stigmates d'Amber qui disparaissent, la blessure d'Éléa qui guérit anormalement vite, la voix de Mira qui revient… Tout ça, c'est impossible ! À moins que… À moins que ce ne soit un coup des extra-terrestres !

Chapitre 27

Je grave une huitième encoche dans le bois de ma table de nuit avant de m'étendre sur le dos. Je ne suis plus sûre du décompte à présent, ignorant la durée de mon escapade de l'autre côté, mais peu importe. Garder une idée – même approximative – du temps qui s'écoule me rassure, me permet de me raccrocher au concret, de ne pas complètement sombrer.

Mira est demeurée prostrée un long moment. Muette depuis un traumatisme crânien, elle peut soudainement parler. De toute évidence bouleversée par cette nouvelle capacité, je crois aussi qu'elle a profondément été atteinte par les insinuations de Kim.

Cette dernière n'a pas caché ses soupçons et sa méfiance à son égard.

Peu importe. Je sais qu'elle se trompe. Mira a toujours été l'une des plus bienveillantes. Et puis, si elle était vraiment impliquée dans cette histoire, qu'aurait-elle à gagner à se dévoiler ainsi ?

Le mystère n'en demeure pas moins entier. Nous en avons discuté et Sarah n'a pas été en mesure de nous fournir une explication plausible. Pas la moindre hypothèse. Pour elle, c'est tout simplement impossible : l'accident de Mira avait durablement endommagé une zone cérébrale de son cerveau, rendant son aphasie définitive. Mais selon elle, il est possible qu'elle soit capable de parler depuis son arrivée ici, et que le choc de l'affrontement avec Amber ait tout déclenché ?

Alice, fidèle à son optimisme légendaire, a été celle qui a manifesté le plus d'enthousiasme. « C'est un miracle, un véritable miracle ! », n'a-t-elle cessé de répéter. À ses yeux, cet épisode confirme l'intervention d'une force supérieure extra-terrestre. Elle envisage de plus en plus sérieusement la possibilité que ceux qui nous retiennent soient, en fait, bien disposés à notre égard : « Ils ont effacé les cicatrices d'Amber, ils ont guéri Mira ! Pourquoi feraient-ils tout ça s'ils ne voulaient pas notre bien ? » Kim s'est esclaffée. Sarah est demeurée silencieuse et pensive. Et moi... Moi, je ne sais que penser. Je suis totalement larguée. Cette histoire, ces événements, notre présence ici, tout cela n'a aucun sens.

Et Amber... Sarah a tenté de la soigner tant bien que mal, mais le matériel de premier secours disponible ici ne constitue qu'une aide maigre. Elle a passé le reste de la journée allongée dans son lit, son poignet sanglé dans un bandage de fortune composé d'une serviette de toilette propre. Mais son état physique n'est pas la seule source d'inquiétude. Son état psychologique semble s'être dégradé encore davantage depuis qu'elle est revenue : elle est ailleurs en permanence, le regard flou, mouvant, instable ; agitée de tremblements incontrôlés, elle passe son temps à murmurer des paroles sans queue ni tête, qu'elle ponctue de rires nerveux, comme si elle conversait avec une présence invisible. Qu'allons-nous faire ? Comment l'aider ?

Et surtout : comment a-t-elle pu se procurer ce morceau de verre ? Elle n'était pas là le jour où j'ai brisé le miroir... Nous lui avons demandé, mais elle est restée muette. Et sourde à nos interrogations.

Soudain, un mouvement dans la pénombre attire mon attention. Quelques secondes après, une masse aux contours imprécis fond sur moi et soulève le bord de ma couette. Mon cœur bondit jusque dans ma gorge.

— Pousse-toi ! murmure une voix.

Je reconnais les inflexions bourrues de Kim.

Médusée, j'obtempère néanmoins et me cale au plus près de la table de nuit. Kim s'allonge dans le lit à mes côtés et rabat la couette par-dessus nos têtes.

Je la discerne à peine, mais je sais qu'elle est là, le visage tourné vers moi.

— Qu'est-ce que tu…

— Chut ! murmure-t-elle. Je voulais te parler seule à seule. Je ne veux pas qu'ils puissent nous entendre… Quant aux autres… je ne leur fais pas confiance.

Je déglutis en cherchant mes mots :

— Et moi ? Tu veux dire que tu me fais…

— À peu près, m'interrompt-elle. Disons que… tu m'as bien bluffée avec ton coup de l'entaille dans le bide. Je te croyais pas capable de faire une chose pareille. C'était très con, mais respect. Ça aurait pu marcher.

Je dois rêver. Kim est en train de m'avouer du bout des lèvres qu'elle approuve mon geste. Mieux encore : qu'elle l'admire.

— Il fallait une sacrée dose de cran pour faire ça.

— Ou d'inconscience, j'ajoute.

En réalité, je n'ai pas l'impression que ce soit moi qui ai agi… C'était comme si une autre personne avait pris les manettes à ma place.

— Bref, chuchote Kim, je voulais discuter avec toi d'un plan pour essayer de sortir d'ici. Un meilleur plan, j'espère.

Elle replie ses jambes devant elle avant de continuer :

— Comme on ne peut pas bloquer l'accès de la pièce vu que tous les meubles sont scellés au sol, il faut qu'on trouve un moyen de rester éveillées quand ils viennent nous faire leurs saloperies. Je pensais à un masque à gaz. Il faut qu'on fabrique un masque à gaz.

Surréaliste.

Ce n'est pas seulement ce qu'elle a dit qui me laisse sans voix, c'est aussi le fait qu'elle ait choisi de m'en parler à moi.

— Je… Euh… Comment tu veux faire un masque à gaz ? Avec ce qu'on a ici ?

— T'inquiète, ça, c'est mon problème. J'ai déjà fureté un peu, je crois que je peux me débrouiller. Ce que je veux savoir, c'est si tu veux tenter le coup avec moi.

Grand vide dans ma tête.

— Éléa ?

Je sursaute.

— Je… OK. OK.

— Nickel ! T'en parles pas aux autres. Je finalise les derniers préparatifs et on se retrouve demain, même endroit, même heure.

Et, sans attendre une quelconque réponse de ma part, elle repousse la couette et s'extrait de mon lit pour rejoindre le sien.

Je jette un coup d'œil aux filles : ça remue du côté de Mira, mais les autres sont immobiles.

Je me rallonge, le cerveau en ébullition : le plan de Kim me paraît pour le moins hasardeux. Même s'il fonctionne et que l'une d'entre nous parvient à rester éveillée, que fera-t-elle ensuite ? Comment pourra-t-elle agir efficacement contre ces individus ?

Et puis… comment faire confiance à Kim ? Il y a cet homme. Cet homme froid et dur au regard d'acier que j'ai aperçu sur ses photographies. Cet homme dont elle nous a caché l'existence. Cet homme que je crois reconnaître dans mes cauchemars. Je frissonne au seul souvenir de ses yeux noirs comme la nuit, se posant sur moi, fouillant dans mon esprit.

Durant de longues minutes, je reste à ressasser toutes ces informations dans ma tête. Puis je sombre.

Enfin, je crois.

Le jeune homme conserve ses yeux rivés à l'écran : pas un mouvement, pas un bruit ne vient troubler l'image.

Pourtant, il sait combien ce calme est trompeur. Il lui suffit de la regarder, de regarder ce visage couleur de nuage qu'il parvient à discerner malgré la pénombre de la pièce, de voir ces yeux soucieux, grands ouverts sur l'obscurité, pour savoir que dans sa tête, le calme n'a pas sa place.

L'ouverture brutale de la porte derrière lui le fait sursauter. Il fait courir précipitamment son index sur la molette de la souris, modifiant l'angle de la caméra.

— Alors ? Comment ça se passe ? Tout va bien ?

La voix de la femme est froide. Presque mécanique.

— Rien à signaler depuis que le sujet trois a rejoint son lit, Professeure Sullivan. Elles dorment.

— Bien, répond-elle en hochant la tête, ses yeux sautant d'un écran à l'autre.

— Vous savez ce qu'elles préparent ?

Elle décroche à contrecœur son regard des images devant elle pour le porter sur son interlocuteur.

— Pardon ? demande-t-elle.

Sur ses traits passe une ombre de surprise. Mais quelque chose d'autre se lit également, un reflet plus sombre, plus menaçant, doublé d'une pointe d'agacement.

Le jeune homme déglutit.

— Les sujets trois et cinq. Vous avez une idée de ce qu'elles cherchent à faire ?

Elle pince les lèvres, fronce les sourcils. Son visage semble, à présent, aussi anguleux que la roche.

— Tu sais très bien que je ne peux pas te répondre.

Il serre les dents, baisse la tête, avant de la relever avec un air de défi.

— Je pensais que…

— On ne te paye pas pour penser. Contente-toi de faire ton travail : surveiller et nous signaler le moindre événement inhabituel.

Elle ne lui laisse pas l'opportunité de rétorquer et, tournant les talons, s'éloigne avant de disparaître dans le claquement sec de la porte.

Le jeune homme reste un instant figé, le regard fixé sur le battant qui s'est refermé comme s'il ne s'était jamais ouvert. Il fait jouer sa mâchoire de gauche à droite, une fois, deux fois, puis pivote sur sa chaise afin de se repositionner face aux écrans.

Machinalement, il saisit le crayon à papier qui se trouve dans la poche de sa blouse blanche, le fait tourner entre ses doigts, l'immobilise. Puis, d'un geste sec, le casse en deux.

Chapitre 28

Des hurlements me tirent de mon sommeil, le lendemain matin. Le cœur au galop, je me redresse dans mon lit.

— Amber ! crie Alice. Elle n'est plus là ! Ils l'ont prise de nouveau !

Je saute sur mes pieds.

— J'ai déjà vérifié la salle de bains et les autres pièces. Elle n'est plus là !

Kim fait claquer sa langue.

— Ce n'est peut-être pas si mal, après tout.

Alice la mitraille du regard, avant de s'approcher d'elle, menaçante.

— Qu'est-ce que tu as dit ?

— J'ai dit : ce n'est peut-être pas si mal, répète-t-elle sans baisser les yeux. Elle est blessée, faible. Ce n'est qu'un boulet.

Le visage d'Alice vire au rouge écarlate.

— Espèce de sal…

— Hey, les filles, on se calme, intervient Sarah en s'interposant entre elles.

Puis, s'adressant à Alice :

— Tu sais, elle n'a pas complètement tort : Amber a besoin de soins. C'est sans doute pour ça qu'ils l'ont emmenée.

— Comment peux-tu en être sûre ? Qui te dit qu'ils vont véritablement la soigner ?

Sarah secoue la tête, d'un air las. La mine chiffonnée et les traits tirés, elle me fait l'effet de porter une montagne sur les épaules.

Je rejoins Mira qui s'est approchée d'Alice pour la réconforter.

— Merde ! J'en ai marre ! Vous entendez ? Marre ! Qu'est-ce que vous voulez, à la fin ? Nous rendre folles ?

Alice a prononcé ces mots la voix vibrante, presque hachée. Ses yeux brillent.

— Alice…, je murmure, le cœur dévoré par l'impuissance, je suis désolée…

Elle m'adresse un sourire triste avant de baisser le menton et de s'allonger sur son matelas. Kim me frôle au moment où elle se dirige vers la porte de la chambre.

— N'oublie pas, me chuchote-t-elle. Ce soir, dans ton lit.

Je soupire. Même si son plan a toutes les chances d'échouer, nous ne pouvons, de toute évidence, plus attendre : nous devons tenter quelque chose.

— Pousse-toi !

Kim débarque sans ménagement sous ma couette.

— J'ai commencé à préparer quelques trucs, chuchote-t-elle. Je les ai mis dans la cabine de douche, en espérant qu'il n'y ait pas de caméra. Tu vas m'y rejoindre en prenant un T-shirt et un pantalon de jogging. Une fois là-bas, il faudra parler le plus bas possible, il y a peut-être des micros.

— Mais tu vas faire comm…

— T'inquiète, je gère. Je ne sais pas si ça va fonctionner, mais on peut au moins essayer.

— Attends, j'insiste. Où as-tu appris à faire ça ?

Elle fait claquer sa langue avant de me répondre. À contrecœur.

— Mon père. Il était… Il était survivaliste.

Ma respiration se coupe un instant : serait-ce l'homme des photos ?

— Pire, poursuit-elle, survivaliste et médecin dans l'armée… Un cocktail explosif ! Quand j'étais gosse, il me bassinait sans arrêt avec ces trucs… Ça me saoulait grave. Je n'aurais pas cru m'en servir un jour.

Sa dernière phrase est ponctuée d'un faible ricanement.

— « Était » survivaliste ? je demande, tout à fait intriguée.

Elle soupire d'agacement.

— Ou « est », je sais pas. Je m'en contrefous. On n'a plus de contact depuis bien longtemps. C'est pour ça que je me suis barrée de chez moi. Tout, même la rue, plutôt que continuer à vivre sous le même toit que ce taré.

Kim est donc partie de chez elle à cause de son père. Il s'agit certainement de l'homme sur les photos. Je pourrais lui poser la question franchement. Je pourrais crever l'abcès. Oui, je pourrais lui avouer que j'ai fouillé dans ses affaires et que je la soupçonne d'être complice de cette horreur. Si elle est liée à tout ça, rien ne l'empêcherait de mentir ; si elle ne l'est pas, en revanche… Je peux dire adieu à notre plan ; je peux dire adieu à Amber. Et je peux dire adieu à ma tête qu'elle s'empressera de trancher avec la hache de guerre que nous venons à peine d'enterrer.

J'essaye de manœuvrer plus finement.

— Ça fait longtemps que tu ne l'as pas vu ?

Kim soupire, change de position, mais consent à répondre :

— Un peu plus de deux ans… et c'est la meilleure décision que j'aie jamais prise.

— Deux ans ! Ça fait deux ans que tu vis dans la rue ?

Elle s'agite à côté de moi.

— Je vis pas exactement « dans la rue », dit-elle. Pas tout le temps, du moins. Quand je suis partie de chez moi, je suis allée chez une pote. Mais… ça n'a pas duré, ça s'est mal terminé alors je me suis barrée. Je savais pas trop où aller ensuite… J'ai atterri dans un foyer. Ça l'a pas fait non plus. J'ai dormi quelque temps dehors ou dans des squats… Puis, j'ai bougé, j'ai passé plusieurs mois dans une ferme bio : c'était pas mal, je bossais dans les champs en échange de la bouffe et d'un lit. Mais, à chaque fois, au bout d'un moment, je finis par étouffer, j'ai besoin d'air et je reviens invariablement à mon point de départ : la rue.

Elle reste un instant silencieuse. Songeuse. Avant de reprendre la parole :

— Du moment que l'autre taré n'est pas dans les parages, c'est le principal ; le reste, je m'en tape.

Elle ricane.

— Et ces bâtards qui nous ont enlevées… Ils n'ont rien trouvé de mieux que me filer des photos de ce connard ! Je me suis retenue de les déchirer !

Kim change pour la énième fois de position. Je fronce les sourcils : sur les derniers mots, il m'a semblé que… sa voix tremblait légèrement… Serait-elle… serait-elle émue ?

Mais peut-être que je me fais des idées. Peut-être ai-je trop envie de la croire. En tout cas, j'ai obtenu ma réponse : l'homme des photos est bien son père.

— Bon ! fait-elle finalement. J'y vais et tu me rejoins, c'est bon pour toi ?

Je marque un temps d'hésitation : je ne suis pas plus avancée sur ses véritables intentions. Mais, en attendant d'en savoir plus, il me faudra me contenter de mon intuition ; et celle-ci me dicte que Kim est sincère. Enfin, je l'espère.

— Oui. Je te suis.

Elle commence à soulever la couette.

— Je compte sur toi, dit-elle. Tu as déjà prouvé que tu n'avais pas peur de te mettre en danger, c'est pour ça que je t'ai choisie. Me laisse pas tomber.

Et elle s'en va.

Je reste interdite quelques secondes : ses mots me font l'effet d'une tornade qui fait voler en éclats mes croyances et mes certitudes.

Ces deux mots : « pas peur ».

Je n'aurais jamais imaginé qu'ils puissent un jour être employés pour me définir.

Je m'engouffre dans la cabine de douche avec l'impression que les veines pulsant à mes tempes vont finir par exploser. Et mon crâne avec.

Kim est déjà en train de s'affairer : elle a ôté son pantalon de jogging et essaie d'en retirer l'élastique. Lorsqu'elle me voit, elle appose son index sur la bouche, m'intimant la discrétion la plus totale. Autour d'elle, du matériel dont je ne saisis pas encore l'utilité : des bouteilles de coca en plastique vides – sauf une encore à moitié pleine –, vestiges de nos repas cinq étoiles, un oreiller, du coton et d'autres joyeusetés.

— Tu crois qu'il n'y a pas de caméra dans la cabine ? je murmure.

— J'espère qu'ils sont pas glauques à ce point.

Je reporte mon attention sur son équipement et mes yeux sont attirés par un reflet miroitant.

— C'est… C'est quoi ce bout de miroir ? je chuchote. C'est…

— Oui, c'est celui qu'Amber a utilisé pour s'ouvrir les veines, m'interrompt Kim d'un ton aussi neutre que si elle m'annonçait la météo du jour. Je l'ai récupéré juste après.

Je déglutis, surprise.

— Mais… C'est toi… Enfin… Tu sais comment elle l'a eu ?

Elle fait claquer sa langue.

— J'en sais foutrement rien ! Un morceau qui devait traîner après tes exploits et qu'ils ont dû oublier de nettoyer. Et puis, je m'en tape : l'important, c'est qu'il va m'être bien utile.

Je la dévisage quelques instants, un peu sonnée.

— Bon, on se commande un thé ou on attaque ?

J'ébauche un sourire gêné, pas sûre de bien saisir l'humour de Kim. Pour retrouver une contenance, je reporte mon attention sur les objets éparpillés devant nous.

— Et ça, c'est quoi ? je demande, en examinant une petite boîte de médicaments.

Elle interrompt sa tâche avant de me répondre en chuchotant :

— Ça, c'est une chance inespérée : c'est ce qui m'a donné l'idée des masques à gaz.

Je fronce les sourcils.

— C'est-à-dire ?

— C'est du charbon actif, je l'ai trouvé dans l'armoire à pharmacie avec le matériel de premiers secours. C'est un désintoxiquant naturel contre le mal de bide. Mais ce qui m'intéresse, c'est qu'il permet aussi d'absorber les fumées et les gaz nocifs provenant de l'air. Même si c'est loin d'être parfait, il peut filtrer les composants chimiques comme le chlore et le carbone. Putain, je me suis coupée !

Kim porte son pouce à sa bouche sur lequel perle une minuscule goutte de sang.

— Bref, ajoute-t-elle en examinant sa plaie, ce charbon, c'est une aubaine.

— Et tu trouves pas ça bizarre ?

Elle relève la tête pour me dévisager.

— Bizarre ?

— Tu trouves pas improbable qu'ils aient laissé ça, là, à notre portée ? Ça fait quand même pas partie de la trousse de secours classique, si ?

Elle hausse les épaules en se remettant au travail : elle attrape l'une des bouteilles vides qu'elle entreprend de découper à l'aide du morceau de miroir.

— Pourquoi pas ? C'est un remède naturel. J'ai vu d'autres trucs du genre dans l'armoire, y a de l'argile, des granules d'homéopathie. Ils cherchent sûrement à intervenir le moins possible et, surtout, éviter d'être en contact avec nous. J'imagine qu'ils comptent sur Sarah pour s'occuper de tous les bobos du quotidien. Quoi ?

— Rien, je rétorque, en faisant la moue. Je trouve ça bizarre, c'est tout.

— Oh, bordel, tu vas pas me faire regretter de t'avoir fait confiance, j'espère !

Elle brandit l'éclat tranchant dans ma direction.

— T'as pas intérêt à me la faire à l'envers, hein ? Soit tu joues le jeu, soit tu te casses.

Je réprime une grimace : finalement, la vraie Kim ne se cache jamais très loin.

Quelques dizaines de minutes plus tard, les deux masques sont prêts. Ma participation n'aura presque été que figurative : je me suis contentée d'obéir aux ordres de Kim en retirant l'élastique de mon jogging et en dépeçant l'oreiller pour en récupérer la ouate. Puis Kim a assemblé tous les éléments entre eux : elle a d'abord découpé une première bouteille en plastique pour en conserver le tiers supérieur toujours équipé de son bouchon qu'elle a percé ; après avoir retourné ce récipient improvisé bouchon vers le bas, elle l'a garni successivement de coton, de couches de poudre de charbon actif et de ouate. Elle a ensuite mouillé le tout avec quelques gouttes de coca ; puis, elle a fait passer l'élastique de nos survêtements dans les petits trous qu'elle avait perforés au préalable de part et d'autre de la partie supérieure, celle qui viendra s'apposer sur notre visage. Enfin, elle a déchiré des lanières dans nos T-shirts pour les fixer autour des bords du masque grâce à du sparadrap, ceci, selon elle, afin de créer un joint de protection et empêcher l'air contaminé de pénétrer dans nos yeux et notre nez. Elle a reproduit la même procédure pour le second masque.

— Alors ? me demande-t-elle, la voix étouffée par le masque qu'elle a revêtu. T'arrives à respirer, c'est bon ?

Je hoche la tête avant de retirer le mien pour lui répondre :

— Et ça sert à quoi, tout ce que tu as mis ?

— Le charbon, c'est pour filtrer comme je t'ai dit. La ouate, ça sert aussi à éliminer tous les contaminants physiques dans l'air.

— Et le coca ?

— C'est pour souder l'assemblage.

— Ah…

Voilà tout ce que ses réponses m'inspirent. Je dois avouer que je ne suis qu'à moitié convaincue par la potentielle efficacité de cet appareil artisanal.

— Allez, fais pas cette tête ! Ça coûte rien d'essayer, de toute façon. Et si ça marche…

Je redresse le buste tandis qu'elle se saisit de l'éclat de miroir pour le contempler d'un air sombre.

— Tu vas les… ? je commence.

— Je m'occupe de ces bâtards. Toi, tu essayes de filer.

Spasme dans mon estomac. J'aimerais tant retrouver l'état second dans lequel je me trouvais lorsque j'étais dans la salle de bains. Lorsque j'ai voulu passer de l'autre côté.

Sans compter qu'une autre question me tracasse :

— Tu crois qu'ils ne se doutent de rien ?

Sa langue claque comme un pétard.

— J'en sais rien… J'ai apporté le matériel discrétos dans la douche, sous mes vêtements. On a parlé bas, je ne pense pas qu'ils aient pu nous entendre… Allez… On verra bien !

Et sans attendre, elle se met debout.

— Cache ton masque sous tes habits et file te recoucher. Je vais nettoyer tout ça et je retourne dans la chambre, après.

Je soupire et me lève à mon tour.

— Quoi ? s'écrie Kim en remarquant que je la fixe, sans bouger.

Je tords la bouche.

— C'est maintenant, alors ? On le fait vraiment ?

Kim plisse les yeux de suspicion.

— Quoi, t'es capable de te planter une lame dans le bide, mais t'as peur de dormir avec un masque ? Tu sais, si ça se trouve, il se passera rien, cette nuit. On le met, au cas où.

J'acquiesce machinalement.

— Allez, bouge ! me lance Kim.

Je sursaute et, sans réfléchir, lui obéis.

J'ai le sentiment d'avoir conservé le masque sur mon visage tant l'air semble s'être soudain raréfié autour de moi : vais-je avoir le courage de la suivre jusqu'au bout ?

Chapitre 29

Nous avons regagné nos lits en silence, Kim quelques minutes après moi pour ne pas alerter les filles. Je ne sais pas si elles dorment : je ne discerne que des masses sombres et immobiles aux contours indéfinis.

Je pense à Alice : je m'en veux un peu de ne pas lui avoir parlé de tout ça. J'ai bien été tentée, dans la journée, de lui révéler notre plan. Mais elle m'a paru tellement affectée par la nouvelle disparition d'Amber, que je n'ai pas osé en rajouter. Et puis, j'avais promis à Kim de ne rien dire.

Je me suis donc contentée de soutenir Alice de mon mieux, de lui apporter un réconfort moral, d'être là. Peut-être que je vais bientôt pouvoir lui donner des réponses et même… la liberté.

Le masque est toujours sous ma couette. Je n'ai pas encore osé le porter. Et si je renonçais ? Ce serait si confortable d'abandonner, de m'endormir là, tout simplement, de me réfugier dans ce néant et d'attendre que ça passe. De sombrer dans cette inconscience rassurante et protectrice. Je pourrais faire semblant, ne rien dire à Kim. La laisser agir seule. Et me réveiller demain matin comme si de rien n'était pour constater la réussite ou l'échec de son plan. Je pourrais dire que je l'ai mal placé sans faire exprès… Je pourrais prétendre que je n'ai pas voulu ça…

Encore faut-il que Kim soit toujours là pour écouter mes excuses à deux balles. Encore faut-il qu'elle soit vivante pour me voir crever de trouille.

Je ne peux pas l'abandonner. Je ne peux pas la laisser gérer ça toute seule.

Je pose le masque sur mon nez et ma bouche. Afin de le dissimuler aux regards indiscrets, je remonte la couette jusque sous mes yeux que je conserve ouverts. Je ne dois pas dormir. Je dois rester sur le qui-vive.

Je redresse légèrement la tête pour voir si Kim s'est, elle aussi, équipée, mais elle est trop enfouie sous les draps pour que je discerne quoi que ce soit.

La respiration m'est difficile, comme si j'étouffais à petit feu, lentement mais sûrement. Elle devient de plus en plus hachée, de plus en plus saccadée, comme si inspirer et expirer n'était plus un réflexe naturel mais presque une entrave. Je sais que le masque n'est pas seul en cause et que quelque chose d'autre est à l'œuvre, tapi dans l'obscurité : la panique me guette, prête à me sauter dessus et à me dévorer. Si je n'essaye pas de la contrôler, ou du moins de la tenir à distance, je sais que je perdrai mes moyens : elle et moi ne ferons plus qu'un et le plan entier sera compromis.

Je tente de me remémorer les exercices de respiration enseignés par Nanou : une inspiration, lente et profonde, puis une expiration puissante pendant laquelle je ramène mes poings sur mon ventre pour appuyer et masser. Je reproduis le même enchaînement une dizaine de fois. Je ne réfléchis plus, je ne pense plus, je ne suis qu'un diaphragme et deux poumons qui se gonflent et se vident tour à tour, qui se déploient et se replient dans une lente et apaisante chorégraphie.

Et cela fonctionne : au bout de quelques minutes, je me calme ; je plonge même dans une espèce de léthargie, douce et enveloppante.

Mais je sais que je ne dois pas dormir. Pas ce soir. Alors, disciplinant mon corps et mon souffle, je continue ainsi.

Et attends.

Ce sont les jurons de Kim qui me réveillent.

Je me redresse en sursaut, une seule pensée clignotant dans ma tête comme le voyant d'une alarme : j'ai échoué ; je me suis endormie.

Kim est debout, les traits déformés par la colère. Autour d'elle, les filles émergent peu à peu. Personne d'autre à déclarer dans la pièce : les hommes en combinaison n'ont pas jugé utile de se joindre à nous.

Je porte la main à mon visage pour vérifier que le masque est bien en place, qu'il n'a pas glissé durant la nuit. Mes doigts se heurtent à mon menton et à mes lèvres. Où est-il passé ? Je soulève le drap, affolée, mais ne trouve rien.

C'est lorsque je relève les yeux que je le vois : il repose, sagement, au pied de mon lit. Coup au cœur. Comment a-t-il atterri là ? Ce… Ce n'est pas possible.

Kim fond sur moi, à grandes enjambées.

— Toi non plus, tu ne l'avais plus sur toi ?

Je hoche la tête de manière frénétique, le sang battant à tout rompre contre mes tempes.

— Putain ! Les connards ! Ils sont venus ! Ça n'a pas fonctionné et ils nous l'ont retiré !

Je déglutis, jetant des regards paniqués autour de moi. Mes yeux s'accrochent à ceux d'Alice, qui me dévisage, muette d'interrogation.

— Il se passe quoi, là, les filles ? demande Sarah en se campant à nos côtés, les mains sur les hanches.

Kim esquisse un mouvement d'épaules agacé.

— On a tenté quelque chose, marmonne-t-elle.

— Quoi ? s'énerve Sarah, la mine furieuse. Sans nous en parler ?

Je m'apprête à acquiescer piteusement mais Kim ne l'entend pas de cette oreille :

— Oh ! Tu changes de ton, direct ! Je tente un truc si je veux et je le fais sans t'en parler si je veux aussi. J'ai pas besoin de ta permission.

Je me sens obligée d'intervenir.

— On… On n'était pas sûres que ça allait fonctionner, de toute façon.

Sarah tourne les yeux vers moi, mettant ainsi fin à leur joute visuelle.

— Que quoi allait fonctionner ?

Mais elle n'a pas besoin de notre réponse pour comprendre : son regard continue sur sa lancée et tombe sur le masque de fortune qui gît sur ma couette, au pied de mon lit. Elle s'en approche.

— C'était ça, votre plan ? demande-t-elle, une moue dédaigneuse sur le visage.

— Ouais ! aboie Kim. Ça te pose un problème ?

Sarah ferme les yeux, visiblement excédée, avant de les rouvrir. Elle a retrouvé son ton placide et son expression neutre lorsqu'elle lui répond :

— Ce qui me pose problème, c'est que vous ne nous en avez pas parlé… On est toutes dans le même bateau, on pourrait au moins essayer de se faire confiance.

Kim fait claquer sa langue mais ne dit mot. Quant à moi, je garde les yeux rivés sur mes doigts dont je ne peux empêcher le léger tremblement ; je n'ose pas relever la tête, je n'ose pas… regarder Alice. Je sais qu'elle m'en veut : j'ai failli à ma promesse de ne rien lui cacher.

— Bref ! Je peux ? interroge Sarah en désignant le masque du menton.

La question m'est adressée : j'opine avant de jeter un regard craintif à Kim. Sarah se met alors à inspecter l'appareillage sous toutes les coutures.

— Où as-tu appris à faire ça ?

Kim hausse les épaules. Sarah soupire, puis commence à démonter notre assemblage.

— Hey ! s'interpose Kim. Tu fous quoi ?

— Il faut bien comprendre pourquoi ça n'a pas fonctionné, répond Sarah du tac au tac. T'as une meilleure idée ?

Kim se mord la lèvre inférieure.

— OK, vas-y.

Tandis que Sarah reprend son inspection, je me résous à jeter un coup d'œil vers Alice et Mira. Mira observe l'étudiante en médecine d'un air tendu, mais Alice braque son regard sur moi. Un regard triste. Un regard qui fait mal. J'ébauche un « je t'expliquerai » muet sur mes lèvres, mais Alice détourne la tête d'un mouvement brusque. Je me mords les joues, dépitée.

— C'est quoi ce truc noir, au fond ?

Kim soupire.

— C'est pour filtrer l'air… Laisse tomber.

Sarah relève le menton d'un air déterminé, avant de reporter son attention sur le masque : elle retire un amas cotonneux brunâtre.

— Avec quoi, exactement, tu comptais filtrer l'air ?

Elle n'arrive pas à dissimuler le sarcasme qui point dans son ton. Plutôt que de lui répondre, Kim s'approche d'elle et lui arrache l'objet des mains, avant de commencer une vérification minutieuse.

— C'est quoi, ce bordel… ?

Je fronce les sourcils.

— J'y crois pas, poursuit Kim, tout a fondu… Ce n'est pas possible…

Elle porte la masse brunâtre à son nez, écarquille les yeux puis, d'un bref coup de langue, la goûte.

— Putain, les enfoirés ! C'est pas du charbon actif, c'est du sucre !

J'en sursaute.

— Hein ? Du sucre ?

— Ouais, du sucre ! Ils ont dû le colorer en noir ou quoi !

— Le colorer ? Pour quoi faire ? demande Sarah.

Kim prend son crâne à deux mains.

— Mais j'en sais rien, moi ! Je sais pas ce qu'il se passe dans la tête de ces tarés ! Ils voulaient… Ils voulaient…

— Ils voulaient nous faire croire qu'on avait le matériel pour construire un masque, je complète.

Je plonge mon regard dans celui de Kim avant d'asséner la suite qui me paraît évidente :

— Ils se moquent de nous depuis le début.

Chapitre 30

— Les connards ! Ils se foutent de notre gueule ! Pourquoi ? Putain, mais pourquoi ? À quoi ils jouent ?

Kim est en boucle depuis une bonne demi-heure.

Pour une fois, sa colère est légitime. Ses interrogations aussi.

Nous en avons discuté toutes ensemble. Enfin, presque toutes : Alice est restée extérieure à la conversation, les yeux dans le vague. Elle est si triste depuis la disparition d'Amber. J'imagine aussi qu'elle est déçue. Déçue de ne pas avoir été mise dans la confidence, déçue de savoir que je l'ai laissée de côté.

Sarah et Mira, elles, n'ont pas l'air de nous tenir rigueur d'avoir agi dans leur dos.

Notre discussion a surtout consisté en une suite de questions sans réponses : quelles sont les raisons qui ont poussé nos geôliers à mettre en place ce stratagème ? Pourquoi ont-ils fourni du matériel qui s'est avéré factice ? Pour quelle raison auraient-ils remplacé le charbon actif par du sucre si ce n'est pour nous pousser à fabriquer un masque inefficace ? Que cherchent-ils à démontrer ?

Cela explique pourquoi tout semblait si facile. Trop simple. Tous les éléments dont Kim avait besoin se trouvaient miraculeusement à notre disposition. Y compris ce mystérieux charbon actif.

Kim refuse de l'accepter. Admettre qu'ils se sont joués de nous, qu'elle n'a été que le dindon d'une farce obscure et dénuée de sens – du moins, d'un sens qui nous échappe – est au-dessus de ses forces.

Moi, j'essaye de ne pas me laisser aveugler par la colère ou l'abattement. Je dois maîtriser mes émotions et conserver mes capacités intellectuelles intactes pour comprendre quelles sont leurs motivations. Et trouver un moyen de nous sortir de là.

Mais, avant de réfléchir à tout ça, je dois régler un autre problème.

— On peut discuter ? je demande en me campant devant Alice.

Elle est affalée dans l'un des fauteuils de la salle commune. Dans ses mains, son livre d'enfance *Charlie et la chocolaterie.* Elle en caresse la couverture de manière nonchalante.

Elle hausse les épaules, mais ne répond pas. Je m'assieds à côté d'elle et entoure mes genoux avec mes bras.

— Alice, je suis désolée… J'aurais dû t'en parler…

Immobile et le visage incliné vers son bouquin, rien n'indique qu'elle m'ait entendue.

— Tout est allé très vite : Kim avait déjà tout planifié et je n'ai été au courant que la veille. Et puis, je ne voulais pas t'embêter avec tout ça. Tu es déjà très affectée par la disparition d'Amber…

Ce seul prénom suffit à lui faire relever la tête. Ses pupilles semblent vibrer lorsqu'elle les plante dans les miennes.

— Laisse Amber en dehors de tout ça. Elle n'a rien à voir avec vos… cachotteries ! Et elle ne te servira surtout pas d'excuse pour avoir trahi notre pacte.

Je la dévisage, stupéfaite, tandis qu'elle se lève d'un bond.

— On s'était fait une promesse ! De ne rien se cacher, de faire les choses ensemble ! J'avais confiance en toi, moi ! Et toi, tu faisais quoi pendant ce temps-là ?

— Alice…

— Tu complotais avec l'autre tarée !

— Alice, écoute-moi, ce n'était pas…

— Avec la pire ! La moins fiable d'entre nous ! Celle dont on se méfie depuis le début !

Elle se tait, la respiration haletante. Avant d'asséner la suite, la bouche tordue dans une grimace de dégoût :

— Et tout ça pour quoi ? Un masque en carton ?

Elle ricane.

— Va faire tes… trucs avec ta nouvelle copine, là, et fiche-moi la paix !

Elle tourne les talons avant de s'éloigner d'une démarche saccadée. Je reste interdite, totalement dépassée par sa réaction. Je sens alors une main réconfortante sur mon épaule. C'est Mira.

— Ne… t'in… quiète… pas, articule-t-elle avec moult efforts. C'est… le… chagrin… qui… par… le.

J'esquisse un sourire.

— Merci, Mira.

Elle raffermit sa poigne sur mon épaule, puis se détourne à son tour pour se diriger vers son violon. Quelques secondes après, la musique, douce et mélancolique, s'élève.

Je ferme les yeux, au bord des larmes. Je n'en peux plus.

Je n'en peux plus de tout ça : accepter ce lieu, leurs règles, l'enfermement, les questions sans réponses. Et maintenant, Alice qui m'en veut, qui me déteste…

Nous devons sortir de cet enfer avant de finir complètement folles.

Et pour ça, une seule solution : mettre au point un nouveau plan.

— Et tu proposes quoi ? me demande Kim lorsque je lui fais part de mon projet.

Vêtue d'un simple short et d'un débardeur, elle s'épuise à faire des pompes à même le sol du dortoir.

Je hausse les épaules en regardant du coin de l'œil Alice qui, allongée sur son lit, semble plongée dans la lecture d'un livre. Je me demande si elle arrive réellement à lire. Ou bien si elle nous écoute, l'air de rien. Je ne peux pas croire qu'elle reste ainsi inerte sans chercher à sauver Amber.

— Je pense que tenter de se soustraire au gaz n'est pas une bonne idée. De toute façon, quoi qu'on fasse, ils ont toujours un tour d'avance : ils nous observent et nous écoutent en permanence.

Kim ne dit mot. Son dos se soulève et s'abaisse à un rythme qui me donne la nausée rien qu'à la regarder faire. Lorsqu'elle achève sa série, elle se relève en soufflant, le visage écarlate.

— Ouais. Mais on fait quoi, alors ?

Je soupire. J'ai besoin d'une feuille de papier et de quoi écrire. Je déniche la première dans le nécessaire à peinture et emprunte le marqueur de Mira que je trouve rangé avec son ardoise.

De retour dans la chambre, je tends la page à Kim après y avoir noté mes consignes : « Pour commencer, on communique par écrit. »

Elle approuve d'un mouvement de tête. Je me saisis à nouveau du papier avant de griffonner : « Il faudrait les pousser à intervenir en urgence, sans qu'ils aient le temps de nous endormir au gaz. C'est un peu ce que j'ai essayé de faire la dernière fois, mais seule et sans préparation. »

Kim se penche pour lire et, après avoir pris connaissance de mon message, m'arrache le crayon des mains : « OK. Cette fois-ci, l'une d'entre nous devra en profiter pour s'échapper. »

J'acquiesce. Et ne peux retenir un léger rictus lorsque je remarque qu'Alice ne fait plus aucun effort pour faire semblant de lire et de ne pas s'intéresser à nous.

J'écris : « On fait comment ? »

Un sourire franc se dessine sur les lèvres de Kim.

« Je peux te tabasser, si tu veux, ça les ferait peut-être réagir (LOL). »

Je rigole de bon cœur.

« Pas sûre qu'il s'agisse d'une urgence suffisante ! »

Kim sourit et fait claquer sa langue lorsqu'elle découvre ce que je viens d'écrire.

— On réfléchit ? je conclus à haute voix.

Ma partenaire opine.

Je hoche la tête avant de pivoter vers Alice. Elle a remis le nez dans son livre. Mais elle semble si peu concentrée sur sa lecture que je ne serais pas surprise de la voir tenir l'ouvrage à l'envers. Après quelques secondes d'hésitation, je m'approche d'elle. Elle lève son visage et, par-dessus son bouquin, me détaille, intriguée.

— Alice, je lui dis, on va retrouver Amber. Je te le promets.

Le jeune homme fait naviguer son regard d'un écran à l'autre : le dortoir, la salle commune, le couloir, la salle de sport, la salle de bains.

À cette heure de la nuit, tout est calme.

Le calme avant l'orage. Avant qu'ils ne viennent et ne s'affairent au-dessus des corps endormis.

Il ressent toujours la même exaspération, la même fureur enfouies lors de ces moments : ces nuits d'examen, il les appréhende. Il les exècre. Oh, il sait que ces vérifications n'ont pas d'autre but que de s'assurer que tout se déroule comme prévu. Mais il ne supporte pas quand ils les manipulent. Quand ils *la* manipulent.

Souvent, il s'interroge : que fait-il là, déjà ? Pourquoi a-t-il accepté de participer à ce projet ? Pourquoi s'est-il laissé convaincre ? Il sait pourquoi, il la connaît, la raison, et elle est tellement triviale qu'il se refuse même à la formuler en pensée. Puis il se rend compte que, sans ce projet, il ignorerait jusqu'à son existence. Sans ce projet, il serait sans doute un peu moins vivant.

Soudain, le bruit sec de pas claquant dans le couloir le fait sursauter. Le martèlement se rapproche et il prend une profonde inspiration en prévision des prochaines minutes qu'il passera en apnée.

Il n'ébauche aucun geste lorsque le battant de la porte s'ouvre dans un grincement pour la laisser entrer.

— Alors ? fait-elle. Vous avez réussi à lire ?

Il ne se retourne même pas pour lui répondre et, les yeux toujours rivés à son écran, secoue la tête en signe de dénégation.

— Non, j'ai essayé de zoomer, mais ça restait illisible.

La femme grimace. Elle rajuste sa blouse blanche avant de poursuivre :

— Elles sont malignes, surtout le sujet cinq. Elle cache bien son jeu. Rien d'autre à signaler ?

Le jeune homme hausse les épaules.

— Éléa a eu du mal à trouver le sommeil.

Une nouvelle moue contrariée vient tordre le visage de la femme.

— Elle réfléchit trop. Heureusement, le GD2X a fini par avoir raison d'elle.

Elle marque une pause avant de poursuivre :

— On va devoir interrompre le processus plus tôt que prévu. Elles deviennent incontrôlables.

Ces quelques mots suffisent à lui faire lever les yeux de son horizon de pixels.

— Que voulez-vous dire ? L'expérience va bientôt s'achever ? Vous allez les libérer ?

La femme esquisse un mouvement d'épaules agacé.

— Tenez-moi au courant en cas d'activités anormales, se contente-t-elle de lui rétorquer.

Elle rabat ses cheveux derrière ses oreilles avant de tourner les talons.

— Professeure Sullivan ! s'écrie-t-il, presque malgré lui. Vous ne m'avez pas répondu.

Le regard qu'elle lui adresse lorsqu'elle assène la suite luit d'une colère froide.

— Vous posez beaucoup trop de questions, Miguel.

Chapitre 31

« Maman ? Maman ? Mamaaaann ! »

J'ai beau me débattre, elle ne me voit pas, j'ai beau crier, elle ne m'entend pas. J'ai l'impression que du sable dans ma bouche enlise mes paroles, ensevelit mes cris, engloutit mes appels à l'aide.

Le sable s'étend entre mes dents, sur ma langue, il se répand. Bientôt, je ne pourrai plus respirer, je le sais. Il se met à glisser dans ma gorge, ça crépite, ça gratte comme du papier de verre. Je porte mes mains à mon cou, je ne peux plus l'appeler, je ne peux plus la supplier de me secourir, je m'étouffe. De l'air, de l'air, par pitié, de l'air.

Le sable gonfle, se déploie, il s'écoule de moi par toutes les ouvertures : il jaillit de mes oreilles, il pleure de mes yeux, il se déverse de ma bouche grande ouverte.

Il y en a partout, il me submerge jusqu'à la taille. Je suis encore vivante, pourtant. Comment est-ce possible de continuer à vivre avec ce sable qui m'enterre peu à peu ? Je sais que je vais mourir. Je sais que je vais cesser de respirer. Si seulement je pouvais crier. Si seulement elle pouvait m'entendre… Maman… Ma maman… Ne me laisse pas comme ça… Maman !

Alors, elle tourne la tête vers moi et m'aperçoit enfin. Je visualise très nettement la surprise qui fait tressaillir ses yeux. Elle m'observe, elle regarde ce sable qui me recouvre petit à petit, qui me noie peu à peu, mais elle ne fait pas un pas, pas un geste dans ma direction. Elle demeure immobile. Presque figée. Puis, lentement, un sourire se dessine sur son visage. Dieu qu'il est triste ce sourire, Dieu qu'il me ravage de l'intérieur. Dans le faible mouvement de ses lèvres, je décèle toute son impuissance, tout son renoncement, toute sa peur et sa lassitude. Et c'est alors que l'horreur grandit en moi, me détruit bien davantage que le sable : elle ne fera rien ; elle ne m'aidera pas ; elle va rester là, à me regarder m'étouffer à petit feu. Je distingue des larmes, de minuscules perles translucides qui éclatent à la base de ses cils. Elles coulent, elles viennent rouler sur ses lèvres qui continuent pourtant de sourire.

C'en est trop pour moi : je cesse de respirer.

Je me redresse dans mon lit, à bout de souffle. J'ai encore la sensation de manquer d'air. Je repousse mes cheveux mouillés de transpiration sur les côtés de mon visage avant de jeter un coup d'œil aux autres lits : tous les corps autour de moi sont endormis.

Je me rallonge, les yeux grands ouverts braqués sur le plafond dont je parviens tout juste à discerner les contours dans la pénombre.

Cela faisait longtemps. Très longtemps que je n'avais pas fait ce rêve. Je me souviens que, lorsque j'étais petite, il pouvait m'arriver de le faire en boucle, plusieurs nuits d'affilée. Juste après sa mort, surtout. Puis, il s'est estompé peu à peu : n'est plus restée qu'une vague sensation de malaise, comme un mauvais goût qui s'éterniserait en bouche. De temps en temps, particulièrement quand je suis malade, il revient me hanter tel un sombre souvenir.

Je soupire avec la sensation d'un poids sur mon cœur, comme si quelqu'un s'était dressé au-dessus de moi et piétinait ma poitrine. Cela me fait le même effet, à chaque fois : cette impression d'avoir vu ma mère, de l'avoir presque touchée, me rappelle un peu plus sa mort, me ramène un peu plus à sa perte et à ma souffrance.

Pourquoi me regarde-t-elle mourir sans me venir en aide ? Pour quelle raison se contente-t-elle de pleurer sans faire un geste ?

Est-ce qu'ils feraient un geste, eux, si je mourais ? Est-ce qu'ils se contenteraient de m'observer à travers les yeux mécaniques de leurs caméras sans tenter de me sauver ? Sans doute que non, ils nous l'ont déjà démontré.

C'est peut-être ça, la solution.

La solution pour revenir à la vraie vie.

Lorsque je rouvre les yeux, les autres filles sont déjà levées. J'ai eu du mal à me rendormir après mon cauchemar et il semble que mon corps ait rattrapé son retard de sommeil ce matin.

Aussitôt, le souvenir de mon rêve m'assaille. Je me tourne dans mes draps froissés et humides : est-ce la transpiration ou les larmes qui les ont mouillés ?

J'avais oublié. Oublié à quel point ce rêve pouvait me bouleverser, à quel point son absence pouvait me dévorer à l'intérieur.

Serait-ce un signe qu'elle… m'envoie ? Un message ? Est-ce la solution ?

J'ai peur de la formuler à voix haute. De lui donner une consistance. Je crains de ne plus pouvoir reculer. Car en suis-je capable ? Suis-je capable de m'infliger ce supplice qui a hanté nombre de mes nuits ?

Pourtant… ce serait différent. Ce ne serait pas pour de vrai. Dans mon rêve, je ne contrôle rien, je subis, je suis prise au piège. Et surtout, j'y crois. Tout me paraît effroyablement réel.

Si je tente quelque chose, si je décide de sauter le pas, j'aurai l'entière maîtrise de la situation.

Eux seuls y croiront.

Car la porte de sortie, je la connais. Même si je repousse cette idée vers les bords de mon esprit, même si je la refoule aux limites de mon inconscient, il n'y en a qu'une pour sortir de la Cage. Une seule qui a déjà permis à deux de nos camarades, Amber et la morte, d'être extraites.

De passer de l'autre côté.

J'ai déjà essayé, mais pas assez loin, pas assez fort.

Je plaque mes paumes sur mes paupières fermées et j'appuie fort. Je voudrais pouvoir chasser cette idée de mon cerveau, je voudrais pouvoir l'oublier. J'appuie, j'appuie jusqu'à avoir mal, mais elle s'accroche, elle s'entête. Reste en tête.

Alors, je me redresse.

J'attends que les minuscules points noirs cessent de fourmiller devant mes yeux. Je me lève, retire mon pyjama et enfile un survêtement de sport avec des baskets.

Pilote automatique. Je l'ai déjà fait. Je me penche vers mon lit.

Ne pas réfléchir. Déconnecter mon cerveau, oui, ça, je sais faire. J'attrape mes draps que je roule en boule.

Ne pas penser.

Je sors de la chambre et file dans la salle de bains. Je m'enferme dans la douche. Je dois faire vite. Il ne faut pas qu'ils me voient. Il ne faut pas qu'ils comprennent. Ils ne doivent pas avoir le temps de propager le gaz si Kim veut avoir une chance de s'échapper. Vite, vite, j'entortille le drap-housse sur lui-même.

Oublier le danger, oublier les risques. Ne se concentrer que sur l'issue : sortir. Sortir de la Cage et stopper toute cette mascarade.

Une fois ma tâche accomplie, j'émerge de la salle de bains et me dirige d'une démarche saccadée vers la salle de sport. Je sais que je vais y trouver Kim. Encore une fois, c'est elle que je choisis comme alliée. Pas Alice : je sais qu'elle ne voudrait pas, qu'elle tenterait de me dissuader.

Peut-être… aurait-elle raison ? Chut ! Ne pas penser, ne pas réfléchir, déconnecter mon cerveau.

Ne surtout pas revenir à moi-même.

Je me tiens devant Kim qui me fixe d'un air ahuri.

— Tiens-toi prête, je souffle. C'est maintenant.

— Que… Quoiii ?

Je n'attends pas son aval, je n'attends pas qu'elle comprenne. Je m'active aussitôt, commence à mettre en place le matériel.

— Putain, Éléa, tu fais quoi, là ? croasse-t-elle.

Sa voix déraille de panique.

— Tu peux pas faire ça comme ça ! Tu peux pas décider toute seule, on avait dit qu'on en discuterait avant ! Hey, Éléa ? Éléa ? Tu m'entends, bordel ?

— Il n'y a pas d'autre solution, tu le sais aussi bien que moi.

Pourvu que Kim sache lire entre les lignes…

— Je n'en peux plus de cette situation, Kim. Je veux en finir.

— Éléa…

Kim me dévisage, sidérée d'effroi. Épouvantée.

Je lui rends son regard, soudain indécise. Peut-être ai-je tort ? Peut-être ne devrais-je pas agir de manière aussi précipitée ? Il serait sans doute préférable de préparer un minimum mon action, tout au moins d'en discuter avec Kim…

Mais la folie, elle ? La folie sera-t-elle encore là ?

Je me détourne, les mains tremblantes. Et continue mon installation.

Rendue muette et immobile par l'effarement, Kim me fait l'effet d'un pantin déshumanisé. Une ridicule petite poupée de bois à la tête dure.

Pétrifiée de stupeur.

Puis, dans un sursaut, elle semble se ressaisir : d'un seul coup, elle revient à la vie, au mouvement. Elle essaye de me retenir, m'entoure de ses bras, elle saisit le drap, tente de me l'arracher.

Je me force à l'ignorer, je poursuis ma tâche. Je ne dois pas me laisser déconcentrer.

Mais Kim insiste.

Alors je m'immobilise. Plante mon regard dans le sien.

— Arrête ! je m'entends dire. Ma décision est prise. Je ne changerai pas d'avis.

Est-ce la fermeté de mon ton ? Est-ce mon regard décidé, mon attitude résolue ? À moins qu'elle n'ait saisi autre chose, cet autre chose dont j'ai tant manqué jusque-là, cet autre chose qui se cache au fond de moi, écrasé par la peur.

— Je compte sur toi, j'ajoute.

Alors ses yeux s'embuent, sa bouche jure, ses mains empoignent ses cheveux avant de venir retirer son T-shirt pour l'attacher autour de ses lèvres et de son nez en une protection improvisée. Elle me fixe une dernière fois, résignée et déterminée à la fois. Pleine de rage. Puis elle me tourne le dos et part.

Enfin, je crois.

La sensation ne m'est pas inconnue.

C'est celle que j'ai expérimentée dans mon rêve. Cette sensation d'étouffement, d'air qui s'échappe de mes poumons, de gorge entravée. Ce sentiment de vie qui s'étiole.

Je suffoque.

Pire, je m'asphyxie. Mais pas seulement.

Ça pulse dans ma tête, j'ai l'impression qu'elle double de volume. Mes oreilles s'emplissent de bourdonnements tandis que des points lumineux clignotent devant mes yeux. Et cet air qui manque… Mon Dieu !

Je ne vais pas y arriver !

J'imaginais perdre connaissance en quelques secondes, j'imaginais que ce serait rapide, presque instantané, presque sans douleur. Pourquoi est-ce si long ?

Pourquoi ?

Il me semble que cela fait une éternité que j'ai attaché ma corde de fortune au sommet de l'appareil de musculation, passant l'autre extrémité autour de mon cou.

Je tente de porter mes mains à ma gorge : elles pèsent deux tonnes.

C'est interminable ! Insupportable de longueur, insupportable de douleur, insupportable de ne pas pouvoir respirer !

Est-ce que… la sirène retentit ? À moins que ce bruit assourdissant, lancinant, ne cogne que dans mes oreilles ?

Respirer, respirer, respirer ! L'air, bon sang ! Où est l'air ?

Mes yeux se mouillent. Ma vision s'obscurcit. Je n'aurais pas dû… Qu'ai-je fait ? Qu'ai-je fait ? Je ne veux pas, je ne veux plus ! Je vais crever ! Il faut que ça cesse… Je veux tout arrêter !

De l'air, de l'air… Aidez-moi !

De l'air !

Je vous en supplie !

De… l'air. STOP !

Air… De l'…

PARTIE II

Chapitre 32

J'ouvre les yeux.

Un plafond blanc, immaculé, lisse, sans la moindre imperfection.

Seule une fissure lézarde un coin. Vrille dans mon cœur : ce n'est pas le plafond du dortoir.

Dans un réflexe, je porte les mains à ma gorge pour desserrer ce lien que je sens encore sur ma peau. Mais ma gorge est nue. Libre de toute entrave.

Alors, je ne suis pas morte.

Alors, j'ai réussi.

Je me suis échappée de mon cachot.

Je respire. À pleins poumons, j'inspire une énorme bouffée d'oxygène.

Une douleur au niveau de mon cou me fait grimacer. Mais peu importe : le goût de l'air, rien ne me fera jamais plus y renoncer.

Je me redresse. Je suis installée sur un matelas, posé à même le sol et calé dans l'angle d'une pièce vide à l'exception d'une armoire métallique et d'une chaise en bois. Les murs, d'un blanc sale, sont dépourvus de la moindre fenêtre. Je porte toujours mon survêtement de sport et mes baskets sont posées à côté du couchage.

Est-ce ici qu'ils ont emmené Amber ? Se trouve-t-elle à quelques mètres de moi, dans une pièce similaire ? Je jette un coup d'œil vers l'unique porte que j'imagine fermée à double tour. Puis mon regard tombe sur la caméra, suspendue dans l'un des coins supérieurs de la petite salle. Je ricane : ici, ils ne font même pas l'effort de les dissimuler.

Je m'apprête à me lever quand un bruit de clé qui tourne dans une serrure m'immobilise. Prise de court, je ne trouve rien de mieux à faire que fermer les yeux et feindre de dormir. Ma respiration s'emballe et je dois me faire violence pour contenir cette irrésistible envie d'ouvrir la bouche, de laper l'air, puis de me rouler en boule en attendant que ça passe.

Au lieu de ça, je me concentre sur mes autres sens pour tenter de reprendre le contrôle de mon corps. J'entends la porte s'ouvrir, puis se refermer avec précaution. Des pas précipités dans ma direction. Mon cœur se déchaîne de plus belle.

— Éléa ?

Une voix masculine. Rauque, grave, mais aussi fébrile, presque inquiète. Appartient-elle à l'un des hommes qui nous visitent durant la nuit ?

— Éléa ? répète la voix. Je sais que tu fais semblant de dormir, je t'ai vue avec la caméra.

La voix me semble irréelle. Ses propos également. Il ne peut pas avoir dit ça. Je refuse de l'entendre, je refuse d'ouvrir…

— Éléa, écoute-moi, s'il te plaît : je suis là pour t'aider. Je n'ai pas beaucoup de temps.

Finalement, je sens une main qui se pose sur la mienne.

D'un geste instinctif, je la retire. Et ouvre les paupières dans le même mouvement. Ce contact, pourtant objectivement doux et tiède, m'a brûlée.

Le jeune homme qui se tient devant moi, plutôt grand et à l'allure élancée, m'observe de ses grands yeux noirs, immenses. Son visage, encadré de cheveux bruns mi-longs, affiche une expression en demi-teinte, entre angoisse et douceur. Quand nos regards se croisent, ses sourcils s'infléchissent comme mus par la surprise et je le vois rabattre derrière une oreille l'une de ses mèches indisciplinées. Il me décoche un rictus crispé.

— Éléa… Je… Comment tu te sens ?

Son apparente sollicitude ne doit pas m'endormir : la blouse blanche qu'il porte m'informe sans le moindre doute de ses intentions et de son rôle dans l'enlèvement dont je suis victime. Je reste donc muette tout en continuant à l'observer. J'essaye de me replier en moi, à l'intérieur de ma carcasse de chair, dans une illusoire tentative de protection.

— Ce n'est pas trop douloureux ? demande-t-il en approchant une main de ma gorge.

Le mouvement de recul que j'esquisse interrompt son geste instantanément. Il soupire.

— C'était de l'inconscience totale, ce que tu as fait…

Je le dévisage en silence : de quel droit me juge-t-il ?

— Écoute, Éléa, je… Je dois faire vite. Tiens.

Il me tend un papier blanc plié en deux, tout en jetant des coups d'œil anxieux vers la porte derrière lui. Puis il poursuit :

— J'ai coupé la caméra, mais je ne peux pas rester longtemps sinon ils vont s'en rendre compte. Lis ce message et…

Alors que je n'ai toujours pas amorcé un geste pour saisir la feuille, il soupire à nouveau tout en posant sur moi un regard d'une intensité déroutante. Ce regard me brûle aussi sûrement que la peau de sa main un peu plus tôt : je détourne les yeux, en colère contre moi-même de ne même pas parvenir à lui tenir tête, de ne même pas être capable de m'afficher fière et implacable.

— Je… Je te laisse, murmure-t-il.

Il dépose avec délicatesse le morceau de papier dans ma main, puis fait volte-face pour se diriger vers la porte. Il saisit la poignée avant de se retourner vers moi :

— Je suis… Je suis désolé… pour tout ça.

Un infime sourire se dessine tristement sur ses lèvres. Je fais mon possible pour rester impassible. Puis il actionne le bouton de la porte, sort et referme derrière lui.

Me voilà seule de nouveau. Seule et captive.

Un peu sonnée. Un peu étourdie.

Dans ma poitrine, je ne suis même pas certaine que mon cœur soit encore là, à sa place, tant mon corps tout entier, intérieur comme extérieur, me paraît engourdi. Et vide.

Puis, petit à petit, chaque parcelle de ma peau se rappelle à mon souvenir, chaque membre semble retrouver un peu de ses sensations perdues. Je reviens à moi et baisse les yeux vers la feuille de papier qui gît dans ma main. Avec précaution, je la déplie. Une écriture fine, ciselée, se déploie. Elle penche vers la droite, comme pressée d'en avoir terminé, comme si elle voulait s'arracher, elle aussi, à sa prison de papier.

Éléa, je m'appelle Miguel, je travaille ici. Je vais trouver une solution pour te faire sortir. Toutes les communications avec l'extérieur sont coupées. La seule issue est un ascenseur activé par codage ADN et mon autorisation biologique est bloquée jusqu'à mon horaire de sortie, 19 heures : tu dois tenir jusque-là. Kim a pu s'échapper, j'ai réussi à détourner leur attention et je pense qu'elle se cache dans le bâtiment. Il faut que tu me fasses confiance, je ne suis pas comme eux.

Je relis une fois, deux fois. J'ai mal au ventre, au bord de la nausée. Tous ces événements me dépassent. Tout ceci me semble surréaliste.

Cet homme me connaît, il m'appelle par mon prénom. Il connaît Kim. Il nous connaît probablement toutes. Et moi, je ne sais rien de lui. Rien d'eux. Rien de toute cette situation de… merde.

Je suis vivante, Kim s'est peut-être échappée et je n'ai qu'une envie : pleurer. Pleurer et me vider, me laisser aller et m'oublier dans mon chagrin. Abandonner.

Pourtant, je sais que je ne peux pas. Que je ne dois pas. Les filles comptent sur moi.

Et moi, je ne peux compter sur personne. Je ne peux faire confiance à personne.

Surtout pas à ce Miguel.

Chapitre 33

Personne d'autre n'est venu me rendre visite.

Après avoir lu le message, je l'ai rapidement caché, troublée. Totalement larguée, en réalité. Une chose est certaine : je ne peux pas faire confiance à cet homme, je ne peux pas me fier à lui. Après tout, il est avec eux, non ?

« Je ne suis pas comme eux », a-t-il pourtant écrit.

Pas comme eux. Mais pas comme qui, bon sang ? Je plaque mes paumes sur mes yeux et appuie fort, longtemps, j'appuie jusqu'à voir des étincelles crépiter devant mes paupières closes. Tout ceci est si dingue !

Je n'ai pas aimé ce que j'ai lu dans son regard : de la pitié. Il me dévisageait avec une obscure pitié qui n'augure rien de bon quant à la suite des événements. Quant à ce qui m'attend.

Je serre les poings, tremblante et au bord des larmes.

Je ne suis pas à la hauteur. J'ai tenté de me convaincre que je pouvais l'être, que je pouvais changer et grandir, mais ce n'était qu'une douce illusion. Je me sens si démunie, si impuissante.

Et si seule : si Kim ou Alice se trouvaient là, avec moi, tout me paraîtrait plus facile. Elles auraient certainement des idées, une solution, un plan autre que celui qui se résume à se recroqueviller dans ses draps et à se lamenter. Dans la Cage, la présence des filles, la force de notre union et de notre solidarité me permettaient de surmonter l'horreur de notre situation.

Mais ici… qui va m'aider ? Qu'ai-je fait ? Pourquoi ai-je voulu les quitter ?

Je déglutis avec difficulté, observant ma nouvelle prison. Puis reporte mon attention sur la caméra. Tel un œil salace, elle m'observe. Qui sont-ils là, derrière, que veulent-ils ? Peut-être cela les fait-il marrer de me laisser dans cette situation d'ignorance ? Peut-être cherchent-ils à me faire payer mon geste, celui qui les a mis dos au mur ? Ces… Ces ordures… Ces connards, comme dirait Kim ! Qu'attendent-ils de moi ? Pourquoi tant de sadisme, tant de cruauté ?

J'essuie mes yeux d'un geste vif. Je sens quelque chose monter en moi : ça commence dans mon ventre, ça cristallise, puis ça se déploie dans tout mon corps, comme une fissure sur la glace qui s'étend, qui, lentement, gagne du terrain jusqu'à tout faire céder autour, éclatant en un millier de cristaux gelés et coupants. Je me lève alors d'un bond décidé. Je saisis la chaise pour la brandir au-dessus de ma tête. Puis, sans pouvoir retenir un grondement de fureur si étrange, si étranger à moi-même que j'ai du mal à reconnaître ma voix, je la fracasse sur la caméra avec toute la force dont je suis capable. Je recommence, une fois, deux fois, trois fois. À la fin, je me sens vide et épuisée, mais soulagée : l'appareil gît en morceaux à mes pieds au milieu des débris de la chaise.

Je toise les pièces de la carcasse de toute ma hauteur. J'espère qu'ils m'ont vue. J'espère que cet homme qui prétend s'appeler Miguel a perçu toute cette haine qui m'anime. J'espère qu'ils vont… venir ?

Vite. Je dois m'activer. Être en mesure d'agir, d'improviser une tentative d'évasion, ou, au moins, de les blesser. Leur faire du mal comme ils nous en font à nous. Je dois trouver quelque chose, un outil, une arme, n'importe quoi, qui puisse me servir lorsqu'ils vont débarquer. S'ils débarquent.

J'enfile mes baskets, puis jette des regards frénétiques autour de moi : mes yeux tombent sur l'armoire. Deux grandes enjambées me mènent à elle et je l'ouvre sans attendre. Vide. Je tourne sur moi-même, le ventre en compote. Je me sens soudain envahie d'une urgence, d'un sentiment de panique presque incontrôlable. Je dois me dépêcher, avant qu'ils arrivent. Avant qu'ils m'emportent.

Soudain, un bruit de clé qui fourrage dans une serrure me fait bondir. Ils sont là. Et je n'ai rien pour me défendre, rien pour les attaquer, si ce n'est l'un des dérisoires pieds de la chaise qui s'est désolidarisé du reste. Dans un réflexe désespéré, je m'en saisis avant de le brandir, prête à frapper.

Puis je reste figée sur place, les yeux braqués sur cette porte qui va s'ouvrir. Ça cogne dans mes tempes, ça cogne dans ma poitrine, *cling cling*, s'agit-il des heurts de mon cœur, *cling cling*, ou bien de cette clé folle qui tournoie sans fin ? L'instant ne doit probablement durer que quelques secondes, mais c'est une éternité qui s'écoule pour moi, une éternité durant laquelle je me sens défaillir à l'infini. *Cling cling.*

Puis la porte pivote.

Et je les vois.

Deux hommes aux traits asiatiques et vêtus de noir font irruption dans la pièce. Leurs petits yeux vifs n'expriment rien d'autre qu'une détermination froide et mécanique. Je lève un peu plus mon arme de fortune pour prendre de l'élan, mais l'un d'entre eux, dont la lèvre supérieure est surmontée d'une moustache aussi fine qu'un crayon, s'en saisit sans le moindre effort, comme il attraperait un cure-dents.

— Allez, pas d'histoire, dit-il dans un anglais roulant. Viens avec nous et tout se passera bien.

— Venir où ?

— Allez, on bouge ! s'impatiente l'autre.

Il commence à m'agripper le poignet, mais, dans une tentative désespérée, je me débats. Je ne veux pas. Je ne veux pas aller avec eux sans savoir ce qu'il va m'arriver. Un choc sur la lèvre m'immobilise de surprise. Les deux hommes en profitent pour m'attraper chacun un bras avant de me forcer à les suivre. Bientôt, le goût ferreux du sang vient tapisser ma langue.

Nous sortons de la pièce. Ils me traînent plus que je n'avance. En réalité, je tremble tant que, s'ils ne me tenaient pas si fermement, je me serais effondrée à terre, lâchée par mes jambes.

Pourquoi… Pourquoi m'avoir sauvée dans la Cage pour me maltraiter ainsi, ensuite ?

Je lutte encore un peu pour la forme. Rien. Ils demeurent aussi imperturbables que deux murs de parpaing. Et cette pression sur ma vessie qui enfle, qui enfle…

Où m'emmènent-ils ? Que vont-ils me faire ? Me conduisent-ils là où ils retiennent Amber ? Ou me ramènent-ils dans la Cage, en compagnie des autres filles ?

Nous progressons dans un couloir au lino taché ou troué par endroits et encadré de murs d'un vert pâle douteux, dépourvus de la moindre fantaisie. L'allée, déserte, me fait l'effet d'un long boyau aveugle, ponctué d'autant d'yeux clos que de portes fermées : à droite, à gauche, des panneaux de bois – pour certains, démunis de poignées – se succèdent les uns aux autres, ne laissant rien entrevoir de ce qu'ils dissimulent. Des ampoules nues diffusent une lumière austère, largement tamisée par l'épaisse couche de poussière qui les recouvre. La vétusté des lieux tranche tant avec les installations de la Cage que je me demande même si je me trouve toujours dans le même bâtiment.

Je reporte mon attention sur les deux blocs de béton qui me maintiennent. Ils ne portent pas de combinaison, ni de masque. Est-ce que… Est-ce que cela signifie quelque chose ?

Je déglutis. Je ne peux pas rester ainsi sans réagir, je dois tenter l'impossible. Aller tirer au plus profond de mon être cette force étrange que l'on appelle l'instinct de survie.

Nous avançons toujours à un rythme rapide et l'adrénaline coule à la même vitesse dans mes veines. Une seule pensée tourne en boucle dans ma tête : une idée, vite, une idée !

Et soudain, elle est là, elle apparaît dans mon esprit comme une lueur surgie du néant. Les mots se bousculent hors de ma bouche en un amas désordonné :

— Fautquejailleauxtoilettes.

Les deux hommes restent de marbre, immuables dans leur impassibilité et dans leur volonté manifeste de me considérer comme un simple objet.

Je me décide à répéter, plus fort cette fois, en tentant de freiner notre course folle avec mes pieds :

— J'ai besoin d'aller aux toilettes ! Je vais me faire dessus !

Encore une fois, le son de ma voix sonne comme étranger à mes oreilles. Même le ton – impératif et courroucé – que j'ai utilisé me semble inconnu.

Amorce de ralentissement. Regards dubitatifs échangés entre les deux gaillards. Puis, finalement, mouvement du menton interrogatif de celui de droite adressé au moustachu : c'est donc sur ce dernier que je dois concentrer mes efforts. Je pivote vers lui pour tenter de capter son attention :

— S'il vous plaît, je n'en peux plus…

Les deux hommes échangent quelques mots dans une langue que j'identifie immédiatement comme du chinois. Mes deux heures hebdomadaires de « chinois » en seconde n'auront pas été si vaines finalement.

L'homme à la moustache finit par hocher la tête. À ce simple geste, je sais que je viens de gagner un sursis. Un sursis de quelques minutes.

Nous prenons une porte battante qui claque derrière nous. Nous débouchons alors dans un sas peu profond, où deux portes se font face. Les lieux paraissent toujours aussi vides et… abandonnés. Où sommes-nous, bon sang ?

Nous nous immobilisons devant la porte de gauche affichant le symbole d'une femme.

— Tu as trois minutes, pas une de plus, m'informe le moustachu en me lâchant.

Le pilier de droite me libère à son tour et me voilà détachée de toute entrave devant cette porte.

Démunie.

J'actionne la poignée et entre.

Voilà. J'y suis. Je fais quoi maintenant ?

J'inspire une grande goulée d'air et me dirige vers le lavabo sur lequel je prends appui. Je relève la tête. Choc lorsque j'aperçois mon reflet dans le miroir : je me reconnais à peine. Ma peau est si livide, laissant apparaître mes fines veines bleutées, qu'elle me semble aussi transparente qu'une feuille de papier calque ; d'énormes cernes violets creusent mon visage de deux profonds sillons qui me donnent un air maladif ; quant à ma lèvre supérieure, elle a doublé de volume, sans doute fendue lorsque les hommes m'ont attrapée ; et ces marques autour de mon cou…

Un liquide acide monte dans ma gorge. Je n'ai que le temps de me pencher en avant pour déverser le peu de bile qu'est capable de produire mon estomac. Le ventre à l'envers, je toussote pour reprendre ma respiration. J'ouvre le robinet et bois un peu d'eau, avant de m'en inonder la figure. Puis, de nouveau, je me dévisage : je fais quoi ?

Je jette un coup d'œil autour de moi : dans mon dos, deux cabines abritent des toilettes. Et, comme ailleurs, pas la moindre fenêtre. Aucune échappatoire de ce côté.

Je pénètre dans l'un des cabinets et ferme le battant. Je me soulage, tournant sans cesse la question dans ma tête : je fais quoi, je fais quoi, je fais quoi… ? Je fais quoi, bon sang ?

C'est alors que j'entends. Un son sourd provenant du couloir, suivi d'un bref gémissement étouffé et du bruit d'une chose lourde qui tombe à terre, comme un sac de ciment qui aurait été jeté sur le sol. Puis je reconnais le grincement de la porte extérieure des toilettes qui s'ouvre.

— Éléa ? Bordel, t'es où ?

Cette voix…

Sursaut dans mon cœur.

Cette voix, c'est celle de Kim.

Chapitre 34

Je me rhabille et ouvre la porte du cabinet.

Kim se tient devant les lavabos, la mâchoire crispée et les yeux orageux ; ses cheveux blonds me paraissent encore plus en pétard que d'habitude.

En la voyant, je ne peux retenir un sourire auquel seul un grognement de sa part fait écho. J'interromps aussitôt l'élan naturel qui – dans un moment de faiblesse, certainement – me propulsait vers elle pour lui manifester ma joie de la revoir.

— Faut qu'on se grouille, dit-elle en pénétrant dans l'une des cabines pour en dérouler tout le papier toilette qu'elle amoncelle en tas sur le sol.

Puis, sans un mot, elle extirpe de sa poche une pile et un chewing-gum qu'elle déballe aussitôt. Elle positionne ensuite l'emballage sur les deux extrémités de la petite pile.

— Qu'est-ce que tu…

Mais la suite me réduit au silence : de la fumée commence à s'échapper du curieux assemblage. Alors que le papier rougit peu à peu, Kim grimace, mais ne lâche pas.

— C'est la pile du rameur, m'informe-t-elle. J'avais demandé des chewing-gums, car j'avais en tête de provoquer un incendie à l'époque, mais j'ai jamais eu le courage. J'avais peur qu'ils interviennent pas et qu'ils nous laissent crever… Mais là…

Une flamme jaillit soudain entre ses doigts. Elle balance le tout sur le tas de papier toilette qui prend immédiatement feu.

— Ça ne fera probablement que les ralentir, mais ça nous donnera une chance supplémentaire de leur échapper. Allez, on y va !

Sans bien comprendre ce qui est en train de se passer, je hoche la tête.

Elle ouvre la porte et, à sa suite, je débouche dans le sas. Pour m'immobiliser aussitôt, le souffle coupé : sur le sol, l'un des deux hommes – celui sans moustache – gît, inconscient. À ses côtés, une longue barre en métal terminée par une roulette ; le pied d'un appareil médical ou d'un chariot, sans doute. Kim la récupère.

— Où est l'autre homme ? je demande en essayant de contenir le tremblement de ma voix.

Elle hausse les épaules.

— Je sais pas. Je vous suivais et, quand t'es rentrée là-dedans, il a reçu un appel et est parti. À mon avis, il va rappliquer. Vite, on se dépêche !

Nous franchissons la porte du sas et émergeons dans le couloir à la peinture verdâtre toujours aussi glauque. Je ne quitte pas ma camarade des yeux, je cours, je cours, sans réfléchir, sans objectif autre que celui d'accrocher mon regard à son dos, de ne pas le perdre de vue.

Kim ralentit à l'approche d'une porte à double battant. Elle jette un coup d'œil par l'un des hublots vitrés.

— C'est bon, on peut y aller !

Nous faisons irruption dans un passage équipé d'un ascenseur. Kim suit mon regard.

— J'ai essayé de passer par là, chuchote-t-elle en désignant l'ascenseur du menton. C'est fermé par un système électronique, j'ai l'impression : y a une sorte de petit caisson et je pense qu'il faut une carte pour l'utiliser.

Le message de l'étrange jeune homme me revient en tête.

— C'est pas un système électronique, mais un dispositif de reconnaissance ADN.

Elle me jette un regard incrédule.

— Comment tu sais ça ?

— Je t'expliquerai. Vaut mieux pas rester là, non ?

— Viens, finit-elle par me dire, je me suis cachée ici un moment.

Elle ouvre une porte et s'engouffre dans une pièce étroite : encombrée d'étagères débordant de fournitures de bureaux et de matériels informatiques divers, elle semble servir de débarras.

Kim, sa barre de métal toujours à la main, s'assied dans un coin à même le sol, derrière une pile de cartons et un chariot équipé de produits de nettoyage, balais, seaux et autres serpillières. D'ici, elle est complètement dissimulée aux yeux indiscrets. Je l'imite et me faufile à ses côtés.

— Alors ? je demande. T'as pu apprendre des choses ?

Kim me fusille du regard.

— Tu me refais plus jamais ça.

Je hausse les sourcils, perplexe.

— Tu me refais plus jamais ça ! répète-t-elle. Me mettre devant le fait accompli. Surtout, t'aurais pu y rester ! C'était parfaitement débile et dangereux ! Beaucoup trop dangereux !

Ses prunelles flamboient de colère.

— Je sais, mais…

— Mais quoi ? s'écrie-t-elle.

— Si je t'en avais parlé, tu aurais accepté ?

— Certainement pas ! s'énerve-t-elle. On aurait réfléchi ensemble, on aurait trouvé un autre moyen ! Un moyen moins risqué !

— Tu as raison… C'est ma peur. J'ai du mal à la gérer… Soit… Soit elle me bloque, soit elle me pousse à agir vite, sans réfléchir, sans forcément penser aux conséquences.

Kim fait claquer sa langue.

— Mouais, marmonne-t-elle. J'ai grave flippé, je savais pas si tu t'en étais sortie. Je t'ai crue crevée, bordel ! Putain, quand je t'ai vue passer dans le couloir avec les deux types, j'ai… j'ai…

Elle me décoche une bourrade.

— Putain, tu m'as fait peur !

Je soupire avant d'opiner.

— Je fais n'importe quoi depuis que je suis ici…

Kim me jette un regard plus tempéré cette fois, presque compatissant.

— Y a de quoi péter un câble en même temps, hein.

Elle replie ses genoux devant elle pour y faire reposer ses bras ballants.

— En tout cas… pour une meuf qui dit crever de trouille, t'as une sacrée paire d'ovaires quand même !

Je souris : dans la bouche de Kim, « avoir une sacrée paire d'ovaires », ce n'est pas rien.

— Merci.

Kim détourne les yeux. Pour mettre un terme au moment de gêne qui se profile, j'enchaîne sur une question :

— Ça fait combien de temps que tu te caches ? Combien de temps que… je suis inconsciente ?

— Deux heures, je dirais. Peut-être un peu moins.

Deux heures. Si peu de temps !

— Et t'as fait comment pour sortir ?

— T'avais vu juste : la situation leur a paru trop urgente pour attendre que le gaz agisse. Ils sont intervenus aussitôt après l'avoir diffusé dans les bouches d'aération.

— Et ?

— Je sais pas trop, ils semblaient en panique. Deux gars sont entrés, avec leur masque à gaz là, et se sont précipités dans la salle de sport. J'étais dans la salle de bains, j'en ai profité pour sortir avant de perdre connaissance. Je suis tombée direct sur une espèce de sas avec des… combinaisons suspendues sur un portant, des masques, je sais pas trop. Je me suis cachée derrière. Et puis… je les ai vus te sortir. Tu étais… inconsciente et j'ai eu l'impression…

Elle déglutit. Les mains crispées, elle semble encore bouleversée par les événements. Qui l'aurait cru ? Son débit de parole s'accélère :

— Je savais pas quoi faire ! Je devais rester planquée mais, en même temps, je voulais pas me retrouver coincée là ! Après, d'autres types sont arrivés. Ils parlaient en… je sais pas… une langue asiatique, je crois. Ils portaient pas de combinaison, juste les masques.

Elle passe une main nerveuse dans ses cheveux.

— Ils sont entrés et je me suis dit que c'était le moment ou jamais pour dégager. Je me suis approchée de la sortie et ça donnait sur un couloir. Tout blanc. Y avait personne, mais, un peu plus loin, j'ai vu une espèce de grand labo vitré avec des gens en blouse blanche. Une petite dizaine, je dirais. J'ai eu l'impression qu'ils étaient tous affairés autour de toi… Je… J'ai pas réfléchi, j'ai couru comme une dératée.

Elle marque une pause pour me jeter un coup d'œil et, voyant qu'elle retient toute mon attention, poursuit :

— On aurait dit une sorte… d'hôpital, tout blanc. Un putain d'hôpital. Avec des portes. Elles étaient toutes fermées, bordel ! J'ai réussi à en trouver une ouverte qui débouchait sur un petit couloir. J'ai continué jusqu'au bout, mais y avait rien, pas d'issue.

Elle croise les bras, peut-être pour dissimuler le tremblement de ses mains.

— J'ai fait demi-tour en panique totale, je me suis même vautrée par terre, puis je suis sortie de là et j'ai couru encore. J'ai pris un escalier et je me suis retrouvée dans ce couloir… méga glauque. Avec plein d'autres portes. J'en ai trouvé une ouverte assez rapidement, c'était un bureau inoccupé, genre à l'abandon. Je me suis cachée dans un meuble coulissant vide. Il y a eu beaucoup de va-et-vient ensuite, je les entendais, ils ouvraient toutes les pièces, fouillaient tous les meubles. Ça claquait dans tous les sens, dans tous les coins, ça criait, ça gueulait, ils parlaient entre eux, mais je comprenais rien avec leur putain de chinois ou je sais pas quoi !

Je me rends compte que je suis presque en apnée, tant je suis suspendue aux paroles de Kim.

— Et puis, subitement… une sirène a retenti.

Je fronce les sourcils.

— Qu'est-ce qu'il s'est passé ?

— Pas la moindre idée.

Elle ajoute d'un ton plus calme :

— Ils se sont cassés et j'ai plus vu personne depuis, à part toi avec ces deux types. Tu sais où ils t'emmenaient ?

— Aucune idée. Et tu crois qu'on est où ?

Un claquement de langue.

— Je sais pas, j'ai l'impression que tout est souterrain. En tous cas, j'ai pas vu la moindre fenêtre. Et je suppose qu'il y a pas de caméra, ils m'auraient retrouvée depuis longtemps sinon.

J'opine en mordillant ma lèvre inférieure : le raisonnement se tient.

— J'ai l'impression aussi qu'ils sont pas très nombreux : il y a ces espèces de vigiles, puis les scientifiques que j'ai aperçus dans le labo. En tout cas, ils semblent tout ce qu'il y a de plus humain.

Je ricane.

— Alice va être déçue alors.

Kim m'adresse un regard surpris avant de continuer d'un ton un peu plus décontracté :

— Je sais pas qui ils sont, ni ce qu'ils nous veulent…

— Mais… c'est quoi ce lieu, alors ?

— J'en sais foutrement rien… Un centre expérimental ?

Cette suggestion tombe sur mes intestins comme une enclume.

— On est des cobayes, tu crois ?

Kim fait la moue.

— Vu ce que tu as dit sur ces types qui nous examinent quand on dort, vu ce grand labo sur lequel je suis tombée, ça me semble probable, ouais.

Je ferme les yeux et masse mes sinus. Tout ceci est dingue… Complètement fou.

— Et toi alors ? me demande-t-elle. T'étais où ? T'as fait quoi ? C'est quoi cette histoire d'autorisation ADN ?

Je soupire et entreprends de lui relater les événements qui ont suivi mon réveil hors de la Cage. Je n'ose pas soutenir son regard lorsque j'en viens au moment de la crise de folie qui m'a poussée à saccager la caméra.

Kim est si étonnée qu'elle ne peut s'empêcher de m'interrompre :

— Tu caches décidément bien ton jeu !

— Je t'avoue que je… Que je ne me reconnais plus. J'ignorais être capable de… D'une telle…

— D'une telle force ? D'une telle rage ? complète Kim.

J'acquiesce.

— Tu vois, ajoute-t-elle, finalement, on n'est pas si différentes, toi et moi. Il te fallait juste un déclencheur.

De nouveau, j'opine, sans pouvoir m'empêcher de penser à nos pères, défaillants tous les deux. Sans doute que ce genre de point commun rapproche.

— Et pour le pass alors ?

Je fouille la poche de mon pantalon à la recherche du message délivré par l'inconnu. Je le tends à Kim, qui le lit.

— Miguel ? Tu crois qu'on peut lui faire confiance ?

— Je ne sais pas… Je préfère ne faire confiance à personne ici.

Elle réfléchit quelques secondes avant de reprendre la parole :

— T'as raison. Mais on pourra pas y arriver seules… Ils se sont foutrement bien barricadés ! Si ce qu'il dit est vrai, que le bâtiment est totalement coupé de l'extérieur et que l'ascenseur s'active grâce à un code ADN, alors sans aide, on est cuites.

Elle relit le message.

— Et puis, reprend-elle, il dit qu'il a réussi à détourner l'attention des gars quand je suis sortie. Si ça se trouve… c'était lui, la sirène.

Je m'apprête à lui répondre quand des bruits de pas mêlés de quelques paroles en chinois, en provenance du couloir, attirent notre attention.

Kim me lance un regard grave :

— Il faut qu'on bouge.

Chapitre 35

Kim se relève aussitôt, saisit son arme de fortune et se dirige lentement vers l'entrée du petit cagibi. Derrière le panneau de bois, un brouhaha de pas et de portes ouvertes puis claquées.

Je me redresse à mon tour pour la suivre. Dans mon ventre, la panique s'est réveillée.

— Putain…, peste-t-elle entre ses dents.

— On fait quoi ? Ils vont nous trouver, c'est sûr !

Kim tourne vers moi un visage aux traits soucieux, mais son regard me traverse.

— Faut qu'on sorte d'ici, lâche-t-elle après quelques instants de réflexion. On n'a pas le choix.

Je déglutis avant de hocher lentement la tête.

Kim colle son oreille à la porte. Je discerne de minuscules gouttes de sueur perler au-dessus de sa lèvre supérieure. Je retiens mon souffle.

Elle reste à peine quelques secondes ainsi, immobile, aux abois, suspendue aux bruits extérieurs, puis, tout à coup, ses épaules tressautent et elle recule d'un pas, la mine épouvantée.

— Cache-toi ! murmure-t-elle. Ils rappliquent !

Durant une seconde, je demeure comme statufiée – incapable de réagir et quasiment en apnée – puis l'information gagne mon cerveau et le débordement afflue : comme une vague démentielle, la panique quitte mon ventre pour s'engouffrer dans mes veines et se propager dans le reste de mon corps. Les mains glacées et la vision brouillée, je me réfugie à nouveau derrière la pile de cartons. Je m'assieds sur le sol, serrant contre moi mes jambes repliées, le menton en appui sur mes genoux. Je me retiens de me boucher les oreilles.

C'est alors que je réalise : Kim ! Elle ne m'a pas suivie ! Que fait-elle ? Sans réfléchir, je me lève et, lorsque je l'aperçois, son prénom meurt sur mes lèvres : debout, la barre de métal brandie au-dessus d'elle, elle se tient en léger retrait de la porte, prête à frapper. Les traits crispés, elle fixe le panneau devant elle tandis que sa poitrine se soulève à un rythme rapide.

Et alors, la porte s'ouvre.

Un seul homme entre, arme pointée en avant.

Arme pointée sur moi.

Ils… Ils ne veulent pas nous ramener ! Ils veulent nous éliminer ! Nous allons mourir… *Je* vais mourir.

L'homme avance d'un pas.

Après, tout s'enchaîne.

Je crois voir Kim, dissimulée par le battant ouvert, cogner aussitôt, cogner fort le bras de l'homme. Il me semble que l'arme tombe à terre. J'entends aussi : un cri de surprise étouffé d'abord, puis un autre de rage, poussé par Kim comme un lent grondement montant de sa gorge. Ensuite, le bruit de chocs sourds frappés contre la chair, contre l'os. Je ne vois plus – je me suis effondrée derrière la pile de cartons – je ne fais qu'écouter, encore et encore, ce son qui frappe, qui cogne, qui cogne, qui cogne, comme une masse martelant la pierre, comme un marteau forgeant le fer. Sauf qu'il ne s'agit ni de pierre, ni de fer.

Puis j'entends le silence. Je relève la tête, tends l'oreille. Kim. Kim ? Je me redresse. Et vois de nouveau.

Kim est figée. Son bras, ballant le long de sa hanche, retient toujours la tige de métal. Sa poitrine se soulève, haletante. Ses yeux, fixes et démesurés, sont braqués sur le corps qui gît à ses pieds. Et sur ce sang s'écoulant du crâne en une flaque qui grossit lentement, doucement, dans un flux régulier.

Le calme est revenu. Dans la pièce et dans mon corps.

— Kim ?

Ma voix est moins tremblante que je ne l'aurais imaginé. Mais Kim ne bouge pas.

— Kim ?

Toujours aucun mouvement, aucun signe montrant qu'elle m'ait entendue.

Je m'approche à pas lents et pose ma main sur son poignet. Elle ne tressaille pas quand mes doigts entrent au contact de sa peau, elle n'amorce aucun geste. Avec précaution, j'attrape la barre de métal que je dépose à terre le plus silencieusement possible, puis contourne mon alliée pour fermer la porte. Mais je n'y arrive pas : le corps inanimé de l'homme entrave le passage.

Un instant, je sens de nouveau la vague affluer, la panique qui tente de forcer le barrage de ma sérénité retrouvée. Mais mes yeux tombent sur Kim. Kim qui n'a pas bougé d'un centimètre, pétrifiée. Kim qui n'a pas émis un son. Alors je refoule cette vague, j'élève une muraille mentale. Et je me dirige vers l'homme, vers son corps et saisis ses mains. Elles sont molles, elles sont flasques. Sans vie. Son visage me paraît si jeune…

Je tire. Fort. Je traîne le corps vers l'avant pour le dégager du pas de porte et le faire entrer tout entier dans la pièce. Ça pèse. Est-on plus lourd quand on meurt ? Je serre les dents et, peu à peu, le cadavre glisse. À bout de souffle, je l'enjambe et peux enfin fermer.

Pendant que je m'occupais de l'homme, Kim a reculé de quelques pas pour s'adosser contre l'étagère derrière elle.

— Kim, ça va ?

Toujours aucune réaction.

— Tu as fait ce qu'il fallait. Tu nous as sauvées.

Un sursaut de ses paupières. Un tressautement de sa joue droite.

Je lui prends la main, « viens », je lui dis, et je la guide vers notre cachette. Le plus loin possible de la porte. Le plus loin possible du corps et du sang. Elle se laisse faire.

Nous nous asseyons, collées l'une à l'autre. Elle ne m'a toujours pas adressé un regard.

— Kim. Je suis… désolée que tu aies eu à faire ça.

Silence.

Puis je la vois opiner de la tête, les yeux rivés au sol devant elle. Dans un mouvement presque imperceptible et toujours sans un mot.

— Tu nous as sauvées, je répète. Tu m'as sauvée. Il aurait… Il aurait tiré.

À nouveau, le silence pour seule réponse.

Je ne sais pas comment réagir. Je suis si peu habituée à la voir si… amorphe, si calme. Si éteinte.

Soudain, des mots franchissent ses lèvres :

— Tu ne comprends pas.

Je lève les sourcils, intriguée.

— Comment ça ?

— Je suis comme lui.

— Comme qui ?

— Comme mon père.

Je mords ma lèvre inférieure, prise au dépourvu.

— C'est-à-dire ?

— Je sais que j'ai ça en moi. Cette colère, cette froideur. Cette rage. Je le sais…

— Je suis bien placée pour le savoir aussi, je ne peux m'empêcher d'ajouter.

Elle sursaute avant de se tourner enfin vers moi. Elle me dévisage, surprise, mais j'aperçois une lueur amusée éclairer son regard. Elle pivote à nouveau la tête, cachant ses yeux à ma vue lorsqu'elle poursuit :

— Il a toujours été comme ça. Autoritaire. Sévère et intransigeant. La plupart du temps, il était juste dur et exigeant avec nous – ma mère et moi n'étions jamais assez bien pour lui. Mais, parfois, il était si excédé que sa colère le dépassait, et là… ça tombait sur ce qu'il avait à portée de poings, un mur, un vase, n'importe quoi. Oh, il ne s'en est jamais pris à nous – physiquement, je veux dire. Mais, gamine, il me… Il me terrorisait. Il avait ça dans le sang, il me disait, comme une sorte d'excuse. Et je crois… Je crois qu'il avait raison. Son sang coule dans mes veines. Sa colère, sa hargne, elles sont en moi. En moi. Quand je… Quand j'ai frappé le gars, je ressentais… Bordel ! Je ne ressentais rien. J'étais juste concentrée. Froide. Il fallait que je le tue, je ne pensais qu'à ça. Il fallait qu'il paye. Pour tout. Pour tout ce qu'ils nous ont fait subir… J'ai cogné, j'ai tué… de sang-froid.

— Non, pas de sang-froid. Regarde dans quel état tu es. Je ne peux pas te laisser dire que tu n'éprouves rien.

Je marque une pause, pesant mes mots.

— Tu as agi ainsi parce que tu n'avais pas le choix, c'était de la légitime défense. C'était lui ou moi, Kim. Lui ou moi. Tu m'as sauvée.

Je le répète une dernière fois, car elle semble ne pas m'entendre. « Tu m'as sauvée. »

Elle ricane.

— C'est drôle ! dit-elle, d'un ton amer. J'ai toujours tenté de le fuir. Gosse, quand il se disputait avec ma mère, je me réfugiais sous mon lit. C'est là que je me suis mise à faire ces trucs de méditation, visualiser des couleurs et des images pour me calmer. C'était une pote de ma classe qui m'avait appris cette astuce. Ça me rassurait, ça me faisait partir loin. Loin de lui. Loin de tout ce merdier.

Une pause.

— Après, quand j'ai grandi, je me suis opposée à lui. Il n'avait plus le dernier mot. Oh, ça ne lui plaisait pas que j'aboie autant que lui. Nous étions… incapables de communiquer, incapables de la moindre discussion. C'était un enfer. Alors, je suis partie. Dès que j'ai pu, j'ai foutu le camp pour mettre le plus de distance possible entre lui et moi, pour l'oublier… Mais, quoi que je fasse, où que j'aille, il est toujours là, avec moi. Il est en moi. Et ce sera toujours comme ça.

Elle a fermé ses poings et elle les serre fort, très fort. Je ne sais pas quoi lui dire, j'ai si peur d'être maladroite. Si peur – encore une fois – de tomber à côté.

Alors, je pose une main sur son épaule. Et au lieu de lui parler d'elle, je me confie. Pour lui montrer qu'elle n'est pas seule.

— Moi aussi, je n'ai jamais su créer de liens avec mon père. Il n'était pas autoritaire comme le tien, mais…

Elle tourne un visage intrigué vers moi.

— Il était juste… pas là. Absent.

Son regard capte le mien. Il l'accroche. Un regard calme et entier. Et… amical ?

— L'absence, dit-elle, c'est une sorte de violence aussi. Une violence larvée. Fuyante. La violence des lâches.

Son constat, émis sur un ton las, presque résigné, m'envoie une décharge dans le cœur.

Je l'observe longuement : elle me paraît si fragile tout à coup. Si vulnérable. J'imagine la petite fille terrorisée, réfugiée sous son lit, se bouchant les oreilles, fermant les yeux, cherchant le calme et la sécurité par tous les moyens. J'imagine la détresse qu'elle a dû ressentir. Et… la peur.

Je prends une grande respiration. C'est le moment. Le moment de lui avouer qu'elle ne croit pas si bien dire lorsqu'elle pense que son père la poursuivra partout. Le moment de lui avouer que je crois l'avoir vu, ici. Dans ce cauchemar.

— Kim… Il faut que je te dise quelque ch…

Un bruit en provenance du couloir m'interrompt. Un bruit mécanique. Comme celui d'un ascenseur en cours de fonctionnement.

— C'est eux, chuchote Kim, les prunelles emplies d'effroi.

Elle se redresse avant d'ajouter :

— Ils viennent chercher leur pote.

Chapitre 36

— Je n'entends plus rien, souffle Kim, l'oreille collée à la porte.

Elle se détourne et s'accroupit auprès de l'homme – du cadavre – puis se met à fouiller ses poches.

— Pas de pass électronique. Ça confirmerait les infos du type sur les autorisations biologiques. Il faut absolument qu'on le retrouve.

Je pince mes lèvres, pas certaine que ce soit la meilleure stratégie.

— T'as une meilleure idée ? rétorque-t-elle quand je lui fais part de mes doutes.

— Non. Mais il travaille pour eux… Il est avec eux !

— Justement. S'ils ont un traître dans leurs rangs, ça ne peut qu'être bon pour nous. Il pourra nous aider. Il pourra nous faire sortir grâce à son autorisation ADN et…

— Mais les filles ?

Kim me jette un regard d'acier.

— On sort et on va chercher du secours. On prévient les flics.

J'avale un peu de salive, mais ma gorge reste sèche. Envisager de laisser les autres ici m'ouvre le cœur en deux, mais que pourrait-on faire d'autre ? À nous deux – et peut-être trois si ce Miguel est vraiment de notre côté – nous ne pesons pas lourd face à cette organisation qui semble titanesque.

— Et si c'est un piège ? je demande après quelques instants de réflexion. Si ce Miguel, ce message, ça fait partie de l'un de leurs tests ou je ne sais quoi ?

Kim m'observe, les traits crispés.

— C'est un risque à prendre. On n'a pas le choix.

Je soupire, puis acquiesce : même si ce plan me paraît plus que bancal, il a au moins le mérite d'exister.

— Allez, assez perdu de temps ! s'exclame Kim.

Elle récupère l'arme échouée au sol, qu'elle observe avant de la manipuler pour en faire tomber un objet rectangulaire – le chargeur, je suppose. Elle l'examine, puis le réenclenche dans sa position d'origine. Enfin, elle se relève et pivote vers moi.

— Tu sais t'en servir ? me demande-t-elle.

Je secoue la tête, horrifiée.

— Je te montre, tu pourrais en avoir besoin. C'est un pistolet. Là, je viens de vérifier s'il était bien chargé, t'as vu ? Ensuite, tu l'armes en tirant la culasse vers l'arrière jusqu'au bout puis en la relâchant comme ça. Après, tu peux tirer. T'as compris ?

Je ne suis pas sûre d'avoir vraiment compris, ni même d'avoir assimilé le fait que moi, petite Éléa, je me trouve dans la situation surréaliste d'apprendre à me servir d'une arme à feu – d'une arme pour tuer – mais j'acquiesce.

— Bien, fait-elle en glissant le pistolet dans sa ceinture après avoir enclenché ce que je suppose être le cran de sécurité.

Elle me jette un regard perçant.

— Toi, tu vas prendre la barre, m'informe-t-elle en me la tendant.

Je sursaute.

— Moi ?

— Ouais, au cas où, il te faut un truc pour te défendre.

J'expire profondément et attrape la tige de métal.

— On y va, déclare-t-elle.

Son regard est intense. Nous restons quelques secondes ainsi, comme accrochées l'une à l'autre par ce fil invisible tendu entre nos yeux, liées par cette peur commune qui nous enveloppe comme une nappe de glace. Je frissonne.

Kim ébauche une grimace qui – je crois – se voulait un sourire rassurant, puis pose la main sur la poignée.

— C'est parti, murmure-t-elle en l'actionnant.

Elle pousse la porte avec précaution et glisse un coup d'œil dans l'entrebâillement.

— C'est bon, la voie est libre.

Elle se faufile dans le couloir et, rendue sourde par le battement dans mes tempes, je la suis. Je me sens comme dans un état second, déconnectée de la réalité et de mon corps. Ce n'est plus moi qui agis, c'est… mon cerveau, réduit à ses fonctions de pilote automatique. Je ne dois pas réfléchir, je ne dois pas penser. Je dois oublier que notre situation est désespérée et nos chances de nous en sortir… quasi nulles.

Nos pas nous ont ramenées vers l'ascenseur. Après avoir vérifié que le couloir était désert, nous bifurquons à gauche, non sans cesser de surveiller les alentours. La porte à double battant que nous avons franchie quelques minutes plus tôt se trouve à une trentaine de mètres devant nous. Nous nous dirigeons vers elle à petites foulées.

C'est au moment où Kim pose une main sur l'ouverture qu'une voix rugit derrière nous :

— Elles sont là ! Venez !

Mon cœur se comprime dans ma poitrine : ils nous ont trouvées !

Des points noirs se matérialisent devant mes yeux tandis que Kim tourne un visage déterminé vers moi. Mon Dieu, ils nous ont trouvées. Ils vont nous attraper, ou pire, nous tuer… Je suffoque d'effroi, avec la désagréable impression que mes poumons ont oublié comment fonctionner de façon autonome.

— Suis-moi ! s'écrie Kim d'un ton autoritaire.

Elle pousse la porte et, tout en m'attrapant le bras, s'élance en courant. Mes jambes se laissent faire.

— Restez où vous êtes !

Je jette un coup d'œil derrière moi : un homme en noir, muscles tendus, se rapproche dangereusement. Dans ses mains, une arme.

C'est maintenant. Maintenant, le moment où je vais mourir, où ces hommes vont nous tirer dessus, sans le moindre état d'âme. Maintenant que je vais sentir la douleur de la fin et que la peur va me quitter.

— Arrêtez-vous ! hurle le type.

Je risque un nouveau coup d'œil en arrière : notre poursuivant a été rejoint par deux autres de ses compères. Parmi eux, je discerne le gars à la fine moustache.

— Plus vite ! hurle Kim en tournant à gauche.

Nous accélérons la cadence même si la barre de métal dans ma main ne me facilite pas la tâche. Une pointe vient malmener le côté droit de mon bas-ventre.

Kim se saisit du pistolet récupéré un peu plus tôt et, en se retournant, tente de tirer derrière elle. Le coup la déséquilibre, mais elle parvient à réajuster sa trajectoire, non sans lâcher un juron.

Je ne cherche même pas à savoir si elle a réussi à toucher l'un de nos assaillants. Ma gorge est en feu, comme à vif. Mon flanc droit est si douloureux que j'ai la sensation d'avoir un poignard fiché sous mes côtes. J'ai du mal à respirer, du mal à penser, du mal à réfléchir ; je ne suis sûre que d'une chose : je ne dois pas cesser de courir.

Kim tire à nouveau.

Une pensée, floue, vague, point à la lisière de ma conscience : ils ne se défendent pas. Les hommes ne tirent pas en réponse à Kim. Mais, noyée par la panique, cette réflexion diffuse m'échappe aussitôt : mon cerveau s'éteint, mon être ne se résume plus qu'à mes deux jambes.

Alors j'augmente la cadence, je propulse mon corps en avant, mes foulées se rallongent. Bientôt, je dépasse Kim.

Je ne sais pas où je vais, je ne sais pas ce que je fais. Une seule obsession : fuir. M'éloigner d'eux, m'éloigner de la mort.

Kim me talonne, je peux percevoir son souffle, tandis que les hommes nous pourchassent toujours. Je les entends grogner derrière moi, mais il me semble que la distance qui nous sépare s'accroît.

Tout à coup, une détonation retentit. À laquelle succède… un hoquet de surprise, suivi d'un bruit mou, juste dans mon dos.

Non. Non, non, non. J'interromps ma course. « Non, non, non », je me répète. Et je fais volte-face. Ils n'ont pas pu faire ça. Ils n'ont pas pu tirer sur elle.

Cri de douleur.

Ce n'est pas possible.

Ce ne peut pas être Kim, étendue, là, sur le sol, une tache rouge grandissant sur sa poitrine. Ses yeux à elle ne sont pas comme ça, ses yeux à elle ne sont pas vides, ils sont vifs, acérés, forts, ils ne regarderaient pas ainsi le plafond sans réagir.

Mon corps se dirige à toute vitesse vers elle, se baisse. Mes mains volent jusqu'à sa gorge, cherchent le pouls. Ne le trouvent pas. Kim. Bordel, Kim. Mes doigts insistent. Kim. Kim, Kim, Kim. Tu ne peux pas me faire ça, je t'en supplie.

Ma vision s'embue.

Je relève la tête.

Des taches noires et mouvantes dansent au loin, une danse macabre qui les rapproche dangereusement de moi. Elles vocifèrent, ces taches, elles suent, elles pestent. Des cris, des paroles dépourvues de sens me parviennent, je crois entendre un « Putain, pourquoi t'as tiré ? », mais je ne saisis pas la suite : la barre à la main, mon corps s'est déjà redressé.

Il reprend sa course. Il court, il court, il court.

Un peu comme ces poulets à qui on a coupé la tête, il court sans savoir où il va.

Il court sans savoir qu'il est déjà mort.

Chapitre 37

J'ai mal.

Mal au côté droit de mon ventre, mal aux poumons, mal à la gorge. Mal au cœur. Cette douleur est la plus dure à supporter.

Je n'en peux plus de courir, je n'en peux plus de fuir. Le couloir devant moi devient mouvant, presque tournoyant, il semble s'entortiller comme s'il cherchait à m'engloutir dans ses entrelacs. Si je ne m'arrête pas bientôt, je vais chavirer.

Kim est morte. Et je vais probablement subir le même sort dans quelques instants. Peut-être que je devrais lâcher. Abandonner. Stopper ma course, m'asseoir par terre et attendre qu'ils me cueillent ?

Mais cette idée est vite chassée par la vision des filles, toujours enfermées dans leur Cage. Je ne peux pas flancher. Je ne dois pas baisser les bras. Pour elles. Et pour Kim.

Je risque un coup d'œil en arrière. Ils me poursuivent toujours, mais la distance entre nous augmente. À la périphérie de ma vision, je capte l'image d'un chariot sur lequel sont entreposés des cartons. Je ralentis quelques instants pour l'attraper et le projeter sur mes bourreaux, avec toute la force dont je suis capable. Le chariot se renverse dans un fracas métallique et, déversant tout son chargement sur le sol – des bonbonnes d'un liquide quelconque –, continue sa course en glissant pour s'échouer dans les jambes des armoires à glace. Je les entends jurer, l'un d'entre deux en perd même l'équilibre et s'effondre sur le sol, tête la première ; les deux autres, ayant dévié leur trajectoire, ne sont que ralentis.

Je profite du fait que l'écart avec mes poursuivants se creuse encore pour me réfugier derrière une porte battante. Je me retrouve à nouveau devant l'ascenseur, là où nos assaillants nous ont prises en chasse, Kim et moi.

Je tourne en rond.

Une irrésistible envie de pleurer commence à monter dans ma gorge. Je ne peux pas continuer à courir indéfiniment. Vite ! Vite ! Une idée !

J'aperçois alors une armoire métallique disposée contre le mur à quelques mètres devant moi. En pilote automatique, je m'en approche à grandes foulées et tente de l'ouvrir, mais, j'ai beau la secouer, elle est fermée à clé. Mon Dieu ! Un peu d'aide ! La conscience anesthésiée, je brandis au-dessus de ma tête la barre en métal confiée par Kim et la fracasse sur la serrure. Elle cède. Mes mains tremblent lorsque je repousse les portes coulissantes en plastique : les étagères du haut sont encombrées de cartons, mais la partie inférieure est vide ; si je me contorsionne, je dois pouvoir m'y réfugier.

Les larmes coulent sur mes joues alors que je m'accroupis et glisse la barre dans le fond du compartiment. Puis, allongeant mon buste sur mes jambes repliées, je me faufile sur le plancher de l'armoire ; enfin, je fais coulisser les portes en veillant à ne pas enclencher la fermeture.

Dans la semi-pénombre, je n'entends que le battement assourdissant de mon rythme cardiaque qui cogne dans mon crâne et dans mes oreilles. J'ai du mal à réguler ma respiration et tente d'étouffer mon souffle. J'ai tant besoin d'air, pourtant.

Mon Dieu. Mon Dieu, faites qu'ils ne me trouvent pas.

Une trentaine de secondes plus tard, je les entends arriver dans une cavalcade de pas et de grognements de douleur. Mon ventre se contracte, ma respiration se bloque. Le visage reposant sur mes mains, je serre mon index entre mes dents pour essayer de retenir le gémissement de peur qui afflue du fond de mes entrailles. Mon Dieu, mon Dieu, mon Dieu, je vous en supplie.

Ils ne ralentissent même pas en passant devant l'armoire et la dépassent en un rien de temps. Ils s'immobilisent un peu plus loin. Je les écoute reprendre leur souffle entre deux jurons.

Puis il me semble qu'ils reviennent en arrière. Nouveau spasme dans mon ventre.

— Elle n'a pas pu se volatiliser comme ça !

L'autre n'émet pour toute réponse que des vociférations étouffées.

Leurs voix sont toutes proches désormais. Toutes proches de l'armoire dans laquelle je me dissimule. Ils vont finir par me trouver… Ils vont finir par me repérer et, là, que m'arrivera-t-il ? Je ferme les yeux et serre les paupières, ivre de terreur.

Soudain, une troisième voix masculine s'élève :

— Qu'est-ce qu'il s'est passé avec le sujet trois ? Il fallait la ramener vivante !

L'homme semble furieux.

Je rouvre les paupières, relève la tête et tente de regarder par l'interstice. Je ne vois rien.

— On sait, c'est un accident.

— Un accident ? Avec une arme à feu ! Vous plaisantez ? Et le sujet cinq ?

Je n'y tiens plus : j'insinue deux doigts entre les pans du meuble et, délicatement, les écarte de quelques millimètres ; je glisse un œil mais n'aperçois que l'un des hommes de main qui me tourne le dos.

— Ce n'est qu'une question de minutes avant qu'on la retrouve, elle ne peut pas être bien loin.

Au même moment, le type en noir qui obstruait mon champ de vision se décale, m'octroyant une vue parfaite sur le visage du troisième homme. Choc dans ma poitrine : ce n'est autre que... celui qui m'a donné le message. Ce Miguel. Celui-là même qui a prétendu vouloir m'aider.

Il ouvre la bouche pour répondre à ses interlocuteurs quand, soudain, il se fige, le regard braqué dans ma direction. Je... Je rêve ou il m'a semblé voir ses yeux tressaillir ? Lorsqu'il amorce un imperceptible mouvement de la tête de gauche à droite, mes doutes disparaissent. Je n'ose plus bouger. Et à peine respirer.

— Vous laissez tomber les recherches pour le moment, reprend-il finalement. De toute façon, elle est coincée, elle ne peut pas sortir d'ici. La professeure Sullivan demande que vous lui rapportiez le corps du sujet trois en urgence. Elle veut tenter une récupération.

Un silence.

— Entendu. On y va tout de suite.

Le dénommé Miguel disparaît de ma vue et je perçois le martèlement de pas qui s'éloignent. Bientôt, je ne décèle plus aucun bruit. Je soupire, soulagée de savoir que je bénéficie de quelques minutes de répit. Puis repense aux propos de cet homme. Il m'a aperçue dans l'armoire, j'en suis convaincue. Il m'a aperçue et il ne m'a pas dénoncée. Au contraire, son intervention a permis d'éloigner les hommes de ma cachette.

Alors...

Alors, cela signifie-t-il que Kim avait raison ? Qu'elle avait fait le bon choix, en misant sur ce type et sa proposition de nous aider ?

Kim...

Kim, bon sang.

Je sens les larmes monter. Ils l'ont tuée. En une fraction de seconde. Aussi facilement et rapidement qu'une bulle de savon éclate, sa vie s'en est allée.

Du revers de la main, j'essuie une larme.

Qu'a-t-il dit d'autre ? Il a parlé d'une récupération. De quoi s'agit-il ? Que vont-ils faire de son corps ? Se peut-il que ce soit une manière de la soigner ? Un procédé pour la… ramener ? La *récupérer* ?

Ce n'est pas possible. Kim est… Elle est morte. Je l'ai vu de mes propres yeux, je l'ai senti sous mes doigts. Ils ne peuvent pas… Ses yeux vides, tournés vers le plafond, cette tache écarlate qui grandissait sur sa poitrine…

De nouveau, une larme afflue et roule sur ma joue. Puis une autre.

Je ne fais aucun effort pour les retenir et, bientôt, je suis tout entière secouée de sanglots.

Que vais-je devenir ?

Sans Kim, sans les filles, qu'est-ce que je vais devenir ?

— Alors ? demande la jeune fille d'un ton paniqué. Tu les as trouvées ?

Son interlocutrice secoue la tête d'un air résigné, sa longue tresse noire rebondissant contre ses omoplates.

— Non… personne dans la salle de bains, ni dans la chambre, souffle-t-elle.

— Elles ne sont pas non plus dans la pièce commune, ni dans la salle de sport.

La jeune fille tourne sur elle-même, jetant des regards effrayés à la ronde.

— Merde, Mira… Qu'est-ce qu'il s'est passé ? Pourquoi ils les ont prises ?

Elle porte les mains à ses cheveux auburn qu'elle agrippe dans un geste désespéré. Les grands yeux noirs de sa camarade s'embuent de larmes.

— Alice…, articule-t-elle, la voix tremblotante, tu ne te souviens de rien ? De rien du tout ?

— Non ! Non… Je… Je venais tout juste de débarrasser les plateaux du petit déjeuner. Je me souviens que Kim était dans la salle de sport, je l'entendais courir sur le tapis de course… Éléa dormait encore, je crois. Et Sarah…

— Sarah était avec moi dans les fauteuils, on discutait de… de ma voix.

Son amie opine, tremblante, avant de reprendre la parole :

— Et après, je... C'est le trou noir... J'ai perdu connaissance. Quand je me suis réveillée, elles avaient toutes disparu. Toutes sauf toi...

Les yeux de la jeune fille à la tresse débordent.

— Comme Amber, murmure-t-elle. Qu'est-ce qu'ils vont leur faire ? Tu... Tu crois qu'on est... les prochaines ?

— Je ne sais pas. Je ne sais vraiment pas... Mais pourquoi elles ? Et pourquoi pas nous ?

Son interlocutrice essuie ses larmes d'un revers de pouce. Puis, triturant sa longue natte avec nervosité, elle suggère d'une voix mal assurée :

— Et si on essayait de comprendre ? Si on fouillait leurs affaires ? On trouverait peut-être quelque chose ? Un indice ? Une explication ?

— Tu as raison, Mira. On peut essayer. On peut essayer de trouver un foutu sens à tout ça...

Elle marque une pause, le visage déterminé, puis ajoute :

— Et peut-être que, d'une manière ou d'une autre, on parviendra même à les aider ?

Chapitre 38

Je fredonne.

Cassée en deux dans mon armoire, je fredonne.

« Ce soir, mon Amour valse et danse, lalalalalalalala
Demain, on verra, on verra, lalalalalalalala
Ce soir, mon Amour valse et lance des étoiles sous mes pas. »

La mélodie s'échappe de mes lèvres, dans un murmure à peine audible.

Cette chanson, *1000 moi-même*, que Théo chante tout le temps… C'est un morceau de l'un de ses groupes de rock favoris, Déportivo – un groupe « vintage » comme il aime le rappeler.

Je souris en le visualisant chantonner ce titre tout en grattant deux, trois notes sur sa guitare. Mon Théo.

Ça me fait du bien.

Et, en même temps, à chaque fois que je pense à lui, que je pense à ma famille, à ma vie, à mon quotidien, l'absurdité de ma situation me revient en pleine face : qu'est-ce que je fiche ici ? Qu'est-ce que je fiche ici, pliée en deux, cachée dans une armoire métallique ?

Je tente de détendre mes jambes qui s'ankylosent peu à peu tandis que mon dos et ma nuque me brûlent. Nanou disait toujours de moi que j'étais incroyablement souple. « Tu as un corps de danseuse, répétait-elle. Délié et élastique. Tu tiendrais dans une boîte de conserve. » Elle ne croyait pas si bien dire. J'esquisse un sourire.

Ma Nanou. Mon Théo. Où sont-ils ? Et moi ? Où suis-je ?

Je soupire.

Cela doit bien faire une demi-heure que les hommes se sont éloignés de mon abri de fortune. Une demi-heure que je suis coincée là, comme une sardine dans sa boîte. Je ne peux pas y rester éternellement, mais… quelles sont mes options ? Sortir et errer au hasard ? Attendre ici ce fameux Miguel et m'échapper grâce à son autorisation ADN ? Il sait où je suis, il m'a vue, j'en suis sûre.

Pourtant, il ne vient pas…

Un son interrompt le flot de mes pensées. Le grincement de la porte à double battant qui s'ouvre. Des martèlements de pas sur le sol. Qui que ce soit, ils sont plusieurs. Je me recroqueville un peu plus.

Les bruits se rapprochent. Est-ce Miguel qui revient ? Mais pourquoi n'est-il pas seul ?

Avec la plus infinie discrétion, je tente un coup d'œil à travers l'interstice, mais mon champ de vision se trouve si réduit que j'aperçois à peine quelques centimètres de couloir devant moi. J'entrouvre un peu plus et, bientôt, je discerne des ombres sur le sol. Elles approchent, floues et mouvantes, menaçantes.

Lorsque je découvre enfin à qui elles appartiennent, ma respiration se coupe instantanément.

Ce n'est pas Miguel qui se dirige vers ma cachette.

Un colosse tout en muscles et au crâne rasé avance d'une démarche lourde. Il est accompagné de l'un de ses collègues, à la corpulence plus fluette – l'homme à la moustache.

Mais je les remarque à peine.

Je ne vois qu'elle.

Mon cœur rate un battement.

Ce n'est pas possible. Ce ne peut être elle.

Pas. Possible.

Là, toute chétive, presque ratatinée sur elle-même…

Kim trébuche, hagarde, perdue, entre les deux gardes.

J'ai à peine le temps d'intégrer l'idée, à peine le temps que cette information prenne sens dans mon cerveau, que le trio dépasse l'armoire dans laquelle je me cache. En une fraction de seconde, ils sont hors de portée de mon regard et les claquements des chaussures sur le sol s'éloignent.

Il me faut quelques instants pour retrouver mes esprits. Comment Kim peut-elle se trouver là, dans ce couloir ? J'ai vérifié moi-même : son cœur ne battait plus, son pouls n'était plus. Et même si elle n'avait été que blessée, elle ne pourrait raisonnablement pas se tenir debout, se déplacer. Je ne vois qu'une seule explication : cette… cette « récupération », dont parlaient les types. Se peut-il… ? Mon Dieu, si seulement…

Je respire une fois, deux fois.

Je sais ce que j'ai à faire : je dois sortir de mon refuge improvisé et suivre mon amie. Je dois savoir où ils l'emmènent pour la tirer de là. Et découvrir ce qu'ils comptent faire d'elle. Kim…

Elle est vivante.

Le souffle coupé par cette révélation qui s'impose peu à peu à moi, j'entrouvre un peu plus les portes coulissantes de ma cachette. Avec précaution, je passe une tête et, constatant que la voie est libre, m'extirpe de mon carcan de métal.

Je prends à peine le temps de délier mes muscles douloureux, saisis la barre de métal et commence à avancer d'un pas mesuré, mes semelles collant au lino usé et poisseux. Passant devant l'entrée du petit débarras dans lequel je me suis cachée avec Kim, je parviens face à la porte à double battant. Avec prudence, je tente un coup d'œil à travers l'un des hublots. Mon cœur vrille et je me remets à couvert aussitôt : ils sont là. Kim et l'homme au crâne rasé patientent devant une porte quelques mètres plus loin. J'ignore où se trouve l'autre individu.

Je ferme les yeux, les rouvre et tends à nouveau le cou avec toute la discrétion possible. Kim, immobile, les épaules voûtées, me tourne le dos. Elle n'est même pas maintenue par l'homme qui, d'un air ennuyé, examine ses ongles.

Je ne distingue pas le visage de mon amie, mais son attitude me laisse perplexe : ça ne colle pas. Cette apathie, cette résignation apparente, cette indolence ne lui ressemblent pas. Tout se passe comme si elle avait renoncé. La Kim que je connais ne resterait pas ainsi inerte, muette, lasse. Absente. Lui ont-ils fait quelque chose ? Ont-ils… trafiqué son cerveau ? Son père est-il derrière tout ça ?

La sonnerie du téléphone de l'homme retentit. J'espère pouvoir saisir une information quelconque, mais il se contente de quelques hochements de tête et de rares onomatopées. Puis je le vois raccrocher, glisser quelques mots à Kim qui ne réagit pas et… Non, ce n'est pas possible… Il ouvre la porte devant laquelle ils patientaient et pénètre dans la salle, laissant Kim derrière lui. Seule. Kim est seule, là, à quelques mètres de moi. Ce ne peut pas être aussi facile.

Elle n'a pas bougé d'un centimètre. C'est même à se demander si elle a remarqué que son geôlier l'avait abandonnée, livrée à elle-même. Libre.

Ils l'ont sûrement droguée pour qu'elle se montre aussi docile.

C'est un piège. Ce ne peut être autrement. Un de leurs foutus tests ?

Pourtant, je décide de museler mon cerveau : je ne peux laisser tomber mon amie sans rien tenter. L'homme est seul : même s'il revient, nous serons deux contre lui. Deux et une barre en fer. Sans plus réfléchir, je pousse la porte aux hublots vitrés et m'avance vers elle d'un pas déterminé.

— Kim ?

Elle n'ébauche aucun mouvement, me tournant toujours le dos.

— Kim ? je répète un peu plus fort alors que j'arrive à ses côtés. Kim ? C'est moi, Éléa.

D'une torsion lente et placide, elle pivote la tête. Je ne peux retenir un sursaut de surprise en découvrant ses yeux : ils sont… vides. Comme morts. Son visage est tout aussi dépourvu d'émotions et rien n'indique qu'elle m'ait reconnue. Mon Dieu… Que lui ont-ils fait ?

— Kim ? Viens… Viens avec moi, on ne peut pas rester là, on doit filer et vite !

Toujours aucune réaction.

— Kim ! je m'époumone, en jetant des regards tendus vers la porte. Qu'est-ce que tu as ? Parle-moi !

Je l'attrape par la main : elle se laisse faire, molle entre mes doigts, mais quelque chose se produit enfin sur ses traits, un infime froncement de sourcils.

Avec le sentiment que le temps s'est arrêté tant elle se meut au ralenti, je vois ses lèvres s'entrouvrir avant qu'un mince filet de voix ne s'en échappe :

— Kim ? Qui… Qui est Kim ?

Une pause.

— Mon nom est… Kimberley.

Chapitre 39

La stupéfaction m'attrape de ses longs doigts crochus. Elle me fige dans son emprise et, durant quelques secondes, mon cerveau cale.

Puis, tout s'enchaîne très vite. La porte s'ouvre d'un mouvement sec, l'homme au crâne rasé en sort, aussitôt suivi de celui portant une moustache. Des éclats de voix, des « halte-là ! », des mains qui saisissent. Je n'ai guère le temps de soulever ma barre de métal qu'elle m'est déjà arrachée.

Kim, quant à elle, n'a pas amorcé le début du commencement d'un geste. Son visage est demeuré aussi neutre et fixe que celui d'un mannequin en plastique accumulant la poussière dans une vitrine de magasin.

Le crâne rasé m'observe d'un air narquois.

— Alors, raille-t-il, on vient sauver sa petite copine ? Je te croyais plus maligne que ça, je pensais pas que ce serait si facile de te faire sortir de ta cachette.

Je serre les dents : tout ceci… Tout ceci n'était qu'un coup monté. J'aurais dû écouter ma petite voix intérieure qui m'incitait à la méfiance.

Il empoigne Kim tandis que le moustachu attrape mon bras et tous deux nous poussent en avant.

— Tu sais que tu nous as donné du fil à retordre ? poursuit le crâne rasé à mon attention. Pourtant, personne n'aurait parié sur toi au début ! Il paraît que tu t'es pissé dessus, le premier jour, c'est vrai ?

Je lui jette un regard noir, mais, au moment où j'ouvre la bouche pour lui répondre, l'homme à la moustache fine me devance et s'adresse à lui en chinois. J'ignore la signification de ses propos mais, au ton véhément de sa voix et à la mine renfrognée de l'autre, j'en déduis qu'il ne s'agit pas de félicitations.

— Vous nous emmenez où ? je demande, les tempes palpitantes.

Aucun des deux types ne prend la peine de répondre tandis que nous arrivons devant une nouvelle porte à double battant.

— Kim ? je crie au moment où l'homme au crâne rasé pousse la porte sans hésitation.

Mais Kim ne réagit toujours pas, se contentant de se laisser guider, placide et amorphe. Que lui ont-ils fait, bon sang ?

Nous pénétrons dans un sas ouvrant sur un escalier descendant. Un petit monte-charge le jouxte. Les deux hommes de main nous forcent à emprunter les marches.

— Qu'est-ce que vous lui avez fait ? je demande au moustachu. Pourquoi elle est comme ça ?

Le type consent à baisser son regard sur moi.

— On lui a rien fait, répond-il du bout des lèvres.

— Comment ça ? Bien sûr que si, je le vois bien, elle n'est pas… elle n'est pas elle-même !

— La ferme ! crie l'autre en se retournant pour me jeter un regard excédé. Tu avances et tu te tais.

Pour la forme, je tente de me débattre et d'arracher mon bras à son emprise, mais, malgré sa corpulence fluette, l'homme à la moustache me tient d'une poigne ferme.

L'escalier débouche sur un palier fortement éclairé par des spots de lumière blanche. Deux couloirs s'ouvrent devant nous – l'un tout droit, l'autre sur la gauche. Deux couloirs qui m'évoquent ceux d'un hôpital flambant neuf, brillant d'une clarté toute médicale. Le contraste avec le niveau supérieur, vétuste et comme abandonné, est si surprenant qu'un instant, mes jambes cessent d'avancer.

— Allez, on bouge ! s'écrie l'homme au crâne rasé en poussant Kim dans le couloir de gauche.

Lorsque je comprends que mon propre garde m'entraîne dans l'autre couloir, je tente de résister en me cabrant.

— Kim ? je crie tandis que l'homme à la moustache me tire d'autorité.

Je n'ai pour seule réponse de la part de mon amie qu'un simple froncement de sourcils interrogateur lorsqu'elle se retourne. Elle se laisse emporter loin de nous sans opposer la moindre résistance.

— Vous l'emmenez où ? je m'écrie, me tournant vers mon oppresseur. Vous lui avez fait quoi ? Kim !

— Tais-toi, rétorque l'homme sans ralentir.

— Mais dites-moi au moins ce que vous allez faire de nous !

Un regard furtif dans ma direction.

— Je ne suis pas autorisé à te répondre.

Autour de nous, les pans de mur ont laissé place à des parois vitrées sur leur moitié supérieure. Derrière, j'aperçois des salles médicalisées, des sortes de laboratoires. L'homme se plante face à une porte avant de l'ouvrir et de me pousser en avant.

La pièce, plutôt grande, est occupée en son centre par une machinerie imposante pourvue d'un tableau de commandes électroniques. Juste devant, deux planches de deux mètres de long environ, équipées de lanières et fixées à une structure métallique, se dressent à la verticale. Le reste de l'espace est vide, hormis des dessertes contenant nombre d'instruments médicaux. Au plafond, de larges lampes, dispensant une lumière blanche et aveuglante, presque violente, réveillent aussitôt des souvenirs désagréables ; un malaise vient se couler dans ma gorge tandis que l'homme me pousse vers l'un des panneaux verticaux.

Je suis déjà venue ici, je le sais, je le sens. Un poids s'écrase contre ma poitrine, me faisant presque suffoquer. Des sensations se bousculent dans ma tête, dans mon corps, jusque dans la pulpe de mes doigts : l'effroi, le vertige, la chaleur auxquels se mêle le rythme inquiétant d'un battement lancinant et entêtant. Le blanc autour de moi se fait plus blanc encore, immaculé, éblouissant, criard, mettant à nu mes terreurs les plus enfouies de façon presque obscène.

Je ne veux pas, je n'irai pas sur l'une de ces tables. Je me dresse vers l'arrière et tente de freiner l'inéluctable.

— Allez, ne fais pas d'histoires.

— Non !

L'homme laisse échapper un soupir.

— Tu ne me laisses pas le choix.

Il m'agrippe les poignets et, les coinçant dans mon dos, me force à avancer.

Je me tords dans tous les sens, essaye de me laisser tomber au sol, tire sur mes bras pour les dégager, crie, mais rien n'y fait : en quelques minutes, je me retrouve le dos plaqué à la planche ; le moustachu m'y attache au moyen des lanières au niveau de mes poignets et de mes chevilles. Me voilà pieds et poings liés à la verticale face à mon oppresseur qui pose sur moi un regard indéchiffrable.

— C'est bon, je n'ai pas trop serré ?

Je détourne les yeux, refusant de lui répondre.

Après quelques secondes de silence, il fait volte-face, puis s'éloigne pour sortir de la pièce par une petite porte située dans le fond, me laissant seule.

Ça tambourine tellement dans mon crâne et la sueur ruisselle si abondamment de mon visage que j'ai l'impression d'être fiévreuse. Une foutue fièvre plus contagieuse que le pire des virus : la peur, ma meilleure amie, ma pire ennemie, est de nouveau là, à mes côtés.

J'inspire et expire, je bats des paupières pour chasser les gouttes de transpiration qui viennent flouter ma vue. Cela ne doit faire que quelques instants à peine que je suis prisonnière de mon entrave, mais c'est comme si le temps, pourri par l'angoisse, subissait une distorsion, s'étirant dans une infinité putride.

Les questions se bousculent dans ma tête, débordant mon cerveau : où suis-je ? Que vont-ils me faire ? Comment… Comment survivre à ça ? Comment cesser d'avoir peur ? Comment en finir ? Comment…

La petite porte s'ouvre de nouveau, interrompant ma tempête intérieure.

Je retiens mon souffle.

Le panneau pivote lentement.

Deux personnes en émergent : l'homme à la moustache – toujours le même – et une jeune fille qu'il pousse vers l'avant, tout en maintenant ses poignets.

Elle maintient son visage baissé vers le sol tandis qu'ils s'approchent.

Lorsqu'elle le relève, mon souffle disparaît pour de bon.

Ce n'est pas possible.

Pas.

Possible.

Une stupeur sans doute identique à la mienne se lit sur ce visage au teint diaphane encadré de longs cheveux châtains.

Une terreur jumelle à celle que je ressens fait vaciller ces deux grands yeux bleus.

Un ahurissement semblable au mien.

Je suffoque, comme sous l'effet d'un mauvais tour joué par le miroir d'un palais des glaces horrifique qui me renverrait un reflet discordant.

Car la jeune fille qui me fait face n'est autre que… moi-même.

Chapitre 40

De l'air.

Vite. De l'air, de l'air, de l'air !

Ils ont dû me droguer. Sans que je m'en rende compte, le gars a dû m'injecter un truc juste après m'avoir attachée à la table.

Ou alors, autre possibilité, je me suis endormie. Et tout ceci n'est qu'un cauchemar. Juste un fichu cauchemar.

Un cauchemar très réel quand même : lorsque le type resserre sa poigne autour des bras de la jeune fille, la grimace de douleur qui se dessine sur ses lèvres me paraît si convaincante. Quand, malgré elle, elle s'avance vers moi, les yeux toujours exorbités par la surprise et rivés aux miens, sa démarche contrainte et trébuchante ne me semble, en aucun cas, imaginaire.

En quelques secondes, mon double est devant moi et nous nous faisons face dans la stupeur la plus muette qui soit.

Cette confrontation contre-nature ne dure pas longtemps : ma jumelle est aussitôt forcée par l'homme à s'adosser contre l'autre table à laquelle il l'attache. En l'espace de trois respirations, elle se retrouve dans la même posture que moi, pieds et poings liés. Prisonnière et confuse. À la merci totale de nos agresseurs.

L'homme lisse les pans de son pantalon sans un mot avant de sortir de la pièce.

Nous nous observons l'une l'autre dans le plus grand silence. La ressemblance est saisissante : les mêmes traits, la même corpulence, fine, presque chétive, et – je suppose – la même expression tendue et angoissée.

— Je… Tu… Qui es-tu ? je demande.

En entendant ma voix, ses épaules se soulèvent dans un sursaut et l'effroi sur son visage se mue en panique. Elle me répond dans un souffle :

— Je… Je m'appelle Éléa.

Ce n'est pas seulement le prénom qui est le même. C'est aussi la voix. Cette voix qui sonne comme un écho monstrueux à mes oreilles.

— Ce n'est pas possible, je murmure. Pas possible… Que… Qu'ont-ils fait ?

Elle reste muette, me dévisageant comme un animal aux aguets. La sueur colle ses cheveux sur son front et ses tempes. Elle tremble. En réalité, elle semble si terrorisée que j'ai la sensation de pouvoir sentir l'odeur de sa peur, un parfum acide et entêtant. Qui colle, qui s'accroche. Je me demande si je donne la même impression. Si l'angoisse et la souffrance transparaissent autant de moi.

— Tu viens d'où ? je demande. Tu es qui ?

Pour toute réponse, je vois sa poitrine se soulever de manière spasmodique au rythme de son souffle saccadé. Je décide d'insister.

— Est-ce que ça fait longtemps que tu es ici ? Est-ce que tu as été retenue, toi aussi ?

Sa respiration devient sifflante tandis que les mouvements de son thorax s'amplifient. La crise d'angoisse n'est pas loin, elle menace.

C'est déroutant. Déroutant de voir ainsi les effets de la peur sur autrui. Enfin, pas sur autrui. Sur quelqu'un qui n'est pas moi et qui, pourtant, l'est un peu quelque part. Est-ce que je suis comme ça, moi aussi ? Ou plutôt : est-ce que… j'étais comme ça ?

Elle paraît avoir de plus en plus de mal à respirer : la bouche grande ouverte, les pupilles qui roulent dans tous les sens, qui cherchent sans doute où se cache l'air, la cage thoracique qui fait comme un chuintement inquiétant. On dirait qu'elle étouffe.

— Calme-toi.

J'hésite à prononcer son prénom.

— Calme-toi… Éléa. Ferme les yeux, respire profondément.

Puis les paroles de Kim me reviennent en mémoire :

— Visualise une couleur. Laisse-toi envahir par elle. Essaye de ne penser qu'à ça.

Incapable de me répondre, elle se contente de m'adresser un regard surpris. Puis clôt ses paupières. Pendant quelques secondes, seul le bruit de ses halètements se fait entendre. Ça monte et ça descend, comme une vague anxiogène. Il ne faut pas que je la laisse m'atteindre.

Assez vite, je m'aperçois que son souffle s'apaise. Ses expirations et inspirations reprennent peu à peu une cadence naturelle. En l'observant si semblable à moi, je ne peux m'empêcher de me revoir quelques jours auparavant, en proie à la même angoisse paralysante qu'elle. Qui l'aurait cru… Qui aurait cru, à ce moment-là, que je me retrouverais dans la position de réconforter plus terrorisé que moi ?

Je m'apprête à ouvrir la bouche pour la féliciter d'avoir retrouvé son sang-froid quand, tout à coup, la porte s'ouvre à nouveau sur l'homme à la moustache très fine. Il porte dans ses mains deux espèces de demi-cercles en métal qu'il vient relier à la machine centrale par des câbles.

Un son de friture se fait entendre. Ça vient du plafond. Mes yeux tombent assez vite sur une petite enceinte accrochée dans un coin de la pièce. Une voix féminine aux intonations robotiques s'en échappe :

— Installez les capteurs, je vous prie.

Je fronce les sourcils tandis que l'homme se dirige vers moi, muni de l'un de ces étranges casques métalliques.

— Qu'est-ce que vous faites ?

— Laisse-toi faire, allez, dit-il avec une grimace.

Je commence à me débattre, mais la voix féminine m'immobilise de surprise :

— Éléa, Zhang va placer sur ton crâne et ton corps des capteurs qui vont me permettre de recueillir un certain nombre de données.

Lorsqu'elle prononce mon prénom comme si elle me connaissait, je sursaute. Elle n'a pas le droit. Pas le droit. C'est le mien. Et le sien, pensé-je en observant ma compagne de galère. Le nôtre.

— Ne crains rien, reprend-elle, ce n'est pas douloureux.

Méfiante, j'observe l'homme qui se rapproche une nouvelle fois de moi. Quand il est sur le point de me coiffer de cet étrange casque, je me cabre, secouant la tête. De quelles données s'agit-il ? Pas question que je me laisse faire !

L'homme insiste et, plaquant mon crâne contre la table, réussit à positionner le demi-cercle. Il entreprend ensuite de coller les électrodes contre mon front et mes tempes, mais je ne suis pas décidée à lui faciliter la tâche.

— Éléa, reprend la voix dans l'enceinte, si tu ne coopères pas, je lui ordonne de t'endormir, c'est aussi simple que ça.

Sa déclaration est suivie de légers grésillements. Pour autant, la mauvaise qualité du son ne suffit pas à dissimuler la froideur qui pointe dans le ton de la voix.

Je me calme, non sans lancer un regard noir au type. Ce dernier poursuit sa besogne en collant sur diverses parties de mon corps des sortes de ventouses plates.

Tandis qu'il finit de me manipuler puis s'écarte, je sens que mon cœur s'emballe de plus en plus. Mais c'est autre chose que la peur qui est à l'œuvre à l'intérieur de moi, plutôt une colère sourde qui me fait oublier ma réserve habituelle :

— Qui êtes-vous ? De quelles données parlez-vous ? Qu'est-ce que… vous nous avez fait ?

Ma jumelle me dévisage, muette.

— Éléa…, répond la voix. Tu poses vraiment la question ?

Mes joues s'empourprent.

— Évidemment que je pose la question ! Qu'est-ce que vous êtes en train de faire ? Pourquoi vous nous avez enfermées ? Sur quoi… Sur quoi portent vos expériences ?

Les mots vacillent en formulant cette dernière interrogation tandis que je garde mon regard braqué sur mon double. J'ai bien une idée… de la nature de leurs expérimentations. De ce qu'elle est, elle, et de ce que je suis, moi.

La voix reste muette. Puis, après quelques secondes, elle s'élève de nouveau :

— Éléa… Vous êtes ici dans un laboratoire expérimental et je suis la professeure Sullivan, doctoresse en chef des opérations qui portent sur…

Une hésitation.

— Sur le clonage. Éléa, vous êtes… toutes deux des clones.
Mes poumons se vident d'un seul coup.
Je crois que j'aurais préféré que la voix se taise.

Chapitre 41

Burn-out.

Absence d'image, de son, de pensée. Absence de tout. Le vide infini. C'est sans doute le seul mécanisme de protection que mon encéphale ait trouvé.

Puis, la machine se remet en branle d'un seul coup comme si, après une apnée interminable, je respirais de nouveau et revenais à la vie. Mon estomac se contracte tandis qu'un goût de bile remonte le long de ma gorge. Je n'ai que le temps de me pencher en avant, les bras toujours maintenus écartés, pour évacuer toute cette horreur. Cette ineptie, ce non-sens. Cette abomination.

Elle ment. Ce n'est pas possible autrement.

Je relève la tête vers… Vers l'autre. Elle me dévisage, les yeux agrandis. Son pantalon est maculé d'une large tache humide sur le devant. Comme si le destin m'adressait un clin d'œil sarcastique, comme s'il me criait en pleine face : « Tu vois bien que vous êtes les mêmes, strictement les mêmes ! » Nouveau spasme dans mon ventre.

Des… clones. Je ne peux pas y croire. C'est forcément un mensonge. Je sais très bien qui je suis : je m'appelle Éléa, j'ai dix-sept ans ; ma mère est morte dans un accident de voiture alors que je n'avais que sept ans. J'ai un père que je connais à peine et c'est Nanou, ma Nanou, qui s'est occupée de moi. Et puis… Et puis, il y a Théo… Théo, mon amoureux, Théo, mon troubadour aux grands yeux clairs. Théo, mon ancrage à la vie. Tout cela existe pour de bon, je le sais au fond de moi, au fond de mes tripes, dans mes veines. C'est ma vie ! Ma vie à moi, pas celle d'une autre !

Mes poings se serrent. Ma poitrine se soulève à un rythme si rapide que la tête me tourne. Je sens quelque chose grossir dans mon ventre, comme un souffle brûlant et puissant, ça monte, ça enfle et, bientôt, ça me dépasse : un cri de rage, écorché, caverneux, presque douloureux dans ma gorge, jaillit de moi.

— Vous mentez ! C'est faux ! Faux, faux, faux ! Je ne suis pas un clone ! J'ai… J'ai toutes ces choses dans ma tête, tous ces souvenirs, toutes ces douleurs et ces joies, tous ces rêves. Je ne les ai pas inventés ! Ils existent ! J'existe ! Je suis… Je suis Éléa !

Je crie, j'aboie, je gronde en même temps. Ça fait mal, mais qu'est-ce que ça fait du bien aussi de vomir toute cette haine, toute cette colère. Toute ma révolte.

L'autre me fixe, la respiration haletante, le teint livide. Le corps tremblant. La peur dégouline tant d'elle que c'en est dégoûtant. Je ne suis pas comme elle, pas comme elle. Nous ne sommes pas des clones.

Un larsen me vrille les oreilles.

— Éléa, reprend la voix du même ton académique, tu es, ou, plutôt, vous êtes des clones. C'est ainsi. Tous ces souvenirs que tu as dans la tête, de même que tes traits de caractère, nous vous les avons implantés.

— Je ne vous crois pas !

Un silence de quelques secondes, suivi d'un soupir.

— C'est pourtant la vérité. Je dois dire que tu as été un sujet passionnant à étudier. Je t'observe depuis tout ce temps, je te regarde te construire, t'affirmer. Maîtriser tes démons. Grâce à toi, à vous, je sais que cette ambition que d'aucuns jugeaient folle est possible, que toutes ces années de recherche n'auront pas été vaines. Mon but est enfin atteint : donner naissance au clone parfait.

Tandis qu'elle parle, mon regard dérive vers mon double : l'homme est en train de l'équiper du même appareillage. Le visage baissé, elle s'est effondrée sur elle-même si bien que je ne peux même plus voir ses yeux. Ni l'expression de ses traits.

Des clones… Comment est-ce possible ?

Et puis, ça me revient. Des réminiscences de sons, de sensations. Le flou qui m'enveloppe, ce brouillard blanc et chaud qui se pose sur moi, m'entoure, m'enserre presque. Et je l'entends : le battement. Régulier, monotone, entêtant. Révulsant. Il palpite, il envahit toute ma tête, il se répand dans mon corps, remontant la ligne de mes veines. Il s'immisce dans mon sang, dans mon cerveau, dans chacune des cellules qui me constituent.

Des clones.

Je suis un clone.

— Attendez ! je crie. Qu'est-ce que… Qu'est-ce que vous voulez dire par « implanter des souvenirs » ? C'est ce que vous comptez faire avec vos capteurs ?

Lorsque la voix reprend la parole, ce n'est pas pour me répondre :

— Vous avez terminé l'installation ?

L'homme recule de quelques pas, puis se dirige vers la machine avant d'activer un interrupteur. L'appareil s'allume aussitôt.

— Tout est en place, Professeure Sullivan, dit-il. Vous pouvez commencer.

— Parfait, merci.

En place ? En place pour quoi ? C'en est trop. Je hurle :

— Répondez ! Qu'est-ce que vous nous faites ?

Silence.

Puis, de nouveau, un bruit de friture.

— Je n'ai plus besoin d'implanter de souvenirs, Éléa. Je procède à l'opération inverse et effectue ce que j'appelle une récupération : je recueille les informations transmises par chacune des cellules de vos deux organismes afin de les croiser entre elles. Et… au vu de ce que j'ai sous les yeux, je dois dire qu'elles sont… ma foi… très enrichissantes.

Une récupération ? J'ai déjà entendu ce terme lorsque j'étais cachée dans l'armoire : c'était à propos du corps de Kim. Mais alors…

— Kim ! Je l'ai vue, elle était… Elle était vivante… Ce n'était pas elle, n'est-ce pas ? Elle était si différente… C'était… son clone ?

Raclement de gorge de l'autre côté de l'enceinte.

— En effet, Éléa. Kim a été tuée par ces incapables avant que je puisse procéder à la récupération de ses données. Un incident vraiment regrettable.

Un *incident regrettable* ?

— Tu as rencontré Kimberley, poursuit la professeure Sullivan, pour qui, comme tu as pu le constater, l'implantation de personnalité a échoué. J'espère pouvoir tirer quelque chose de ses données, au moins pour comprendre les raisons de cet échec, mais je doute fort que ce soit très utile : ce n'est… comment dire… qu'une coquille vide.

— Pourquoi ? je crie. Pourquoi faites-vous ça ?

— Pourquoi ? Mais parce qu'il s'agit d'un projet qui va, j'en suis certaine, révolutionner l'avenir de l'humanité par toutes les possibilités qu'il offre : duplication d'organes, reproduction de proches disparus et tant d'autres. Parce que c'est un sujet ambitieux, stimulant, passionnant ! Parce que la génétique est un domaine qui me fascine depuis toujours. Et puis, parce que mes supérieurs me rémunèrent en conséquence : de nombreuses personnes sont prêtes à les payer pour que je mette au point un processus fiable. Et ils payent cher. Très cher.

Ces mots viennent se planter dans mon cœur comme des flèches. Je mords l'intérieur de mes joues jusqu'à sentir le goût ferreux du sang.

— Je suppose que vous avez deviné, poursuit la voix d'un ton toujours aussi austère, mais, oui, ces gens qui sont prêts à donner des millions pour ce projet sont des proches de votre originale. Plus exactement, en ce qui vous concerne, le père de votre originale.

Je ferme les yeux, au bord de la nausée une nouvelle fois. J'ai peur de comprendre. Peur de comprendre les réelles implications de toutes ces révélations, si elles sont vraies. Si je suis un clone, si nous sommes des clones, si mon père est prêt à payer pour ça, alors, c'est que je suis… Que la vraie Éléa est…

— Morte. S'il en est réduit à commander un clone, c'est parce que votre originale est… Eh bien, elle est morte. Je ne vois pas comment vous annoncer les choses autrement.

Morte.

Éléa est morte et je ne suis que son clone. Une pâle copie. Un pastiche. Une imposture. Un monstre qui ne mérite pas de vivre. Tout ce temps perdu à avoir peur pour moi, pour ma peau. Alors que je ne suis qu'une erreur de la nature indigne de respirer et, même, de trembler.

Mais alors… si mon père n'est pas mon père, si ma mère n'est pas ma mère, qu'en est-il de Nanou ? Et de Théo ? Et tous ces souvenirs ? Tout ce qui m'a fait tenir jusqu'à présent, ce n'était donc que du vent ? Théo, mon Théo. Ses yeux, je ne les ai donc jamais vus ? Ses cheveux, je ne les ai donc jamais caressés ? Et ses lèvres… jamais embrassées ? Et les câlins de ma Nanou ? Tous ces baisers, tout cet amour qui m'a toujours portée, même ici, au plus profond de l'enfer ? Ma vie entière est fausse. Je ne suis… qu'une chose sans passé.

— Le processus est bientôt achevé, reprend la voix qui grésille. Ce n'est pas que je m'ennuie, Éléa, mais un travail colossal de traitement de données m'attend. Tu m'as déjà bien assez ralentie comme cela avec ta petite escapade.

Mon sang se glace : qu'est-ce que cela signifie ? Que va-t-il… nous arriver ensuite ? Il faut que je trouve un moyen de gagner du temps… Mais du temps pour quoi ?

— Attendez ! je m'écrie, au bord de la panique. Je ne comprends pas ! Pourquoi tout ça ? Pourquoi nous avoir enfermées ? Pourquoi une paire de clones ?

Silence. Le micro a été coupé.

Je serre les poings. Cette scientifique est inatteignable. Que sommes-nous pour elle ? Rien. Des rats de laboratoire. Des sortes de monstres de Frankenstein modelés selon ses ambitions démentes.

— Vous êtes folle ! je hurle, désespérée. Complètement folle ! Que croyez-vous qu'ils vont penser, vos chers donateurs, quand ils sauront ce que vous nous avez fait subir ? Vous pensez vraiment que nous allons garder ces horreurs pour nous quand vous allez nous rendre à eux ? Vous l'imaginez sérieusement ?

Alors que je n'y croyais plus, l'enceinte se met de nouveau à crépiter.

— Ils ne sauront pas, dit la professeure.

Une pause avant qu'elle ne reprenne, plus froide encore :

— Vous n'êtes que des prototypes. Des prototypes dont l'existence ne se justifie que par la nécessité d'assurer la viabilité de notre processus.

Un nouveau silence avant qu'elle n'assène la suite :

— Vous n'avez jamais été destinées à vivre.

Chapitre 42

J'ai dû mal comprendre.

La doctoresse ne vient pas de nous révéler qu'elle allait nous tuer, pas comme ça, pas sur le même ton que si elle nous confiait sa recette de crêpes.

Mes yeux croisent ceux de mon double qui me fixe d'un air horrifié. Pire que ça : elle s'est liquéfiée. Ratatinée sur elle-même, les joues humides, elle a déjà abandonné.

Mais pas moi. Je ne peux pas me résoudre à laisser tomber : ça gronde dans mon ventre, ça tonne dans ma poitrine, dans ma tête. C'est comme si chaque cellule de mon corps se révoltait contre cette odieuse, cette insupportable vérité.

— Vous ne pouvez pas faire ça ! je hurle. C'est… C'est…

Un larsen vient m'interrompre, signifiant que la communication a été coupée.

Mon sang se glace. Mais au lieu de me pétrifier sur place, cette sensation décuple ma rage et mon instinct de survie. Il faut que je trouve un moyen de gagner du temps… Je dois trouver une solution pour nous délivrer.

— Qui êtes-vous ? je crie. Pourquoi vous vous cachez derrière votre micro comme ça ? Vous n'assumez pas, c'est ça ? Vous refusez de regarder droit dans les yeux les personnes – les êtres humains – que vous projetez d'assassiner ?

J'ignore pourquoi je dis ça. Je ne sais pas d'où me vient cette hargne, ni cette capacité d'improvisation. Je sais juste que je ne dois pas lâcher. Je ne dois pas la lâcher.

Un nouveau grésillement déchire le silence et il sonne à mes oreilles comme une petite victoire : le micro vient d'être réactivé. Pourtant, ce n'est pas à moi qu'elle s'adresse :

— Zhang, vous pouvez y aller, j'ai tout ce qu'il me faut.

Y aller ? Qu'est-ce que cela signifie ?

Je vois le moustachu s'affairer au-dessus du tableau de commandes électroniques de la machine centrale : au moment où il presse un bouton rouge, les deux tables auxquelles nous sommes attachées commencent à s'incliner vers l'arrière. L'autre Éléa laisse échapper un faible couinement.

— Mais, qu'est-ce que vous allez nous faire ? je hurle en tirant sur mes liens.

Devant moi, ma jumelle jette des regards effrayés à la ronde. Si elle pouvait, je sais qu'elle disparaîtrait sous la surface du sol. Je le sais parce qu'il n'y a pas si longtemps, c'est ce que j'aurais ressenti. Mais pas là : à présent, la seule chose que je souhaite, c'est me défaire de mes entraves, m'échapper, et surtout, surtout, fermer le clapet de cette scientifique psychopathe, lui faire payer la mort de Kim et, probablement, de celle d'Amber.

Zhang, après un regard adressé à chacune d'entre nous, gagne la petite porte par laquelle il disparaît, nous laissant ainsi, positionnées à l'horizontale et vulnérables. Impuissantes.

Puis… rien.

Les secondes s'égrènent, mais rien ne se passe. Ma jumelle a redressé la tête, tendue vers la porte qu'elle scrute d'un air affolé.

Le temps paraît suspendu, s'étire…

Enfin, je l'entends.

Un martèlement de pas qui résonne depuis la zone située derrière la petite porte. Un pas lourd et assuré. Déterminé.

Un homme surgit alors.

Un homme qui n'est pas Zhang.

Un homme dont le visage est acéré, comme sculpté au couteau, le regard aussi froid qu'une lame.

Une vague de terreur tombe sur moi et m'enveloppe d'une nappe glacée.

Je connais ce regard, je connais ce visage, c'est celui qui hante mes cauchemars depuis que je me suis réveillée dans ce lieu, celui que j'ai déjà aperçu auparavant sur des photographies de mauvaise qualité.

L'homme qui s'approche est…

… le père de Kim.

Chapitre 43

Je crois – je ne suis pas sûre – mais je crois que mon cœur a cessé de battre.

Après tant d'émotions, comment pourrait-il être encore en état de fonctionner ? Un vide immense emplit ma poitrine, se déploie et gagne mon cerveau qui se met sur pause, comme vaincu par un bug colossal.

Mes yeux voient ce qu'il se passe, mais ma tête refuse de comprendre : le père de Kim, sans un regard pour moi ou pour mon double, se dirige vers l'une des dessertes ; je le vois manipuler divers objets sans que je réussisse à les identifier. Des bruits métalliques résonnent, des sons lointains, irréels, comme s'ils me parvenaient de l'autre côté d'un rêve.

Puis un tintement plus fort, suivi d'un juron, me fait sursauter.

C'est le signal que mon corps attendait : je reviens à moi-même, comme happée par la réalité, inspire une énorme bouffée d'air et fixe mon attention sur le père de Kim qui s'incline vers le sol pour ramasser l'objet qu'il a laissé échapper.

Il se redresse et je prends alors conscience de ce qu'il tient entre ses mains : une seringue.

Un mauvais pressentiment s'insinue en moi, dévalant la ligne de mes veines comme un puissant torrent : la terreur se propage, extrême et incontrôlable. Je voudrais crier pour l'évacuer, essayer de vomir cette peur qui furieusement me gagne, mais seul un faible gémissement se faufile au travers de mes lèvres.

L'homme s'approche avec, en guise de visage, un masque anguleux de sévérité et de froideur. À la croisée de son oreille et de son cou, un tatouage de rat aux traits irréguliers me saute aux yeux comme une giclée d'eau bouillante.

Des tremblements me gagnent et je commence à me débattre dans tous les sens.

— Vous… Vous…

Mais rien d'autre ne sort, j'ai le souffle coupé.

Le père de Kim consent enfin à baisser son regard sur moi – un bref coup d'œil, aussi furtif qu'un battement de cils – avant qu'il ne se concentre sur mon poignet qu'il attrape d'un geste brusque. Il lève son autre main, celle qui tient la seringue, quand, soudain, du bruit interrompt son geste.

La porte d'entrée donnant sur le couloir vient de s'ouvrir à la volée, laissant entrer un homme en blouse blanche qui se rue sur nous. Tandis qu'il se jette sur le père de Kim, je constate qu'il s'agit de…

— Miguel !

Une fois de plus, il est venu à mon secours.

Une fois de plus, il tente de me sauver.

Je le vois essayer de désarmer l'homme, mais celui-ci, dès l'effet de surprise estompé, résiste en lui bloquant les bras. Finalement, Miguel réussit à donner un coup de poing dans la mâchoire du père de Kim, lui faisant lâcher prise. La seringue tombe à terre. Mais il ne faut que quelques secondes à son adversaire pour reprendre ses esprits, se redresser, ruer dans les jambes de mon bienfaiteur et l'étaler sur le sol.

— Miguel ! je crie de nouveau, totalement impuissante.

Ma jumelle à mes côtés ouvre des yeux effarés.

Les deux combattants sont toujours au sol. Leur affrontement les a déplacés à quelques mètres derrière nous et j'ai beau tirer sur mes liens, lever la tête et tenter de regarder en arrière, ma position allongée m'empêche de voir quoi que ce soit. Seuls des grognements et des bruits de coups me parviennent.

J'enrage ! Je me sens si inutile !

Les deux hommes finissent par revenir dans mon champ de vision. Miguel a pris le dessus : assis à califourchon sur le père de Kim, il lui assène un coup de poing.

C'est alors qu'un tambourinement de pas cavalant sur le sol s'élève depuis la porte restée ouverte : Zhang se précipite sur Miguel pour passer un bras autour de sa gorge et l'obliger à lâcher prise. Miguel est forcé de se redresser, libérant le père de Kim de son poids et, en quelques secondes, il se trouve immobilisé.

— Laissez-le ! je m'écrie. Laissez-nous partir !

Le moustachu ne m'accorde aucune attention, trop occupé à bloquer les bras de son prisonnier, mais Miguel plonge son regard dans le mien et ce que je lis dans ses yeux me glace le cœur : du désespoir, de la pitié et… des regrets ? Je déglutis, bouleversée.

Ce contact visuel ne dure pas, très vite interrompu par le père de Kim qui s'est relevé pour venir en aide à son sauveur. Miguel se débat, pour s'arracher à la poigne qui l'enserre, mais, à eux deux, ils le maîtrisent sans difficulté. J'ai à peine le temps de crier un énième « Miguel », qu'il est évacué.

Nous nous retrouvons seules, mon double et moi. Seules et toujours aussi impuissantes. Nous échangeons un regard – ses joues sont inondées – puis le père de Kim revient dans la pièce, le visage fermé. Il semble amoché – quelques ecchymoses sur son front, une fine ligne de sang s'écoule depuis l'une de ses narines – mais il ne perd pas pour autant de vue son objectif : d'un pas rapide et manifestement agacé, il se dirige vers la seringue tombée au sol et s'en empare.

Sans hésitation, il s'approche de moi, le visage aussi coupant que du verre.

Mon Dieu. Mon Dieu, c'est un cauchemar, un vrai cauchemar. La panique bourdonne dans mes oreilles. Il va… Il va vraiment… ?

— Vous… Vous…, j'articule avec difficulté. Vous ne pouvez pas… Vous…

J'ai si mal dans mon ventre, dans ma poitrine… Je crois que je pourrais crever de peur, là, tout de suite, si cet homme n'avait pas décidé de me tuer par un autre moyen.

— Chut, dit-il en redressant la seringue et en l'actionnant pour faire perler le liquide à sa pointe. Vous ne sentirez rien.

Je tente de me débattre, je rue des pieds, je contorsionne mes bras. Je m'entends crier : « S'il vous plaît, non, s'il vous plaît ! », je me surprends à évoquer le prénom de Kim, mais rien n'y fait : il saisit mon poignet, et, sans plus de considération, plante l'aiguille dans mon biceps. Son pouce appuie.

Il l'a fait.

Je sens une chaleur se répandre dans mon bras, puis gagner mon épaule, ma poitrine.

Il l'a fait.

C'est trop tard, je vais mourir. Trop tard, trop tard, trop…

— Alice ! Regarde ce que j'ai trouvé !

La jeune fille au carré châtain relève la tête du tiroir qu'elle est en train de fouiller.

— Qu'est-ce que c'est ? dit-elle en saisissant la feuille de papier que son amie lui tend.

— Ici, lui répond-elle en pointant du doigt l'une des phrases manuscrites, c'est Éléa qui a écrit.

— « Il faudrait les pousser à intervenir en urgence, sans qu'ils aient le temps de nous endormir au gaz. C'est un peu ce que j'ai essayé de faire la dernière fois, mais seule et sans préparation », lit sa camarade d'un ton intrigué.

— Et ensuite, Kim lui répond.

— Comment tu peux en être sûre ? Ça pourrait être Sarah ?

La jeune fille à la tresse esquisse un sourire.

— Je ne pense pas, non : « Je peux te tabasser, si tu veux, ça les ferait peut-être réagir. »

Son interlocutrice ne peut retenir un sourire à son tour.

— En effet, c'est du Kim tout craché.

Elle marque une pause, songeuse.

— Mais alors, dit-elle finalement, ça veut dire que… Ça veut dire qu'elles ont tenté quelque chose et qu'elles ont réussi à sortir ?

Sa compagne d'infortune hoche la tête avec vigueur, ses grands yeux noirs écarquillés.

— C'est possible, oui !

— Quand je pense que… j'en voulais à Éléa… Quand je pense que…

Elle regarde l'autre droit dans les yeux avant de compléter :

— Quand je pense qu'on s'est quittées fâchées et que, si ça se trouve, aujourd'hui, elle est…

— Ne pense pas à ça, l'interrompt son amie. Et puis… j'ai trouvé autre chose. Regarde.

Elle lui tend une photographie.

— Je ne comprends pas ?

— Là, regarde ce qui est écrit sur la poche de la poitrine.

La jeune fille plisse les yeux dans une mimique d'incompréhension avant de les ouvrir en grand.

— Non… Tu veux dire que…

— Oui, très exactement.

— Ce n'est pas possible…

Celle à la tresse secoue la tête d'un air dépité.

— Je sais, dit-elle, ça paraît si… fou… Pourtant, c'est la seule explication.

— Je n'arrive pas à y croire…

— Alice… Qu'est-ce qu'on va faire ?

Sa consœur lui jette un regard déterminé.

— Il faut trouver un moyen de faire passer l'information aux filles.

— Mais… comment ?

Son interlocutrice réfléchit quelques secondes en fronçant son petit nez mutin. Elle finit par reprendre la parole :

— Tu oublies que si, nous, nous ne pouvons pas les voir, elles, elles ont peut-être la possibilité de nous observer.

— Tu veux dire… via les caméras ?

— Oui.

— Mais… comment être sûres qu'elles puissent nous voir ?

— On ne peut pas, Mira. Mais s'il existe une chance, même infime, de les aider et de les prévenir, alors on doit la saisir.

Chapitre 44

Je suis réveillée par la lame qui fouille l'intérieur de mon crâne.

Elle gratte, elle racle, d'une pointe opiniâtre et méticuleuse qui sonde chacune des synapses de mon cerveau en veillant surtout à n'en oublier aucune. Je grimace en portant la main à mon front.

Ce faisant, je m'aperçois que quelque chose de léger repose sur moi, une sorte de tissu étendu sur mon corps, des pieds jusqu'au sommet de ma tête. Cette idée agit tel un électrochoc et, avec la désagréable sensation d'étouffer, je me redresse instantanément en retirant le drap qui me recouvre. Le souffle court, je me rends compte que la pièce dans laquelle je me trouve est plongée dans la pénombre : la faible clarté, provenant de la lumière qui s'immisce sous le pas de la porte en face de moi, me permet néanmoins de deviner des ombres massives qui m'environnent.

Je suis installée sur une espèce de table. Je passe mes jambes sur le côté pour les faire pendre dans le vide et, après avoir inspiré et expiré lentement, donne une légère impulsion pour me mettre debout sur le sol. Je porte toujours mes chaussures et suis vêtue des mêmes vêtements. Je déglutis et, à tâtons, me dirige vers la porte à la recherche d'un interrupteur. Je le trouve sans mal et l'actionne, libérant une lumière blafarde qui m'éclabousse.

Ce que je vois alors me glace le sang.

Une autre table jouxte celle sur laquelle j'étais étendue. Dessus repose un corps entièrement recouvert par un drap blanc. Le mur situé à ma gauche ainsi que celui du fond sont meublés d'étagères métalliques, tandis qu'un énorme caisson en métal ponctué de plusieurs petites portes habille celui de droite. Toutes sont ouvertes ; toutes sauf trois.

Une morgue.

Il s'agit d'une morgue.

Je déglutis pour tenter de faire descendre la boule qui s'est formée dans ma gorge et me dirige vers la table encore occupée. Arrivée à son extrémité, je n'hésite qu'une fraction de seconde avant de retirer le drap. Sans grande surprise, j'y découvre mon clone. Les paupières closes et le teint si pâle qu'il en paraît transparent, elle est immobile. Est-elle… Est-elle morte ? Je dirige aussitôt mon regard vers sa poitrine et il me semble discerner un léger mouvement. Je saisis son poignet : pas de doute, c'est bien un pouls que je sens.

— Éléa ! Éléa ! je chuchote, tout en la secouant par les épaules.

Devant son absence de réaction, je commence à tapoter ses joues, non sans cesser de murmurer son prénom. Cette technique se révèle plus efficace puisque, bientôt, je vois mon visage jumeau grimacer avant que ses yeux ne s'ouvrent. Lorsque Éléa me voit, ses sourcils tressautent et elle se redresse aussitôt sur ses avant-bras en jetant des regards effrayés autour d'elle.

— Que se passe-t-il ?

Puis elle reporte son attention sur son biceps qui a été piqué avant de relever une mine interrogative vers moi.

— On… On n'est pas mortes, alors ? demande-t-elle.

— Manifestement, non… Pourtant, vu où ils nous ont installées, pour eux, on était censées l'être.

À nouveau, elle balaye la pièce du regard : la table sur laquelle elle repose, le drap qui la recouvre à moitié, l'armoire gigantesque sur sa gauche et ses portes qui la quadrillent comme un funeste calendrier de l'avent.

Puis elle se tourne vers moi :

— Ils ont échoué, alors ?

Je mords ma lèvre inférieure.

— C'est ce que je suppose.

— Mais… Comment… Comment est-ce possible ? Ils… Ils nous ont laissées pour mortes ici ?

— Je ne comprends pas non plus…

Comment pouvons-nous être encore vivantes alors que le père de Kim est censé nous avoir injecté un produit létal ? Se sont-ils trompés ? Ou… peut-être que le contenu de la seringue a été remplacé par autre chose ? Ou alors… est-ce la seringue elle-même qui a été échangée ?

— Nous avons forcément été aidées, j'avance. Et le seul qui a tenté de le faire, c'est…

— C'est cet homme ! complète mon double. Cet homme qui a voulu empêcher le type de nous injecter le produit euthanasiant !

J'acquiesce, avant de poursuivre :

— Miguel. Ce n'est pas la première fois qu'il essaie de m'aider. Pendant la bagarre, la seringue est tombée à terre, je l'ai vue… Est-ce qu'il a profité de la confusion pour l'intervertir avec une autre renfermant un leurre ?

Ma jumelle secoue la tête.

— Qu'est-ce… Qu'est-ce qu'on fait maintenant ? demande-t-elle en se positionnant debout.

Je hausse les épaules tandis que mon regard tombe de nouveau sur le mur et ses caissons mortuaires.

— Je veux vérifier quelque chose.

Après avoir pris une longue inspiration, je m'approche de l'armoire gigantesque et ouvre la première des trois portes fermées. Un souffle froid me pique le visage tandis que mon ventre se crispe : à l'intérieur de la petite cavité, je distingue le sommet d'une tête dont la chevelure flamboie malgré l'obscurité.

Je déglutis puis tire la planche qui roule dans ma direction. Amber, reposant sur le dos, les paupières closes, se déploie sous mes yeux : immobile, silencieuse, livide, froide. Morte.

Je réprime un gémissement.

Mon double saute sur ses pieds et, affolée, me rejoint en quelques foulées.

— C'est… C'est Amber ! s'écrie-t-elle. Que lui est-il arrivé ?

— Il y avait donc aussi une Amber avec toi ?

Elle fronce les sourcils, puis hoche la tête. Un rire nerveux m'échappe.

— Et je suppose que c'est le cas pour nous toutes… Ils nous ont…

Les mots ont du mal à franchir mes lèvres.

— Ils nous ont toutes clonées deux fois.

Puis je contemple le poignet déchiqueté du cadavre de mon amie avant d'ajouter :

— Ce n'est pas la Amber que tu connais. C'est celle qui… était avec nous.

Je me force à respirer profondément pour tenter de contenir la vague de tristesse que je sens monter depuis mes entrailles. Je n'ai pas le temps pour ça.

Je repousse mon amie dans son tombeau et me dirige vers l'autre casier. Je sais déjà ce que je vais y trouver. Ou plutôt, qui. J'ouvre la porte dans un grincement et tire la planche. Je sursaute de surprise en découvrant le visage d'une inconnue.

— Non ! s'exclame Éléa. C'est… Katy ! Katy ! Ce n'est pas possible, tout allait bien la dernière fois que je l'ai vue !

Katy ? Je ne la connais pas, et pour cause : il s'agit de la jeune fille qui ne s'est pas réveillée dans notre section.

— Elle était chez nous. Morte dès le début. On ne l'a pas connue. Elle était comment chez vous ?

— Elle était… dure, répond Éléa en baissant les yeux. Dure mais juste. C'est elle qui est devenue la meneuse de notre groupe. Elle a tout pris en main.

Je range le corps à sa place et referme.

Je n'ose pas vérifier le dernier caisson : je ne suis pas sûre de pouvoir regarder le cadavre de Kim en face. Mon double m'interroge du regard. J'inspire longuement et me décide à ouvrir. La planche coulisse. Kim. C'est bien elle. Les paupières closes, le visage inerte, la poitrine écarlate. Kim.

— C'est Kimberley ?

Je lui réponds par la négative d'un simple mouvement de tête. Je ne peux pas plus. Je suis trop occupée à serrer les poings pour les empêcher de trembler. À serrer les dents pour ravaler les larmes que je sens enfler. Pas maintenant. Ce sera pour plus tard.

Je claque la porte du caisson d'un coup sec.

— On fait quoi ? demande mon double.

Elle enserre ses biceps qu'elle martyrise par des pincements continuels.

— On fait quoi ? répète-t-elle. Si on reste ici, on va… On va finir comme elles !

Je ferme les yeux quelques secondes pour me calmer : je ne dois pas me laisser gagner par sa panique, je dois la tenir à distance. Et garder la tête froide. Quand je me sens un peu plus apaisée, je rouvre les paupières et braque mon regard sur ma jumelle.

— Déjà, on réfléchit. On réfléchit à tout ça, à tout ce... foutu bordel.

Elle acquiesce avec vigueur et je poursuis :

— Si je comprends bien, nous sommes toutes en...

J'ai du mal à trouver mes mots : cela me semble si surréaliste. Si dingue. Si... contre-nature.

— ... en double exemplaire, je finis par souffler.

— On dirait bien, oui, murmure Éléa en hochant la tête.

— Et vous étiez dans un appartement comme nous, je suppose ?

Je la vois déglutir.

— Oui, on dormait toutes dans un dortoir, il y avait une salle de bains, une pièce commune avec des livres, des jeux, et puis une salle...

— Une salle de sport, je l'interromps.

De nouveau, elle opine.

Je réfléchis quelques secondes. Pourquoi deux salles ? Pourquoi des paires de clones ? Soudain, une idée me frappe :

— Est-ce que vous avez eu des objets vous aussi ? Par la trappe ?

— Oui ! Moi j'ai eu une compilation de chansons que mon copain m'a offerte !

Les battements de mon cœur s'accélèrent. Son copain ? Parle-t-elle de... de Théo ? *Mon* Théo. Et de cette compilation de ses morceaux préférés qu'il avait sélectionnés spécialement pour moi ? Pour... nous ? Ou plutôt pour notre originale. Je ferme les yeux, prise d'un vertige tout à coup. Ma réaction n'échappe pas à mon double qui pose une main sur mon avant-bras.

— Pardon... C'est juste que... ça m'a fait un choc de t'entendre parler de Théo. De cette compilation... De comprendre que nos souvenirs sont les mêmes...

— De savoir qu'ils sont tous faux, ajoute-t-elle, la voix tremblante.

J'acquiesce, bouleversée. Avant de me forcer à reprendre mes esprits :

— Moi, j'ai eu mon... enfin, notre teddy-bear.

Elle hoche la tête. Ses prunelles brillent.

— Dans la Cage, je reprends d'une voix mal assurée, toutes les filles ont également eu quelque chose lié à leur histoire.

— Pareil chez nous.

— Mais alors... À l'époque, on avait pensé qu'il s'agissait d'une sorte de système de récompenses ou de punitions, mais maintenant que j'ai appris tout ça...

— Katy était persuadée que c'étaient des sortes de tests, intervient Éléa. Elle... Elle avait beaucoup d'images dans la tête : des gens en blouse blanche, elle se voyait prisonnière d'une... prison de verre remplie de blanc, elle disait.

À ces mots, un nœud se coule dans mon ventre : le fameux cocon blanc, cet endroit si familier et si... dérangeant à la fois.

— Elle disait aussi, continue Éléa, qu'elle avait l'impression que des souvenirs tournaient en boucle dans sa tête, sans qu'elle puisse les arrêter, qu'ils se répétaient et que, parfois, ça dérayait... Que tout d'un coup, ils disparaissaient, qu'elle n'avait plus qu'une page blanche dans le crâne. Et puis, ça lui revenait toujours comme une obsession. Une chose... qu'elle n'arrivait pas à maîtriser. Elle était persuadée qu'ils faisaient des expériences sur nos souvenirs et que ces cadeaux étaient...

— Des tests, je complète. Des tests pour s'assurer que notre mémoire était bien là. Que leur expérience monstrueuse fonctionnait bien. Sans doute même…

Je réfléchis quelques secondes.

— Sans doute même vérifiaient-ils nos personnalités ? Ils nous observaient pour s'assurer qu'elles correspondaient bien à celles de… nos originales. Que nous étions bien… conformes.

Ce dernier mot sonne tant comme une abomination, nous réduisant à notre condition de marchandise comme une autre, que je n'ai pu que le murmurer dans un souffle.

Nous soupirons. En même temps. Comme les deux copies identiques que nous sommes.

Soudain, des bruits de voix nous parviennent depuis le couloir. Éléa et moi échangeons un regard et nous immobilisons sur place, l'oreille aux aguets. Elle recommence à pincer nerveusement la peau de ses bras. Nous patientons quelques instants, le corps tendu à l'extrême, mais l'alerte semble passée : de nouveau, le silence se déploie.

— Qu'est-ce qu'on fait ? chuchote mon double.

— Qu'est-ce que tu proposes ?

— On part ! On s'échappe ! Ils nous croient mortes, ils ne nous chercheront pas. Il suffit d'être… discrètes !

Elle n'a pas tort : ce point joue largement en notre faveur. Mais cela prouve également qu'ils sont prêts à tout, même au pire. La perspective de laisser les filles ici le temps de prévenir les secours ne me paraît plus une aussi bonne idée tout à coup.

— Et les autres ? On ne peut pas les abandonner… Regarde ce dont ils sont capables, j'ajoute en désignant la morgue d'un large geste de la main.

Elle secoue la tête.

— On ne peut pas… C'est trop… C'est trop pour nous…

Je mords l'intérieur de mes joues.

— On peut au moins essayer de voir où elles se trouvent, de découvrir où elles sont retenues et s'il y a un moyen de… De les sortir de là ?

Elle jette des regards effrayés vers la porte d'entrée, puis ploie la nuque.

— Je… Je… Je ne sais pas, articule-t-elle.

J'insiste :

— Et tu comptes faire comment pour quitter cet endroit ? L'unique issue est un ascenseur activé par commande ADN.

— Comment tu sais ça ?

— Miguel, je réponds comme une évidence.

Toujours lui.

Éléa fronce les sourcils.

— On improvisera. On se cachera. Il… Il ne faut pas rester là ! Il faut se mettre à l'abri !

Elle martyrise ses biceps sans discontinuer, elle ne cesse de lancer des coups d'œil à la dérobée vers la sortie. Elle… crève de trouille. Ses yeux, sa bouche vomissent la peur.

— Viens avec moi, me tente-t-elle.

Je reporte mon attention sur le mur quadrillé de cercueils. Le mur dans lequel reposent Katy, Amber et Kim. Les caissons ouverts me font l'effet de bouches béantes et affamées, attendant de pouvoir dévorer leur pitance. C'est au-dessus de mes forces d'imaginer le corps de mes amies dans le ventre de cette bête. Je ne peux pas. Je ne suis plus cette Éléa. Je ne suis plus celle qui fuit, qui détourne le regard pour éviter les problèmes et se sauver elle-même, celle qui se montre faible et laisse la peur décider pour elle. Celle qui se cache.

— Viens…, me supplie-t-elle.

Je plante mes prunelles dans les siennes. Un seul mot franchit mes lèvres :

— Non.

Chapitre 45

Je suis seule de nouveau.

Éléa est partie.

Nous avons discuté encore quelques minutes et je lui ai proposé un plan qu'elle a accepté : elle m'attendra dans le petit local situé près de l'ascenseur, celui où je me suis cachée avec Kim. Trop engluée par sa peur, elle n'était pas capable de plus. Je viendrai la chercher une fois que j'aurai découvert un moyen d'activer cet ascenseur. Un moyen d'obtenir une autorisation biologique. Notre clé de sortie. Mais comment ? Miguel était le seul de notre côté à en détenir une. Que lui ont-ils fait ? Va-t-il… Va-t-il atterrir ici, lui aussi, pour avoir essayé de nous aider ?

Je secoue la tête, confuse.

Je dois le retrouver. Je dois le retrouver avant qu'ils… Avant qu'il ne soit trop tard pour lui aussi. À nous deux, nous serons plus forts. À nous deux, nous trouverons une solution pour sortir de cet enfer. Tant qu'ils me croient morte, mes déplacements devraient être facilités. Je… Je l'espère du moins. Peut-être même pourrais-je en profiter pour repérer où les filles sont retenues ?

À peine ai-je évoqué le souvenir de mes amies que des images viennent éclore dans mon esprit : je les imagine, enfermées, perdues, terrorisées. Pourvu qu'elles soient toujours en vie… Malgré moi, d'autres visages se dessinent, d'autres regards, d'autres sourires : Nanou, Théo, mon père. Et maman… Je sens que je manque d'air subitement : tous ces souvenirs sont faux. Je sais qu'ils ne m'appartiennent pas, que ces personnes, je ne les ai jamais rencontrées. Je ne suis qu'un fantôme, un être situé entre deux mondes, indigne d'exister dans celui-ci.

Et puis… Et puis, il y a cet homme aussi. Le père de Kim. Cet homme ignoble qui n'a pas hésité à appuyer sur le piston de la seringue. Cet assassin qui hantait mes cauchemars, dans cette salle si blanche, si chaude. Ce père que Kim détestait et dont elle se méfiait. Ainsi, il participe à tout ça, ainsi il est bien mêlé à cette horreur. Il nous a enfermées… Il a regardé sa fille se faire séquestrer et maltraiter, se faire… tuer. Cet homme… n'est ni plus ni moins qu'un monstre.

Mes mains se sont transformées en poings. Je les serre si fort que mes phalanges saillissent, blanches, osseuses, rageuses. Avec un grognement de colère, je les projette contre le mur devant moi. La douleur qui explose aussitôt dans mes doigts me ramène à moi-même. Je ne dois plus penser, je ne dois plus réfléchir. Je ne dois pas me souvenir.

Juste agir.

Et il me faut faire vite. Je sais qu'ils vont revenir : ils ont certainement prévu de ranger nos corps dans les caissons mortuaires. Il faut bien nourrir la bête.

Doucement, j'ouvre la porte et jette un coup d'œil dans l'embrasure : le couloir est désert. Je me situe toujours au niveau inférieur, celui qui abrite les laboratoires et autres salles médicales. Un regard à gauche m'informe que la cage d'escalier permettant l'accès à l'étage supérieur se trouve juste à deux pas.

Il faut que je réfléchisse : où garderaient-ils Miguel prisonnier ? Si tant est qu'il soit toujours dans le bâtiment. Si tant est qu'il soit toujours vivant…

J'opte pour le palier supérieur : après tout, c'est bien là que j'ai été retenue après avoir été extraite de ma prison. Tous les sens en éveil, je sors de la morgue et me dirige vers l'escalier. Alors que je m'apprête à m'y engager, des bruits de pas descendant les marches me parviennent. Sans réfléchir, j'emprunte au pas de course le couloir qui bifurque vers la droite dans l'espoir de me mettre à couvert. Tout en jetant des coups d'œil en arrière, j'en arpente la longueur, ponctuée de plusieurs portes fermées. La menace derrière mon dos s'atténue : on ne m'a pas suivie.

J'avance, toujours à l'aveuglette, sans savoir où je vais. Le couloir se termine par une nouvelle porte à double battant comportant deux hublots vitrés. Un bref coup d'œil à travers ces derniers m'apprend que, ici, l'ambiance diffère : la zone paraît anormalement fréquentée en comparaison de celles que j'ai pu explorer jusqu'alors. À gauche, deux hommes armés campent devant deux portes massives, chacune identifiée par une lettre – A pour la première, B pour la seconde – gravée sur l'entière surface du panneau.

Deux portes blindées.

Deux portes blindées, comme celle de l'appartement dans lequel j'ai été enfermée.

Est-il possible que les filles se trouvent là, juste derrière ?

Je porte la main à mon front pour essuyer les gouttes de sueur que je sens perler. Je tourne alors mon regard vers le pan opposé : une large ouverture dévoile un immense laboratoire médical dans lequel plusieurs blouses blanches s'activent. Plus que ça même : elles s'agitent dans tous les sens.

C'est alors que mes yeux captent l'écran géant, accroché au mur. Un deuxième semble le jouxter, mais il n'est pas visible depuis mon poste d'observation. Les images qui défilent sur celui que j'aperçois ne laissent aucun doute quant à sa finalité : dévoilant la salle commune du module A – si j'en crois le message informatif figurant en bas du moniteur – il s'agit bel et bien d'un écran de surveillance.

Je plisse les yeux : les murs, le sol, absolument toutes les surfaces planes de la salle commune sont recouvertes d'inscriptions manuscrites géantes. Avec surprise, je constate que ce sont nos prénoms qui s'étalent en lettres capitales, réécrits maintes et maintes fois, dans toutes les tailles.

Est-ce que ce sont les filles qui ont marqué ainsi les lieux ? Mais pourquoi ?

L'image saute et la salle de bains apparaît : comme dans la pièce commune, les murs et le sol sont grimés de nos prénoms qui s'étendent dans un dégradé de rouges et de roses. Je déglutis, mais la boule qui s'est formée dans ma gorge s'accroche : mes camarades ont-elles voulu nous rendre hommage ? Cherchent-elles à nous communiquer leur soutien ? Leur amitié ? À nous faire savoir qu'elles pensent à nous ?

« AMBER, KIM, ÉLÉA, SARAT. » Partout nos prénoms s'étalent comme autant de témoignages de leur solidarité. Je fronce les sourcils. « SARAT. » Pourquoi ce prénom est-il mal orthographié ?

L'image change de nouveau et la caméra pointe désormais sur le dortoir. Mon cœur manque de dérailler : j'y vois Alice, debout sur l'un des lits, écrire au rouge à lèvres mon prénom sur le mur. Dans ses mains, elle tient mon teddy-bear. Il s'agit donc de *ma* Cage. De *mon* Alice. À ses pieds, Mira, agenouillée sur le sol, utilise son marqueur pour inscrire un grand S, suivi d'un A, d'un R, d'un autre A, puis d'un… T.

« SARAT. »

Je n'y comprends rien.

Alice vient de terminer d'écrire « AMBER » et se met, elle aussi, à tracer le mot « SARAT » d'un geste déterminé. Presque rageur.

Essayent-elles… Essayent-elles de faire passer un message ? Mais lequel ?

Dans le laboratoire, le personnel semble aussi dérouté que moi : certains contemplent les écrans, abasourdis, d'autres discutent entre eux à bâtons rompus. J'aperçois plusieurs individus se précipiter sur des sortes de consoles électroniques.

Je prends une grande inspiration tant j'ai l'impression d'étouffer tout à coup. Je dois me concentrer.

« SARAT. »

« SA-RAT. »

Comme… Comme dans… « rat » ?

Aussitôt, l'image du rat tatoué aux traits grossiers sur la gorge du père de Kim me revient en mémoire. Alice était au courant. Nous en avions discuté ensemble. Veulent-elles me signifier que Sarah aurait un lien avec cet homme ? Qu'elle serait mêlée à cette sombre machination ?

Ce n'est pas possible.

Pourtant…

Pourtant, elle n'apparaît nulle part sur les vidéos de surveillance.

Où est-elle ?

Sarah… Bon sang, Sarah…

Elle n'a pas pu… Elle n'a pas pu faire ça. Je dois… Je dois me tromper, mal comprendre.

Mais plus je regarde Alice écrire avec rage, plus je vois Mira tracer inlassablement nos prénoms avec pugnacité, plus je les observe s'activer, sans faillir, encore et encore, plus l'évidence s'impose : ce ne peut être un hasard. Elles… Elles tentent de m'aider, de m'adresser un message que je suis seule en mesure de déchiffrer. Malgré les risques, malgré la terreur qui doit les habiter, elles me signifient qu'elles sont toujours là, toujours avec moi.

Qu'elles croient en moi.

Et que je dois me méfier de Sarah.

Je déglutis une nouvelle fois : la boule qui m'empêchait de respirer quelques minutes plus tôt a disparu.

Elle a disparu parce que je sais que je ne suis plus seule.

Parce que je sais que je peux compter sur mes amies.

Et elles sur moi.

Chapitre 46

Je remonte le couloir immaculé en sens inverse et au pas de course. Je ne dois pas traîner.

Dans ma tête, je ne cesse de visualiser les filles s'acharnant à écrire nos prénoms, encore et encore. Et ce prénom « SARAT », comportant cette faute, répété inlassablement.

Miguel saura, lui. Il saura me dire si Sarah a quelque chose à voir avec ce qu'il nous arrive.

Je dois absolument le retrouver. C'est… C'est ma seule chance. Ma seule chance de nous extraire de ce cauchemar.

Parvenue à proximité de la cage d'escalier, je ralentis. Je me plaque contre le mur et, avec prudence, jette un coup d'œil vers le sas : désert. J'avance de quelques pas pour vérifier le corridor qui fait face à la cage d'escalier : je distingue deux personnes vêtues de blouses blanches disparaître derrière une porte. Aussitôt, je recule, le cœur battant. Je patiente quelques secondes, en retrait, puis, estimant que suffisamment de temps s'est écoulé, scrute à nouveau le couloir.

Personne.

C'est le moment. Je m'élance dans la cage d'escalier. J'accorde tout juste un regard au monte-charge qui meuble l'angle et gravis les marches, quatre à quatre, tout en veillant à rester la plus silencieuse possible.

J'atteins le niveau supérieur qui se révèle toujours aussi désert. Je suppose que tout le personnel scientifique que contient ce bâtiment est rassemblé dans l'aile des Cages. Dans le grand laboratoire. Mais je dois rester sur mes gardes : si la zone d'expérimentation était fortement peuplée en blouses blanches, je n'y ai aperçu, comme hommes de main, que les deux armoires à glace postées devant les portes blindées. Les autres peuvent se trouver n'importe où.

Miguel.

Je dois trouver Miguel.

Pourvu que j'y parvienne…

Je commence à avancer dans le couloir au lino troué et aux murs couleur vomi. Le néon devant moi clignote, dans une curieuse chorégraphie de bureaux hantés que j'imagine habités de fantômes sinistres, victimes d'expériences médicales ratées.

J'ignore comment procéder : dois-je ouvrir les portes une à une en espérant tomber sur Miguel ? D'un autre côté, s'il est retenu quelque part, en ce lieu, il est certainement placé sous haute surveillance. C'est ce qu'il me faut chercher : des gardes devant une porte. Miguel se trouvera peut-être derrière.

Je continue ma progression à pas de loup, en chassant les questions qui tentent de forcer le barrage de ma détermination : si je parviens à trouver mon allié, comment faire pour le libérer ? Comment ferai-je, moi, frêle Éléa, pâle copie d'une pauvre fille dont la principale caractéristique est d'avoir peur de son ombre, pour le tirer des griffes de ses tortionnaires ? N'y pense pas, Éléa, n'y pense pas. Je vais y arriver. Je n'ai pas d'autre choix, de toute façon.

Soudain, du bruit en face de moi me force à m'immobiliser : droit devant, après l'angle du couloir, j'entends des voix qui conversent et se rapprochent dangereusement.

Mon cœur, qui se tenait en sourdine jusque-là, se manifeste de nouveau dans ma poitrine. Je jette un regard paniqué à droite, puis à gauche, encore à droite, aperçois une porte, pose ma main sur la poignée, l'abaisse, pousse. Elle s'ouvre. Je me faufile à l'intérieur et referme, le souffle saccadé.

Je suis dans le noir. Je n'ose pas bouger alors que les individus se situent, désormais, derrière le panneau de bois contre lequel mon front repose. Leurs pas claquent sur le sol, puis s'éloignent.

Mon rythme cardiaque s'apaise.

Je patiente quelques instants et décide de rouvrir la porte. La voie paraît libre. Avant de quitter mon abri, je me retourne pour l'observer : à la lumière du couloir, je constate qu'il s'agit d'un bureau. Un bureau débordant de dossiers, classeurs et autres papiers.

Je rabats le battant avec douceur : je ne peux pas sortir sans avoir jeté un coup d'œil aux potentielles informations que renferme cette pièce.

J'actionne l'interrupteur et des néons blancs viennent illuminer de leur lumière criarde le petit bureau aveugle. Je m'approche du meuble de travail sur lequel s'étalent nombre de documents et de chemises ouvertes tandis qu'un ordinateur portable trône dans le coin droit. Les étagères des armoires qui l'encadrent ploient sous le poids de dossiers alignés.

L'ordinateur est allumé. En guise de fond d'écran, un chaton blanc joue avec une pelote de laine, emmêlé dans les fils rouges. Un peu déroutée, je m'assieds et clique sur l'explorateur de fichiers. Je fouille à la recherche de renseignements mais tous les dossiers que je tente d'ouvrir sont verrouillés par un mot de passe.

Je reviens sur l'écran d'accueil. La frimousse malicieuse du chaton me nargue. Je le fixe, à la fois attendrie et dubitative quant au fait que des choses aussi mignonnes puissent véritablement exister en ce monde. Très loin d'ici, sans doute. La vie normale me paraît si… inaccessible.

Mon regard est alors attiré par un fichier vidéo, qui figure dans le coin supérieur droit de l'écran. Je double-clique aussitôt. Une fenêtre s'ouvre. Une mélodie jouée au piano se faufile depuis la petite enceinte. Je baisse le volume pour ne pas attirer l'attention, captivée par le fondu d'images qui se déploie sous mes yeux : locaux spacieux, baignés de lumière se déversant de grandes verrières, visages rayonnants de tout âge, vieilles personnes aux rides parfaites et aux cheveux d'un blanc pur, couples de magazine se tenant la main, enfants rieurs, bébés joufflus et éclatants de santé. Enfin, un logo, *Life after Life*, s'affiche alors que le générique se termine.

« *Life after Life.* » Autrement dit : LAL. Le fameux sigle qui ornait les draps de nos lits. Avec émotion, je repense à la crise de rire qui nous avait saisies, les filles et moi, nous unissant toutes ensemble plus fortement que jamais.

Mais ce souvenir est vite chassé par une voix off masculine qui prend la parole tandis que des chatons se chamaillent à l'écran : « *Life after Life*, le leader mondial du clonage d'animaux domestiques, est heureux de vous présenter son nouveau projet. Avec ses entreprises implantées en Chine et aux États-Unis, *Life after Life* a su conquérir le cœur de milliers de familles et guérir de nombreux enfants du plus gros chagrin qui soit : la perte d'un animal de compagnie. »

Sur l'écran, un chaton aux poils blancs et aux yeux bleu azur se démultiplie par dizaines, puis par centaines.

« *Life after Life* vous propose désormais de pénétrer dans une nouvelle dimension du clonage génétique. Avec sa technologie de pointe novatrice, *Life after Life* révolutionne le domaine, marquant ainsi l'avènement d'une ère nouvelle pour l'humanité, d'un monde aux possibilités infinies ! Imaginez une vie sans souffrance, ni deuil ! Imaginez que vos parents et vos grands-parents restent à vos côtés pour toujours ! Imaginez des familles unies pour l'éternité ! Vous l'avez rêvé, nous l'avons fait. *Life after Life* repousse aujourd'hui les frontières de la mort. »

Face aux familles qui rient de toutes leurs dents sur la vidéo, j'ai presque la nausée.

Soudain, l'écran devient noir et le cartoon d'un point d'interrogation pourvu d'un visage apparaît : « Bonjour, je suis Clony !, s'écrie le point d'interrogation, avec une voix enfantine. Je suis là pour vous expliquer comment fonctionne le clonage et, vous allez voir, ce n'est pas si compliqué ! »

Sur fond de cellules se démultipliant, il poursuit : « Le clonage, c'est même assez simple, en réalité : il suffit pour cela de transvaser le noyau d'une cellule de l'individu que l'on souhaite reproduire dans un ovocyte dont on a retiré les chromosomes. On laisse cette cellule embryonnaire ainsi reconstituée se développer jusqu'au cinquième jour, puis on la réimplante dans l'utérus d'une femelle porteuse. Et c'est tout ! Vous avez sans doute entendu parler de Dolly, la brebis ? Oui ? Eh bien, c'est le premier mammifère de l'histoire cloné à partir d'un noyau de cellule adulte. »

Une brebis bêle à l'arrière-plan.

« Mais, avec ce processus, reprend Clony en ouvrant de grands yeux, seules les caractéristiques génétiques physiques pouvaient être dupliquées. *Life after Life* va plus loin, voit plus grand. »

Le point d'interrogation disparaît en tourbillonnant sur lui-même. Il réapparaît dans les locaux d'un laboratoire dans lequel s'affairent des dizaines de personnes en blouses blanches.

« *Life after Life* est parvenue à concevoir une machine accélérant le processus de clonage jusqu'au stade de développement du sujet original. Mais la grande révolution de notre procédé n'est pas là : au stade final, cette machine permet l'implantation des souvenirs, expériences et principes éducationnels pour parvenir à une véritable duplication, non seulement de l'identité génétique, mais aussi de l'identité psychique ! N'est-ce pas merveilleux ? »

Le petit personnage pouffe avant de se faufiler à toute vitesse entre les blouses blanches. Il s'arrête devant une jeune femme blonde, au teint radieux et au sourire resplendissant.

« Bonjour, Linda ! Tu travailles sur ce fabuleux projet, n'est-ce pas ? »

Linda acquiesce, toutes dents éclatantes dehors.

« Bonjour, Clony, ce projet est tellement excitant ! »

Éclat de rire tonitruant. J'imagine que Linda est aussi scientifique que je suis trapéziste.

« Peux-tu nous en dire plus ? »

« Bien sûr, Clony ! Ce dispositif conçu par *Life after Life* est une première mondiale, car il permet de recueillir tout un tas de données directement à la source de notre ADN cellulaire. Vois-tu, Clony, la plus insignifiante cellule de notre organisme contient un nombre gigantesque d'informations sur notre personnalité, nos souvenirs, notre spécificité individuelle. »

« Et sur nos parfums de glace préférés ? »

Ça rigole.

« Tout à fait, Clony, tu ne peux pas me cacher que tu préfères le chocolat ! »

Malgré moi, je grimace.

« Grâce à cette mémoire cellulaire, poursuit Linda, je suis en mesure de reconstituer ton schéma identitaire. Je sais ainsi que tu as un faible pour le chocolat, que ta musique préférée est le rap ou encore que tu as toujours rêvé de ressembler à Olaf. »

Clony devient écarlate.

« Hum, oui, changeons de sujet, si tu veux bien, Linda. »

« Comme tu voudras, Clony ! Il ne reste plus ensuite qu'à transférer cette identité psychique reconstruite au sein même des cellules du patient receveur », ajoute Linda en souriant.

Un patient receveur ? C'est ainsi qu'ils ont le culot de nommer un sujet cloné ?

Clony et Linda regardent la caméra, avant de reprendre, parfaitement synchronisés : « *Life after Life* est à votre service pour créer la vie dont vous avez toujours rêvé. Alors, n'attendez plus, préparez aujourd'hui votre vie de demain ! »

La vidéo enchaîne avec des séquences de moments parfaits sur fond de générique de fin : des familles riant autour d'une table de petit déjeuner, des enfants jouant à la plage, une jeune fille lançant une balle à son chien.

Après quelques secondes à ce rythme, l'image s'éteint.

Abrutie, je demeure quelques secondes à fixer l'écran noir. Mon père – ou plutôt le père de mon originale – a-t-il visionné ce spot commercial ? S'est-il laissé convaincre par les charmes de Linda et de son petit acolyte ?

En soupirant, je ferme la fenêtre et commence à examiner les différents documents étalés sur le bureau. Un peu sonnée par ce que je viens de voir, je fouille sans grande conviction. Soudain, mes yeux s'immobilisent, stupéfaits, sur la photographie posée bien en évidence au milieu de cet amas de papiers.

Mon cœur cesse de battre.

Mon souffle quitte mes poumons.

Sur le cliché, entourée par un homme et une femme d'âge mûr, je vois Sarah prendre la pose d'un air radieux.

Je saisis la photographie entre mes mains : aux côtés de ses parents adoptifs que j'ai déjà aperçus sur les clichés remis par nos geôliers dans la Cage, Sarah sourit d'un air épanoui, les yeux tout aussi étirés que ses lèvres.

Voilà ce que les filles avaient appris.

Voilà ce que Alice et Mira tentaient de me faire comprendre en toute discrétion.

Je me laisse retomber contre le dossier de la chaise, le cœur pas encore tout à fait à sa place.

Comment est-ce possible ?

Comment a-t-elle pu ?

Comment a-t-elle pu vivre avec nous dans la Cage, se prétendre notre amie, assister à notre détresse alors qu'elle travaillait avec eux ? Pour eux.

Mes yeux tombent alors sur une blouse blanche suspendue au porte manteau accroché derrière la porte. D'un bond, je me lève et m'en approche pour la saisir. Sur la poche de la poitrine, sont inscrits un prénom et un nom en lettres capitales.

Je clos les paupières, prise d'un vertige.

C'est encore pire que tout ce que je pouvais imaginer.

Mille fois pire.

Sarah Sullivan.

Il y est écrit : Sarah Sullivan.

Comme dans… professeure Sullivan.

Chapitre 47

Prise de nausée, je balance la blouse au sol.

Sarah ne travaille pas seulement pour cette organisation. Elle en est la doctoresse en chef. C'est elle la scientifique folle qui a tenté de nous tuer, mon double et moi, en nous injectant un produit euthanasiant. C'est elle, la professeure Sullivan.

Mon Dieu… Comment peut-on être sadique à ce point ? J'avais… J'avais confiance en elle, moi. Sarah… Jamais je n'aurais pu imaginer… Elle vivait avec nous, dormait avec nous, partageait nos repas. Elle a soigné Amber, elle a assisté au plus près à notre désespoir et notre angoisse. Elle était celle sur qui nous pouvions compter pour tempérer les esprits, calmer les échanges un peu trop vifs… celle qui nous écoutait, nous conseillait, sans jamais perdre son sang-froid et sa patience. Je ferme les yeux, me rendant soudainement compte que ce comportement n'était autre que celui de quelqu'un qui canalise. Qui oriente dans la direction souhaitée. Qui analyse et étudie.

Je prends une longue inspiration. Elle s'est bien fichue de nous. Tout n'était que comédie et mensonge. Elle nous a menti depuis le début sur tout : sur son rôle, sur ses intentions, sur son amitié, probablement sur son âge aussi… Un rire nerveux me secoue.

Je regagne la chaise dans laquelle je m'effondre, essayant de réguler mon souffle. Je dois reprendre le dessus. Je ne peux pas la laisser m'atteindre et me faire plus de mal qu'elle n'en a déjà fait.

Je ne peux pas laisser Sarah gagner.

Forte de cette conviction, je me redresse sur mon siège : puisque ce bureau appartient à Sarah, à la doctoresse en chef de cette expérience, je peux certainement y trouver des informations intéressantes. Si ce n'est une solution pour sortir de cet enfer, je peux au moins espérer en apprendre davantage sur cet endroit et les travaux qui y sont menés.

Les mains toujours tremblantes, je reprends mes recherches. Mais tant de documents s'étalent sous mes yeux que je ne sais par où commencer. D'ailleurs… cette pagaille, ces dossiers ouverts aux quatre vents, ça ne ressemble pas à Sarah. Comme si les lieux avaient été quittés précipitamment. Que s'est-il passé ? Sarah aurait-elle évacué le bureau dans l'urgence ? Ce ne sont pas les motifs qui ont manqué ces dernières heures… Quoi qu'il en soit, je ne peux pas me permettre de perdre une minute de plus : elle peut revenir à tout moment. Je me jette sur les feuilles de papier.

Je commence à lire en diagonale : des tableaux, des graphiques défilent devant moi sans que je parvienne à en comprendre le sens. J'inspire et expire alors que je sens la panique gagner mon ventre. Je dois me calmer si je veux retirer un quelconque enseignement de ces documents.

Après quelques exercices de respiration supplémentaires, je reprends ma lecture qui porte sur les caractéristiques de l'échantillonnage réalisé : j'y apprends qu'au départ, l'expérience de clonage visait des groupes mixtes, avec un nombre égal d'hommes et de femmes. Pour une raison inconnue, la reproduction des sujets masculins a échoué de manière systématique et l'équipe scientifique a décidé de concentrer l'expérimentation sur des individus de sexe féminin uniquement – bien que, dans cette catégorie, le taux d'échec se soit tout de même élevé à près de vingt-cinq pour cent. Deux précautions valant mieux qu'une, ils ont mis en place deux modules d'observation simultanés avec, à l'intérieur, des sujets identiques. Le document évoque brièvement la finalité de ces modules – s'assurer que les personnalités dupliquées correspondent au modèle original – mais sans plus rentrer dans les détails.

Les lignes suivantes s'emploient à détailler la nature des échecs constatés dans l'échantillon défini. Mes doigts se crispent à l'instant où des prénoms familiers me sautent aux yeux :

« Module A : un décès constaté – Sujet 6 : Katarina Azarov – Cause présumée du décès : embolie pulmonaire, à confirmer par autopsie – Retrait en début d'expérience.

Module A : une distorsion d'identité constatée – Sujet 4 : Amber Moore – Personnalité déviante, anormalement immature ; terrain suicidaire ; susceptible de représenter un danger pour elle-même et pour les autres sujets (cf. données détaillées d'étude) – Retrait anticipé après l'échec de la réinsertion du sujet au sein du module d'étude ; récupération des données effectuées avant destruction du prototype ; analyse en cours.

Module B : une distorsion d'identité constatée – Sujet 3 : Kimberley Watson – Personnalité déviante, apathique, voire asthénique ; déficit intellectuel et moteur ; troubles de la mémoire – Maintien du sujet dans le protocole ; à réévaluer toutes les 48 heures. »

Les mains glacées, je referme le dossier d'un geste sec. Amber, Kimberley et même Katy, la jeune fille qui est morte dans notre Cage, analysées aussi froidement que s'il s'agissait de simples objets. Des objets d'étude. Nous ne sommes que des sujets d'expérience pour ces scientifiques. Pour Sarah. Rien d'autre que des prototypes destinés à la casse.

Je secoue la tête, dépitée : ce n'est pas le moment de me déconcentrer.

Je me dirige vers l'une des armoires, celle qui est entrouverte : plusieurs dossiers s'alignent les uns à la suite des autres. Sur le dos, au stylo noir, des prénoms sont notés d'une écriture ciselée, rapide. Des prénoms que je connais par cœur : Éléa, Kimberley, Alice, Mira, Amber et Katarina.

La gorge nouée, je saisis le fichier portant mon prénom. Je m'installe au bureau et commence à en tourner les pages. Il me faut quelques minutes pour comprendre ce que je lis, pour que les phrases qui se délient sous mes yeux prennent un sens. Quand j'y parviens enfin, les mots me sautent au visage comme des charbons ardents. Ils brûlent, ces mots.

Sur le papier, c'est moi. Analysée sous toutes les coutures. Décortiquée, désossée même, ma personnalité s'étale sous mes yeux, sans fard et sans détour.

« Phase 1 de l'expérience : Éléments de contexte. »

Je survole l'introduction, avant que mes yeux ne soient accrochés par un paragraphe :

« L'enfance du sujet 5 est marquée par la disparition de la figure maternelle. La mère étant décédée dans des circonstances dramatiques (accident de voiture), le sujet 5 a développé une angoisse presque névrotique de l'environnement extérieur, source, à ses yeux, de dangers potentiels et permanents. »

À l'évocation de la mort de maman, je déglutis, les mains tremblantes. Avant de me rappeler qu'il ne s'agit pas de ma mère. Pas vraiment. Et que je ne l'ai jamais connue.

« Délaissé par son père, le sujet présente, en outre, une déficience de confiance en soi anormalement marquée qui la conduit à se placer en retrait et à fuir le conflit de manière systématique. »

Un peu plus loin : « *Le sujet 5 a été élevé par sa nourrice qui, à compter du décès de la mère, s'est installée au domicile de façon permanente. Seule source d'amour pour le sujet, elle a fait preuve d'une surveillance excessive confinant à la surprotection. Elle a ainsi conforté un peu plus le sujet dans l'idée que le monde extérieur est dangereux et aggravé, sans le vouloir, ses névroses.*

Cette angoisse se manifeste encore aujourd'hui, à l'âge adulte, par des crises anxieuses associées à une expression somatique (étouffement, spasmes digestifs, fuites urinaires, etc.) ainsi qu'une peur générale non systématiquement dirigée ou ciblée.

Mais cette tendance au repli a également généré une importante intériorisation du sujet ayant pour conséquence positive un intérêt accru pour la lecture et l'érudition dans de nombreux domaines. Le sujet parle ainsi couramment le français, l'anglais et l'allemand, et maîtrise quelques notions de chinois. Il bénéficie, par ailleurs, d'un quotient intellectuel supérieur à la moyenne, s'élevant à 142 sur l'échelle de Wechsler.

Principaux traits de caractère observés et rapportés : le sujet est craintif, timide, inquiet, avec une tendance à l'évitement et à la fuite. Il cherche à passer inaperçu, s'isole de ses pairs, évite les conflits. Le sujet témoigne d'une intelligence remarquable qu'il met peu en avant du fait d'un manque de confiance en soi manifeste. Il fait preuve d'une hypersensibilité et d'une émotivité exacerbées. »

Ma vue se brouille alors que je tourne les pages avec frénésie. Je voudrais pouvoir stopper la lecture, je voudrais pouvoir détourner mes yeux de ces lignes qui me labourent le ventre comme une avalanche de pierres. Pourtant… Pourtant, je poursuis ma mise à nu. Je lis.

« *Le sujet agit peu et se limite constamment. Il a peur de mal faire, de se tromper et, dans une logique de fatalité couramment observée dans le tableau des personnalités anxiophobiques, considère que le destin rend inutiles ses initiatives.*

Selon toute vraisemblance, le sujet éprouve une inclination naturelle à l'introspection sous forme d'une mentalisation douloureuse des problèmes, associée à des rationalisations. Le sujet réfléchit beaucoup, théorise, mais agit peu. L'absence de réalisations le confortant dans son improductivité, le sujet 5 est alors engagé dans un cercle vicieux parfaitement délétère et caractéristique des personnalités névrosées. »

C'est trop. Trop d'informations, trop de mots, trop de souvenirs. Voir couchées là, sur le papier, mes failles, mes faiblesses, mes… souffrances, étalées de manière si crue, presque obscène, c'est trop… douloureux. Comment peut-on être aussi insensible ? Comment peut-on considérer des personnes, des *êtres humains*, comme de simples cobayes, de simples sujets analysés et décortiqués, aussi froidement que s'il s'agissait de papillons épinglés dans un tableau ?

Je me lève.

Une rage inconnue bouillonne en moi. Une fureur sourde.

Sarah.

Je la hais. Pour tout ce qu'elle nous a fait subir. Pour tout ce mal qu'elle nous a infligé, aux filles et à moi. Je tourne sur moi-même : j'ai envie de tout détruire. La colère enfle tant que j'ai la sensation qu'elle court dans mes veines comme un cheval enragé, qu'elle galope, ravageant tout sur son passage.

Je pivote à nouveau vers l'armoire et, avec des gestes frénétiques, me remets à fouiller : sans aucune précaution, je saisis les dossiers alignés, les décroche, en feuillette rapidement le contenu, avant de jeter à terre les documents qui ne m'intéressent pas. Ils s'amoncellent autour de moi comme une tour de papier soufflée par le vent, mais cela m'est égal. Mieux encore : j'en ressens du soulagement, presque de l'euphorie.

Quelque chose de nouveau est à l'œuvre : le plaisir de saccager, la jouissance d'éparpiller aux quatre coins, de disloquer les affaires si bien rangées, si parfaitement ordonnées de la doctoresse.

Quelque chose de nouveau et de libérateur : la Éléa formatée par Sarah vient de voler en éclats.

Chapitre 48

Cela fait plusieurs minutes que la frénésie s'est emparée de moi. À mes côtés gît un chaos de papiers, comme si une tornade s'était subitement engouffrée dans les armoires, s'insinuant dans les étagères, pulvérisant l'ordre si méticuleusement établi par Sarah.

Je n'ai rien trouvé d'intéressant, que des comptes-rendus interminables consacrés à l'observation du moindre de nos faits et gestes dans la Cage, accompagnés, parfois, d'une mise en perspective avec nos doubles.

Je secoue la tête, tremblante de frustration : il faut que je cesse de perdre mon temps ! Je ne trouverai rien dans cette paperasse, rien qui puisse me permettre de sortir d'ici ! C'est alors que mon regard échoue de nouveau sur la blouse blanche que j'ai jetée au sol un peu plus tôt. De la poche de poitrine dépasse un petit carnet.

Sans attendre, je le saisis et le feuillette : des notes manuscrites, écrites en toute hâte, parfois seulement des bribes de ressentis personnels, à d'autres moments des développements entiers aussi académiques que les documents précédents.

Mes yeux volent de phrase en phrase, accrochant quelques réflexions au passage :

« Éléa développe de remarquables et surprenantes capacités d'adaptation : contrairement au sujet de la cellule B, elle semble mettre en place des stratégies pour s'extraire de sa captivité. »

« Mise en danger volontaire par automutilation ! Est-elle encore contrôlable ? Doit-on la considérer comme un échec ? Elle ne présente pourtant pas de tendance suicidaire comme le sujet 4. Conduite à tenir : surveillance accrue. »

Un peu plus loin : *« Le rapport à l'élément fort du groupe doit certainement être envisagé comme la variable d'ajustement du sujet. Dans le module A, le sujet 3 est un élément dominant et perturbateur – avec un penchant manifeste pour la violence – qui pousse le sujet à s'adapter en permanence et à se transfigurer. Dans le module B, en revanche, l'échec de transplantation, ayant fait du sujet 3 un élément faible et limité, a conforté le sujet dans sa position attentiste et passive. L'éventualité d'une défaillance quelconque, au moment de l'implantation des données, ne doit cependant pas être écartée à ce stade. L'observation en milieu réel est poursuivie. »*

Un élément fort et perturbateur ? Parle-t-elle de Kim ? Kim, par ses attaques continues, m'aurait forcée à me dépasser, contrairement à mon double seulement confronté à Kimberley ? Je visualise à nouveau Éléa, ligotée à mes côtés, terrorisée et résignée ; je la vois me tourner le dos dans la morgue, alors que je lui propose de m'aider à trouver une solution pour sortir d'ici et secourir nos camarades, préférant se cacher plutôt qu'agir.

« J'ai enfin compris ce qu'Amber cherche depuis le début de l'expérience : les cicatrices que nous avons effacées sur les deux sujets clonés lors du processus de duplication, conformément à la demande des parents ! Elle est même allée jusqu'à reproduire ses blessures ! La transplantation n'a donc pas complètement échoué. Fascinant !!! Peut-être est-ce judicieux de proposer à la famille l'effacement des pensées suicidaires avant le clonage du sujet définitif ? »

Les fameux stigmates d'Amber… Voilà l'explication de son comportement névrotique. J'imagine que ses parents ont voulu faire disparaître toutes traces de ce mauvais souvenir. Ils ont oublié que soigner un symptôme ne suffit pas à guérir un malade… Ma vue devient floue.

« Elle m'exaspère. Le sujet original était-il si crédule ? À vérifier. »

« Mira est l'un des sujets les plus aboutis : sa reproduction est admirable. À ma grande surprise, le sujet ne parle toujours pas, malgré la correction de son déficit effectué lors du processus de clonage. Il semble que l'information de son aphasie, dont le modèle original souffrait, soit toujours enregistrée dans son inconscient, au même titre que les autres données de sa personnalité. Cela expliquerait pourquoi, alors qu'elle est physiologiquement capable de le faire, elle n'a toujours pas émis le moindre son. Le même constat peut être établi pour le sujet du module B. Incroyable !!! Conduite à tenir : poursuite de l'observation du comportement ; un stimuli externe, tel qu'un choc psychologique suffisamment brutal, pourrait être envisagé : réflexions à mener. »

Mira… Mira pouvait parler depuis le début… Sarah le savait et… elle a gardé cette information pour elle. Forcément. J'essuie mes yeux d'un revers de main.

« Par ailleurs, sa capacité à jouer des morceaux sur son violon sans aucune partition est proprement étonnante ! Non seulement la transplantation des souvenirs relatifs aux mélodies travaillées est un succès, mais celui-ci dépasse largement les résultats attendus : la faculté de mémorisation du sujet aurait-elle été améliorée ? »

« Un correctif du schéma identitaire d'Éléa paraît nécessaire au vu des données récoltées : elle n'a toujours pas revendiqué son végétarisme et se nourrit de protéines animales sans manifester le moindre rejet. Dès lors, un échec de transplantation de cette donnée doit être considéré. Néanmoins, le caractère timide et effacé du sujet est un paramètre à ne pas négliger : il est, en effet, possible qu'Éléa

refuse de se faire remarquer en raison du contexte, choisissant volontairement de passer outre ses appétences et ses convictions. Conduite à tenir : poursuite de l'observation du comportement en situation réelle + recherche d'anomalies du schéma identitaire au moment de la récupération des données. »

Je manque de m'étouffer. Végétarienne ? J'aurais dû être végétarienne ?

« *La guérison d'Éléa est stupéfiante ! Recherches à conduire pour déterminer le fonctionnement de ce phénomène. Temporaire ou durable ? Tous les clones sont-ils dotés des mêmes capacités ?* »

« *Le sujet 2 parle ! Enfin !! Comme je le pressentais, un choc psychologique a permis de déverrouiller son blocage. À confronter aux données du module B.* »

Un choc psychologique ? Est-elle en train de parler de la tentative de suicide d'Amber ? C'est précisément à ce moment que Mira a retrouvé la voix. Ce morceau de miroir qu'Amber a utilisé… Cet éclat dont nous ignorions comment il avait pu atterrir entre ses mains… Serait-elle allée jusqu'à le lui fournir ? Je secoue la tête, atterrée : au regard de tout ce que j'ai appris, même le pire devient possible.

Sur les dernières pages, des mots soulignés, des points d'interrogation coléreux me sautent aux yeux : « *Le sujet devient incontrôlable ! Éléa s'est rapprochée de Kim. Que manigancent-elles ? J'ai surpris Kim la rejoindre dans son lit. Que préparent-elles ? Extraction du processus ???* »

Un peu plus loin : « *Elles ont conçu un masque à gaz. Le succès de la transplantation du sujet 3 va bien au-delà de mes espérances : je ne pensais pas que Kim tomberait aussi facilement dans le panneau ! Tous les enseignements de son père sont parfaitement assimilés !* »

De plus en plus consternée, je parcours les lignes nerveuses quand un paragraphe attire mon attention : « *Éléa, ayant tenté de mettre fin à ses jours par pendaison, a été extraite en toute urgence du protocole. On peut légitimement s'interroger sur ses motivations à en arriver à de telles extrémités : si la logique est la même que celle ayant mené à son automutilation, il est vraisemblable que l'objectif poursuivi soit l'évacuation d'urgence, et son corollaire, la tentative d'évasion. À ce stade, la poursuite du processus d'audit doit être remise en question. La priorité demeure la récupération des données enrichies.* »

Assez. Je n'en peux plus. Je n'ai plus la force de poursuivre. Je veux refermer ce dossier, oublier ces informations si déstabilisantes, si insupportables. Pourtant, mon regard est, une nouvelle fois, accroché par quelques lignes : « *La récupération après décès des données enrichies du sujet 3 est un échec !!! La perte est énorme, d'autant que le sujet 3 du module B est déficient. Quid de la demande de Watson ? Reprogrammer une nouvelle duplication du sujet aurait un coût conséquent, mais sa proposition d'effacer tout souvenir lié à la haine que sa fille lui voue permettrait d'expérimenter la sélection des données transplantées. En parler à M. Chapman.* »

Je déglutis : Sarah parle de Kim. Et de son père. Ce Watson qui souhaite fabriquer une fille façonnée selon ses souhaits. Ce monstre qui a regardé Kim se faire tuer sans broncher du moment qu'il pourra en produire une autre plus modelable.

Je prends soudain conscience des larmes qui coulent le long de mes joues. D'un geste rageur, je les essuie.

Mes poings se crispent, puis se referment sur le papier, serrant, chiffonnant, déchirant.

Détruisant ces immondices en forme de phrases et de mots.

Puis ils referment le carnet d'un geste sec.

Je plaque mes paumes sur mes paupières baissées, ouvre la bouche et, dans le plus grand silence, je hurle.

Ça se bouscule dans ma tête.

Toutes les informations s'entrelacent, s'amalgament, toutes ces données sur moi, sur les filles, ces manipulations ignobles dont nous avons fait l'objet se fondent en un cauchemar si horrible qu'il en devient surréaliste. J'ai l'impression de n'être qu'une coquille vide. Vide de sens. Dépourvue du droit de vivre. Car que suis-je au fond, si ce n'est le résultat d'une expérience odieuse et contre-nature ?

Pourtant… Pourtant, j'existe ! Je vis, je respire, je ressens. Je souffre. J'en crèverais presque tellement je souffre…

Mes amies aussi sont bien réelles. Nous avons vécu tant de choses ensemble, partagé tellement d'épreuves. J'ai vu dans leur regard leur humanité, j'ai senti dans leur cœur leur amitié, leurs failles et leurs blessures, mais aussi cette force, ce courage qui les animent. Et cette volonté de survivre coûte que coûte. Ce désir de vivre.

Tous ces souvenirs qui m'ont été implantés, je les vois sous mes paupières quand je ferme les yeux, je les sens en moi. Dans mon âme. Ils existent et me définissent.

Cette Éléa couchée sur le papier, timide, anxieuse, névrosée, passive, ce sujet cinq, c'est bien moi.

Rectification : c'était moi.

Sarah ne dit-elle pas également dans ses notes que je me suis largement émancipée de mon modèle ? Elle a même émis des doutes quant au succès de la procédure, parlant de mon caractère incontrôlable et s'interrogeant sur l'éventualité d'un échec.

Sarah se trompe : je ne suis pas un échec. L'angoisse, la peur, font partie intégrante de ma personnalité et il en sera toujours ainsi. Mais la peur ne me paralyse plus. Au contraire, maîtrisée et bien utilisée, elle m'a déjà transportée. C'est elle, lorsque je l'ai domptée, qui a guidé ma main vers le miroir. Elle qui m'a rapprochée de Kim. Elle qui m'a permis de provoquer une évacuation d'urgence. Elle qui m'a sortie de cette fichue Cage d'expérience.

Si je survis, si je suis encore vivante, c'est grâce à elle.

Si je me retrouve en position de pouvoir sauver mes camarades, c'est aussi grâce à elle. Et lorsque j'y parviendrai, ce sera aussi grâce à la peur.

La peur est devenue ma meilleure amie.

Mais alors… n'est-ce pas la preuve que je suis… moi ? Et seulement moi ?

Je me redresse, déterminée : je suis *moi,* n'en déplaise à Sarah.

Et je n'ai pas fini de le lui montrer.

Chapitre 49

Je balaye la pièce du regard : inutile de perdre plus de temps ici. Je n'ai rien à y apprendre. Rien à apprendre que je ne sache déjà au fond de mes tripes.

Je me lève, indécise.

La blouse blanche gît à mes pieds. Et si… ? Et si je la revêtais ? Cette tenue me permettrait de passer davantage inaperçue ; de me fondre dans la masse. D'être un peu moins visible.

Je m'apprête à l'enfiler quand j'arrête mon geste. Lire ce nom et ce prénom qui s'affichent de façon obscène sur la poche de poitrine, Sarah Sullivan, suffit à raviver la colère qui bout en moi, à me donner l'envie de tout renverser, de tout ravager.

Plutôt que perdre mon temps en une destruction vaine, je fouille le bureau de Sarah. Rapidement, j'y trouve ce que je cherche : des ciseaux. Avec des gestes fébriles, j'entreprends alors de découdre l'étiquette nominative. Au prix de quelques minutes supplémentaires et non sans avoir manqué de m'entailler le doigt par deux fois, je parviens à mes fins.

Voilà. Je suis prête à porter ce déguisement à présent. Je suis prête à devenir une autre que celle dictée par Sarah.

J'enfile la blouse : elle me va à merveille. Dans la poche, je glisse les ciseaux, qui pourraient toujours se révéler utiles, et me dirige vers la sortie que j'ouvre avec délicatesse.

Personne.

La porte à double battant se situe à quelques mètres sur ma droite. Derrière elle : le sas avec l'ascenseur et le débarras dans lequel doit se cacher Éléa. Je gagne la porte à petites foulées et, après avoir vérifié par le hublot vitré que la voie était dégagée, pousse le panneau.

J'avance à pas rapides, le corps tendu, les oreilles aux aguets. Les hommes que j'ai réussi à éviter ne doivent pas se trouver bien loin. J'espère être en train de retracer leur itinéraire. D'où venaient-ils ? Peut-être de l'endroit où est retenu Miguel ?

Soudain, du bruit devant moi me force à ralentir l'allure. J'approche lentement du coin du mur et risque un coup d'œil. Je suis arrivée jusqu'à l'ascenseur. Je distingue deux hommes de main en train d'attendre la cabine. Ils soutiennent un autre individu par les aisselles. Avec soulagement, je m'aperçois qu'il s'agit de Miguel, à demi avachi sur lui-même. D'ici, je peux apercevoir son visage blessé, son œil gauche qui vire au noir tandis que sa pommette est balafrée de rouge.

Au moins, il est vivant.

Mon cerveau mouline sans attendre : comment le sortir de là ? Il faut que je détourne leur attention, que je trouve un moyen de les attirer ailleurs. Sans griller ma couverture. Mais comment m'y prendre en si peu de temps ?

Les neurones en ébullition, je regarde autour de moi, à la recherche de quelque chose, une idée, une piste. Je lorgne la porte du local dans lequel Éléa se cache quand une sonnerie retentit. Je porte de nouveau mon attention sur les gardes : l'un d'entre eux est en train de se saisir d'un téléphone.

Sans trop réfléchir, mue par l'urgence, je décide de profiter de cette dérisoire diversion pour m'engouffrer dans le débarras : avec précipitation et – je l'espère – discrétion, je pénètre à l'intérieur et referme la porte. Je m'immobilise une seconde, l'oreille tendue : dans le couloir, rien n'indique que j'aie été repérée.

Puis je me retourne et fouille la pièce du regard : vide. Non seulement le corps de l'homme tué par Kim a disparu, mais Éléa ne s'y trouve pas non plus. Quelques enjambées me mènent à l'endroit où je me suis cachée avec Kim, derrière les cartons : rien. Ma jumelle n'est pas ici. Elle n'a pas suivi notre plan. À moins… qu'ils l'aient retrouvée et capturée ?

Je secoue la tête : je n'ai pas de temps à perdre avec ça pour le moment. Je dois empêcher ces types de prendre l'ascenseur. Si Miguel est évacué, je n'ai plus la moindre chance. Et Dieu seul sait ce qu'ils sont capables de lui infliger une fois dehors.

Je tourne sur moi-même à la recherche d'une idée, vite ! Mes yeux captent le sol encore maculé du sang de l'homme tué par Kim, les étagères, un extincteur, les cartons. Que faire ? Une idée, vite, vite !

Vite !

Le matériel informatique qui s'entasse dans des caisses, le panneau électrique, le chariot de nettoy…

J'interromps mon exploration. La voilà peut-être, ma solution : le panneau électrique situé à droite de l'entrée. Comme un robot, je me dirige vers la petite armoire et l'ouvre d'un mouvement brusque. Des câbles, des boutons dont j'ignore la fonction s'étalent sous mes yeux. Si je pouvais… Si je pouvais couper l'alimentation du couloir, si je pouvais le plonger dans l'obscurité, peut-être que j'arriverais à gagner du temps. Peut-être que je tiens là l'opportunité de sauver Miguel !

Je fais courir mes doigts sur le tableau. Ce bouton ? Cet interrupteur ? Celui-ci ? À la maison, je n'ai jamais eu l'occasion de me pencher sur l'installation électrique. Plusieurs fois, le courant a sauté, évidemment, mais c'est Nanou qui gérait ça. Nanou qui s'occupait de moi. Enfin, d'Éléa. De mon originale.

Je tente avec un premier interrupteur. Rien ne se passe.

Un autre. Toujours rien.

Dans le couloir, l'homme s'est tu. Sa conversation téléphonique est certainement terminée. Vite ! Vite, vite, vite !

Sans réfléchir, le cerveau aussi éteint que ce fichu couloir reste allumé, j'actionne tour à tour tous les boutons qui me tombent sous les doigts.

Soudain, le noir jaillit. Profond, opaque. Aveugle. Merveilleusement aveugle. Dans le couloir, une flopée de jurons retentit.

Je retiens ma respiration tandis que mon corps tout entier se relâche durant quelques secondes de répit : ils n'ont pas pu quitter le niveau. Je me plaque contre la porte et tends l'oreille. Bien qu'un peu lointaines, quelques bribes de leur conversation me parviennent : « Bazar… Qu'est-ce… Reste là… Je reviens… »

C'est alors que je comprends : l'un des deux hommes se dirige vers le local qui abrite l'armoire électrique.

L'un des deux hommes se dirige tout droit sur moi.

Chapitre 50

Je me recule de façon à me placer derrière la porte lorsque celle-ci s'ouvrira. Très exactement à l'endroit où Kim s'est tenue pour frapper l'homme, il y a de ça combien de temps ? Des heures ? Des jours ? Je ne sais plus.

D'impuissance, mes poings serrent le tissu de la blouse blanche que je porte toujours. Je sens alors, dans ma poche, les ciseaux. Les ridicules petits ciseaux. Je réprime un rire nerveux : comment pourraient-ils venir à bout du colosse qui va surgir dans la pièce d'une seconde à l'autre ?

Je me blottis autant que possible dans le coin et mon épaule entre alors en contact avec un objet dur, large et froid : l'extincteur.

Ma respiration se coupe : la voilà ma solution. Je me tourne vers l'instrument, tâtonne à l'aveugle, puis mes mains se referment autour du métal froid. Je sens le poids de l'outil, il pèse lourd entre mes bras, puissant. Menaçant.

Un mince rayon de lumière précède l'arrivée de l'homme : brandissant son téléphone portable réglé sur la position « lampe torche », il ouvre la porte d'un mouvement vif et, sans une hésitation, se campe face à l'armoire.

Cette maigre lueur semble donner encore plus de densité à l'obscurité qui m'entoure. Plus de puissance. Je tente de contenir mon souffle. C'est comme si le noir s'était engouffré à l'intérieur de ma tête, comme s'il avait contaminé mon cerveau tout entier.

Je m'approche sans un bruit, invisible. Je soulève l'arme au-dessus de moi. Puis je l'abaisse. Une fois. Aussi fort que possible. Je cogne. Un bruit sourd. La lumière qui s'éteint, lorsque le téléphone tombe au sol. Un corps qui s'affaisse. Qui effleure ma jambe droite, me forçant à faire un pas en arrière.

Le noir a tout envahi et dans la pièce, et dans mon esprit. Mais je n'ai rien vu de ce qui vient de se passer, rien vu de ce que j'ai fait.

Le noir me protège.

Je crois que je suis restée quelques instants figée. Je crois que les ténèbres ont fini par fabriquer un énorme trou à la place de mon cerveau. Un énorme trou noir.

Vortex.

Ce sont des bruits de lutte en provenance du couloir qui me tirent de ma torpeur. Un halo de lumière tremblote durant quelques secondes puis disparaît. Il me semble distinguer des halètements, un grognement étouffé, puis le martèlement de pas précipités.

Enfin, le silence. Un silence oppressant. Un silence empli d'inquiétude.

J'ignore ce qu'il s'est passé, ce qu'il est advenu du deuxième homme. Est-ce lui que j'ai entendu s'enfuir ? À moins que ce ne soit Miguel ? Je pourrais rallumer et vérifier. Mais si le garde se trouve toujours là ? Il pourrait attendre, tapi dans l'obscurité, que je me dévoile…

Je fais un pas en avant. Mon pied bute contre le corps qui n'a pas bougé. Est-ce que ce corps est… mort ? Ou est-il seulement inconscient ? Un frisson me parcourt et je décide de ne pas m'attarder, ni sur la question, ni dans la pièce.

Je passe une tête dans le couloir.

Pas un bruit.

Le noir le plus complet.

Suis-je seule ? Miguel est-il toujours ici ?

Je patiente quelques secondes, tous les sens en alerte. Le noir me protège autant qu'il m'effraie : à chaque instant, je m'attends à ce que des bras rudes et puissants, surgissant du néant, m'empoignent et m'enserrent.

À tâtons, j'avance de quelques mètres, le corps tendu et l'oreille aux aguets.

Alors que j'en arrive à la conclusion que le couloir est désert, un gémissement infime s'élève. Miguel ! Ce ne peut être que lui !

Je bifurque vers l'origine de la plainte. Toujours à l'aveugle, les bras tendus devant moi, j'atteins l'armoire métallique dans laquelle je me suis cachée, des siècles plus tôt. Je m'accroupis au moment où j'entre en contact avec quelque chose.

— Miguel ? Miguel, c'est toi ?

— É… Éléa ? Éléa, c'est bien toi ?

J'opine avant de me rendre compte qu'il ne peut pas me voir.

— Oui… Tu vas bien ? Ils ne t'ont pas fait trop de mal ?

— Non, c'est bon. Mais… toi ? Ça va ? Tu… ? Comment… ?

— Ça va, je l'interromps. Où est l'autre homme ?

Il répond par une autre question :

— C'est toi qui as coupé le courant ?

— Oui, j'ai assommé l'un des deux types. Mais celui qui était avec toi ?

— J'ai profité de la diversion pour faire tomber son téléphone. On s'est battus dans le noir, et… Je sais pas trop comment j'ai fait… Il est parti. Je pense qu'il est allé chercher du renfort, faut qu'on bouge.

Je l'entends aussitôt se lever dans un grognement de douleur. Sans un mot, je me glisse sous son aisselle pour l'aider à se redresser. Non sans difficulté, nous réussissons à nous mettre debout.

— Vite, souffle-t-il, ils vont revenir…

— Par où ? je crie en essayant de tenir la panique à distance. On ne voit rien, je ne sais pas vers où me diriger ! Je devrais peut-être rallumer ?

— Surtout pas ! s'écrie Miguel. Mieux vaut profiter de l'obscurité pour se cacher. Viens !

Il me tire dans la direction par laquelle je suis arrivée. D'un pas traînant, il m'oriente vers le côté droit du couloir et je le sens prendre appui sur le mur que nous nous mettons à longer. Soudain, j'entends un grincement. La porte battante. Je lui viens en aide pour la pousser. Nous nous engageons dans le nouveau sas, lui aussi plongé dans les ténèbres.

— Le panneau que tu as fait disjoncter contrôlait tout ce niveau, m'informe Miguel. Par ici…

Il ne termine pas sa phrase et se contente d'avancer, non sans haleter bruyamment. Nous ouvrons une nouvelle porte battante sur notre droite. Nous progressons encore sur quelques mètres et, tout à coup, je sens Miguel s'immobiliser. Il tâtonne devant lui à la recherche de quelque chose, puis le trouve. S'ensuit un son de poignée que l'on actionne, puis de panneau que l'on pousse.

— Viens, je pense qu'on sera tranquilles ici, au moins un petit moment.

Une forte odeur, mélange de produits ménagers et de brûlé, assaille mes narines. Il me guide encore sur quelques pas, ouvre une nouvelle porte, la referme.

— Voilà, dit-il tandis que je l'entends se laisser choir au sol.

Je l'imite.

— On est où ?

Il ne me répond pas, mais je le sens s'agiter devant moi. Tout à coup, je perçois un léger bruit de roulement, puis une flamme apparaît devant mes yeux. Juste derrière, le visage de Miguel auréolé d'une lumière rougeoyante.

— Une de mes mauvaises habitudes, la clope, dit-il en m'adressant un sourire presque désolé. Mais aujourd'hui, je suis bien content de ne pas avoir réussi à arrêter.

Je suis contente aussi, mais je ne le lui dis pas. Je jette un coup d'œil autour de moi et découvre que nous nous trouvons dans une cabine de toilettes. Celles dans lesquelles Kim m'a trouvée alors que je venais tout juste d'être extraite de la Cage : la paroi contre laquelle Miguel repose est noircie tout du long par le feu que mon amie a allumé.

Un gargouillement en provenance de mon estomac rompt le silence qui s'est installé entre nous.

— Ah, fait-il en plongeant la main dans sa poche. J'avais ça sur moi au cas où…

Il me tend trois barres de céréales. Je les regarde avec envie : j'ai l'impression de ne pas avoir mangé depuis une éternité.

— C'est pour toi, ajoute-t-il. Vas-y.

Je me jette dessus. Il y en a bien trop peu à mon goût, mais je me sens déjà un peu moins vide. Et un peu rassérénée.

Tout ce temps, Miguel m'a observée, un sourire amusé sur les lèvres.

— Je n'arrive pas à croire que tu t'en sois sortie, que… tu te tiennes là, devant moi, souffle-t-il, sans me quitter des yeux.

— Comme quoi, j'ironise, je suis pleine de surprises…

Il laisse échapper un petit rire.

— Mais qu'est-ce qu'il s'est passé ? reprend-il en rabattant une mèche de ses cheveux mi-longs derrière son oreille. La seringue ?

— Comment ça ? Ce n'est pas toi qui l'as échangée ?

Il fronce les sourcils.

— Non, pas du tout…

Je le fixe, troublée. Avant de lui relater mon réveil dans la morgue avec Éléa.

— C'est incompréhensible, dit-il quand j'ai terminé.

— Ça signifie… Ça signifie que quelqu'un d'autre nous a aidées ?

Il opine.

— Vraisemblablement. Même si je ne vois vraiment pas comment c'est possible.

Pendant un instant, nous restons pensifs. J'ai beau réfléchir, tout cela me dépasse. Miguel change de position et étend ses jambes devant lui dans une grimace de douleur.

— Ça va ? je demande.

Il acquiesce.

— Ouais, ils m'ont un peu malmené, mais ça va. En tout cas, tu as eu une excellente idée en coupant l'électricité. Et c'est une chance qu'il n'y ait pas de générateur de secours à cet étage.

— Comment ça, à cet étage ?

— Je ne sais pas ce que tu connais de ce lieu, mais la société a…

— *Life after Life*, je le coupe.

Il me jette un coup d'œil intrigué.

— Je vois que tu es bien renseignée… LAL a acheté le site tel quel. Ils n'ont pas touché à ce sous-sol et nombre de pièces sont inutilisées. Ils ont, par contre, complètement réaménagé le niveau inférieur pour y installer leurs labos et… tout le reste.

Je réprime un ricanement.

— Évidemment, quoi de mieux que des locaux souterrains pour mener leurs expériences de clonage en toute discrétion.

Miguel opine d'un air désolé.

— Merci en tout cas, dit-il.

Je hausse les épaules, en regardant ailleurs. Je n'ai jamais été douée pour ce genre d'épanchements. Et puis, au-delà de ça, mon acte n'était pas que désintéressé : je n'ai aucune chance de sauver les filles et de m'échapper d'ici sans son aide. D'ailleurs, mieux vaut ne pas perdre de temps.

Je braque à nouveau mon regard sur lui :

— Miguel, je dis d'un ton déterminé. Il faut que tu me racontes tout ce que tu sais sur cet endroit.

Chapitre 51

Et Miguel raconte.

Il raconte qu'il a été embauché parce qu'il cherchait un job pour financer ses études de biologie. Il raconte que, lorsqu'il a vu la petite annonce sur le panneau d'affichage de son campus, il ne s'est pas méfié : ils cherchaient un assistant pour mener une étude sur la division cellulaire et il s'est dit qu'en plus de lui rapporter un salaire, cela lui permettrait d'enrichir son curriculum vitae. Une fois sur place, on lui a expliqué qu'il s'agissait d'un projet novateur qui exigeait de sérieuses références et une discrétion à toute épreuve. Le contrat imposait une mission de trois mois à l'étranger, mais cela ne le dérangeait pas : l'émulation scientifique qu'on lui laissait miroiter méritait bien ce sacrifice. Il a ainsi passé une batterie d'examens, renseigné des questionnaires multiples et variés, subi des tests tout aussi nombreux. Quand on lui a dit que sa candidature était acceptée, il a même peiné à y croire. Il a donc signé le contrat ainsi que la clause de confidentialité qui allait avec sans trop réfléchir, sans trop se poser de questions.

C'est après qu'elles sont venues, les questions. Parmi elles, celles qui se bousculent dans ma bouche :

— On est où ? J'ai entendu des hommes parler chinois.

Miguel hoche la tête.

— Oui, on est en Chine, dans les sous-sols d'une entreprise américaine située dans une petite ville au nord-ouest du pays.

Officiellement, *Life after Life* ne fait que du clonage d'animaux domestiques, un service légal et qui a pignon sur rue ici. Seuls quelques scientifiques, de rares employés comme moi et… les hommes de la sécurité que tu as déjà eu l'occasion de rencontrer sont au courant de l'autre activité top secrète abritée par LAL. Moi-même, au début, je n'imaginais pas faire autre chose que du clonage d'animaux…

— Au début ? Et après ?

Mon ton est bien plus cassant que je ne l'aurais voulu. Il reste silencieux.

— Miguel ! Quand as-tu découvert tout ça ? Tout… ce travail dégueulasse que tu faisais ?

Il soupire en baissant la tête. Une mèche de cheveux indisciplinée s'échappe de derrière son oreille et vient s'échouer devant lui, masquant pour partie ses yeux sombres. Puis il relève son visage et braque ses prunelles dans les miennes. Une incroyable douceur s'en dégage. Autre chose, aussi… une espèce de souffrance.

— Je… J'ai découvert assez vite en quoi consistait mon travail. Je savais que je devais procéder à une surveillance par caméras interposées d'une expérience de clonage humain. Je… C'est dégueulasse, je sais. C'est abject. Mais… Mais… la doctoresse en chef…

— Sarah, je le coupe.

Il me regarde, surpris, puis finit par opiner.

— Oui, Sarah. Donc tu es au courant…

J'acquiesce.

— Bref, poursuit Miguel, la doctoresse en chef était si… enthousiaste lorsqu'elle m'a fait part de son projet. Elle a su trouver les mots, les mots exacts pour que je l'écoute et que j'accepte de participer à tout ça. Elle ne parlait que d'avancées médicales majeures, de révolutions scientifiques qui changeraient l'avenir de l'humanité tout entière, elle m'a vanté les milliers de vies sauvées, les malades incurables que l'on pourrait soigner grâce à la production de cellules souches embryonnaires par clonage, mais surtout la possibilité de reproduire des organes… Elle m'a présenté les choses d'une façon que… je ne pouvais pas refuser.

Le regard dans le vague, il marque une pause et un sourire triste passe sur son visage.

— Assez vite, reprend-il, j'ai compris que je n'avais pas été choisi par hasard.

Je fronce les sourcils.

— Comment ça ?

Il s'éclaircit la gorge.

— J'avais une petite sœur, Ana. Elle avait six ans de moins que moi, mais on passait beaucoup de temps ensemble. Elle était si joyeuse. Un rayon de soleil. Difficile d'imaginer qu'elle était malade et pourtant… Une saloperie de cancer s'attaquait à son foie. Jusqu'au bout, on y a cru ; jusqu'au bout, on s'est dit qu'elle l'aurait, cette fichue greffe. Même quand elle est morte, j'ai pas voulu y croire… C'était pas possible pour moi de mourir à neuf ans, pas possible d'admettre qu'un si petit visage pouvait arrêter de sourire, de parler, de bouger, de respirer…

Ses yeux d'un noir profond se voilent.

— Sarah le savait : compte tenu du caractère sensible du projet, elle n'allait certainement pas s'engager avec quelqu'un sans avoir mené au préalable une enquête approfondie à son sujet. Et elle me présentait son programme, elle me détaillait un à un tous les bienfaits, mais, pour moi, elle ne me parlait que d'Ana, que de toutes ces Ana qui attendent une greffe qui ne vient jamais.

Il passe une main sur son visage. Quand il se concentre de nouveau sur moi, son regard est résigné, presque fataliste.

— Je ne cherche pas d'excuse, je sais que je n'en ai aucune. Je veux juste t'expliquer pourquoi… Pourquoi j'ai accepté.

Je prends une profonde respiration tout en continuant à observer Miguel. La flamme de son briquet dessine des ombres dansantes sur sa face, accroche des brumes ténébreuses autour de ses yeux fébriles. J'ignore ce que je ressens. Je suis… troublée. La colère qui m'animait quelques minutes auparavant, cette colère qui fourmillait de manière si désagréable dans mon ventre et ma poitrine, qui prenait toute la place, semble avoir reflué d'un seul coup. Bien sûr, elle est toujours là, elle bat quelque part dans mon cœur, mais davantage comme un bruit de fond, comme une force tapie, une volonté farouche de ne pas lâcher.

Une certitude qui me rappelle que je ne dois pas me tromper d'ennemi.

— Sarah…, je souffle, le cœur au bord des lèvres. Comment peut-on être aussi froide et calculatrice, aussi… tordue ?

Il hausse les épaules.

— J'ai ma part de responsabilités aussi, tu sais, elle ne m'a pas non plus mis le couteau sous la gorge…

Je m'éclaircis la voix. Lorsque je la prononce, la question me brûle les lèvres :

— Et… tu savais qu'on était destinées à mourir à la fin ?

— Non, ça, je ne savais pas, tu dois me croire. Je ne savais même pas qu'il y avait deux salles, deux…

Il déglutit.

— … deux Éléa. J'étais affecté à la surveillance de ta salle. Des caméras et des micros sont dissimulés un peu partout, dans les faux plafonds, dans les cadres, même dans certains meubles. Mon job consistait à m'assurer que tout se passait bien, qu'il n'y avait pas de débordements, pas de problèmes, quels qu'ils soient. Je devais noter ce que vous faisiez, ce que vous mangiez, les éventuels soucis de santé que vous manifestiez, les éventuels… événements suspects ou troubles de la personnalité que je pouvais constater. Le soir, je devais produire un rapport succinct avec tous les faits marquants du jour.

Il se racle à nouveau la gorge.

— Évidemment, au début, toute cette expérience sur le papier, c'était un peu abstrait. Je ne… me rendais pas compte. Et puis, elle m'a assuré avoir toutes les autorisations requises, elle est même allée jusqu'à me dire qu'elle avait le soutien du gouvernement.

Il laisse échapper un rire amer.

— Et je l'ai crue…

— Tu as voulu la croire. Ça t'arrangeait bien, ça arrangeait ta conscience surtout.

Je regrette aussitôt mes mots : je sais que lui aussi a été victime des manipulations et des mensonges de Sarah. Je sais également qu'il est le seul à avoir tenté de m'aider. Et je ne peux ignorer qu'il a risqué sa vie pour me sortir de là.

— Tu as raison. Au fond, je le savais, je savais que tout ça était loin d'être éthique. Quand l'expérience a commencé concrètement, que je vous ai vues toutes, si humaines, si semblables à moi, à nous, à tout le monde, j'en ai… J'en ai gerbé. Je te jure, Éléa, quand je t'ai vue, toi, si… vulnérable, j'ai voulu tout arrêter, j'ai voulu immédiatement te sortir de cette cage de laboratoire. Et puis…

Il s'interrompt, comme pour reprendre son souffle.

— Et puis, je me suis dit que si je voulais t'aider, vous aider toutes, il ne fallait pas que je renonce. Il fallait que je reste en place, à mon poste, pour vous surveiller, pour élaborer un plan et saisir la moindre opportunité de vous sauver. J'ai bien pensé à la dénoncer, à dénoncer toute cette abomination, mais j'avais bien trop peur qu'ils effacent les traces de l'expérience. Et parmi ces traces, qu'ils vous fassent disparaître, vous…

Je ne dis mot. Secouée par les révélations de Miguel, j'ignore comment réagir. Bien sûr, je sais ce qu'il attend. Je sais qu'il cherche mon pardon, une espèce de rédemption, ou, tout au moins, mon approbation. Mais… je suis perdue. Tout cela est bien trop frais. Bien trop perturbant.

Malgré tout, je me force à lui sourire pour lui demander :

— Alors, on fait quoi maintenant ?

Il tourne un visage résolu vers moi :

— Le plan reste le même : nous échapper. Ensuite, il faudra prévenir les secours.

— Pour sauver les filles, je complète.

Il braque ses yeux dans les miens.

— Pour sauver les filles, confirme-t-il en hochant la tête. Mais, sans preuves, nous n'avons aucune chance d'être crus par les autorités. J'avais enregistré les vidéos de votre détention sur clé USB, mais les types de la sécurité m'ont fouillé et me l'ont confisquée.

Il marque une pause, les sourcils infléchis, avant d'ajouter :

— Et ce n'est pas la seule mauvaise nouvelle : ils ont aussi désactivé mon autorisation, et mon code ADN a été signalé.

Je mords ma lèvre inférieure : c'était une évidence, maintenant que Miguel s'est dévoilé.

— Comment on va faire alors ?

— Il faut qu'on retourne au deuxième sous-sol pour récupérer à nouveau des images, dit-il. On doit faire vite, profiter de la confusion de mon évasion avant qu'ils ne comprennent que c'est toi qui m'as libéré. Ensuite, on attendra à proximité de l'ascenseur que quelqu'un se présente – en espérant tomber sur une blouse blanche plutôt qu'un uniforme noir. Puis… on essayera de le neutraliser et d'utiliser son autorisation ADN.

Je hoche la tête, un peu sonnée par l'ampleur de ces nouvelles informations. Mais il ne s'agit pas que de ça : je me sens troublée. Troublée de savoir que cet homme – cet inconnu – a tout prévu pour nous sauver…

Soudain l'éclairage se rallume. Pris au dépourvu, nous nous dévisageons quelques instants dans la lumière crue des sanitaires. Puis je me lève. Miguel essaye lui aussi de se redresser, mais, devant ses difficultés, je viens à son aide.

— Ils t'ont salement amoché quand même.

De la main, il balaye l'air devant lui.

— T'inquiète, j'ai reçu quelques coups, mais ça va aller.

L'espace est plus qu'étroit dans le cabinet de toilettes et notre promiscuité me permet une vue parfaite sur ses blessures : sa pommette ouverte saigne toujours tandis que son arcade sourcilière vire au mauve ; une autre tache violacée s'échappe de son col, remontant jusque dans son cou.

— Il faut faire quelque chose pour ça, je dis en saisissant quelques feuilles de papier toilette que je glisse dans ma poche.

J'ouvre ensuite la porte en faisant le moins de bruit possible et me dirige vers l'unique lavabo de la petite pièce. Devant mon reflet dans le miroir, je m'immobilise, déconcertée. Je me penche en avant pour examiner mon visage ainsi que ma gorge et constate, stupéfaite, que la blessure de ma lèvre s'est déjà refermée tandis que les marques autour de mon cou ont disparu.

— C'est incroyable, n'est-ce pas ? dit Miguel en arrivant derrière moi. Tu n'as plus aucun hématome.

Je fronce les sourcils, le regardant à travers la glace.

— Ma lèvre était fendue aussi… Comment est-ce possible ?

— Nous l'ignorons encore. L'équipe suppose que le procédé de clonage, consistant en une accélération de la division cellulaire, a entraîné une suractivité du processus de régénération et de croissance des cellules. Elles sont en quelque sorte… surentraînées.

Je me tourne vers lui, médusée.

— C'est ce qui explique la guérison très rapide de mon entaille au ventre ?

— En effet, acquiesce Miguel. Ils ne savent pas encore si cet état est temporaire ou durable. Ils supposent qu'il devrait s'estomper à mesure que ton corps retrouve un fonctionnement normal.

Il me faut quelques secondes pour assimiler ces nouvelles révélations. Des super-cellules. Que me reste-t-il encore à découvrir sur ma… nature ?

J'actionne le robinet et passe mes mains sous le mince filet. Je m'incline et approche mes lèvres : la fraîcheur du liquide éclate dans ma bouche et dévale le long des parois de ma gorge. Je m'écarte ensuite pour laisser la place à Miguel.

Lorsqu'il a terminé de boire, il se redresse et reste, un instant, en appui sur le rebord de la céramique, la tête penchée, les yeux clos.

Je m'approche de lui et pose une main sur son épaule.

— Ça va ?

Il opine.

— Attends, dis-je en extirpant les feuilles de papier toilette de ma poche pour les imprégner de quelques gouttes d'eau.

Je me tourne ensuite vers lui et le force à pivoter face à moi. Il opère un quart de tour, surpris.

— Qu'est-ce que tu…

Je ne le laisse pas finir sa phrase et commence à tamponner sa pommette meurtrie avec ma compresse de fortune. Celle-ci s'imbibe rapidement de sang. Je change de papier et renouvelle l'opération de nettoyage, en me concentrant sur cette peau abîmée, sur ce visage dévasté. Et en évitant de faire converger mes yeux vers les siens.

Je sais que Miguel m'observe pourtant ; même si je n'ose le vérifier, je sens son regard cuisant sur moi. J'ai conscience aussi de la tension de son corps : il est immobile et silencieux, comme statufié. Mes yeux se posent sur la base de son cou tuméfié, puis remontent, s'attardent sur ses lèvres pleines et… tombent dans ses pupilles. Elles luisent d'une intensité brillante. Ce regard si profond, presque poignant, ce mélange de vulnérabilité et de gravité, cette manière de froncer sa ride du lion comme s'il s'excusait d'être là, devant moi, d'être ce qu'il est, tout ça, ça pourrait presque me… bouleverser.

Je… Je n'aurais peut-être pas dû… Je me sens mal à l'aise, subitement, avec cette proximité que j'ai occasionnée, avec cette intimité que j'ai suscitée sans le vouloir. Cet inconnu qui se tient devant moi, cet étranger qui a participé à cette horreur, cet homme brisé qui a risqué sa vie pour me sauver est si… proche, à tel point que je peux sentir son souffle chaud sur ma joue.

Je recule d'un pas et baisse la tête vers le robinet. Je l'ouvre de nouveau et tente de rincer mon linge improvisé, me concentre dessus, sur ce sang que je veux voir disparaître et qui colore l'eau d'une teinte écarlate. J'ai bien conscience que ça ne sert à rien d'autre que de disloquer le papier en lambeaux, mais ça me permet au moins d'atténuer mon embarras.

Soudain, le visage de Théo flotte devant moi. Théo et son regard clair, sa douce ironie. Théo… Je ne sais même plus qui il est pour moi. Mon amoureux ou un parfait inconnu ? Le simple fait d'imaginer que ma peau, que mon corps n'ait jamais croisé le sien me donne la nausée. Pourtant… pourtant, mon esprit le connaît si bien. Je sais que s'il avait été ici, dans ces WC exigus, s'il s'était trouvé à la place de cet étranger, à la place de Miguel, il aurait su détendre l'atmosphère. « Mademoiselle, je vous en prie, ne profitez pas de ma faiblesse et de ma vulnérabilité pour me tripoter. » Il aurait souri ensuite, un sourire qui aurait brillé dans ses yeux, ravageant la pesanteur du moment, consumant le… trouble.

— Je vais chercher d'autres papiers, je bredouille en m'éloignant.

Miguel m'attrape le bras.

— Laisse tomber, Éléa, je vais bien. Enfin, aussi bien que possible.

Il me sourit. Un sourire doux.

— Il faut qu'on y aille, ajoute-t-il.

J'observe sa main sur ma peau avant de m'arracher à son emprise d'un geste sans doute trop brusque. Je déglutis et opine vigoureusement.

— Allons-y.

— Il n'y a personne. Tu es prête ?

J'acquiesce. Miguel ouvre un peu plus la porte et se faufile dans le couloir de nouveau illuminé. Il avance de quelques pas prudents tandis que je m'engage à sa suite, tous les sens en alerte.

— Ils ont dû renforcer les équipes de sécurité, murmure-t-il, il va falloir faire très attention.

Nous parcourons toute la longueur du corridor qui mène à l'escalier permettant d'accéder au niveau inférieur. À mon grand soulagement, nous y parvenons sans encombre. C'est une fois arrivés en bas des marches que les choses se corsent. Le couloir sur notre gauche, qui mène au grand laboratoire, se révèle impraticable : deux hommes sont postés à quelques mètres de nous, juste devant la porte à double battant. Reste le passage qui se déroule devant nous, celui qui abrite la morgue – entre autres réjouissances.

— On ne peut pas accéder à la salle dans laquelle je travaillais, chuchote Miguel en se rabattant dans le renfoncement de la cage d'escalier. Mais les archives sont droit devant : on y trouvera les preuves qui nous intéressent.

Je hoche la tête, le ventre rendu douloureux par la peur.

— Prête ? Il y aura une seconde critique pendant laquelle on sera exposés.

J'opine à nouveau.

— J'y vais en premier, m'informe-t-il.

Miguel gagne au pas de course – et en boitant légèrement – le couloir qui nous fait face. Arrivé à destination, il se plaque contre la paroi qui le rend invisible aux yeux des vigiles et m'adresse un signe de la main. Je jette encore un coup d'œil aux armoires à glace à quelques mètres sur ma gauche. Une seconde critique, a dit Miguel. Juste une. Je me lance. J'ai l'impression que cette seconde, durant laquelle je suis à découvert, si vulnérable, dure une éternité. Et puis, finalement, je me retrouve à nouveau toute proche de Miguel. Sans attendre, il reprend sa progression dans le couloir et je me glisse dans son sillon.

C'est alors que cela se produit.

Tout se déroule en un instant et, pourtant, j'ai l'impression de saisir chaque détail de la scène avec une précision cinématographique, comme un film projeté au ralenti sur l'écran de mes rétines : le corridor blanc devant nous, menaçant, qui résonne soudain de martèlements de pas, Miguel qui s'immobilise avant d'opérer un demi-tour – je distingue très nettement ses cheveux mi-longs se déployer autour de son visage –, sa main qui attrape la mienne, puis qui serre, et me tire sans ménagement vers une porte.

Je me laisse faire, sans comprendre, et nous nous retrouvons dans une pièce immense, la porte close dans notre dos. Devant nous, trois personnes en blouse blanche – deux hommes et une femme – nous dévisagent.

Ils sont trois, mais un seul capte mon attention.

Un seul au visage acéré, âpre comme la roche.

Le père de Kim.

Chapitre 52

Quelques secondes s'écoulent sans que rien ne se passe. Comme une mise sur pause, un arrêt sur image. Ou comme si la bobine s'était enrayée.

Les gens en blouse blanche devant nous demeurent aussi pétrifiés que des statues de glace. Puis l'homme que je ne connais pas fronce les sourcils avant de prendre la parole :

— Qui êtes-vous ? Qu'est-ce que vous faites ici ? Vous ne…

Il ne termine pas sa phrase, interrompu par le père de Kim qui se dirige vers nous à grands pas déterminés. Son visage est aussi figé que s'il avait revêtu un masque de bois. Seul un hématome sur son front haut et fier témoigne de la bagarre qui l'a opposé à Miguel.

— À quoi vous jouez ? s'exclame-t-il. On n'a pas que ça à faire ! Où êtes-vous affectés ? Pas ici que je sache !

Je le fixe, ahurie, tant le sens de ses propos m'échappe. Miguel reste aussi interdit que moi.

— Et vous, ajoute le père de Kim à l'attention de mon partenaire, où est votre blouse ?

Pourquoi… Pourquoi s'adresse-t-il à nous comme si nous étions des employés ?

— Eh bien ? insiste-t-il d'un ton abrupt.

Je sens Miguel s'agiter à mes côtés avant qu'il ne prenne la parole :

— Je… Je… Elle était déchirée, j'ai pas eu le temps d'en trouver une autre.

Le père de Kim hoche imperceptiblement la tête, avant de se tourner vers ses deux collègues :

— Je m'en occupe. Allez donc en salle deux comme nous avions convenu, je vous rejoins dès que je leur ai assigné de nouvelles tâches.

— Mais…, proteste la femme.

— Je m'en occupe, je vous ai dit, la coupe avec fermeté le père de Kim.

Je ne comprends rien. La situation me paraît… tout simplement surréaliste.

Les deux employés affichent des mines aussi circonspectes que nous, mais finissent par s'exécuter. Quelques instants après, nous sommes seuls en compagnie du père de Kim qui braque son regard sur Miguel :

— Que faites-vous encore ici ? s'agace-t-il. Je leur avais donné l'ordre de vous évacuer !

Les yeux écarquillés, Miguel ouvre la bouche, mais aucun son n'en sort.

Le père de Kim soupire en se frottant les paupières, l'air las soudain, puis se dirige vers la porte pour la verrouiller. Il se tourne ensuite vers nous :

— J'imagine que je vous dois quelques explications, souffle-t-il.

Toute trace de la dureté qui animait ses traits quelques minutes plus tôt a disparu. Puis, désignant le visage tuméfié de Miguel, il ajoute :

— Je suis désolé pour ça.

Il braque ensuite son regard dans le mien, un regard intense. Déstabilisant.

— Et pour tout le reste.

Ces excuses, ces frêles excuses si pathétiques, agissent sur moi comme un électrochoc. Je m'avance vers lui :

— Qu'est-ce que vous racontez ? De quoi êtes-vous désolé ? De nous avoir enfermées comme des animaux de foire ? D'avoir blessé Miguel ? À moins que ce ne soit du fait d'avoir voulu m'euthanasier ?

Il me dévisage, immobile et le visage impassible.

— Éléa, dit-il finalement. Tu as raison d'être en colère. Mais laisse-moi au moins t'expliquer…

— Pourquoi faire ? je rugis. Pour nous mentir de nouveau ? Pour nous piéger ? Vous laisser une chance de terminer ce que vous avez commencé ?

Je me tourne vers Miguel :

— Viens, on n'a rien à attendre de lui. Quoi qu'il dise, on ne peut pas lui faire confiance. Il…

— Éléa, m'interrompt soudain le père de Kim d'un ton autoritaire. Je comprends ta réaction, mais tu dois m'écouter. Je suis là pour vous aider.

Je me tourne vers lui, le souffle court.

— Nous aider ? Comme vous avez aidé Kim, peut-être ?

Au moment où je prononce le prénom de mon amie, les yeux de mon interlocuteur tressaillent, puis il baisse le visage. Quand il le relève, ses pupilles brillent.

— Je t'ai vue, tu sais. Avec Kim. J'ai vu comment vous vous étiez rapprochées malgré… vos débuts difficiles.

— Ah oui ? j'aboie, la respiration toujours aussi saccadée. Et alors, le spectacle vous a plu ?

Durant quelques secondes, nous nous faisons face, silencieux. Je ressens tellement de… haine pour cet homme que je ne cille mêmc pas.

C'est Miguel qui met fin à notre duel muet :

— Éléa, accordons-lui une chance de s'expliquer. Il peut nous faire sortir.

Je ferme les paupières en soupirant. Lorsque je les rouvre, je ne prends même pas la peine de dire quoi que ce soit et me contente d'ébaucher un mouvement de tête en direction du monstre qui me fait face.

Il acquiesce en faisant claquer sa langue. Comme… Comme Kim.

— Je m'appelle Jacob. Jacob Watson. Et je suis en effet le père de… Le père de Kim.

Il déglutit. Je n'amorce aucun geste, déterminée à ne pas lui faciliter la tâche.

— Je… Par où commencer ?

Il s'éclaircit la gorge.

— Je ne sais pas ce que Kim t'a dit, mais je n'ai pas été à la hauteur avec elle, loin de là. Nous… Nous avions le même caractère, aussi intransigeants l'un que l'autre, aussi fiers et têtus. Nous étions incapables de discuter et nos échanges se terminaient toujours de la même manière : en cris, en disputes. Je ne supportais pas… Je ne supportais pas qu'elle me défie, qu'elle me tienne tête.

Il esquisse un sourire amer.

— C'était ma fille et pourtant, je la connaissais si mal… Je l'ai payé cher. Kim… est partie. Elle a préféré s'enfuir le plus loin possible plutôt que rester vivre sous le même toit que moi. Les jours ont passé, mais… j'étais tellement fier à l'époque… J'ai préféré continuer à nier, continuer à faire comme si elle ne me manquait pas. Mais quand ils… Quand ils…

Sa voix déraille avant qu'il ne se reprenne.

— Quand ils m'ont appelé pour me dire qu'elle avait été trouvée dans un état de mort cérébrale dans la rue… À cause du froid, ce fut comme si… ma poitrine explosait. Ma fille n'existait plus… Ma petite fille… J'ai cru devenir fou. Je me suis rendu compte de tout ce temps perdu ! Plus de deux ans sans le moindre contact ! Et c'était trop tard ! Trop tard… Elle était morte… Morte par ma faute.

Un raclement de gorge tandis qu'il enfouit ses mains tremblantes dans les poches de sa blouse.

— Je me suis… effondré en comprenant que je l'avais perdue à jamais. Alors, quand ils m'ont proposé ce projet, quand ils m'ont dit qu'ils pouvaient faire revenir Kim, je n'ai presque pas hésité. C'était une chance inouïe ! Une seconde chance de pouvoir recommencer à zéro avec ma fille !

— Je ne comprends pas…, l'interrompt Miguel. Pourquoi s'intéresser à quelqu'un comme Kim ? Vu le coût du programme, je croyais qu'ils ne ciblaient que des familles fortunées ?

Jacob soupire. Pendant une fraction de seconde, je revois l'homme des photos, celui dont les yeux lacèrent autant qu'une cravache. Pendant une fraction de seconde seulement, car cette âpreté se dilue aussitôt dans ses pupilles brillantes.

— En effet, confirme-t-il d'un ton grave. Mais Kim et moi les intéressions pour une autre raison. Ils peinaient à trouver des candidats au clonage, alors, non contents de récupérer les cellules de Kim, ils m'ont en plus confié un poste au sein de l'entreprise. Mon rôle consistait à trouver des clients prêts à fournir des cobayes et financer le projet : des personnes très aisées dont un proche – jeune et de sexe féminin – se trouvait en état de mort cérébrale, des familles si désespérées par cette disparition qu'elles seraient prêtes à tout, y compris s'engager dans une expérience aussi risquée. J'ai accepté : j'aurais accepté n'importe quoi pour retrouver ma fille... Ma qualité de médecin dans l'armée a facilité ma tâche même si, compte tenu de la spécificité du profil recherché, nous avons dû étendre notre prospection au niveau international pour parvenir à réunir un nombre suffisant de sujets. J'ai ainsi trouvé cinq familles. Et quand l'expérience a commencé, j'ai exigé d'être présent. Je voulais voir Kim renaître... Ils m'ont donné leur accord et j'ai pu assister à chaque étape de l'expérience, y compris dans la salle de clonage. C'est d'ailleurs là que tu as dû m'apercevoir, Éléa.

L'entendre prononcer mon prénom me fait frissonner.

— J'ai pu suivre les événements de A à Z. C'est ainsi que j'ai découvert qu'ils avaient prévu deux clones. Deux Kim. Autant retrouver Kim vivante fut une joie pour moi, autant la voir en deux exemplaires fut un véritable choc. Et puis... elles étaient si différentes... Ils m'ont dit que la transplantation avait échoué pour le deuxième clone, Kimberley. C'était son corps, bien sûr, mais elle... Ce n'était pas elle, à l'intérieur. Kim, en revanche... Kim était la même. Quand je l'ai observée mettre en œuvre les principes du survivalisme que je lui avais enseignés et qu'elle avait rejetés tant de fois, vous n'imaginez pas à quel point cela m'a rendu heureux ! Elle était telle que je l'ai toujours connue : frondeuse, forte, fière.

— Et alors, j'interviens, qu'avez-vous fait pour empêcher sa mort, hein ? Rien ! Vous n'avez rien fait ! Elle est morte une deuxième fois et c'est à cause de vous !

Les poings serrés, je ne peux m'empêcher de ressentir du dégoût pour cet homme qui se liquéfie de culpabilité devant nous, ce type prêt à commettre les pires horreurs pour avoir l'opportunité de se racheter une bonne conscience. J'en ai la nausée.

Son visage se fige. Une fois de plus, il se pare de son masque d'austérité et d'autorité.

— Ils m'avaient promis qu'ils ne la tueraient pas, que…

Je ricane, amère.

— Pas comme nous qui n'étions que des versions tests, vous voulez dire ? Et vous croyez vraiment qu'elle aurait accepté tout ça ?

Il soupire.

— Je suis désolé, Éléa… Désolé d'avoir accepté une ignominie pareille. Sur le moment, je n'ai pensé qu'à Kim, qu'à la possibilité de la récupérer… J'étais à deux doigts de la retrouver, à deux doigts… Et… ils l'ont assassinée.

Il déglutit, avant de braquer son regard dans le mien.

— Alors, j'ai décidé de la venger. Quand ils m'ont dit qu'ils pourraient recommencer, produire une nouvelle Kim, j'ai fait semblant de les croire. J'ai joué la comédie pour conserver mon poste. Je veux tout faire pour saboter l'expérience. Et pour vous aider. Miguel, je l'ai fait pour toi quand je l'ai pu : après ta tentative de sauver Éléa, les hommes de la sécurité avaient pour ordre de te tuer et c'est ce qu'il se serait passé si je n'étais pas intervenu pour leur demander de t'évacuer.

Il se tourne vers moi.

— Toi aussi, je t'ai aidée, Éléa.

— Moi ?

— Oui, toi.

Il marque une pause, le temps de déglutir.

— C'est moi qui ai remplacé le produit dans la seringue par un leurre. C'est grâce à cela que vous avez pu vous réveiller, toi et ton double, dans la morgue.

Un sourire triste passe sur ses lèvres.

— C'est moi qui t'ai sauvée.

Chapitre 53

La surprise me cloue sur place.

C'est donc à cet homme, le père de Kim, que je dois d'être encore en vie.

— Venez, dit Jacob. On ne peut pas rester là, il faut vous mettre à l'abri.

Je reste immobile, incapable du moindre mouvement. Miguel pose une main sur mon avant-bras.

— Éléa ? m'interroge-t-il, son regard plongé dans le mien.

Je reste un instant agrippée à ses yeux avant de hocher la tête, sans un mot.

Je suis prête.

Je suis prête à suivre Jacob.

Après que Miguel a enfilé une nouvelle blouse, nous nous faufilons à la suite du père de Kim dans le couloir. Baissant la tête, la démarche aussi naturelle que possible, nous simulons de notre mieux les assistants disciplinés. Fort heureusement, notre destination se trouve à proximité et nous ne croisons qu'un seul scientifique qui se contente de saluer notre guide, sans même nous accorder une once d'attention.

Jacob ouvre une porte.

— C'est le bureau qu'ils m'ont attribué, dit-il en refermant derrière nous. Ils ne penseront pas à vous chercher ici. Enfin, je crois.

Je ne l'écoute que d'une oreille.

En pénétrant dans la pièce, mon regard a immédiatement été capté par les gigantesques baies vitrées qui occupent la moitié supérieure du pan de mur gauche. Elles ouvrent sur un immense laboratoire à la blancheur médicale, meublé en son centre de longs caissons.

Jacob remarque aussitôt mon trouble et, d'un pas empressé, se dirige vers les stores pour les dérouler. En une fraction de seconde, la vue est occultée.

— C'est… C'est ici que je suis née ? je demande dans un filet de voix.

Jacob se tourne vers moi, fronçant les sourcils, puis hoche la tête.

Je déglutis.

— Je veux voir.

Miguel pose une main sur mon épaule, esquissant un sourire à la fois doux et triste.

— Éléa, je ne suis pas sûr que ce soit une bonne…

— S'il te plaît, Miguel, je l'interromps. J'en ai besoin.

Il soupire en pivotant vers Jacob. Celui-ci me fixe avec intensité comme s'il cherchait la réponse au fond de mes iris. Il finit par claquer la langue en signe d'acquiescement. Et entrouvrir les stores suffisamment pour nous permettre de voir sans être vus.

La pièce est immense : du sol au plafond, l'immaculé règne en maître, rehaussé par de multiples spots lumineux incrustés dans les hauteurs et les murs. Taches blanches sur fond blanc, une dizaine de scientifiques s'affairent, telles des abeilles nourricières, autour de plusieurs caissons semi-horizontaux en verre, larges et massifs, sortes d'alvéoles dénaturées. Alignés au centre de la salle, ils sont reliés à une machine dominée par un imposant panneau de commandes électroniques.

Une terreur sourde – une terreur bien trop familière – se niche dans mon bas-ventre lorsque je l'entends. Atténué par la paroi vitrée, sourd, profond, il résonne à peine. Le battement, celui qui palpite dans mes cauchemars, celui qui cogne dans mon crâne et dans mes veines. Il surgit des entrailles de la machine, comme si elle était vivante, animée d'un cœur monstrueux.

Paniquée, j'attrape le bras de Miguel à mes côtés.

— Ça va ? me demande-t-il, les yeux brillants d'inquiétude.

Je remarque alors que je serre son coude un peu trop fort. Je retire ma main d'un geste nerveux avant de hocher la tête. Après quelques inspirations pour calmer les pulsations de mon cœur qui, dans une curieuse ironie, semblent faire écho à celles de la machinerie infernale face à moi, je m'approche un peu plus près des fenêtres.

Les mains tremblantes, j'observe les caissons qui, semi-inclinés, laissent entrevoir leur contenu : certains d'entre eux sont occupés. À l'intérieur du bloc le plus à gauche, enveloppé d'une brume cotonneuse, un corps féminin, nu, se dévoile. Je ne distingue que la partie inférieure de son visage, car une sorte de bandeau recouvre ses yeux, mais, malgré cela, malgré la distance, je le reconnais. Je l'ai déjà contemplé ainsi, les traits au repos, mais à ce moment-là, le corps gisait dans le caisson réfrigéré d'une morgue : Katy.

Le compartiment juste à côté contient également un corps dont le visage est à demi masqué d'un bandeau, un corps qui n'occupe que la moitié de l'espace intérieur. Hébétée, je constate qu'il s'agit d'une fillette. Une fillette à la peau diaphane et aux traits ciselés comme une porcelaine délicate. Une fillette à la chevelure d'un roux flamboyant.

Je recule, presque titubante, à peine consciente que Miguel me saisit par les épaules pour me soutenir.

— Amber…, je souffle.

Je me tourne vers Miguel.

— Ils ont… Ils ont déjà relancé le processus ?

— Oui, intervient Jacob d'un ton amer. Il ne s'agirait pas d'avoir du retard dans les commandes. Ils s'en tiennent au calendrier fixé.

Avec un mauvais goût dans la bouche, je reporte mon attention sur les autres installations. Dans trois d'entre elles, des corps reposent. Des corps minuscules, ceux de bébés. Des bandes de tissu tout aussi minuscules recouvrent leurs paupières.

Je tourne un visage interrogateur vers Jacob.

— Mira, Alice et… toi. Vos versions définitives, celles destinées à retourner dans vos… Dans les familles qui ont passé commande.

Je baisse la tête.

— Et Kim ? je dis en la relevant précipitamment.

— Kim n'est pas leur priorité : le carnet de commandes, avant tout. Je n'ai pas insisté : je ne peux… Je ne peux plus participer à tout ça.

J'opine en contemplant de nouveau les ventres nourriciers aux allures de machines démoniaques qui m'ont donné la vie. La vision de ces corps alignés, nus et les yeux bandés, a quelque chose de glaçant.

— Et ce bandeau… sur les yeux, c'est… ?

Jacob ébauche un mouvement d'épaules avant de me répondre :

— Nous avons constaté que certains clones avaient tendance à ouvrir les yeux par intermittence et semblaient réagir à leur environnement. Toi, notamment, ajoute-t-il en croisant brièvement mon regard. Et comme il s'agit d'organes très fragiles faisant partie des derniers à se former, par précaution, nous avons préféré les protéger d'un tissu médical.

J'acquiesce, luttant pour refouler les images qui affluent, les images de ces yeux coupants comme du verre, de ce visage lacérant. Du visage de Jacob. C'est ici que je l'ai vu pour la première fois. Avant que ma vue soit occultée.

Je secoue la tête.

— Est-ce que… Est-ce qu'on peut les sortir de là ? Les sauver, elles aussi ?

Jacob soupire.

— Tant que le processus n'est pas achevé – et il ne le sera pas avant plusieurs semaines – les clones ne sont pas viables. Vous ne pouvez rien pour elles.

Je baisse mon visage, abattue. Tant de gâchis, de vies sacrifiées.

— Je ne… Je ne comprends toujours pas comment il est possible de reproduire une personnalité à l'identique… Comment a-t-elle fait ?

Jacob réfléchit quelques secondes avant de se lancer :

— Sarah a toujours été fascinée par la génétique. Lors de sa thèse, elle s'est passionnée pour la transplantation d'organes et les effets qui y étaient associés. De nombreuses études empiriques démontrent que ce n'est pas seulement d'un organe dont semble hériter le greffé, mais d'autres choses également ; des traits de caractère, des appétences particulières, des connaissances, voire des souvenirs appartenant au donneur. Sarah en est arrivée à la conclusion qu'une petite parcelle de la personnalité du donneur était transmise au greffé… Une parcelle qui ne pouvait être contenue que dans les cellules de l'organe. Ses travaux par la suite ont révélé qu'elle avait vu juste.

Jacob déglutit.

— Elle est parvenue à démontrer que la moindre cellule du corps humain contient une quantité colossale d'informations sur la personnalité de l'individu. Elle a donc imaginé une machine permettant d'extraire ces données. De collecter leur mémoire souche, si tu préfères. Elle a réuni les meilleurs techniciens, puis convaincu les directeurs de LAL d'investir dans ce projet. Ce recueil d'informations n'étant possible que lorsque les cellules sont encore vivantes…

Je l'interromps :

— Je ne comprends pas : je croyais que les originales étaient décédées ?

— En effet, répond Jacob en hochant tristement la tête. En état de mort cérébrale. Mais l'activité d'une partie des cellules s'est trouvée maintenue, de manière suffisante pour qu'un prélèvement des informations cellulaires soit possible.

Une pause pendant laquelle il m'interroge du regard. Je hoche la tête : je suis prête à tout entendre.

— Sarah est non seulement une généticienne brillante, malgré son jeune âge, mais c'est aussi une surdouée de l'informatique. Avec son équipe, elle a conçu un outil technologique qui permet de stocker ces identités psychiques, mais aussi de les enrichir au fur et à mesure par de nouvelles données. Imaginez un individu qui souhaite… sauvegarder, je dirais, à titre préventif sa personnalité ? Il lui serait alors possible de la mettre à jour tout au long de sa vie, en fonction de l'évolution de sa personnalité et de la construction de ses souvenirs !

Devant ma mine ahurie, Jacob se racle la gorge. Lorsqu'il reprend, son ton est plus mesuré :

— En ce qui vous concerne, Sarah n'était pas pleinement satisfaite. Bien que considérables, les données récupérées ne lui semblaient pas suffisantes, eu égard à la mort de vos cellules cérébrales, celles-là mêmes qui concentrent la plus grande partie de votre mémoire. Elle a donc décidé de compléter ces données par celles contenues dans les cellules de vos proches et de sélectionner celles qui concernaient des souvenirs vous impliquant. De nouveaux schémas psychiques ont ainsi été fabriqués. Et…

Il avale un peu de salive.

— Et quand elle a jugé que son… œuvre était suffisamment aboutie, elle est passée à l'étape suivante : la phase de test grandeur nature. Elle a implanté les personnalités ainsi recréées dans des prototypes : toi, Éléa, ainsi que toutes tes camarades.

À l'écoute de ces mots, mon corps est parcouru de frissons.

— Quelque chose m'échappe, intervient Miguel. Vous avez dit qu'elle avait déjà récupéré les données de leurs personnalités dans leurs corps en état de mort cérébrale pour les… enregistrer dans son logiciel. En ce cas, pourquoi veut-elle absolument les collecter à nouveau à la fin de l'expérience ?

Jacob tord la bouche.

— Comme vous avez dû le constater, Sarah est quelqu'un d'extrêmement prévoyant et rigoureux. Elle pense que l'expérience grandeur nature n'a pu qu'affiner les identités de base. Il est donc essentiel pour elle de collecter au sein de chaque paire de clones ces identités… disons, enrichies, pour les croiser entre elles et les modéliser à nouveau. Elle espère ainsi obtenir une nouvelle version plus exhaustive et plus précise du schéma identitaire, qu'elle compte ensuite transplanter dans le modèle définitif.

Je ferme les paupières. J'ai la tête qui tourne. Je suis… Je suis… Que suis-je, en réalité ? Je ne peux même pas mettre de mots sur la monstruosité que Sarah a fait de moi.

— Je suis désolé, Éléa, sincèrement désolé.

Je rouvre les yeux. Jacob m'observe d'un air accablé.

— Éléa, murmure Miguel qui s'est approché doucement de moi. Peu importe d'où tu viens. Ce qui compte, c'est ce que tu es et ce que tu vas devenir. Ce qui te définit vraiment, ce sont tes choix et tes actes. Ne la laisse pas te détruire…

Je déglutis avant de relever le menton vers mon allié. Il a raison. Je ne peux pas la laisser gagner. Je ne peux pas la laisser nous faire plus de mal qu'elle n'en a déjà fait.

— On a assez perdu de temps, je dis, d'un ton déterminé. Jacob, nous avons besoin de votre aide.

Il braque ses yeux dans les miens.

— Très bien, quel est votre plan ?

Miguel lui explique rapidement que nous cherchons à récupérer des preuves à présenter à la police afin de mettre un terme à toutes ces abominations et libérer les filles.

— J'imagine que vous parlez de ces preuves-là ? fait Jacob en extirpant un objet de la poche de sa blouse.

— Ma clé USB ! s'écrie Miguel.

Son interlocuteur opine.

— Je l'ai récupérée après qu'ils te l'ont confisquée. Nous n'avons pas une minute à perdre : mon autorisation ADN n'est pas contrainte par des horaires comme la tienne, Miguel. Je vais essayer de vous faire sortir. Et, de mon côté, je reste ici pour contrôler la situation et m'assurer qu'ils ne font pas de mal à vos camarades.

Il s'éclaircit la gorge, avant de reprendre d'une voix mal assurée :

— Kimberley… Vous allez la sauver, n'est-ce pas ?

Je plonge mon regard dans le sien, ouvrant la bouche pour le rassurer, quand un brouhaha de pas et de voix résonne, auquel succède une déferlante de coups tambourinés sur la porte.

En une fraction de seconde, le visage de Jacob se ferme : je retrouve l'individu qui figurait sur les photographies de Kim, cet homme à l'expression rêche comme la rocaille. Avec des gestes brusques, il nous fait signe de nous dissimuler sous le bureau.

— Dépêchez-vous, s'agace-t-il en faisant des moulinets avec sa main. Vite, vite !

Nous nous glissons avec précipitation dans la cachette. Juste avant de me baisser, je m'immobilise devant lui.

— Merci, je dis en le fixant droit dans les yeux.

Son regard s'élargit de surprise durant une fraction de seconde avant que son visage ne retrouve sa sévérité habituelle.

Dès que nous sommes en place, il se dirige vers la porte.

— Oui ? fait-il après l'avoir ouverte.

— Il faut que tu viennes, répond une voix empressée. Visite de contrôle inopinée de la grande direction, ils seront là d'ici quelques heures.

— Quoi ? Mais pourquoi ? demande Jacob d'un ton voilé de panique.

— J'ai pas le temps de t'expliquer, dépêche-toi. On t'attend sur place.

— Vous…

— Oui, l'interrompt le type. On active la destruction des prototypes.

Chapitre 54

Les voix dans le couloir s'éloignent, celle de Jacob comme les autres.

Tout est allé si vite, les battements de mon cœur, ma respiration, le sang dans mes veines, les paroles de Jacob.

Ce dernier nous a donné ses consignes, improvisées en toute hâte. Ils ont l'intention d'éliminer les filles via le même canal que celui utilisé pour nous anesthésier ; ils s'apprêtent à diffuser le gaz à des doses mortelles par le système de ventilation des salles.

« Je ne comprends pas ! je me suis écriée. Pourquoi maintenant ? Qu'a donc à voir la visite de la direction ? Et les données de récupération auxquelles Sarah tient tant ? »

Jacob a tourné un visage fermé vers moi.

« Sarah a pris quelques libertés sur ce projet : si le procédé de clonage humain est bien évidemment une volonté de la direction, la phase d'audit via des prototypes relève de sa seule initiative. Elle craignait de ne pas obtenir l'aval. J'imagine donc qu'elle veut faire disparaître toute trace compromettante. »

Des traces compromettantes. Le terme utilisé par Jacob ne cesse de tournoyer dans ma tête : voilà comment nous sommes considérées.

Jacob veut essayer de raisonner Sarah, retarder l'échéance tout au moins, et nous permettre de nous échapper ensuite pour prévenir la police et stopper cette folie. Nous avons donc ordre de rester cachés en attendant qu'il interrompe le processus et nous rejoigne pour activer son autorisation.

Depuis, nous attendons dans ce bureau, impuissants et inutiles. J'ai pourtant, dans le ventre, comme une bête qui gronde et s'agite, qui tourne en rond, les naseaux frémissants : un pressentiment de mauvais augure qui enfle, prêt à imploser.

Incapable de rester en place, je fais les cent pas tandis que Miguel colle son oreille au panneau de la porte.

— Alors ? je lui demande en m'immobilisant.

Il secoue la tête d'un air désolé.

— Alors : rien.

Je reprends mes allers-retours de plus belle, espérant calmer cette inquiétude dont mon corps tout entier tremble. Je me sens si frustrée de me retrouver coincée ici, sans aucune maîtrise sur les événements. Sur mon destin. Sur *notre* destin à toutes.

Je me fige à nouveau.

— Miguel ! On peut pas rester ici sans rien faire pendant que… Pendant que les filles sont en train de se faire assassiner !

Il acquiesce en replaçant sa mèche rebelle derrière son oreille.

— Qu'est-ce que tu proposes ?

Je mords l'intérieur de ma joue, fébrile.

— Je ne sais pas mais… le plan de Jacob est trop hasardeux. Tu crois vraiment que Sarah va l'écouter, qu'elle va se laisser convaincre ?

Miguel me fixe intensément, faisant jouer ses maxillaires l'une contre l'autre. Soudain, il commence à fouiller les papiers qui s'étalent sur le bureau du père de Kim.

— Tu fais quoi ? Qu'est-ce que tu cherches ?

La panique a fait dérailler ma voix sur le dernier mot qui s'est étranglé dans ma gorge dans un spasme ridicule.

— Je ne… sais pas, avoue-t-il. Quelque chose, des informations qui pourraient nous aider…

Il s'arrête pour me regarder. Le désespoir que je lis dans ses yeux me déchire le ventre en deux. Une boule se forme dans ma gorge, si grosse que j'ai l'impression que je vais la vomir. Qu'allons-nous devenir ? Comment… Comment empêcher les filles de se faire tuer ? Un gémissement m'échappe.

Je ferme les paupières. Je ne dois pas me laisser déstabiliser, je ne dois pas perdre pied. J'inspire et expire avec profondeur. Il me faut rester concentrée sur mon objectif : libérer mes amies et sortir de cet enfer.

C'est alors que quelque chose germe dans ma tête. Pas une idée précise, non, plutôt un embryon d'idée, une intuition, l'extrémité d'un fil que je dois remonter pour trouver la pelote complète, le canevas qui me permettra de démêler un plan. Le plan qui stoppera ce cauchemar. Je rouvre les yeux.

— Ils veulent utiliser le gaz pour éliminer les filles, c'est ça ?

Miguel opine.

— Pourquoi on ne ferait pas comme eux ?

Mon partenaire fronce les sourcils.

— Pourquoi on ne les prendrait pas à leur propre piège ?

— Tu veux diffuser ce gaz sur eux ?

Je marque une pause : dans ma tête, ça fuse à toute vitesse, les scénarios se déroulent sous mes yeux comme des arborescences à branches multiples.

— Oui. Pas pour les tuer bien sûr, mais pour les endormir. On pourrait tous les mettre sur la touche. Ça nous permettrait de récupérer les filles. Ensuite, Jacob pourra activer l'ascenseur avec son autorisation. T'en penses quoi, tu crois que c'est possible ?

Miguel reste pensif.

— Si on utilise le système de ventilation des niveaux, ça peut marcher, approuve-t-il. Il faut juste espérer que le gaz soit suffisamment puissant pour agir dans des volumes aussi grands.

Je me redresse, soudain ragaillardie par l'espoir de sauver les filles.

— Est-ce que tu sais comment ils procédaient pour le diffuser ?

Il acquiesce.

— Un système de ventilation autonome alimente les deux modules de test. D'après ce que j'ai compris, l'appareil central de régulation des flux est installé dans un petit local technique situé entre les deux modules. On peut y insérer directement les bouteilles de gaz pour diffusion via le réseau de conduits placé dans les faux plafonds des deux zones.

— OK. Du coup, le système de ventilation du reste des sous-sols se trouve ailleurs, c'est bien ça ?

Il hoche la tête et je continue sur ma lancée :

— Donc, si on arrive à se procurer les bouteilles de gaz anesthésiant, on pourrait essayer de diffuser le gaz dans les deux niveaux, celui des bureaux et des labos.

— Oui, ça pourrait fonctionner. Les bouteilles sont sûrement entreposées dans la salle de stockage. Jacob doit avoir une clé, nous reste juste à mettre la main dessus. Quant au système central qui régule tous les flux de circulation de l'air des locaux, il doit aussi savoir où il se situe.

Miguel se fige, le regard soudain concentré.

— Attends…, commence-t-il.

Il va se planter devant le mur qui se trouve derrière moi. Un plan y est placardé.

Miguel pivote vers moi.

— C'est le plan de sécurité des locaux. Avec ça, on saura où aller.

J'acquiesce, le cœur gonflé d'espoir, avant d'ajouter :

— Nous reste plus qu'à retrouver Jacob.

Chapitre 55

À l'approche de la zone de tension, nous ralentissons l'allure.

Depuis le coude du couloir où nous nous dissimulons, nous nous apercevons bien vite que le corridor menant au grand laboratoire et aux cellules d'observation, sur notre droite, est inaccessible : deux hommes de main montent la garde devant les portes à double battant qui les précèdent. Parmi eux, le crâne rasé qui avait emporté Kimberley exhibe une mine toujours aussi menaçante.

— On ne va pas pouvoir trouver Jacob, chuchote Miguel. Il y a trop de monde…

Je hoche la tête, avant d'ajouter d'un ton déterminé :

— On commence sans lui. Au pire… on le récupérera endormi et on pourra quand même activer l'ascenseur.

Soudain, les portes s'ouvrent d'un coup sec : en émergent deux hommes qui en soutiennent un autre, inconscient. Non, pas inconscient. La tache qui s'étend sur le côté gauche de sa poitrine ne laisse planer aucun doute : il est mort.

Miguel, placé juste derrière moi, comprime mon bras.

— Jacob…, murmure-t-il.

La respiration saccadée, je fais un pas en arrière et me plaque contre le mur, à l'abri des regards indiscrets. Jacob est mort. Sarah n'a pas hésité à le tuer. Comment ai-je pu passer tout ce temps à scs côtés sans me rendre compte de son inhumanité ?

Miguel m'attrape la main.

— On doit filer ! chuchote-t-il. Et vite ! Ils vont certainement emmener Jacob à la morgue et elle se trouve juste derrière nous. Viens, il faut qu'on se mette à l'abri !

Sans me laisser le temps de comprendre quoi que ce soit, il m'entraîne dans une course aussi silencieuse que possible. Il s'arrête devant une porte, l'ouvre avec la clé récupérée dans le bureau de Jacob et nous nous engouffrons dans la pièce.

— C'est… la salle… de… stockage, m'informe Miguel en reprenant son souffle.

Nous sommes plongés dans le noir, suspendus aux bruits émanant du couloir. Après quelques minutes, seul un silence pesant nous parvient et, estimant sans doute que le risque est écarté, Miguel actionne l'interrupteur. Je découvre alors une vaste salle rassemblant les équipements et machines nécessaires au fonctionnement du laboratoire expérimental : pièces détachées, outillages et autres appareils que je suis bien incapable d'identifier sont soigneusement rangés sur d'immenses étagères métalliques.

Je me tourne vers Miguel qui grimace de douleur.

— Ça va ? je lui demande, inquiète.

Sa plaie sur la pommette semble s'être refermée mais ce sont ses autres blessures, celles que je ne vois pas, qui me préoccupent davantage.

— Ça va aller, dit-il. La course a réveillé une douleur dans le flanc droit mais c'est supportable. Et puis…, ajoute-t-il après quelques secondes, ça signifie que je suis toujours…

Il s'interrompt, me fixant d'un air accablé, avant de détourner le regard. Il n'a pas besoin de terminer sa phrase, car je peux sans mal le faire à sa place. Vivant. Nous sommes toujours vivants. Pas comme Jacob qui vient de rejoindre la triste liste des victimes de Sarah et de son projet diabolique.

Je déglutis avant de demander, la voix tremblante :

— On fait quoi ?

Miguel secoue la tête d'un geste las.

— Sans Jacob, on n'a plus de pass biologique pour l'ascenseur…

— On… On pourrait peut-être emmener l'un d'entre eux, inconscient ? Et utiliser son autorisation ? T'en penses quoi ?

Il redresse ses épaules.

— T'as raison, dit-il, c'est une excellente idée.

J'acquiesce, toujours aussi bouleversée.

— Allez, s'écrie Miguel en tapant dans ses mains, on commence à rassembler le matériel dont on a besoin.

Il se dirige vers l'un des recoins de la pièce : des chariots à roulettes permettant de déplacer du matériel lourd s'y entassent. Nous en aurons effectivement besoin pour transporter tout notre équipement.

— Tu crois que c'est ici qu'ils entreposent les bouteilles de gaz ? je demande.

— Je l'espère. En tout cas, c'est bien là que l'on va trouver les masques de protection.

Il ponctue sa phrase d'un geste de la main pour m'indiquer une longue barre de fer horizontale qui accueille une rangée de combinaisons. Juste à côté, plusieurs masques à gaz sont stockés sur une étagère, comme autant de visages cauchemardesques tapis dans l'ombre. À peine ai-je posé les yeux dessus que je visualise à nouveau les intrus vêtus de cet attirail futuriste s'activer sur les corps inconscients des filles, que j'entends leurs mots étouffés comme soufflés de cet ailleurs qui me semblait si inaccessible alors, que je sens leurs mains gantées me palper, me toucher. Je réprime un frisson.

— Pourquoi des combinaisons ? je demande précipitamment à Miguel.

Il relève le nez de l'étagère et tourne une tête intriguée vers moi.

— Hein ?

— Pourquoi des combinaisons ? Les masques à gaz, je comprends, mais pourquoi tout cet équipement ?

— Ah ! Oui, bien sûr, répond-il, tout en continuant à examiner les masques. Les modules de test sont stériles, en fait. Au début, votre système immunitaire était très faible, vos défenses quasiment réduites à zéro. La professeure Sullivan ne voulait prendre aucun risque et ses assistants devaient donc porter ces combinaisons étanches. D'ailleurs, des médicaments, des vitamines et tout un tas de compléments alimentaires étaient introduits dans les bouillies qui vous servaient de repas.

Je hoche la tête. Visiblement, Sarah a bien accompli sa mission : mon système immunitaire s'est développé à merveille.

— Et elle, alors ? je demande en attrapant le masque que Miguel me tend. Elle ne représentait pas un danger pour notre système immunitaire ?

— Elle s'est isolée un mois avant d'entrer pour s'assurer de n'être porteuse d'aucun germe.

Je fronce les sourcils.

— Et… comment ça se passait pour elle ? Les nuits d'examens, je veux dire. Les nuits durant lesquelles le gaz était diffusé ?

Miguel interrompt ses recherches pour me regarder droit dans les yeux :

— Elle sortait du dortoir dès que vous étiez endormies et, ensuite, ses équipes diffusaient le gaz ; une fois que vous étiez anesthésiées, elle pouvait débriefer librement avec ses collaborateurs. Au début, c'était son équipe, vêtue de protections, qui venait à elle dans la salle commune. Puis, quand elle a été rassurée par vos analyses, elle a pu sortir du module et vaquer à ses tâches. Plusieurs fois, elle est venue m'interroger pendant mon… Pendant mon travail.

Je hoche la tête, pensive.

— Et cette nuit-là ? je demande. Cette nuit durant laquelle je me suis réveillée alors que… les hommes étaient en train de nous examiner ? Elle n'était pas…

— Non, dit Miguel. Tu es allée vers le lit d'Alice, mais si tu avais regardé vers celui de Sarah, tu aurais vu qu'il était vide… Ils ont réinjecté une dose de gaz et c'est pour ça que tu as perdu connaissance. D'ailleurs, après cet épisode, je crois qu'ils ont revu les quantités de GD2X à la hausse.

De nouveau, j'acquiesce, mais tout au fond de moi, je suis sidérée : je n'y ai vu que du feu. Toutes ces nuits, tout ce temps, Sarah nous a bernées en beauté.

— Et…

— Oui ? m'interroge Miguel, la mine intriguée.

— Je ne comprends pas… Pourquoi… Pourquoi est-elle venue dans la Cage avec nous ? Pourquoi ne s'est-elle pas contentée de nous observer de l'extérieur comme vous tous ?

Il fait jouer ses mâchoires l'une contre l'autre.

— Tu sais, dit-il, ce projet, c'est… son bébé. Elle a tout sacrifié pour ça. J'imagine… qu'elle voulait recueillir en direct vos sentiments, vos réactions. Ça lui donnait aussi la possibilité de vous orienter si nécessaire, en posant les questions adéquates, en vous canalisant… Seule une immersion au sein de l'un des modules pouvait le permettre.

J'opine, une boule dans la gorge.

— Tiens, s'exclame Miguel, tu veux pas regarder dans cette armoire-là, c'est peut-être là qu'ils conservent les bouteilles de gaz ?

Même si je suis troublée, je m'exécute aussitôt, tandis qu'il se dirige vers la gauche de la pièce pour poursuivre son exploration. Pas la moindre trace de bouteille de quoi que ce soit. Un peu par dépit, j'ouvre les casiers métalliques qui s'alignent le long du mur du fond. Je tombe alors sur des contenants en métal de forme rectangulaire ; à leur extrémité se trouve une espèce d'ouverture constituée d'une valve.

— Miguel ? Viens voir ! Je crois que j'ai trouvé !

Il se précipite vers moi et s'agenouille pour lire la composition du produit. Il se relève, une expression triomphante sur le visage.

— C'est bien ça !

Il gagne ensuite le coin des chariots pour tenter d'en dégager un. Je me joins à lui pour l'aider.

C'est à ce moment très précis que je l'entends. Un bruit, une sorte de cliquetis à peine perceptible. Sans nous concerter, Miguel et moi faisons volte-face d'un même élan.

— Tiens, tiens, persifle l'homme qui se tient devant nous. Il me semblait bien avoir entendu quelque chose de pas très net par ici.

Le type au crâne rasé. Encore lui. Avec, toujours, ce sourire narquois sur le visage. Il nous menace d'un pistolet.

— On ne bouge pas, ordonne-t-il. Vous allez faire ce que je vous dis.

Miguel amorce un mouvement dans sa direction, mais l'homme braque aussitôt son canon sur lui. Mon partenaire s'immobilise sur-le-champ.

— Allez, mains sur la tête, vous allez me suivre bien sagement, c'est compris ? Je n'hésiterai pas à tirer.

Miguel fixe l'homme d'un air furieux, tandis que, dans mon ventre, mes entrailles se tordent douloureusement.

Un mouvement bref à la périphérie de mon champ de vision attire alors mon attention : en découvrant le second plan de la scène, juste derrière le type armé, je suis obligée de mordre l'intérieur de mes joues pour ne pas trahir ma surprise.

Éléa, mon double, se dresse dans le dos de notre agresseur.

Un extincteur brandi au-dessus de sa tête, elle est sur le point de frapper.

Chapitre 56

Le choc du métal contre la chair et l'os se révèle un son plutôt anodin, en fin de compte. Ou peut-être est-ce l'effet de répétition qui confine à l'habitude, comme une sorte de routine qui serait déjà installée : frapper pour se défendre, tuer pour survivre.

Un simple bruit mou, un peu sourd, et l'homme s'effondre devant nous. Pas de heurts, pas de cris. Notre assaillant a été mis sur la touche dans le plus grand calme.

Je ne suis pas sûre que ma jumelle voie les choses de la même façon : elle a lâché l'extincteur qui a roulé près de l'entrée et, les membres figés dans la posture ridicule d'un robot rouillé et hors service, fixe le corps d'un air ahuri.

Je m'approche d'elle.

— Merci.

Ce simple mot semble la ramener à la vie.

— Je… J'ai… J'ai agi sans réfléchir. Il est mort ?

Je jette un coup d'œil à l'homme étendu au sol, puis à Miguel en train de prendre son pouls. Son expression est sans équivoque.

— Non. Il est juste assommé, je me force à mentir.

Elle me sourit, manifestement soulagée.

— Tu étais où ? je demande. Je suis venue te chercher dans le petit local où tu devais m'attendre et tu n'y étais plus. J'ai cru… J'ai cru que…

Je ne termine pas ma phrase.

— Je n'ai pas eu le courage d'aller jusque-là, répond-elle en baissant le regard. Quand je suis sortie de la morgue dans ce couloir si blanc… blanc comme un hôpital, j'ai paniqué. J'ai même voulu revenir en arrière pour rester avec toi, mais des scientifiques sont arrivés, alors… j'ai ouvert une porte : c'était une espèce de vestiaire. Je m'y suis cachée tout ce temps.

Elle ferme les paupières et y porte une main. Je la soutiens par une épaule.

— Ça va ?

Elle se repose quelques secondes contre moi avant de se mettre à tousser violemment, pliée en deux.

Surprise, je renouvelle ma question.

— Ça va, articule-t-elle, une fois la quinte contenue.

Miguel, qui a continué d'installer le matériel sur les chariots de manutention, s'approche de nous, la mine inquiète.

— Qu'est-ce qu'il se passe ?

Je remarque que son regard intrigué s'attarde un peu trop longtemps sur son visage. Est-il frappé, lui aussi, par notre ressemblance parfaite ?

— C'est rien, répond ma jumelle.

— Tu tousses comme ça depuis longtemps ? demande-t-il.

Éléa hausse les épaules d'un air gêné.

— Une petite heure, je dirais.

Miguel marque une pause, pensif.

— Bon, dit-il finalement, il faut se dépêcher, on n'a plus de temps à perdre. On embarque le reste, allez !

Éléa me dévisage, paniquée.

— Vous allez où ? Vous faites quoi ?

— Viens, je dis sur un ton que je souhaite aussi serein que possible. On va tout t'expliquer.

D'après le plan que nous avons consulté dans le bureau de Jacob, l'appareil central de ventilation se trouve au premier sous-sol, dans une espèce de dégagement situé à droite de l'ascenseur.

Sur les conseils de Miguel, je me suis emparée de l'arme du type et, tandis que je monte la garde à l'entrée de la pièce, mes deux compagnons finissent d'entreposer le matériel nécessaire sur un chariot – bouteilles de produit anesthésiant, masques, ruban adhésif, tuyau flexible.

— On est prêts, chuchote Miguel quelques minutes après. Ça risque d'être compliqué de ne pas se faire repérer. Il faut espérer qu'ils soient tous monopolisés par…

Il hésite.

— Par l'extermination des filles, je complète. Tu peux le dire franchement.

Il hoche la tête, le visage tendu.

— On y va ! dit-il après avoir vérifié que la voie était libre. Éléa, ajoute-t-il en s'adressant à mon double, tu passes devant pour t'assurer qu'il n'y a personne. Nous, on prend le chariot.

J'acquiesce et nous partons au pas de course.

Arrivée à l'embranchement, devant la cage d'escalier, Éléa ralentit : avec précaution, elle jette un coup d'œil sur sa droite, en direction de la porte à double battant précédant les deux modules de test.

— Personne ! murmure-t-elle.

Elle s'élance vers l'escalier et commence à le gravir.

— C'est bon ! s'écrie Éléa tandis qu'elle débouche en haut des marches.

Dans un souci de gain de temps, Miguel et moi décidons de délaisser le monte-charge : nous nous emparons du chariot à bout de bras et empruntons l'escalier. Parvenus à l'étage supérieur et malgré nos muscles tétanisés par l'effort, nous filons vers notre destination aussi vite que possible. Nous arrivons devant l'ascenseur sans faire de mauvaise rencontre et bifurquons sur notre droite, non sans avoir repris notre souffle pendant quelques instants.

— Nous y sommes ! s'exclame Miguel en ouvrant une porte.

Un étroit boyau se dévoile devant nous, encombré d'une machinerie complexe. Je fronce les sourcils, perplexe.

— Tu sais comment faire ?

Pour toute réponse, Miguel s'engouffre à l'intérieur du renfoncement. D'un signe de tête, j'encourage Éléa à le suivre : malgré l'étroitesse de l'espace, mieux vaut nous mettre à l'abri.

— Allez, on s'équipe ! s'écrie Miguel au bout de quelques secondes.

Son regard est soucieux, presque fiévreux, et de fines gouttelettes de sueur perlent sur les ailes de son nez. Avec appréhension, je m'exécute et enfile le masque à gaz. Ma jumelle m'imite.

Une fois équipé, Miguel se saisit d'une clé à molette et, après un dernier regard au travers de sa visière, se met à l'ouvrage. Je le vois s'agiter puis l'entends jurer. Je ferme les yeux. Mes dents maltraitent mes joues sans discontinuer et – je ne sais si c'est un effet du masque – j'ai l'impression de chercher mon air.

Les minutes s'égrènent, interminables. Nous nous observons avec Éléa ; du moins, je réalise qu'elle ne cesse de me jeter des regards en douce. Nous sommes si semblables et si différentes à la fois. C'en est… troublant. Elle me rappelle moi, il y a quelques jours, quand je tremblais encore dans l'ombre dévorante de Kim. Et pourtant… Pourtant, il y a eu cet extincteur. Comme moi, elle n'a pas hésité à le brandir ; comme moi, elle n'a pas hésité à l'abattre sur son ennemi – notre ennemi.

Alors, que sommes-nous, en réalité ? Qu'est-ce qui détermine nos choix, nos actes ? Une combinaison de gènes qui nous contraint toute notre vie durant ? Un mélange d'expériences, de rencontres, de souvenirs qui nous construisent, nous façonnent, pas à pas et au gré des circonstances ? Lorsque je contemple ma jumelle, que je mesure la différence de nos parcours, je ne peux que conclure que nous sommes un peu tout ça à la fois. Cette peur qui nous habite, qui m'a dévoré le cœur et les entrailles depuis que j'ai ouvert les yeux sur cet endroit, que je discerne, presque palpable, presque solide, dans chaque geste, chaque regard de mon double, d'où vient-elle ? De moi ? De nous ? De notre éducation et de notre vécu, comme l'écrivait Sarah dans son rapport ? Pourtant, elle affirmait aussi que j'avais évolué, que l'expérience, les confrontations avec Kim m'avaient transfigurée. Comme la situation a également transfiguré mon double qui a trouvé la force de surpasser son angoisse pour nous sauver.

Je ne peux m'empêcher de ricaner intérieurement. Cette entreprise de clonage n'est rien d'autre qu'une grande mystification en fin de compte : malgré l'implantation des souvenirs, malgré la transplantation des principes éducationnels, je ne suis pas mon originale. Je ne suis plus elle et ne le serai jamais. Le clone parfait, le rêve ultime de Sarah, n'existe pas.

— Je pense que c'est bon ! ânonne Miguel. Je crois avoir réussi à fixer la bouteille sur le canal de flux entrant du système de ventilation avec le tuyau et le ruban adhésif. J'ai ouvert la valve et le gaz semble se diffuser. D'ici quelques minutes, il devrait faire effet.

Il suffoque presque.

— On y va, alors ? je demande.

Il acquiesce avec vigueur. Éléa amorce un léger hochement de tête.

— On y va.

Chapitre 57

— On dispose de combien de temps, à ton avis ? je demande.

— Si ça a marché, tu veux dire ? répond Miguel. Compte tenu de la superficie du bâtiment, vingt minutes, je dirais, une demi-heure maximum. Il va falloir faire vite, très vite.

Mon cœur galope presque aussi rapidement que nous. Nous n'avons pas de temps à perdre.

En dévalant les escaliers, j'essaye de me projeter, d'anticiper les prochains événements. Et les interrogations se bousculent : notre plan a-t-il fonctionné ? Sont-ils tous inconscients ? Les filles sont-elles toujours vivantes ? N'avons-nous pas trop traîné ?

Il ne me faut pas longtemps pour connaître la réponse à mes deux premières questions : parvenus en bas des marches, nous constatons que, sur notre gauche, en direction des cellules de test, un corps vêtu de noir gît, étendu en travers du chemin.

Miguel a déjà pivoté vers moi, les yeux brillants et une main brandie au-dessus de sa tête en un signe de victoire. Ça a fonctionné, Dieu merci ! J'ose à peine y croire. Je savoure un instant ce moment, puis me remobilise en constatant que, quelques mètres plus loin, Miguel a ouvert le local de stockage dans lequel nous avons déniché tout le matériel. Je lui prête main-forte et nous récupérons un chariot chacun.

Puis nous nous engageons dans le sas menant au grand laboratoire et aux Cages où les filles sont détenues. À l'approche du corps inerte, nous ralentissons l'allure. Je note vaguement qu'Éléa se place en retrait, derrière nous. Nous dépassons l'homme inconscient dont je distingue la moustache aussi fine qu'un crayon. Zhang. Je ne m'attarde pas sur cette image et, d'un geste déterminé, pousse les doubles portes.

Le spectacle qui se dévoile derrière se révèle à la hauteur de nos attentes : une poignée d'hommes de main et de scientifiques jonchent le sol, telles des marionnettes désarticulées soudain privées de leurs fils.

En slalomant entre les corps, nous nous acheminons vers notre but : les deux modules de test.

— Nous y sommes, m'annonce Miguel en pointant du menton les deux portes blindées qui se détachent sur le mur de gauche.

Sur leur façade, les lettres A et B se déploient, imposantes. Une troisième petite porte se dresse entre elles, matérialisant l'entrée du local qui abrite le système de ventilation des cellules. Un boîtier central, commandant probablement l'ouverture des trois portes, est disposé à l'entrée.

D'un signe de tête, Miguel m'indique la salle qui fait face aux modules et dont les portes, grandes ouvertes, dévoilent le laboratoire étincelant que j'avais déjà aperçu quelques heures plus tôt.

— Je ne suis venu qu'une seule fois jusqu'ici, lors de ma visite d'accueil, m'informe Miguel. C'est dans ce labo qu'ils supervisaient les opérations. Je crois que c'est là aussi qu'ils vous déplaçaient parfois, la nuit, lorsque vous étiez inconscientes, pour procéder à des prélèvements et des anal…

Il s'interrompt, interdit. Je le vois courir aussitôt vers l'intérieur du laboratoire. Intriguée, je le suis en évitant de trébucher sur les scientifiques qui gisent sur le sol. Je le retrouve en train de s'activer autour d'un corps, étendu sur l'une des quatre tables médicales qui meublent le centre de la pièce.

En découvrant ce visage d'un blanc laiteux aux paupières closes et aux cheveux blonds et ébouriffés, je ne peux retenir un faible cri de surprise.

Kimberley.

— Elle est… ?

— Elle est vivante ! s'écrie Miguel. Vite ! Aide-moi à décoller les électrodes !

Je ne me le fais pas dire deux fois et viens lui prêter assistance. En quelques secondes, elle repose dans les bras de Miguel. Il se précipite pour la déposer sur l'un des chariots stationnés dans le couloir tandis que je m'élance à sa suite.

Kimberley.

Je ne peux empêcher un sourire de se dessiner sur mon visage tandis que je la contemple à nos côtés, bien vivante.

— Elle va bien ? balbutie ma jumelle depuis le mur contre lequel elle s'appuie.

Grimaçante, elle semble éprouver des difficultés à respirer. Je hoche la tête pour la rassurer mais c'est davantage son état qui m'inquiète.

— Éléa, je lui dis, qu'est-ce qu'il se passe ?

Elle balaye mes inquiétudes d'un geste de la main.

— Occupez-vous des filles, halète-t-elle.

Je m'apprête à lui répondre mais Miguel, qui s'est approché du boîtier situé devant les portes des modules, me devance :

— Éléa, dit-il, c'est une commande à ADN. Ça signifie que seules quelques personnes sont autorisées à pénétrer dans les cellules de test.

Il se tourne vers moi :

— Il faut qu'on trouve Sarah. S'il y a une personne dont on est sûrs qu'elle dispose de l'autorisation, c'est elle. Elle ne doit pas être bien loin.

Il commence sur-le-champ à chercher autour de lui.

— Il faut faire vite ! s'écrie-t-il en se dirigeant à nouveau vers le laboratoire. Elle doit être là-dedans.

Au moment où il amorce un pas à l'intérieur, mon regard tombe sur un corps, étalé au sol : le visage est oblong, les yeux sont clos et étirés, les cheveux noirs et raides. Un petit corps svelte et nerveux de femme. Celui de Sarah. Elle se trouve là, sans défense, à notre merci. Celle qui nous a menti, celle qui a créé la vie pour la détruire aussitôt, celle qui a assassiné Kim, Amber et Jacob. Ça fait quelque chose de la voir après tout ce temps. Après tout ce que je sais d'elle.

Je serre les poings.

— Miguel ! je m'écrie en pointant du doigt le corps étendu. Elle est là !

Sans une hésitation, Miguel bondit aux côtés de sa doctoresse en chef. Glissant les mains sous ses aisselles, il la relève et la tracte devant le petit appareil. Il saisit sa main pour la glisser à l'intérieur. Quelques secondes après, une diode verte s'allume et l'écran numérique affiche l'information suivante : « Signature ADN reconnue. » Je ne peux retenir un soupir de soulagement. Puis ces mots s'effacent soudain, avant qu'une nouvelle notification ne défile : « Procédure de nettoyage enclenchée : ouverture impossible. » La lumière verte a viré à l'écarlate et clignote avec véhémence.

— Non ! hurle Miguel en empoignant ses cheveux à pleines mains. Ce n'est pas possible !

Jusque-là, je m'en étais plutôt pas mal sortie pour tenir la panique à distance. Je ressentais de l'adrénaline, ça oui, j'éprouvais une sorte d'excitation vive, de frénésie, qui, au lieu de me paralyser, me portaient, me poussaient en avant. C'était nouveau, ce sentiment d'urgence, cette sensation de toute-puissance, cette émulation à se savoir utile et forte, courageuse et battante. Cette euphorie de l'action.

Mais, en entendant le cri de désespoir de Miguel, en le voyant, là, les épaules tombantes, la panique s'engouffre en moi, comme une tempête de sable.

— Non, non, non ! je l'entends répéter.

Ses paroles me parviennent de loin, de très très loin, probablement étouffées par l'épaisse couche de poudreuse qui me recouvre. J'ai l'impression de vivre ce rêve encore une fois, ce cauchemar dans lequel celle que je prenais pour ma mère me regarde m'enfoncer sous cette montagne de terre. Je pourrais fermer les yeux, abandonner. Je pourrais renoncer et m'enfouir un peu plus profondément dans cette masse sableuse.

M'enterrer et ne plus penser.

— On fait quoi ? crie mon double d'une voix suraiguë.

Je ne sais pas, je ne sais pas, je ne sais pas.

Ces mots tournoient dans ma tête, crépitent. Puis s'embrasent soudain : un sursaut de lucidité gagne mes synapses et la solution explose dans ma tête comme un feu d'artifice.

— Miguel ! je m'écrie. Il doit y avoir un système d'arrêt d'urgence pour stopper la procédure de nettoyage. Ce n'est pas possible autrement, Sarah a dû tout prévoir !

Mon ami fait volte-face, de nouveau plein d'énergie.

— Tu as raison ! dit-il. Si un tel système existe, il doit se trouver dans le laboratoire.

— Et… Et s'ils se réveillent ?

C'est la voix, fluette et effrayée, d'Éléa. Elle s'est assise contre le mur, lorsque, soudainement, elle est secouée par une nouvelle quinte de toux qui la plie en deux.

Je me précipite à ses côtés, inquiète.

— Je… Je…, balbutie-t-elle. Je… ne me sens pas bien, j'ai l'impression que je vais m'évanouir.

— Il faut faire vite, intervient Miguel, on n'a plus beaucoup de temps.

Je prends une grande inspiration.

— Miguel, on n'y arrivera jamais, je dis. Il faut que tu retournes installer une nouvelle bouteille.

Puis je me tourne vers ma jumelle :

— Reste là et attends-moi. Je vais essayer de trouver ce système d'urgence.

Éléa laisse reposer sa tête en arrière contre le mur tandis que Miguel demeure immobile à me fixer. Je devine à peine ses yeux à travers sa visière.

— OK, approuve-t-il finalement. J'y vais.

Et sans attendre, il s'élance vers les doubles portes.

Je pénètre aussitôt dans le laboratoire. Je sais que je n'ai pas le temps de découvrir les lieux, mais mes yeux sont attirés, malgré eux, par les deux écrans de surveillance. Je m'approche du premier, celui qui correspond à mon module. Je fronce les sourcils. La salle commune semble vide. L'image saute, soudain, remplacée par une vue du dortoir. Il paraît déserté, lui aussi. À moins que… oui, l'un des lits, celui d'Alice, est occupé !

Vite, il faut que je me dépêche, je dois trouver ce bouton d'urgence, j'imagine qu'il est rouge, je…

— On ne bouge plus !

C'est une voix masculine et bourrue qui a prononcé ces mots. Elle appartient à un homme qui se tient derrière moi. Avec horreur, je sens la pointe d'un canon se ficher entre mes omoplates.

La voix reprend, sarcastique :

— C'est fini, dit-elle. Votre petite partie de cache-cache a assez duré.

Chapitre 58

Dans ma poitrine, mon cœur pilonne ma cage thoracique comme s'il cherchait à s'en échapper.

— Je..., ânonne la voix derrière moi. Je... sais... pas comment...

L'homme bredouille, le ton de sa voix est traînant, hésitant. Il pose une main sur mon épaule et pèse dessus. M'utilise-t-il comme béquille ? Je sens son bras faiblir dans mon dos, puis se redresser dans un sursaut.

Je réfléchis à toute vitesse : l'homme est le premier à se réveiller, mais sans doute le produit ne s'est-il pas encore complètement dissipé de son organisme. J'inspire et expire. Deux fois. Il faut que je profite du brouillard qui semble encore troubler son esprit pour agir et essayer de le désarmer. Je pourrais également tenter de me saisir du pistolet toujours glissé dans ma ceinture, mais je crains la réaction du type.

Tout à coup, je sens l'homme tituber derrière moi. C'est le moment, je ne réfléchis pas : je fais volte-face, agrippe le bras du garde qui tient le pistolet, le force à dévier sa trajectoire. Heureusement qu'il n'est pas en pleine capacité de ses moyens, car la lutte est déjà assez rude. Le bras se tend, je parviens à l'écarter sur le côté. Un coup part, soudain : je sens les tremblements de la détonation se répandre jusque dans mon poignet, puis dans mon corps tout entier. Cette seule sensation décuple l'adrénaline en moi : je serre son bras plus fort, je plie le genou et cogne devant moi, une fois, deux fois, avant que l'homme ne lâche l'arme et ne s'enroule sur lui-même, les mains en protection sur son entrejambe. Je me précipite sur le pistolet et le dirige sur le vigile, flageolante.

Lorsqu'il prend conscience de la situation, mon assaillant se redresse, haletant et le visage écarlate. Un sourire vient étirer ses lèvres fines, dévoilant une rangée de petites dents pointues comme celles d'une souris. Ou d'un rat.

— Donne-moi ça, fait-il d'un ton doucereux en amorçant un pas dans ma direction.

Je recule.

— Do… Do… Donne-moi…

Sa démarche devient soudain hésitante, bancale. Je vois ses yeux se révulser, ses pupilles disparaissant sous ses paupières supérieures. Puis il s'immobilise, vacillant, pour finir par s'effondrer, face contre terre.

Miguel ! Il a dû réussir à remplacer la bouteille, répandant à nouveau le gaz anesthésiant dans toute la zone. Je pousse un profond soupir, soulagée, puis balaye la pièce du regard. Où ce fichu bouton d'urgence peut-il bien se trouver ? Si tant est qu'il existe. J'essaye de calmer les battements de mon cœur, celui de mes tempes aussi. Je sens la sueur affluer sur mon front, le long de mes joues.

Concentre-toi, Éléa, concentre-toi, bon sang !

Un frisson me parcourt jusqu'à l'intérieur de mon crâne. Et ça cogne si fort dans ma tête, ça envahit mon cerveau, ça concentre tout, annihilant ma capacité à penser et à réfléchir. Boum, boum, boum.

Assez !

Je tourne sur moi-même, impuissante, aveugle. Aveuglée et rendue sourde par ces pulsations infernales. Le rythme s'accélère, il m'oppresse. Stop !

Le bouton. Je dois chercher le bouton d'urgence.

Je fais quelques pas dans la pièce. Je m'appuie sur l'une des tables médicales, prise de vertige, avant de gagner l'un des murs d'une démarche mal assurée. J'y appose la main et le longe, hésitante. J'avance dans un sens, puis dans l'autre.

Boum, boum, boum.

Je perds mon temps, je fais n'importe quoi ! Je cherche quoi, déjà ? Un spasme vient tenailler ma vessie, m'obligeant à croiser les jambes.

Boum, boum, boum.

Stop ! Stooooop ! Je ne veux plus les entendre, je veux les oublier. Pourquoi me tourmentent-ils ? Suis-je en train de devenir folle ? Suis-je… Suis-je retournée là-bas… dans mon caisson ? Dans le ventre de la bête, dans les entrailles du monstre. Dans cette matrice mécanique et contre-nature qui m'a servi d'utérus. Engluée dans ce brouillard chaud, poisseux, oppressant. Je suffoque. Il faut que j'enlève mon masque ! Je n'arrive plus à respirer, je vais mourir !

Mon regard tombe alors sur Éléa que j'entraperçois à travers l'ouverture du laboratoire : avachie au sol contre le mur du couloir, sa tête, toujours masquée, repose contre son épaule. A-t-elle perdu connaissance ?

Cette idée suffit à me ramener sur terre, à reprendre conscience de mon environnement, du sol sous mes pieds, du masque qui pèse sur mon crâne. Des enjeux qui reposent sur mes épaules.

Je dois me concentrer. Je ne peux pas me permettre de perdre pied. Pas maintenant, pas si près du but.

Tandis que j'observe les lieux autour de moi, je prends le temps de réfléchir quelques secondes : si je devais prévoir un bouton d'urgence, où le placerais-je ? Je lève les yeux vers les écrans géants. La réponse me paraît tout à coup évidente : je l'installerais à proximité du lieu où est opérée la surveillance. Dans un endroit accessible pour qu'il se trouve à portée de main en cas d'éventuel problème dans les Cages.

Je me hâte vers le pan de mur accueillant les écrans. Bingo ! J'aperçois le bouton d'urgence dans un petit caisson. À l'instant où je l'ouvre, du mouvement à la périphérie de mon champ de vision attire mon attention.

— Éléa !

Je fais volte-face, puis soupire, soulagée, en découvrant Miguel. Je lui adresse un hochement de tête déterminé tandis qu'il se baisse pour ramasser l'arme que j'ai laissée tomber quelques instants plus tôt.

Puis, je presse le bouton.

— Module A ? crie Miguel, pour couvrir le son de la sirène qui s'est déclenchée au moment où j'ai activé la procédure d'arrêt d'urgence tandis que les portes des deux cellules s'ouvraient.

D'un mouvement de tête, j'approuve. Le module A. Mon module. Ma Cage. C'est par là que je veux commencer.

Je m'introduis à l'intérieur aussi vite que possible, suivie de Miguel.

Il y a bien ce haut-le-cœur qui m'ébranle en découvrant à nouveau le couloir, la salle de sport sur la gauche, puis la salle commune. Il y a bien cette boule qui se coule dans ma gorge en lisant nos prénoms – *mon* prénom – écrits sur tous les murs, les sols, sur toutes les surfaces libres. Il y a enfin ce nœud qui se forme dans mon ventre lorsque je pénètre dans le dortoir et que mes yeux tombent sur mon teddy-bear reposant sur mon lit, la couette tirée jusqu'en haut.

Mais je n'ai pas le temps pour ça.

Sans une hésitation, je me dirige vers le lit d'Alice. Elle est là, allongée sur le ventre. Malgré notre arrivée, malgré le bruit occasionné, malgré l'alarme qui hurle, lancinante, elle ne bouge pas.

Je me tourne vers mon compagnon, anéantie :

— On arrive trop tard !

Miguel, les doigts sur le poignet de mon amie, reste muet quelques secondes.

— J'ai un pouls ! s'écrie-t-il, soudain. Elle est juste inconsciente. Allez, je la transporte sur un chariot. Trouve Mira en attendant.

J'acquiesce avec vigueur. J'avance vers la sortie de la chambre, puis m'immobilise.

Ce n'est pas grand-chose.

Ce n'est l'histoire que de quelques secondes.

Sans réfléchir plus longtemps, je fais demi-tour et attrape mon teddy-bear. Ça me crève trop le cœur de le laisser là. Je l'enfouis autant que possible dans la poche de ma blouse et cours vers la salle de bains, seule pièce que je n'ai pas encore explorée. Je pénètre à l'intérieur avec appréhension : et s'il ne restait plus qu'Alice ? Et si Mira avait également été victime de leur folie ? Mes interrogations trouvent vite une réponse : mon amie est effondrée au sol près du lavabo, sa longue tresse échouée sur son visage. Je me précipite à ses côtés pour placer mon index et mon majeur sur sa gorge. Je sens un battement, faible, mais indéniablement présent.

— Alors ? demande Miguel, faisant soudain irruption à mes côtés.

Je hoche la tête avec un sourire. Il ne lui en faut pas plus pour se saisir du corps de Mira qu'il bascule par-dessus son épaule.

— Module B ! crie Miguel. On se grouille !

Miguel dépose Mira sur le chariot, aux côtés d'Alice, puis nous volons vers l'autre Cage.

En y entrant, une désagréable impression de déjà-vu me suffoque : les lieux sont parfaitement identiques à ceux dans lesquels j'ai été retenue. Je ravale un ricanement amer : deux copies conformes, ce n'est jamais qu'un clonage de plus.

Dans la pièce commune, nous trouvons l'autre Alice gisant dans l'un des fauteuils, inconsciente – mais vivante. Un peu plus loin, Mira numéro deux est à terre, couchée sur son violon. Tandis que Miguel court déposer Alice bis sur un chariot, je m'agenouille auprès d'elle pour vérifier son pouls. Mon ventre se déchire en deux : c'est le calme plat. Mes doigts volent de sa gorge à son poignet. J'ai dû mal m'y prendre ou alors le battement doit être si faible que je ne parviens pas à le déceler ! C'est forcément ça !

Paniquée, j'insiste en faisant naviguer mon pouce sur la fine peau de son poignet. Mira ! Non, non, non ! Arrivons-nous trop tard ?

— Alors ? s'écrie Miguel en se jetant, genoux à terre, à mes côtés.

Il n'attend pas ma réponse pour prendre à son tour le pouls de Mira.

Une poignée d'interminables secondes s'écoule avant qu'il ne relève des yeux résignés vers moi, confirmant mes craintes. Sans attendre, il se redresse aussitôt.

— Allez, Éléa, on n'a plus beaucoup de temps, il faut se dépêcher !

Je sais qu'il a raison. Pourtant, il doit me saisir par les épaules pour m'arracher à l'image de ce frêle corps inanimé et me forcer à me mettre debout.

Miguel court vers le dortoir. En essayant de ne pas réfléchir, je le suis au même rythme. Nous y trouvons Amber et Katy, le double de la jeune fille décédée dès le début de l'expérience de notre côté. Miguel les emmène l'une après l'autre sur les chariots.

— Tu crois qu'elles vont bien ? je crie.

Miguel hoche la tête.

— Je l'espère : elles ont dû inhaler suffisamment de gaz pour perdre connaissance, mais pas assez pour en mourir, répond Miguel, essoufflé par les nombreux efforts qu'il vient de fournir. Enfin, sauf…

Il laisse sa phrase en suspens.

— Sauf Mira, je complète, dépitée.

— C'était la plus menue d'entre toutes. Probablement qu'une quantité moindre de gaz était suffisante…

J'opine de la tête et, sans plus attendre, me dirige vers ma jumelle qui a réussi à ouvrir péniblement les paupières.

— Comment tu te sens ?

— Ça va, répond-elle en tentant de se lever.

Je lui viens en aide.

— Tu vas pouvoir marcher ?

Sans un mot, elle acquiesce. Miguel nous rejoint au pas de course.

— Il faut qu'on emmène quelqu'un pour nous permettre l'activation de l'ascenseur, me rappelle-t-il. Éléa est trop faible pour pousser quoi que ce soit, ajoute-t-il en pointant mon double du menton. On n'a donc plus que deux chariots et ils débordent déjà…

J'y jette un coup d'œil et découvre, contrariée, combien Miguel a raison : chacun des deux chariots est occupé par trois filles. Les acheminer jusqu'à l'ascenseur ne sera pas une mince affaire.

— Prenons Sarah, je propose.

Miguel me détaille d'un air surpris.

— C'est la plus petite et la plus légère, ce sera la plus facile à déplacer. Et, comme pour Jacob, son autorisation ADN ne doit pas être contrainte par des horaires. Et puis…

Je marque une pause.

— Et puis, si on va voir la police, je pense que ce serait mieux qu'elle nous accompagne. Il faut qu'elle avoue tout. Avec les preuves que tu as enregistrées sur ta clé USB, elle n'aura pas le choix. Et, comme ça, on l'empêche de s'enfuir et de… recommencer ailleurs.

Mon partenaire hésite.

— Regarde-la, j'insiste. Regarde comme elle est frêle : elle ne sera pas une menace pour nous.

Il me fixe quelques secondes encore, le visage contracté, puis, en silence, se dirige vers Sarah qui gît, toujours inconsciente, sur le sol. Il s'en saisit sans ménagement et l'installe sur l'un des chariots. Lorsqu'il se tourne vers moi, je constate que sa plaie à la pommette s'est de nouveau ouverte. Son état général ne semble pas beaucoup plus rassurant : les traits creusés et à bout de souffle, il paraît exténué.

— Ça va, tes blessures ?

Il opine, ses pupilles fuyant les miennes.

— On y va, déclare-t-il, coupant court à la discussion. Je prends ce chariot, occupe-toi de l'autre qui est moins chargé.

J'approuve et me tourne vers Éléa.

— Tu es prête ?

Avec un sourire crispé, elle acquiesce.

J'empoigne mon engin. Je peine à amorcer la poussée, mais, une fois que je suis lancée, le maniement s'avère plus facile. Je commence même à trotter.

Dans quelques minutes, si tout se passe comme nous l'avons prévu, nous serons enfin libres.

Chapitre 59

Au bout du couloir, nous empruntons tour à tour le monte-charge qui communique avec le premier sous-sol.

Je monte d'abord avec Alice, Mira et Kimberley que je transporte sur mon chariot. Tandis que la cabine s'élève vers l'étage supérieur, je tente de réguler mon souffle. L'adrénaline me dévore tant que j'ai la sensation que mon corps entier fourmille. Pourvu que ça fonctionne, pourvu que nous puissions mener notre plan à bien. Pourvu que…

Je fronce les sourcils. Il m'a semblé… voir les lèvres de Kimberley frémir. Alors que je me concentre sur son visage, les portes de la cabine s'ouvrent, me faisant sursauter de surprise.

De toutes mes forces, je projette l'engin en avant. Je ne sens plus mes bras, ni mes épaules tant nous avons poussé notre chargement au pas de course jusqu'ici. À peine ai-je émergé dans le couloir que l'ascenseur se referme, rappelé par Miguel et Éléa.

Je m'accroupis aux côtés des filles en les attendant et passe une main sur le front de Kimberley. Mais, lorsque sa bouche se tord, je la retire dans un sursaut : je n'ai donc pas rêvé quelques secondes plus tôt, elle est déjà sur le point de reprendre connaissance.

Soudain, ses paupières se soulèvent et ses pupilles noires se posent sur moi. Je me redresse, stupéfaite. Fixes, sans le moindre clignement, ses yeux grands ouverts me dévisagent tandis qu'elle demeure parfaitement immobile. Mon attention est alors distraite par les portes de l'ascenseur qui s'ouvrent sur Éléa, Miguel et leur chariot si bien que, lorsque je baisse à nouveau le regard vers Kimberley, ses yeux sont de nouveau clos. Je m'abaisse à sa hauteur, intriguée.

Imperceptibles, mais néanmoins réels, les tremblements incontrôlés de ses globes oculaires agitent ses paupières de vagues légères.

Sa réaction me renvoie à des siècles en arrière, lorsque je m'étais réveillée au milieu des scientifiques vêtus de combinaisons et dissimulés derrière leur masque à gaz. Je me souviens de la terreur ressentie, de cette sensation de vulnérabilité qui me pétrifiait. Et de ma tentative ridicule de simuler le sommeil.

Je retire mon masque et lui saisis la main avec douceur.

— Kim…

Je me reprends :

— Kimberley. Tout va bien, tu es en sécurité. Tu peux ouvrir les yeux.

— Qu'est-ce que tu fais ? me demande Miguel en s'approchant.

D'un geste, je lui fais signe de se taire.

— Kimberley, je continue, fais-moi confiance. Je sais que tu es réveillée, regarde-moi.

Tout à coup, ses yeux s'ouvrent. Et me fixent à nouveau.

Je sais que Kimberley n'est pas Kim. Je sais que, malgré son apparence, elle a tout d'une fillette, bien loin de la guerrière qu'était son double. Alors je caresse le dos de sa main avec délicatesse. Je lui souris. Je l'apaise. J'essaye, du moins.

— Viens, je lui dis en attrapant ses doigts. Lève-toi.

Je la tire pour la forcer à se mettre debout.

— Tout va bien, on va bientôt sortir d'ici.

Elle se laisse faire, en silence.

— Tu te sens comment ?

Elle me dévisage. Toujours sans un mot. Toujours sans un geste. Toujours sans manifester la moindre émotion.

— Éléa, il faut y aller, intervient Miguel qui a retiré son masque à son tour. Si elle s'est réveillée, elle n'est sans doute pas la seule.

J'acquiesce.

— Tu veux bien m'aider à pousser, Kimberley ?

Toujours aucune réaction. Puis je décèle un infime mouvement de tête. Et lentement, sans me lâcher, elle se met en position derrière le chariot. J'ignore si elle a compris de quoi il retournait, mais elle abandonne ma main et pose les siennes sur la barre, prête à pousser.

Je me tourne vers Miguel et ma jumelle :

— On y va.

Il ne nous faut que quelques minutes pour atteindre notre but.

Pourtant, lorsque nous parvenons devant l'ascenseur, Kimberley n'est plus la seule à avoir repris connaissance : en ralentissant, à l'approche de l'extrémité du couloir, je m'aperçois que les yeux de Mira sont ouverts. Lorsqu'elle m'aperçoit, un haut-le-corps la redresse brusquement : elle se lève et, tremblante, me scrute comme si elle faisait face à un fantôme. Ce n'est peut-être pas très loin de la vérité, à bien y réfléchir.

Je m'approche d'elle avec précaution, un sourire aussi rassurant que possible sur les lèvres.

— Éléa, c'est bien toi ?

J'opine, toujours aussi émerveillée de l'entendre parler, tandis que Miguel appuie sur le bouton pour appeler la cabine.

— Oui, Mira ! On a réussi ! On va sortir d'ici !

Elle cligne des paupières avant d'observer ce qui l'entoure d'un air ébahi. Puis son regard tombe sur les filles, toujours inconscientes sur les chariots.

— Alice ! Et… Et Kim ? Amber ?

Elle relève un visage ahuri vers moi :

— Tu… Tu les as retrouvées ? On… Avec Alice, on pensait être les seules survivantes. On a trouvé ton papier, les messages échangés par écrit avec Kim, et on ne savait pas si vous vous en étiez sorties ou si…

Puis elle s'interrompt avant de jeter un coup d'œil horrifié vers l'un des chariots.

— Sarah ! s'écrie-t-elle. Tu ne dois pas… ! La photo ! On a trouvé une photo et sur sa blouse, on a vu le logo LAL, le même qui était brodé sur les draps !

Je lui souris.

— Je sais. Je vous ai vues !

— Tu… Tu nous as vues ?

Elle me dévisage, les yeux écarquillés.

— Oui, je vous ai vues écrire partout sur les murs, sur les sols.

Je souris à nouveau.

— Merci, je dis.

Elle acquiesce imperceptiblement tandis que j'aperçois son corps se détendre.

Le tintement de l'ascenseur marquant l'ouverture des portes retentit alors. Je pose mes deux mains sur ses épaules pour plonger mon regard dans le sien.

— Mira. Tout ira bien, maintenant.

— Mais… Mais qu'est-ce qu'on fait là ?

Puis, apercevant ma jumelle :

— Qu'est-ce que…, fait-elle en reculant, la mine épouvantée, qu'est-ce qu'elle…

— Merde, c'est quoi ce plan ? s'écrie soudain une voix.

Derrière Mira, Alice s'est relevée d'un mouvement brusque, comme un jouet à ressort émergeant de sa boîte. Le visage affolé, elle se met à tourner sur elle-même. Elle se fige d'horreur lorsqu'elle découvre l'autre Alice. Puis, quand elle nous remarque, mon double et moi, elle fait le tour du chariot à grandes enjambées pour venir se planter devant nous. Sa bouche s'ouvre mais aucun son n'en sort.

— Alice…, je dis, avec douceur.

Elle recule de quelques pas, les traits déformés par la panique.

— C'est quoi ? hurle-t-elle en examinant le plafond comme si elle s'adressait à des entités invisibles. C'est encore un test ? C'est…

— Alice, je la coupe. Ce n'est pas un test. C'est terminé, je suis venue vous chercher, on s'en va d'ici.

— On ne va nulle part tant que vous ne m'aurez pas dit ce qu'il se passe !

Comme si la situation n'était pas assez compliquée, l'autre Alice revient à elle, à son tour. Elle s'assied sur le bord du chariot, avec des gestes très lents, comme si chacun de ses membres pesait une tonne. Lorsqu'elle plante ses yeux dans les miens, je ne retiens qu'avec peine un cri de surprise : un voile blanchâtre recouvre l'un de ses iris. Serait-elle en partie aveugle ?

Alice se remet à crier, au bord de l'hystérie :

— C'est qui elle ? Qu'est-ce que vous avez fait ? Vous…

Elle s'interrompt, réduite au silence par sa jumelle qui vient de se redresser. Cette dernière, visiblement prise d'un étourdissement, se rassied aussitôt et passe ses doigts sur ses paupières fermées.

— Éléa, intervient Miguel, penché sur Sarah. Elle est encore inconsciente, mais ça ne va pas durer. Et ses sbires ne vont pas tarder à débarquer.

— Alice, je dis en m'approchant d'elle. Il faut qu'on y aille. On n'a plus beaucoup de temps, ils peuvent arriver d'une minute à l'autre.

Je ne sais si c'est le ton de ma voix, ma main qui a saisi la sienne, ou, tout simplement, le fait de m'avoir retrouvée, mais Alice semble baisser les armes soudainement : ses sourcils se détendent, ses épaules s'affaissent, ses bras retombent, ballants, le long de son corps.

— Explique-moi au moins ça, implore-t-elle d'un ton plus calme, en désignant son double du menton.

En grimaçant, cette dernière parvient à rouvrir les yeux.

— Je… Je veux savoir aussi, articule-t-elle.

Je m'apprête à leur répondre, sans trop savoir quels mots utiliser pour expliquer l'impensable, sans trop savoir comment leur avouer qu'elles sont des clones, des copies.

Mais je n'en ai pas le temps : en une fraction de seconde, Sarah s'est redressée et maintient Miguel contre elle, sous la menace d'une seringue.

Chapitre 60

— Restez où vous êtes ! crie Sarah, se plaquant contre la porte de l'ascenseur. Cette seringue contient un produit euthanasiant. Celui qui aurait dû t'être injecté, Éléa.

Je porte la main à ma bouche, effarée. Sarah se tient devant nous. Pour la première fois depuis que j'ai découvert sa vraie nature, elle nous fait face sans aucun masque. Celle qui nous a trahies, celle qui nous a menti. Celle qui nous a enfermées et tant maltraitées. La découvrir enfin sous son vrai visage m'arrache des frissons.

— Quand j'ai su que tu n'étais pas morte et que Sanchez avait pu s'échapper, poursuit-elle, j'en ai pris une avec moi. Au cas où.

Autour de moi, mes amies se sont figées. Comme si un souffle glacé s'était immiscé dans le couloir, nous gelant toutes sur place.

Sarah fait courir son regard sur chacune d'entre nous.

— Alors, nous y voilà, dit-elle avec un ricanement amer. On n'y aura pas échappé finalement : la créature, ingrate, qui se retourne contre son créateur. Frankenstein doit se retourner dans sa tombe.

Elle plante ses pupilles dans les miennes au moment où elle prononce ces dernières paroles. Puis, elle me sourit. Un sourire presque… tendre ?

— Qui aurait cru, Éléa ? Qui aurait cru que tu serais à l'initiative de tout ça ? Toi qui avais même peur de ton ombre…

Elle marque une pause, sans cesser de me fixer.

— Tu sais, continue-t-elle, j'ai eu le choix. J'aurais pu ne pas intégrer votre module, effectuer mes observations grâce aux caméras et micros.

Elle hausse une épaule.

— Mais je serais passée à côté de ça… Je n'aurais pas pu vous parler, interagir avec vous, je n'aurais pas pu découvrir de mes propres yeux à quel point vous êtes… parfaites, à quel point vous êtes conformes à vos originales.

Elle balaye notre groupe de la main.

— Même dans cette position, je ne regrette pas. J'ai tellement travaillé sur ce projet, sacrifié tant de choses ! Je vous connaissais par cœur avant même de vous rencontrer ! Mais… je dois dire que tu m'as surprise, Éléa. Et que tu continues à le faire. Mais c'est ainsi : l'histoire est peut-être condamnée à se répéter et… le monstre à se rebeller contre celle qui lui a donné la vie.

J'inspire longuement : je dois reprendre mes esprits. Je ne peux pas la laisser me perturber, m'obliger à baisser la garde. Peu importe ses motivations, peu importe le niveau de sa folie, peu importe ce qu'elle pourra dire, elle n'arrivera pas à me déstabiliser aussi facilement. Car ça ne peut pas se terminer comme ça. Il en est hors de question.

Elle raffermit sa prise sur Miguel, tandis que les traits de son visage se durcissent tout à coup, perdant toute trace de l'émotion qui les animait quelques instants plus tôt.

— Vous allez gentiment me laisser passer avec Sanchez. Et pas d'entourloupe, hein, sinon, je lui injecte le produit.

— Ne l'écoute pas, Éléa, murmure ce dernier. Il faut que vous sortiez de là, vous devez l'empêcher de poursuivre tout ça.

Un soupir moqueur de Sarah ponctue ses paroles.

— Comme c'est mignon, ironise-t-elle, le preux chevalier volant au secours de sa demoiselle en détresse.

Elle accentue sa poigne.

— J'aurais dû m'en douter. Quand tu as commencé à poser toutes ces questions, j'aurais dû me douter que tu serais le maillon faible. Mais je m'en suis rendu compte trop tard. Lorsque j'ai compris que quelqu'un aidait forcément Éléa, ici, je n'ai pas mis longtemps à découvrir que c'était toi. Miguel, pauvre Miguel. Pathétique Miguel. Ton bon cœur te perdra. Il a suffi que je fouille ton casier et que je tombe sur tes lettres.

Je vois le regard de mon ami s'écarquiller tandis qu'il esquisse un mouvement d'épaules. De quelles lettres parle-t-elle ?

— Oh, tout doux, on ne bouge pas, réplique Sarah en pointant l'extrémité de sa seringue sur sa gorge.

Ce dernier s'immobilise aussitôt.

— Espèce de..., grince-t-il entre ses dents.

Sarah lève un regard amusé vers moi.

— Elle n'est pas au courant, n'est-ce pas ? Je peux m'en char... Oh, tu fais quoi, Alice ? Tu recules vers le mur, derrière les chariots. Allez, les autres, vous la suivez ! Derrière les chariots !

J'échange un regard avec Alice tandis qu'elle se plaque à pas lents vers la paroi. Mira l'imite. Kimberley et ma jumelle se sont réfugiées dans un coin, tétanisées, tandis que le double d'Alice a de nouveau perdu connaissance sur son chariot, aux côtés d'Amber et de Katy, toujours inconscientes.

D'un geste machinal, je porte la main à mon teddy-bear qui dépasse de la poche de ma blouse.

— Éléa ? Tu attends quoi, là ? Allez, toi aussi, derrière les chariots !

Je vois clair dans sa stratégie : elle cherche à placer les engins entre notre groupe et elle. Sans doute pour que nous ne puissions pas la désarmer pendant qu'elle tente de se mettre à l'abri, Miguel en guise d'otage. Je dois gagner du temps. On ne peut pas échouer, maintenant !

— Laisse tomber, Sarah, je dis en faisant mine de reculer. Laisse-nous partir, on ne dira rien. On veut juste sortir d'ici et… vivre.

Elle tord la bouche.

— Vivre ? Mais qui es-tu pour prétendre à la vie ? Sans moi, tu ne serais rien. Tu ne serais pas. La vie n'est pas faite pour toi, Éléa. Elle ne l'a jamais été.

Au moment où j'ouvre la bouche pour rétorquer, ma jumelle est secouée d'une impressionnante quinte de toux, si violente qu'elle se courbe en avant.

Je profite de ce moment de flottement pour me caler contre Alice et lui adresser un infime signe du menton auquel elle répond par un imperceptible hochement de tête. Son regard est déterminé. Elle compte sur moi. Elle compte sur moi pour trouver une solution. Oui, mais laquelle ?

Déjà Éléa relève la tête et contemple, horrifiée, ses mains maculées du sang qu'elle vient d'expulser. Sarah se détourne d'elle pour poser son regard sur moi, avant de reprendre la parole :

— C'est trop tard pour elle.

Je fronce les sourcils.

— Qu'est-ce que tu veux dire ?

Sarah raffermit sa poigne autour de Miguel, mais demeure silencieuse.

Je dois insister, je dois gagner du temps. Dans ma poche, je me rends compte que je tournicote les poils de mon teddy-bear entre mes doigts. Donne-moi du courage, je t'en supplie. Aide-moi à trouver une solution.

— Dis-nous ce qu'elle a, Sarah. Pourquoi a-t-elle craché du sang ?

Sarah fait la moue.

— Peu importe, répond-elle en commençant à s'éloigner lentement de l'ascenseur.

Je mords l'intérieur de mes joues jusqu'à en avoir mal. C'est maintenant ou jamais. Maintenant qu'il faut tenter quelque chose. Après, il sera trop tard. Mes doigts malmènent la fourrure de ma peluche, de plus en plus frénétiques, de plus en plus nerveux. Et heurtent quelque chose. Un objet froid et fin. À l'extrémité pointue. Les ciseaux récupérés dans le bureau de Sarah. Il me semble que cela fait une éternité que je les ai glissés là. Si longtemps que j'en avais oublié leur existence. Merci, mon teddy-bear, tu as toujours été de bon conseil.

Aussitôt, je donne un léger coup d'épaule à Alice qui se tient à mes côtés. Mira, qui a surpris mon geste, m'adresse un regard entendu.

C'est maintenant.

Au moment où Sarah dépasse le deuxième chariot, je me lance. En poussant un hurlement de rage, j'agrippe celui resté vide pour le propulser sur Sarah et Miguel. De surprise, Sarah laisse échapper un cri tandis que son bras tenant la seringue s'éloigne de la gorge de son otage. Alice et Mira en profitent pour se ruer sur elle : alors que la première se jette sur ses jambes, lui faisant perdre l'équilibre, Mira en profite pour shooter dans la seringue qui, dans l'affolement, est tombée à terre. D'un geste vif, Miguel se retourne contre son assaillante et vient en aide à Alice pour la maintenir au sol.

Je m'approche d'eux.

— Laisse-nous partir, Sarah, je dis. Volontairement. Débloque l'ascenseur.

Elle plante son regard dans le mien. Ses yeux brillent.

— Jamais.

Je fais un signe de tête à Miguel qui, sans un mot, la saisit sans ménagement par les aisselles pour la forcer à déverrouiller l'ascenseur grâce à son autorisation ADN.

Sarah se débat de toutes ses forces, mais Miguel réussit à la tirer vers les portes de la cabine. Juste avant de les franchir, elle amorce une torsion du buste et, prenant appui sur ses pieds, projette son coude dans le visage de mon ami. Tandis qu'il porte une main à son nez, elle se dégage et se rue vers l'ascenseur.

— Non ! je hurle. Elle va s'échapper !

D'instinct, je me précipite sur elle et tente de la plaquer au sol. Alice et Mira viennent à mon aide, bientôt suivies de Miguel dont le nez saigne abondamment. Sarah se débat comme une folle, rue dans tous les sens comme possédée par une puissance démoniaque. D'où lui vient cette force presque animale ?

Je ne réfléchis plus : je plonge la main dans la poche de ma blouse, en extirpe les ciseaux et les plante dans la gorge de Sarah.

Ses yeux s'écarquillent de surprise.

Je savais que cet endroit-là était propice aux effusions de sang. Mon originale l'avait lu dans un livre, je crois. Je n'imaginais pas à quel point : sa gorge se met à ruisseler.

Un instant, je reste sidérée sur place, glacée par mon geste.

Puis, ma jumelle est à nouveau saisie d'une quinte de toux, encore plus intense que la précédente. C'est le déclic que mon cerveau attendait : plaquant les deux bras de Sarah contre son corps, je m'assieds sur elle en les maintenant avec fermeté entre mes cuisses.

— Dis-moi ce qui arrive à Éléa. Pourquoi tu as dit qu'il était trop tard ?

Elle ouvre une bouche silencieuse tandis que ses yeux ne sont plus que deux boules d'angoisse démentes.

— Sarah ! je gronde. Dis-moi ! Tu sais que tu vas mourir. Alors, dis-le ! Fais quelque chose de bien avant de crever !

Miguel se penche sur moi et m'attrape par les épaules.

— Éléa, il faut qu'on y aille.

— Sarah ! je rugis.

Je vois ses lèvres remuer, tandis que ses paupières tremblotent. Elle essaye de dire quelque chose, mais seuls des gargouillements infâmes s'échappent de sa bouche.

— Sarah, je répète avec plus de douceur. S'il te plaît…

Je me penche vers elle et approche mon oreille.

Alors Sarah répète d'une voix faible :

— Elle… va mourir… comme Katarina… Une espèce de dégénérescence génétique… pour certaines d'entre vous… On n'a pas… pas trouvé de remède… C'est… trop… trop tard…

— Éléa ! hurle Miguel, paniqué. Ils arrivent, je les entends !

Je me redresse au-dessus de Sarah, agonisante et noyée de rouge. Malgré la situation, elle soutient mon regard, fière et glaciale jusqu'au bout.

Je déglutis, au bord de la nausée. La dernière image que j'aurai de Sarah, de celle qui nous a créées pour mieux nous détruire, est l'image d'une folle, souriant à la mort, les dents inondées de sang, et riant de l'ultime blague obscène, du dernier cadeau empoisonné qu'elle nous laisse.

Puis, en une fraction de seconde, tout s'arrête. Ses paupières papillotent, s'immobilisent. Son visage se détend dans la douceur de la délivrance. Et c'est tout. C'est fini. Elle n'est plus.

— Elle est à toi, je dis à Miguel.

Il se précipite sur Sarah tandis que je rejoins les autres filles dans l'ascenseur, massées autour du chariot occupé par les doubles d'Alice, d'Amber et de Katy. Miguel empoigne le corps de Sarah pour le traîner vers la cabine, saisit sa main qu'il glisse dans le caisson de reconnaissance ADN. Un léger grondement émane de l'appareil et la faible luminosité dans l'ascenseur s'intensifie. Le chiffre 0 s'affiche sur un petit écran en hauteur.

Miguel tire le corps de la doctoresse dans le couloir pendant que je retiens les portes, puis il gagne à pas rapides la cabine.

L'ascenseur se referme derrière lui.

Et, tandis que nous retenons notre souffle, il commence son ascension.

Chapitre 61

Je n'avais pas vu la lumière du jour depuis si longtemps.

Enfin, techniquement, je ne l'ai jamais vue. La lumière que je connais n'est qu'un souvenir artificiel. Une pensée créée de toutes pièces et implantée dans mon cerveau cloné.

C'est peut-être pour cette raison que je ne l'imaginais pas aussi belle. Aussi flamboyante et rayonnante. Je ne vois rien d'autre qu'elle en sortant de l'ascenseur, les yeux peinant à rester ouverts, la main brandie devant mon visage. L'autre main est plongée dans ma poche, resserrée autour de mon teddy-bear.

Quand nous émergeons dans ces locaux baignés par les rayons du soleil qui filtrent à travers les grandes baies vitrées, crachés par le ventre enfoui de la bête, j'ai l'impression de naître. Pour de bon, cette fois.

Je prends une profonde inspiration. Ma première bouffée de liberté. Et j'avance.

Les gens, tout autour de nous, s'arrêtent de vivre, eux. Pour un instant, les yeux écarquillés ou les sourcils froncés, ils s'immobilisent sur place, nous dévisagent, s'interrogent. Visages anonymes, flottant devant moi comme des fantômes, des chimères dont la réalité m'échappe encore. Ils ne savent pas qui nous sommes. Ils ne connaissent pas notre existence, ni la raison de notre présence ici. Sans doute ont-ils été informés de la construction de niveaux sécurisés, peut-être sont-ils au courant de l'existence d'activités top secrètes, mais probablement ignorent-ils les véritables tenants et aboutissants de l'horreur qui se déroule en toute impunité sous leurs pieds.

Alors nous faisons un pas. Puis deux, puis trois. En essayant de marcher calmement, en feignant le naturel, en tentant d'agir comme si tout était normal. En tempérant notre désir d'évasion, notre besoin irrépressible de courir, là, tout de suite, de nous précipiter vers l'extérieur, vers l'air frais.

Vers la liberté.

Les deux Alice, Mira, Kimberley, Katy qui s'est finalement réveillée, Miguel portant Amber dans ses bras, mon double et moi-même, déambulons sous les regards ébahis, avec, en ligne de mire, les gigantesques portes de sortie.

La peur s'est évanouie, l'angoisse a disparu. Je sais que Miguel a bloqué l'ascenseur en calant le chariot dans l'ouverture, nous concédant ainsi une avance suffisante. Du reste, je ne les imagine pas capables de s'afficher en geôliers, voire meurtriers, au vu et au su de tous.

C'est moi qui pousse les portes. J'y mets toute la force qui me reste, toute mon énergie. Toute ma volonté de vivre.

Et, soudain, nous y sommes. Dehors. Libres. À nouveau, j'inspire profondément.

Miguel et moi échangeons un regard. Je sais qu'à l'instant où il a vu la camionnette de livraison vrombissant sur le parking ombragé par d'immenses arbres, il a eu la même idée que moi.

Non loin, des hommes en costume-cravate et lunettes de soleil émergent d'une grosse berline. S'agit-il des supérieurs de Sarah, ceux à qui elle a caché l'horreur imaginée par son cerveau détraqué ?

Nous accélérons le pas et nous dirigeons vers la camionnette. Je me fais violence pour ne pas me retourner, pour ne pas vérifier s'ils sont à nos trousses, s'ils comptent nous attraper, là, et nous ramener – par les cheveux s'il le faut – en dessous. Dans les entrailles du monstre.

Dans la Cage.

J'avance en gardant mes yeux fixés sur le véhicule. Sur notre ticket de sortie.

Nous n'avons pas besoin de nous concerter pour savoir ce que nous avons à faire : Miguel s'installe au volant tandis que nous nous faufilons, toutes, à l'arrière. La camionnette est vide à l'exception de quelques cartons.

Alors Miguel démarre. La camionnette parcourt quelques centaines de mètres et toujours rien.

Pas de cris, de hurlements, d'hommes en noir. Pas de course-poursuite. Tout juste le propriétaire de la camionnette galope-t-il quelques secondes, derrière nous, le poing levé.

Rien d'autre.

Rien d'autre que la liberté vertigineuse qui nous attend, qui se déroule devant nous à l'image du ruban de bitume que notre voiture avale.

Les filles commencent à s'animer autour de moi, tremblantes d'excitation. Elles sont pleines de joie, d'exclamations, de rires, de stupeur euphorique. De cris de victoire. « On a réussi. On a réussi, on a réussi, on a réussi ! » Qu'elles profitent : le moment arrivera bien assez tôt de leur révéler tout ce qu'elles ne savent pas encore.

Je les observe de loin, de haut, étrangère à la scène. Hermétique à leur enthousiasme. Je ne réalise sans doute pas encore ce qui est en train de se passer. Sans doute mon corps est-il là, en train de filer à toute vitesse, de s'éloigner de cet enfer, mais ma tête et mon esprit sont-ils restés dans la Cage. Il n'y a pas qu'eux.

J'ai laissé autre chose là-bas. Quelque chose de précieux. Je le sais, je le sens au fond de mes tripes.

J'ai abandonné un peu de moi auprès de Sarah.

Et j'ai perdu beaucoup auprès de Kim et d'Amber.

Mais j'ai gagné aussi, gagné autre chose.

J'ai gagné ma liberté en fuyant les barreaux de ma Cage, cette Cage physique qui m'a vue naître et grandir. Mais pas seulement : j'ai aussi fait exploser les barrières de ma Cage mentale, celle de mes peurs, de mes doutes et de ma timidité. Celle qui m'empêchait d'être moi-même. Et de vivre. Cette autre Cage, ma Cage mentale, n'est plus.

Je les quitte, libre de toutes entraves.

J'extirpe mon teddy-bear de ma poche. Mon fidèle compagnon, au moins pour ces quelques semaines de vie confinée. De vie encagée. Je triture les poils de son gros ventre, ça m'a toujours calmée – si j'en crois mes « souvenirs ». Je caresse sa bouille déformée par des années de câlins.

Je pense à sa véritable propriétaire. Mon originale. Que lui est-il arrivé pour que j'existe ? Je pense à Nanou, papa, maman. À cette famille qui n'est pas la mienne. Ce mensonge qui est pourtant mon seul point d'ancrage. Je pense à Théo, cet amour qui n'est qu'un rêve. Un doux rêve.

Soudain, des bras m'entourent, m'agrippent. M'oppressent. Ma première idée est qu'ils sont revenus me chercher, qu'ils vont me ramener là-bas, dans les profondeurs, dans la Cage. Puis je m'aperçois que ces bras sont aimants. Tendres. Reconnaissants. Qu'ils me remercient. Ces bras ont des visages amicaux aussi, des sourires. Ce sont ceux de ma nouvelle famille.

Je rends leur étreinte aux filles, je profite, enfouie dans leur amitié, dans ce sentiment nouveau d'harmonie. Puis je passe à l'avant et m'installe sur le siège passager, aux côtés de Miguel.

Miguel. Mon compagnon d'armes et d'infortune. Mon sauveur. Sans lui, ma vie n'aurait duré que le temps d'un battement de cils.

Lorsque je m'assieds, il me regarde. Longuement. Avant de glisser son éternelle mèche rebelle derrière son oreille et de me sourire. Un sourire franc et doux.

Alors, je le prends, ce sourire. Je la prends, cette amitié, je la prends, cette nouvelle famille.

Je pose mon teddy-bear à l'avant du véhicule, face à la route. Il a toujours été là, il le sera encore.

Il me guidera.

Vers cet inconnu.

Vers cette autre famille qui m'attend peut-être.

Fin

Le Concours du Premier Roman Auzou

Chers lecteurs,

Chez Auzou, nous portons une attention toute particulière à la richesse de la création française, et cultivons l'envie de publier des romans puissants et innovants avec des textes de qualité. Notre rôle d'éditeur est aussi d'être toujours à la recherche des talents de demain.

Le Concours du Premier Roman Auzou est né de cette volonté : découvrir une nouvelle voix de la littérature jeunesse, et accompagner un auteur dans son envie de prendre la parole par l'écriture.

Dénicher la pépite n'a pas été une mince affaire. Nous voulions que le texte gagnant allie un thème original, un véritable style et surtout, une voix unique.

Nous avons reçu plusieurs centaines de manuscrits, parmi lesquels nous avons déniché cinq manuscrits finalistes. Cinq textes complémentaires dans leur genre, cinq autrices aux envies différentes.

Pour départager ces cinq textes, nous avons eu la chance d'avoir l'aide d'un jury d'exception :

- Mathilde Allavènc, responsable fiction pour *Je Bouquine* et *J'aime Lire Max*,

- Sophie Laroche, autrice confirmée qui embellit notre catalogue depuis plus de dix ans,
- Marie Reppelin *alias* Muffinsandbooks, libraire, autrice et bookstagrameuse renommée,
- Valentin Étancelin, journaliste culture au HuffPost,
- Ainara Ipas, directrice des contenus chez Audible,
- Damien Hervé, directeur éditorial chez Auzou,
- Jennifer Rossi, responsable éditoriale Auzou romans.

Le jeudi 31 mars, notre jury s'est réuni dans nos locaux, à l'orée du Père Lachaise, pour débattre et défendre leurs textes favoris. Après quelques heures de délibération et de passionnants échanges, chacun a voté pour son coup de cœur. Le résultat du concours a été annoncé le 23 avril en direct au Festival du Livre de Paris.

Vous tenez entre vos mains son lauréat.

La Cage est un superbe premier roman.

Des personnages de femmes fortes et téméraires, divisées entre sororité et hostilité, emportent le lecteur dans un huis-clos glaçant à la construction magistrale.

Nous espérons que vous avez éprouvé autant de plaisir à lire ce livre haletant et à découvrir la plume incisive de cette primo-romancière que nous en avons eu à le dénicher !

L'équipe d'Auzou romans

À propos de l'autrice

Emma Seguès vit avec sa famille près de Bordeaux.

Juriste de formation, elle travaille à la Direction Générale de la Concurrence, de la Consommation et de la Répression des fraudes, où elle traque les arnaques sur internet.

Durant son temps libre, quand elle n'écrit pas ou ne lit pas, elle écoute du rock, regarde des ribambelles de séries et joue le plus souvent possible à tout ce qui lui tombe sous la main – jeux de société, escape games, jeux vidéo.

Avec *La Cage*, elle publie son premier roman.

Remerciements

Premier roman, premiers remerciements : ils seront donc nombreux !

Merci…

À ceux qui me soutiennent depuis que la folie de l'écriture m'a saisie à nouveau : Jens, toujours de très bon conseil lorsqu'une scène me résiste et qui, patiemment, endure mes doutes au quotidien, Amélie, fidèle première lectrice qui soutient même le plus imparfait de mes premiers jets, Caroline, pour qui l'alphabet grec ne suffit pas à mesurer l'investissement dans chacun de mes projets tant ses bêta/alpha-lectures sont nombreuses et de qualité. Vous m'êtes d'une aide plus que précieuse ;

À ma fille et mon fils, qui entretiennent la petite étincelle de mon âme d'enfant ;

À ma famille, qui découvre presque en même temps que vous ma passion, mais dont l'enthousiasme et la fierté me touchent beaucoup ;

À mes amies et amis, dont la joie sincère m'a émue ;

À mes bêta-lectrices et bêta-lecteurs à l'œil et l'esprit critique affûtés sans qui ce texte ne serait qu'un vague brouillon abandonné dans les méandres de mon ordinateur : Anne-Justine, Camille, Caroline déjà citée, Céline, Marianne et Philippe ;

Au forum « Jeunes Écrivains » et à toutes les personnes épatantes que j'y ai rencontrées et qui m'ont permis de faire grandir mon écriture ;

Aux éditions AUZOU pour avoir organisé ce concours « Premier roman » qui représente une formidable opportunité pour les jeunes auteurs et autrices comme moi. Un immense merci de m'offrir la chance de vivre cette incroyable et excitante aventure qu'est la publication d'un premier roman !

À mes trois éditrices de choc, qui ont cru en mon texte – parfois plus que moi ! Jennifer qui, plus qu'une éditrice, peut se vanter d'être une coach aussi bien d'écriture que de confiance en soi ; Justine, la première à découvrir et défendre mon roman, et qui a su trouver les mots pour épargner un personnage que je ne regrette pas d'avoir sauvé ; Jeanne, dont la relecture minutieuse et les précieux conseils ont su me guider avec brio ;

À The Berries and Paper Bazaar pour cette fabuleuse couverture ;

Aux équipes de distribution, aux libraires et aux bibliothécaires ;

Enfin, à vous, lectrices et lecteurs, qui tenez ce livre entre vos mains. Merci de l'avoir choisi, merci de l'avoir lu. Et au plaisir de vous retrouver au fil d'autres pages !

Composition et mise en pages
Nord Compo à Villeneuve-d'Ascq